Top 10+

Capodopere ale literaturii de pretutindeni
într-o colecţie a celor mai îndrăgite bestselleruri.

George Orwell, *Nineteen Eighty-Four*

www.polirom.ro

Editura POLIROM
Iași, B-dul Carol I nr. 4; P.O. BOX 266, 700505
București, Splaiul Unirii nr. 6, bl. B3A,
sc. 1, et. 1, sector 4, 040031, O.P. 53

Descrierea CIP a Bibliotecii Naționale a României:

ORWELL, GEORGE

O mie nouă sute optzeci și patru / George Orwell; trad. din lb. engleză de Dana Crăciun. – Ed. a 2-a. – Iași: Polirom, 2019

ISBN print: 978-973-46-7821-1
ISBN ePub: 978-973-46-2573-4
ISBN PDF: 978-973-46-2574-1

I. Crăciun, Dana (trad.)

821.111

Printed in ROMANIA

GEORGE ORWELL

O mie nouă sute optzeci şi patru

Traducere din limba engleză
de Dana Crăciun

POLIROM
2019

GEORGE ORWELL (pseudonimul literar și jurnalistic al lui Eric Arthur Blair) s-a născut în 1903 în India și a murit de tuberculoză la Londra, în 1950. A studiat la Eton între 1917 și 1921 și a publicat în diferite reviste ale colegiului, iar între 1922 și 1927 a lucrat în cadrul Poliției Imperiale Indiene din Birmania, experiență pe care a reconstituit-o mai tîrziu în romanul *Zile birmaneze* (1934). Prima sa carte, *Fără un sfanț prin Paris și prin Londra* (1933), este o relatare emoționantă și mai ales comică a celor cîțiva ani de sărăcie autoimpusă pe care i-a trăit după ce s-a întors în Europa. Printre romanele sale din anii 1930 se numără *O fată de preot* (1935), *Aspidistra să trăiască!* (1936) și *O gură de aer* (1939), dar adevărata recunoaștere i-au adus-o alte două proze-reportaj: *Drumul spre Wigan Pier* (1937), despre viața la limita sărăciei a minerilor dintr-un orășel din Lancashire, și *Omagiu Cataloniei* (1938), despre propria sa experiență în timpul Războiului Civil din Spania. Între 1943 și 1945, ca director literar la *Tribune*, a publicat numeroase articole literare și politice, colaborînd în același timp la *Observer* și la *Manchester Evening News*. Fabula politică *Ferma animalelor* (1945) și distopia *O mie nouă sute optzeci și patru* (1949) sînt cele mai populare romane ale lui Orwell și au fost traduse în întreaga lume.

UNU

I

Era o zi rece și senină de aprilie și orologiile băteau ora treisprezece. Winston Smith, cu bărbia înfundată în piept în încercarea de a se apăra de vîntul necruțător, se strecură rapid pe ușile de sticlă ale blocului Victoria, deși nu suficient de iute ca să împiedice o rafală de praf nisipos să intre odată cu el.

Holul mirosea a varză fiartă și a preșuri vechi de cîrpe. Pe peretele dintr-un capăt fusese prins un afiș colorat, prea mare pentru interior. Pe el se vedea doar o fată imensă, cu o lățime mai mare de un metru: fața unui bărbat de vreo patruzeci și cinci de ani, cu o mustață neagră, deasă, și trăsături frumoase, dar aspre. Winston se îndreptă spre scări. N-avea rost să încerce liftul. Nici în perioadele bune nu prea funcționa, iar acum curentul se lua în timpul zilei. Măsura făcea parte din efortul de a economisi energia în vederea pregătirii Săptămînii de Ură. Apartamentul era la etajul al șaptelea și Winston, care avea treizeci și nouă de ani și un ulcer varicos deasupra gleznei drepte, urcă încet, oprindu-se de cîteva ori ca să se odihnească. Pe fiecare palier, vizavi de ușa liftului, afișul cu fața enormă privea de pe perete. Era o imagine din acelea făcute în așa fel încît ochii ei să te urmeze atunci cînd te miști. Dedesubtul ei scria „FRATELE CEL MARE TE URMĂREȘTE".

Înăuntrul apartamentului o voce sonoră citea o listă de cifre care aveau ceva de-a face cu producția de fontă. Vocea ieșea dintr-o placă de metal dreptunghiulară, cu colțurile rotunjite, ca o oglindă opacă, încastrată în peretele din dreapta. Winston răsuci un buton și volumul vocii scăzu puțin, deși cuvintele se puteau distinge în continuare. Volumul aparatului (care se numea tele-ecran) putea fi redus, dar nu exista nici o modalitate de a-l opri cu totul. Winston se îndreptă către fereastră: o figură măruntă, uscățivă, un trup a cărui slăbiciune era scoasă în evidență și mai mult de salopeta albastră care constituia uniforma Partidului. Avea părul foarte deschis la culoare, o față rumenă de la natură, o piele asprită de săpunul de slabă calitate, de lamele tocite și de frigul iernii care tocmai se încheiase.

Chiar și prin geamul închis, lumea de afară arăta înfrigurată. Jos, în stradă, vîrtejuri mici de vînt purtau în spirale praful și bucățile de hîrtie împrăștiate și, cu toate că soarele strălucea și cerul era de un albastru intens, totul părea golit de culoare, cu excepția afișelor lipite peste tot. Chipul cu mustață neagră privea în jos din toate locurile impunătoare. Unul se găsea chiar pe fațada clădirii de vizavi. „FRATELE CEL MARE TE URMĂREȘTE“, spunea sloganul, iar ochii aceia negri îi sfredeleau pe cei ai lui Winston. La nivelul străzii, un alt afiș, rupt într-un colț, flutura spasmodic în vînt, acoperind și dezvelind un singur cuvînt: „SOCENG“. În depărtare un elicopter coborî razant printre acoperișuri, plană preț de o clipă ca o muscă de carne și țîșni din nou în zbor arcuit. Era patrula de poliție, care iscodea pe la ferestrele oamenilor. Însă patrulele nu contau. Numai Poliția Gîndirii conta.

În spatele lui Winston, vocea din tele-ecran debita în continuare ceva despre fontă și depășirea celui de-al Nouălea Plan Trienal. Tele-ecranul recepționa și, în același timp, transmitea. Intercepta orice sunet mai puternic decît o șoaptă foarte înceată pe care l-ar fi produs Winston. În plus, atîta timp cît rămînea în cîmpul vizual al plăcii de metal, Winston putea fi și văzut, nu doar auzit. Evident, nu exista nici o modalitate de a ști cînd erai de fapt urmărit. Nu se putea decît specula despre cît de des și prin ce sisteme Poliția Gîndirii intra pe cîte un fir individual. Era chiar posibil să urmărească pe toată lumea, tot timpul. Oricum, puteau să-ți intre pe fir oricînd doreau. Trebuia să trăiești – și trăiai, dintr-o obișnuință ce devenise instinct – pornind de la premisa că fiecare sunet pe care-l făceai era auzit și fiecare mișcare era scrutată dacă nu o făceai în întuneric.

Winston rămase cu spatele la tele-ecran. Era mai sigur așa, deși, după cum știa foarte bine, chiar și un spate poate fi revelator. La un kilometru distanță, Ministerul Adevărului, locul său de muncă, se înălța imens și alb peste peisajul jegos. Aceasta, se gîndi el cu un soi de dezgust vag, aceasta este Londra, principalul oraș din Aerodromul Unu, a treia provincie ca număr de locuitori a Oceaniei. Încercă să-și stîrnească vreo amintire din copilărie care să-i spună dacă Londra fusese întotdeauna așa. Au existat dintotdeauna aceste priveliști cu clădiri de secol nouăsprezece părăginite, cu laturile proptite cu grinzi de lemn, cu ferestre cîrpite cu carton și acoperișuri de tablă ondulată, cu grădini ale căror ziduri sălbatice se apleacă în toate direcțiile? Și locurile bombardate, unde pulberea de la tencuială se ridică în vîrtejuri și pufulița se întinde peste grămezile de moloz, și porțiunile mai mari curățate de bombe, unde s-au înălțat colonii sordide de cocioabe de lemn, ca niște cotețe de găini? Degeaba însă, nu-și putea aminti: din copilăria lui nu mai rămăsese nimic, în afară de o serie de tablouri luminoase, izolate și, în mare parte, lipsite de noimă.

Ministerul Adevărului – Miniadev în neolimbă[1] – ieșea izbitor în evidență față de tot ce se mai vedea în jur. Era o structură piramidală enormă din beton alb, strălucitor, înălțîndu-se semeț, terasă după terasă, la trei sute de metri în văzduh. De unde stătea acum, Winston putea distinge cele trei slogane ale partidului, scrise cu litere elegante, reliefate pe fațada albă:

RĂZBOIUL ESTE PACE
LIBERTATEA ESTE SCLAVIE
IGNORANȚA ESTE PUTERE

Se spunea că Ministerul Adevărului are trei mii de încăperi deasupra solului și ramificații analoage sub pămînt. În diferite părți ale Londrei mai existau doar trei clădiri comparabile ca aspect și mărime. Dominau atît de categoric arhitectura înconjurătoare, încît de pe acoperișul blocului Victoria se puteau vedea simultan toate patru. Aceste patru clădiri reprezentau sediile celor patru ministere care constituiau aparatul guvernamental: Ministerul Adevărului, care se ocupa de știri, divertisment, educație și arte, Ministerul Păcii, care se ocupa de război, Ministerul Iubirii, care asigura respectarea legii și ordinii, și Ministerul Belșugului, care răspundea de chestiunile economice. În neolimbă ele se numeau Miniadev, Minipax, Miniiubi și Minibelș.

Ministerul Iubirii era cel cu adevărat înspăimîntător. Nu avea deloc ferestre. Winston nu fusese niciodată în interiorul Ministerului Iubirii, nici măcar la o jumătate de kilometru de el. Era un loc unde nu se putea intra decît cu treburi oficiale și atunci doar pătrunzînd printr-un labirint de sîrmă ghimpată încîlcită, uși de oțel și cuiburi de mitralieră ascunse. Chiar și străzile ce duceau spre barierele sale

1. Neolimba este limba oficială a Oceaniei. Pentru o prezentare a structurii și etimologiei sale, a se vedea Anexa.

exterioare erau pline de gărzi cu mutre de gorilă, în uniforme negre și înarmate cu bastoane înlănțuite.

Winston se răsuci brusc. Își compusese pe chip expresia de optimism blajin care se recomanda să fie etalată în fața tele-ecranului. Traversă camera și intră în bucătăria minusculă. Pentru că plecase de la minister la o asemenea oră, își sacrificase prînzul de la cantină și știa prea bine că în bucătărie nu se găsea nimic de mîncare în afară de o bucată de pîine închisă la culoare, care trebuia păstrată pentru micul dejun de a doua zi. Dădu jos de pe raft o sticlă de lichid incolor, cu o etichetă albă, simplă, pe care scria „GIN VICTORIA". Avea un miros greţos, uleios, ca o tărie chinezească de orez. Winston își turnă aproape o ceașcă de ceai, se îmbărbătă ca pentru un șoc și o dădu pe gît ca pe o doză de medicament.

Fața i se înroși imediat și din ochi îi țîșniră lacrimi. Lichidul parcă era acid azotic și, în plus, cînd îl înghițeai, aveai senzația că te lovește cineva în ceafă cu un baston de cauciuc. În clipa următoare însă arsura din stomac i se potoli și lumea începu să arate mai vesel. Scoase o țigară dintr-un pachet mototolit pe care scria „ȚIGĂRI VICTORIA" și o ținu neglijent în poziție verticală, iar tutunul se împrăștie pe podea. Cu următoarea avu mai mult succes. Se întoarse în camera de zi și se așeză la o măsuță aflată în stînga tele-ecranului. Scoase din sertarul măsuței un toc, o călimară și un carnet gros, de format in-quarto, cu foi goale, cu copertă marmorată și spatele roșu.

Dintr-un motiv oarecare, tele-ecranul din camera de zi era plasat într-o poziție neobișnuită. În loc să fie așezat, cum ar fi fost normal, pe peretele din spate, de unde putea supraveghea întreaga încăpere, se găsea pe peretele mai lung, vizavi de fereastră. Lîngă el, într-o parte, se deschidea o mică firidă în care stătea acum Winston și al cărei rol inițial, cînd se construiseră apartamentele, fusese probabil de a adăposti rafturi de cărți. Așezat în partea din spate a firidei, Winston putea să rămînă în afara cîmpului vizual al tele-ecranului. Evident, putea fi auzit, dar atîta timp cît rămînea în poziția actuală, nu putea fi văzut. Într-o oarecare măsură, exact această geografie neobișnuită a încăperii îi sugerase lucrul pe care tocmai urma să-l facă acum.

I-l sugerase însă și carnetul pe care îl scosese din sertar. Era un obiect deosebit de frumos. Filele netede, catifelate, îngălbenite puțin de trecerea timpului, erau dintr-o hîrtie care nu se mai fabrica de cel puțin patruzeci de ani. Carnetul însă, bănuia Winston, era mult mai vechi de-atît. Îl văzuse zăcînd în vitrina unei prăvălioare îmbîcsite cu vechituri dintr-o mahala a orașului (nu mai ținea minte care anume) și fusese cuprins numaidecît de o dorință copleșitoare de a-l avea. Membrii de Partid nu aveau voie să intre în prăvăliile obișnuite (așa ceva se chema „a acționa pe piața liberă“), dar regula nu era aplicată foarte strict, deoarece existau anumite articole, cum ar fi șireturile sau lamele de bărbierit, care nu puteau fi obținute altfel. Winston aruncase o privire rapidă în susul și în josul străzii, iar apoi se strecurase înăuntru și cumpărase carnetul cu doi dolari și cincizeci. La vremea aceea nu se gîndise că l-ar vrea în vreun scop anume. Îl dusese acasă în servietă, simțindu-se vinovat. Chiar dacă nu avea nimic scris în el, era compromițător să-l deții.

Lucrul pe care tocmai urma să-l facă era să înceapă un jurnal. Nu era o activitate ilegală (nimic nu era ilegal, din moment ce nu mai existau legi), dar dacă ar fi fost descoperită, aproape sigur ar fi fost pedepsită cu moartea sau cel puțin cu douăzeci și cinci de ani într-un lagăr de muncă silnică. Winston potrivi o peniță într-un toc și o vîrî în gură ca s-o curețe de grăsime. Tocul era un instrument arhaic, rareori folosit chiar și pentru semnături, iar el își procurase unul, pe ascuns și cu oarecare dificultate, pur și simplu deoarece simțise că hîrtia aceea fină și frumoasă merita să fie scrisă cu o peniță adevărată în loc să fie scrijelită cu creionul chimic. De fapt nu era obișnuit să scrie de mînă. În afară de însemnări foarte scurte, totul se dicta în dictatranscriptor, ceea ce, evident, era imposibil în cazul de față. Înmuie penița în cerneală și apoi șovăi preț de o singură clipă. Îi trecuse un tremur prin pîntece. A însemna hîrtia era un gest decisiv. Cu litere mici și chinuite, scrise:

4 aprilie 1984

Se lăsă pe spate. Îl cuprinsese o senzație copleșitoare de neputință. În primul rînd nu avea cum să știe sigur că *era* într-adevăr 1984. Trebuie să fi fost cam în jurul acestei date, din moment ce era destul de sigur că avea treizeci și nouă de ani și credea că se născuse în 1944 sau 1945, dar de-acum devenise imposibil să mai știi vreo dată cu o precizie mai mare de un an sau doi.

Îi trecu brusc prin minte să se întrebe: pentru cine scria oare acest jurnal? Pentru viitor, pentru cei încă nenăscuți. Mintea îi zăbovi o clipă asupra datei incerte de pe foaie, iar apoi se poticni de un cuvînt din neolimbă, *dublugîndire*. Conștientiză pentru prima dată pe deplin enormitatea a ceea ce începuse. Cum să poți comunica cu viitorul? Așa ceva e imposibil prin natura sa. Viitorul fie se va asemăna cu prezentul, caz în care nu avea să-l asculte, fie va fi diferit, iar impasul lui va părea fără noimă.

Rămase un răstimp așa, uitîndu-se prostește la foaie. Tele-ecranul trecuse la o muzică militară stridentă. Era straniu că Winston părea nu doar să-și fi pierdut puterea de a se exprima, ci și să fi uitat ce voise să spună inițial. Se pregătea pentru acest moment de săptămîni întregi și nu-i trecuse niciodată prin minte că va avea nevoie de altceva în afară de curaj. Scrisul în sine urma să fie ușor. Nu trebuia decît să transcrie pe hîrtie monologul interminabil și zbuciumat care i se derula în cap de ani întregi. Acum însă pînă și acest monolog încetase. În plus, ulcerul varicos începuse să-i dea o senzație insuportabilă de mîncărime. Nu îndrăzni să se scarpine, pentru că, dacă o făcea, ulcerul se inflama întotdeauna. Secundele treceau. Nu mai era conștient de nimic în afară de pagina goală din fața lui, de mîncărimea de deasupra gleznei, de muzica ce urla și de ușoara amețeală provocată de gin.

Începu să scrie dintr-odată, cuprins de panică, nedîndu-și seama decît parțial de cuvintele pe care le așternea pe hîrtie. Scrisul mic și copilăresc se răzlețea în susul și în josul paginii, dezbărîndu-se mai întîi de majuscule, iar în cele din urmă chiar și de puncte:

4 aprilie 1984. La cinema aseară. Numai filme de război. Unul foarte bun despre un vapor plin de refugiați bombardat undeva în Mediterana. Publicul amuzat copios de imaginile cu un grăsan uriaș care încerca să scape înotînd cu un elicopter pe urmele lui. mai întîi îl vedeai cum înaintează greoi prin apă ca un marsuin, apoi îl vedeai prin vizoarele armelor din elicopter, apoi era ciuruit tot și marea din jurul lui se colora în roz și el se scufunda rapid, ca și cum apa i-ar fi intrat prin găuri. publicul a urlat de rîs cînd s-a scufundat. apoi au arătat o barcă de salvare plină cu copii și un elicopter deasupra. la prora stătea o femeie între două vîrste evreică poate cu un băiețel de vreo trei ani în brațe. băiețelul urla de frică și își ascundea capul între sînii ei ca și cînd ar fi vrut să se vîre cu totul în ea și femeia îl înfășura cu brațele și îl alina deși se albăstrise și ea de teamă, în tot timpul ăsta acoperindu-l cît putea de mult de parc-ar fi crezut că brațele ei l-ar fi putut proteja de gloanțe. apoi elicopterul a aruncat o bombă de 20 de kile în ei explozie grozavă și barca s-a făcut țăndări. a urmat un cadru minunat cu un braț de copil înălțîndu-se sus sus de tot în aer un elicopter cu un aparat de filmat în bot trebuie să-l fi urmărit acolo sus și dinspre locurile partidului s-au auzit multe aplauze dar o femeie din zona prolilor a început brusc să facă tărăboi și să strige că de ce-or trebuit să arate așa ceva în fața copiilor nu se face în fața copiilor pînă ce poliția a scos-o a scos-o afară și nu cred că i s-a întîmplat ceva că nimănui nu-i pasă de ce zic prolii o reacție tipică de prol ei niciodată...

Winston se opri din scris, parțial din cauză că fusese cuprins de un cîrcel. Nu știa ce-l apucase să înșire aberațiile astea. Partea ciudată însă era că, în timp ce-o făcea, în minte i se limpezise o altă amintire, în asemenea măsură încît aproape că se simți capabil s-o scrie. Își dădu acum seama că din cauza acestui alt incident se hotărîse brusc să vină acasă și să înceapă azi jurnalul.

Se întîmplase în dimineața aceea la minister, dacă despre ceva atît de nebulos se putea spune că se întîmplase.

Era aproape ora unsprezece zero zero și în Secția Arhive, unde lucra Winston, lumea își tîra scaunele din birouri și le grupa în mijlocul sălii, vizavi de tele-ecranul cel mare, pregătindu-se pentru cele Două Minute de Ură. Winston tocmai își ocupa locul într-unul din rîndurile din mijloc, cînd în încăpere își făcură brusc apariția două persoane pe care le știa din vedere, dar cu care nu vorbise niciodată. Una dintre ele era o fată pe lîngă care trecuse deseori pe coridoare. Nu știa cum o cheamă, dar știa că lucrează la Secția Ficțiune. Probabil că avea vreo slujbă tehnică la una din mașinile de scris romane, căci o văzuse uneori cu cîte o cheie fixă în mîinile mînjite de ulei. Avea vreo douăzeci și șapte de ani, o înfățișare îndrăzneață, părul negru și des, o față pistruiată și mișcări agile, atletice. Un brîu îngust, stacojiu, simbolul Ligii Anti-Sex a Tineretului, îi era trecut de cîteva ori în jurul mijlocului, peste salopetă, strîns doar atît cît să-i scoată în evidență frumusețea șoldurilor. Lui Winston îi displăcuse de cînd o văzuse. Știa și de ce. Era din cauza aerului pe care-l emana și care amintea de terenuri de hochei și băi reci, de excursii în grup și, în general, de inocența pe care aceasta reușea s-o emane. Lui Winston îi displăceau cam toate femeile, mai ales cele tinere și drăguțe. Femeile, mai ales cele tinere, erau întotdeauna susținătoarele cele mai înfocate ale Partidului, cele care înghițeau sloganele, făceau pe iscoadele amatoare și adulmecau ereziile. Fata asta însă îi dădea impresia c-ar fi mai periculoasă decît majoritatea. Odată, cînd se întîlniseră pe coridor, îi aruncase o privire piezișă care parcă îl străpunsese și, preț de o clipă, îl umpluse de o teroare cruntă. Îi trecuse prin cap chiar c-ar putea fi un agent al Poliției Gîndirii. Așa ceva era, desigur, foarte improbabil. Totuși, ori de cîte ori fata se afla prin preajmă, Winston continua să simtă o tulburare ciudată, în care se amestecau atît teama, cît și ostilitatea.

Cealaltă persoană era un bărbat pe nume O'Brien, un membru al Partidului Interior și deținător al unei funcții atît de importante și îndepărtate, că Winston nu avea decît o vagă idee despre natura ei. Cînd văzură că se apropie salopeta neagră a unui membru al Partidului Interior, preț de o clipă peste grupul de oameni din jurul scaunelor se lăsă tăcerea. O'Brien era un bărbat masiv, voinic, cu gît gros și chip aspru, ironic, înverșunat. În ciuda înfățișării impresionante, avea un oarecare farmec în comportament. Avea un fel de a-și rearanja ochelarii pe nas care era ciudat de dezarmant și, într-un mod greu de definit, ciudat de rafinat. Era un gest care, dacă ar mai fi gîndit cineva în astfel de termeni, amintea de un nobil din secolul al optsprezecelea care își oferă tabachera. Winston îl văzuse, poate, pe O'Brien de vreo douăsprezece ori în cam tot atîția ani. Simțea o atracție deosebită față de el – și nu doar din pricină că îl nedumerea contrastul dintre comportamentul său civilizat și alura lui de boxer. Mai degrabă era din pricina unei convingeri secrete – sau poate nici măcar convingere, doar speranță – că acest conformism politic al lui O'Brien nu era perfect. Ceva de pe chipul lui o sugera în mod irezistibil. Dar de fapt poate că pe chip nu i se citea atît nonconformismul, cît pur și simplu inteligența. Oricum, arăta ca un om cu care ai fi putut sta de vorbă dacă ai fi izbutit cumva să păcălești tele-ecranele și să-l prinzi singur. Winston nu făcuse niciodată nici cel mai mic efort pentru a-și verifica ipoteza și, de fapt, nici nu avea cum s-o facă. În acel moment O'Brien se uită la ceasul de la mînă, văzu că era aproape ora unsprezece și, evident, hotărî să rămînă în Secția Arhive pînă la terminarea celor Două Minute de Ură. Se așeză în același rînd cu Winston, la vreo două scaune distanță. Între ei se găsea o femeie scundă, cu păr nisipiu, care lucra în cabina de lîngă Winston. Fata brunetă stătea chiar în spatele lor.

În clipa următoare din tele-ecranul mare din capătul încăperii izbucni un scrîșnet înfiorător, abraziv, ca al unei mașinării monstruoase care funcționează neunsă. Era un zgomot care-ți strepezea dinții și îți ridica părul măciucă în cap. Începuse Ura.

Ca de obicei, pe ecran apăru chipul lui Emmanuel Goldstein, Dușmanul Poporului. Din public se auziră ici și colo șuierături. Femeia scundă cu păr nisipiu scoase un cîriit de teamă amestecată cu repulsie. Goldstein era trădătorul și apostatul care fusese cîndva, cu mult timp în urmă (cît de mult, nu mai ținea minte nimeni), una din figurile cele mai importante ale Partidului, aproape de același rang cu însuși Fratele cel Mare, după care s-a implicat în activități contrarevoluționare, a fost condamnat la moarte, a scăpat în mod misterios și a dispărut. Programul celor Două Minute de Ură se schimba de la o zi la alta, dar nu exista nici unul în care Goldstein să nu fie protagonistul. El reprezenta trădătorul primordial, cel dintîi spurcător al purității Partidului. Toate fărădelegile ulterioare împotriva Partidului, toate trădările, actele de sabotaj, ereziile și deviațiile izvorau direct din învățăturile lui. Trăia în continuare pe undeva și își punea la cale conspirațiile: poate într-un loc de peste mări și țări, sub protecția patronilor săi străini, sau poate – cum se zvonea uneori – chiar în vreo ascunzătoare din Oceania.

Lui Winston i se încordase diafragma. Nu putea vedea chipul lui Goldstein fără să fie cuprins de un amestec dureros de sentimente. Era un chip alungit, de evreu, cu un nimb pufos de păr cărunt și un barbișon mic, un chip inteligent și totuși inerent abject, cu un soi de idioțenie senilă în nasul lung și subțire pe care, la vîrf, stătea cocoțată o pereche de ochelari. Aducea cu o față de oaie și chiar și vocea sa avea ceva behăitor în ea. Goldstein își debita obișnuitul atac veninos la adresa doctrinelor Partidului, un atac atît de exagerat și de perfid, încît nici un copil nu s-ar fi lăsat păcălit de el, și totuși îndeajuns de plauzibil ca să te copleșească îngrijorarea că alții, mai puțin echilibrați, s-ar fi putut lăsa convinși. Îl înjura pe Fratele cel Mare, deplîngea dictatura Partidului, cerea încheierea unei păci imediate cu Eurasia, propovăduia libertatea de expresie, libertatea presei, libertatea de întrunire, libertatea de gîndire, urla isteric că revoluția fusese trădată, toate astea într-un discurs rapid, polisilabic, care reprezenta un soi de parodie a stilului obișnuit al oratorilor Partidului și conținea pînă și cuvinte din neolimbă, ba chiar mai multe decît ar fi folosit în mod normal un membru de Partid. Și în tot acest timp, ca nu cumva realitatea la care se refereau sforăiturile ipocrite ale lui Goldstein să fie pusă la îndoială, în spatele lui, pe tele-ecran, mărșăluiau coloanele interminabile ale armatei eurasiene, șir după șir de bărbați voinici cu chipuri asiatice, lipsite de expresie, care se ridicau pînă la suprafața ecranului și dispăreau, pentru a fi înlocuite de altele absolut identice. Tropăitul ritmic și înfundat al bocancilor soldaților era zgomotul de fond pentru vocea behăitoare a lui Goldstein.

Nici nu trecuseră treizeci de secunde de Ură, cînd jumătate din cei prezenți în încăpere izbucniră în strigăte incontrolabile de furie. Aroganta față ovină de pe ecran și puterea înspăimîntătoare a armatei eurasiene din spatele său se dovedeau imposibil de suportat. Mai mult, să-l vezi pe Goldstein sau fie și doar să te gîndești la el îți stîrnea automat teama și furia. Era un obiect al urii mai constant decît Eurasia ori Estasia, căci atunci cînd Oceania se războia cu una din aceste puteri, se găsea în relații pașnice cu cealaltă. Ciudat însă era faptul că, deși Goldstein era urît și disprețuit de toată lumea, deși zilnic și de o mie de ori pe zi, pe podiumuri, pe tele-ecrane, în ziare și în cărți teoriile îi erau desființate, zdrobite, ridiculizate, dezvăluite marelui public drept un gunoi deplorabil, ceea ce și erau, în ciuda tuturor acestor lucruri, influența lui nu părea să se diminueze niciodată. Veșnic se găseau noi fraieri care să se lase seduși de el. Nu trecea o zi fără ca Poliția Gîndirii să demaște spioni și sabotori care acționau la indicațiile lui. Era comandantul unei vaste armate fantomatice, al unei rețele subterane de uneltitori porniți să răstoarne ordinea Statului. Frăția, cică așa se numea. Se mai zvonea și că ar exista o carte îngrozitoare, un compendiu al tuturor ereziilor, al cărei autor era Goldstein și care circula clandestin pe ici, pe colo. Cartea nu avea titlu. Dacă o menționa în vreun fel, lumea îi spunea pur și simplu „cartea".

Astfel de lucruri însă nu se aflau decît din zvonuri. Nici Frăția și nici *cartea* nu constituiau un subiect pe care un membru obișnuit de Partid l-ar fi menționat dacă putea să-l evite.

În cel de-al doilea minut Ura deveni isterică. Oamenii săreau în sus și în jos de la locurile lor și urlau cît îi țineau puterile, încercînd să acopere behăitul înnebunitor care venea dinspre ecran. Fața femeii scunde cu păr nisipiu se făcuse de un roz aprins, iar gura i se deschidea și i se închidea ca a unui pește pe uscat. Chiar și chipul greoi al lui O'Brien se înroșise. Stătea foarte drept pe scaun, iar pieptul puternic i se umfla și i se cutremura de parcă ar fi înfruntat năvala unui talaz. Bruneta din spatele lui Winston începuse să strige „Porcule! Porcule! Porcule!" și apucă brusc un dicționar greu al neolimbii, azvîrlindu-l înspre ecran. Volumul îl lovi pe Goldstein în nas și ricoșă: vocea continuă implacabil. Într-o clipă de luciditate, Winston își dădu seama că striga și el laolaltă cu ceilalți și că izbea violent cu călcîiul în bara de sub scaun. Partea cumplită cu cele Două Minute de Ură consta nu în faptul că erai obligat să participi, ci că nu aveai cum să nu te implici. În treizeci de secunde, orice prefăcătorie devenea inutilă. Prin mulțime trecea, ca un curent electric, un extaz hidos de frică și sete de răzbunare, o dorință de a ucide, de a tortura, de a zdrobi fețe cu barosul, care, chiar dacă nu o voiai, te transforma într-un dement ce răcnea și se schimonosea. Furia ce te cuprindea era însă o emoție abstractă, fără țintă, ce putea fi redirecționată de la un obiect la altul, precum flacăra unei lămpi de sudură. Astfel, existau momente cînd ura lui Winston nu se îndrepta deloc spre Goldstein, ci, dimpotrivă, spre Fratele cel Mare, spre Partid și spre Poliția Gîndirii. În astfel de clipe îi părea rău de păcătosul singuratic și batjocorit de pe ecran, unicul paznic al adevărului și judecății sănătoase într-o lume a minciunilor. În clipa următoare însă era una cu cei din jurul lui și i se părea că tot ce se spunea despre Goldstein este adevărat. În acele momente ura față de Fratele cel Mare se transforma în adorație, Fratele cel Mare părea să se înalțe ca un protector neînfricat și invincibil, neclintit ca o stîncă, împotriva hoardelor din Asia, iar Goldstein, în ciuda izolării și neputinței sale, precum și a faptului că însăși existența lui stătea sub semnul întrebării, aducea mai degrabă cu un vrăjitor sinistru, în stare să distrugă întregul eșafodaj al civilizației prin simpla putere a vocii sale.

Uneori era chiar posibil să-ți îndrepți ura într-o direcție sau alta printr-un act de voință. Brusc, cu un efort violent asemănător celui cu care îți smulgi capul de pe pernă în mijlocul unui coșmar, Winston izbuti să-și redirecționeze ura dinspre fața de pe ecran către fata cu păr negru din spatele lui. Prin minte îi trecură năluciri frumoase, pline de viață. Avea s-o omoare în bătaie cu un baston de cauciuc. Avea să-i lege trupul gol de un stîlp și să-l străpungă cu săgeți, ca pe Sfîntul Sebastian. Avea s-o siluiască și să-i taie beregata chiar în momentul orgasmului. În plus, își dădu seama mai bine decît înainte *de ce* o ura. O ura pentru că era tînără și frumoasă și asexuată, pentru că voia să se culce cu ea și n-o va face niciodată, pentru că în jurul mijlocului ei subțire și dulce, care părea că te îmbie să-l cuprinzi cu brațul, nu se găsea decît odiosul brîu stacojiu, simbolul agresiv al castității.

Ura atinse paroxismul. Vocea lui Goldstein devenise un behăit adevărat și, preț de o clipă, chiar și fața i se transformă într-una de oaie. Apoi fața de oaie se topi în figura unui soldat eurasian care părea că înaintează, uriaș și cumplit, cu pușca automată răpăind, și că iese din ecran, astfel încît unii oameni din rîndul din față chiar s-au tras înapoi în scaune. În același moment însă, provocînd un suspin adînc de ușurare din partea tuturor, figura ostilă se topi în chipul Fratelui cel Mare, cu părul lui negru și mustața neagră, plin de putere și de un calm misterios și atît de mare, încît aproape că umplea ecranul. Nimeni nu auzi ce spunea Fratele cel Mare. Nu erau decît niște cuvinte de încurajare, genul de cuvinte rostite în focul bătăliei, care nu se deslușeau separat, dar restabileau încrederea prin simplul fapt că erau spuse. Apoi fața Fratelui cel Mare se estompă și în locul ei apărură cele trei slogane ale Partidului, scrise cu litere mari și îngroșate:

RĂZBOIUL ESTE PACE
LIBERTATEA ESTE SCLAVIE
IGNORANȚA ESTE PUTERE

Însă chipul Fratelui cel Mare păru să mai stăruie cîteva clipe pe ecran, ca și cînd efectul pe care-l avusese asupra retinei celor prezenți era prea intens ca să poată dispărea imediat. Femeia scundă cu păr nisipiu se prăbușise peste spătarul scaunului din față. Cu un murmur tremurat, ce părea să spună „Mîntuitorul meu!“, ea întinse brațele către ecran. Apoi își îngropă fața în mîini. Era clar că rostea o rugăciune.

În acel moment întregul grup se porni să scandeze ritmic, rar, profund, „F-M!... F-M!... F-M!“, iarăși și iarăși, foarte rar, cu o pauză între „F“ și „M“ – un sunet greu, îngînat, ciudat de sălbatic, pe fundalul căruia aproape că se auzeau un tropot de picioare goale și vibrația unor tam-tamuri. Continuară preț de aproape treizeci de secunde. Era un refren care se auzea deseori în momente de emoție copleșitoare. Era, în parte, un soi de imn închinat înțelepciunii și măreției Fratelui cel Mare, dar, mai mult decît atît, reprezenta un act de autohipnoză, o adormire intenționată a stării de conștiență prin intermediul zgomotului ritmic. Lui Winston parcă îi înghețau măruntaiele. În timpul celor Două Minute de Ură nu se putea abține să participe la delirul general, dar această scandare subumană, „F-M!... F-M!", îl umplea întotdeauna de groază. Evident, scanda alături de ceilalți, i-ar fi fost imposibil să facă altfel. A-ți masca sentimentele, a-ți controla chipul, a face tot ce făceau și ceilalți era o reacție instinctivă. Dar a existat un interval de vreo două secunde în care expresia din ochi s-ar putea să-l fi trădat. Și chiar în acel moment s-a întîmplat lucrul semnificativ – dacă se va fi întîmplat cu adevărat.

Preț de o clipă, privirea i se încrucișă cu cea a lui O'Brien. O'Brien se ridicase. Își dăduse jos ochelarii și tocmai și-i potrivea înapoi pe nas cu gestul său caracteristic. Dar a existat o fracțiune de secundă în care ochii li s-au întîlnit și, în răstimpul cît s-a întîmplat asta, Winston a fost convins – da, *convins*! – că O'Brien gîndea la fel ca el. Se transmisese un mesaj inconfundabil. Parcă li se deschiseseră mințile și gîndurile li se scurgeau prin ochi dintr-una în cealaltă. „Sînt de acord cu tine", părea să-i spună O'Brien. „Știu exact ce simți. Îți cunosc prea bine disprețul, ura, sila. Dar nu-ți face griji, sînt de partea ta!" Apoi sclipirea de inteligență s-a stins, iar chipul lui O'Brien a devenit iarăși de nepătruns, la fel ca al celorlalți.

Asta a fost tot și Winston se îndoia deja că se întîmplase cu adevărat. Astfel de incidente nu aveau niciodată nici un fel de urmări. Nu făceau decît să-i păstreze vie convingerea că, în afară de el, mai existau și alți dușmani ai Partidului. Poate că zvonurile despre vastele conspirații subterane erau totuși adevărate – poate că Frăția chiar exista! În ciuda arestărilor, mărturisirilor și execuțiilor permanente, n-aveai cum să știi sigur dacă Frăția nu-i decît un mit. În unele zile credea în ea, în altele, nu. Nu exista nici o dovadă, doar priviri fugare, care poate însemnau ceva, poate nu însemnau nimic: frînturi de conversații surprinse în trecere, mîzgăleli abia vizibile pe pereții băilor, ba o dată, cînd s-au întîlnit doi străini, chiar un mic gest al mîinilor care dăduse impresia că ar putea fi un semn de recunoaștere. Toate erau doar speculații: cel mai probabil își imaginase totul. Se întoarse în cabina lui fără să se mai uite înspre O'Brien. Abia dacă-i trecuse prin minte ideea de a continua în vreun fel acest contact pasager. Chiar dacă ar fi știut cum să procedeze, așa ceva ar fi fost incredibil de periculos. Schimbaseră o privire îndoielnică preț de o secundă, două, și asta era tot. Dar pînă și așa ceva constituia un eveniment memorabil în singurătatea încătușată în care trebuiau să trăiască.

Winston se dezmetici și se îndreptă în scaun. Îi scăpă un rîgîit. Îi venea pe gît ginul din stomac.

Ochii i se concentrară din nou asupra foii. Descoperi că în timp ce stătuse și cugetase neajutorat mai și scrisese ceva, parcă mecanic. Și nu mai era același scris stîngaci și înțepenit de mai devreme. Tocul îi alunecase voluptuos pe hîrtia netedă și caligrafiase cu litere mari, de tipar

JOS FRATELE CEL MARE
JOS FRATELE CEL MARE
JOS FRATELE CEL MARE
JOS FRATELE CEL MARE
JOS FRATELE CEL MARE

încă o dată și încă o dată, umplînd o jumătate de pagină.

Nu-și putu înăbuși o străfulgerare de panică. Era absurd, deoarece faptul că scrisese acele cuvinte nu era cu nimic mai periculos decît actul inițial de a începe jurnalul, dar pe moment a fost tentat să rupă paginile stricate și să lase totul baltă.

Cu toate acestea, n-o făcu. Știa că n-are rost. Fie că scria „JOS FRATELE CEL MARE“, fie că se abținea, era totuna. Fie că avea să continue jurnalul, fie că nu, era totuna. Poliția Gîndirii tot urma să-l prindă. Înfăptuise – și ar fi înfăptuit oricum, chiar dacă n-ar fi pus niciodată tocul pe hîrtie – crima fundamentală, care le conținea în ea pe toate celelalte. Crimă-n-gîndire, așa îi spuneau. Crima-n-gîndire nu era ceva ce putea fi ascuns veșnic. Puteai să o disimulezi cu succes o vreme, chiar ani întregi, dar mai devreme sau mai tîrziu ajungeau inevitabil la tine.

Întotdeauna se întîmpla noaptea – arestările se făceau invariabil noaptea. Trezirea bruscă din somn, mîna aspră care-ți scutura umărul, luminile care te orbeau, cercul de fețe împietrite din jurul patului. În marea majoritate a cazurilor nu avea loc nici un proces, nu se raporta nici o arestare. Oamenii dispăreau pur și simplu, întotdeauna în timpul nopții. Ți se scotea numele din registre, se ștergeau urmele a tot ce făcuseși vreodată, existența pe care o avuseseși cîndva era negată și apoi uitată. Erai abolit, anihilat – *vaporizat* era cuvîntul obișnuit.

Preț de o clipă, a fost cuprins de un soi de isterie. Începu să scrie într-o mîzgăleală dezordonată și grăbită:

o să mă-mpuște nu-mi pasă o să mă-mpuște în ceafă nu-mi pasă jos fratele cel mare întotdeauna te-mpușcă în ceafă nu-mi pasă jos fratele cel mare

Se lăsă pe spătarul scaunului, ușor rușinat de sine, și lăsă tocul din mînă. În momentul următor tresări violent. Cineva bătea la ușă.

Așa de repede! Încremeni ca un șoricel, cu speranța deșartă că, oricine va fi fiind, va pleca după o singură încercare. Dar nu, bătaia se repetă. Cel mai rău lucru cu putință era să tragi de timp. Inima îi bubuia ca o tobă, dar, dată fiind îndelunga obișnuință, probabil că fața îi era lipsită de orice expresie. Se ridică și se îndreptă cu pași greoi spre ușă.

II

Cînd apucă mînerul sferic al ușii, Winston își dădu seama că lăsase jurnalul deschis pe masă. „JOS FRATELE CEL MARE“ umplea pagina, cu litere suficient de mari ca să poată fi citite din celălalt capăt al încăperii. Era o tîmpenie incredibil de mare. Chiar și în starea aceea de panică, își dădu seama că nu voise să mînjească hîrtia catifelată închizînd carnetul înainte de a se fi uscat cerneala.

Inspiră adînc și deschise ușa. Îl năpădi imediat un val cald de ușurare. În prag stătea o femeie ștearsă, sleită, cu părul rar și fața ridată.

— Of, tovarășe, începu ea cu o voce jalnică, cumva tînguitoare. Mi s-a părut mie că v-am auzit intrînd. Ați putea veni să vă uitați la chiuveta din bucătărie? S-a înfundat și...

Era doamna Parsons, nevasta vecinului de pe etaj. („Doamnă“ era un cuvînt pe care Partidul îl dezaproba - trebuia să te adresezi tuturor cu „tovarășe“ sau „tovarășă“ -, dar cu unele femei îl foloseai instinctiv.) Avea în jur de treizeci de ani, dar arăta mult mai în vîrstă. Îți dădea impresia că are praf în ridurile de pe față. Winston o urmă pe coridor. Aceste reparații de amator erau o iritare aproape zilnică. Apartamentele din blocul Victoria erau vechi, construite în jur de 1930, și se dezintegrau. Tencuiala se cojea întruna de pe tavane și pereți, țevile plesneau la fiecare ger mai năprasnic, prin acoperiș se scurgea apa ori de cîte ori ningea, încălzirea funcționa de obicei la jumătate din capacitate, asta dacă nu era închisă cu totul din motive de economie. Reparațiile, în afara celor ce puteau fi făcute pe cont propriu, trebuiau aprobate de niște comisii de departe, care erau în stare să întîrzie timp de doi ani chiar și repararea unei ferestre.

— Evident, numai fiindcă Tom nu-i acasă, bîigui doamna Parsons.

Apartamentul familiei Parsons era mai mare decît al lui Winston și arăta rău într-un fel diferit. Totul părea distrus, călcat în picioare, ca și cînd pe acolo ar fi trecut un animal uriaș și violent. Pe podea erau înșirate pretutindeni obstacole formate din accesorii sportive - crose de hochei, mănuși de box, o minge de fotbal dezumflată, un șort jegos, întors pe dos –, iar pe masă erau împrăștiate vase murdare și cărți de exerciții cu colțurile îndoite. Pe pereți se vedeau steagurile stacojii ale Ligii Tineretului și ale Ligii Spionilor, precum și un afiș în mărime naturală reprezentîndu-l pe Fratele cel Mare. Mirosea, ca de obicei, a varză fiartă, care era mirosul obișnuit din clădire, dar se simțea și o duhoare mai puternică, de transpirație, care – îți dădeai seama imediat, deși era greu de zis cum – aparținea unei persoane ce lipsea în acel moment. Într-o altă încăpere cineva încerca să țină ritmul cu muzica militară care se auzea în continuare din tele-ecran, folosindu-se de un pieptăn și o bucată de hîrtie igienică.

— Copiii, zise doamna Parsons, aruncînd o privire pe jumătate îngrijorată spre ușă. N-au ieșit azi. Și, bineînțeles...

Avea obiceiul de a se opri în mijlocul propoziției. Chiuveta din bucătărie era plină aproape pînă sus cu o apă jegoasă, verzuie, care mirosea mai rău ca niciodată a varză. Winston îngenunche și examină cotul țevii. Ura să-și folosească mîinile și ura să se aplece, căci deseori asta îl făcea să tușească. Doamna Parsons îl privea neputincioasă.

— Evident, dacă Tom ar fi acasă, ar rezolva-o cît ai zice pește, spuse ea. Tare-i plac chestiile astea. E tare bun la meșterit Tom, zău că da.

Parsons era coleg cu Winston la Ministerul Adevărului. Era un ins durduliu, dar activ, de o prostie paralizantă, un morman de entuziasme imbecile, unul dintre caii aceia de bătaie care nu pun niciodată nimic la îndoială și de care depindea stabilitatea Partidului chiar mai mult decît de Poliția Gîndirii. Ajuns la treizeci și cinci de ani, tocmai fusese exclus – împotriva voinței sale – din Liga Tineretului, iar înainte să intre în Liga Tineretului, reușise să rămînă în rîndul Spionilor un an în plus peste vîrsta regulamentară. La minister ocupa o poziție inferioară, în care nu se cerea inteligență, dar, pe de altă parte, era figura principală în Comitetul Sportiv și în toate celelalte comitete implicate în organizarea de drumeții în grup, demonstrații spontane, campanii de economisire și activități de voluntariat în general. Pufăind din pipă, îți aducea la cunoștință cu o mîndrie molcomă că în ultimii patru ani își făcuse apariția la Centrul Comunitar în fiecare seară. Un damf copleșitor de transpirație, un soi de mărturie involuntară a vieții sale extenuante, îl însoțea peste tot unde mergea și rămînea în urma lui chiar și după ce pleca.

— Aveți o cheie? întrebă Winston, meșterind la bucșa cotului.

— O cheie, spuse doamna Parsons, devenit brusc moliie. Habar n-am, zău. Poate copiii...

Se auzi un tropăit de ghete și din nou cineva suflă în pieptăn, moment în care copiii dădură buzna în camera de zi. Doamna Parsons aduse cheia. Winston dădu drumul la apă și îndepărtă dezgustat smocul de păr care blocase țeava. Se curăță pe degete cît putu de bine în apa rece de la robinet și se întoarse în cealaltă cameră.

— Sus mîinile! răcni o voce sălbatică.

Un băiat chipeș de vreo nouă ani, ce făcea pe durul, se ivise din spatele unei mese și îl amenința cu un pistol automat de jucărie, în timp ce sora lui, cu vreo doi ani mai mică, făcea același gest cu o bucată de lemn. Amîndoi erau îmbrăcați în șortul albastru, cămașa gri și cravata roșie care constituiau uniforma Spionilor. Winston ridică mîinile deasupra capului, dar se simți întru cîtva tulburat, căci atitudinea băiatului era atît de amenințătoare, încît nu era întru totul o joacă.

— Ești un trădător! răcni puștiul. Un criminal în gîndire. Ești un spion eurasian! O să te împușc, o să te vaporizez, o să te trimit în minele de sare!

Dintr-odată, începură amîndoi să țopăie în jurul lui și să strige „Trădătorule!“ și „Criminal în gîndire!“, fetița imitîndu-și fratele în toate cele. Scena era ușor înfricoșătoare, precum zbenguiala unor pui de tigru care în curînd vor crește și vor deveni devoratori de oameni. În privirea băiatului se putea citi un soi de ferocitate calculată, o dorință destul de evidentă de a-l îmbrînci sau lovi pe Winston și o conștientizare a faptului că era aproape destul de mare ca s-o facă. Noroc că pistolul pe care-l ținea în mînă nu e adevărat, se gîndi Winston.

Privirea doamnei Parsons se muta rapid de la Winston la copii și înapoi. În lumina mai bună din camera de zi, Winston observă cu interes că femeia avea într-adevăr praf în ridurile de pe față.

— Fac o larmă ceva de speriat, zise ea. Sînt dezamăgiți că n-au putut merge să vadă spînzurarea, asta-i problema. Eu am prea multă treabă ca să-i duc și Tom n-o să se întoarcă la timp de la lucru.

— De ce nu putem merge și noi să vedem execuția? urlă băiatul cu vocea sa puternică.

— Vrem la execuție! Vrem la execuție! scandă fetița, continuînd să țopăie.

Winston își aminti că niște deținuți eurasieni, condamnați pentru crime de război, urmau să fie spînzurați în seara aceea în parc. Astfel de evenimente aveau loc cam o dată pe lună și erau un spectacol prizat. Copiii făceau întotdeauna tărăboi să fie duși să vadă. Winston își luă la revedere de la doamna Parsons și se îndreptă spre ușă. Dar abia făcu șase pași pe coridor, cînd ceva îl izbi în ceafă, provocîndu-i o durere îngrozitoare. Parcă i-ar fi înfipt cineva în carne o sîrmă înroșită în foc.

Se întoarse suficient de repede ca s-o vadă pe doamna Parsons tîrîndu-și fiul înapoi din prag, în timp ce acesta își vîra praștia în buzunar.

— Goldstein! mugi băiatul pe cînd ușa se închidea în fața lui.

Însă pe Winston cel mai mult îl șocă expresia de frică neajutorată de pe chipul cenușiu al femeii.

Întors în apartament, trecu rapid pe lîngă tele-ecran și se așeză din nou la masă, frecîndu-și în continuare ceafa. Muzica din tele-ecran încetase. Îi luase locul o voce sacadată, milităroasă, care citea cu un soi de satisfacție brutală o descriere a armamentului din noua Fortăreață Plutitoare care tocmai fusese ancorată între Islanda și Insulele Feroe.

Nenorocita aia de femeie probabil că trăiește o viață de coșmar cu asemenea copii, se gîndi el. Peste un an sau doi o vor urmări zi și noapte ca să surprindă semne de nonconformism. Mai nou cam toți copiii erau groaznici. Partea cea mai rea era că, din pricina unor organizații ca Spionii, erau transformați sistematic în niște mici sălbatici incontrolabili, ceea ce totuși nu le stîrnea nici o tendință de a se revolta împotriva disciplinei Partidului. Dimpotrivă, adorau Partidul și tot ce ținea de el. Cîntecele, marșurile, steagurile, drumețiile, exercițiile cu arme de recuzită, scandarea lozincilor, cultul Fratelui cel Mare – pentru ei toate reprezentau un joc nemaipomenit. Toată ferocitatea li se îndrepta în afară, înspre dușmanii Statului, înspre străini, trădători, sabotori, criminali în gîndire. Pentru adulții de peste treizeci de ani era aproape firesc să se teamă de propriii copii. Și pe bună dreptate, căci nu trecea o săptămînă în care ziarul *Times* să nu publice vreun paragraf despre cum o mică iscoadă care trăsese cu urechea – „copil erou“ era expresia folosită de obicei – auzise unele remarci compromițătoare și își denunțase părinții la Poliția Gîndirii.

Durerea provocată de proiectilul din praștie se potolise. Winston luă tocul în mînă fără entuziasm, întrebîndu-se dacă mai putea găsi ceva de scris în jurnal. Brusc, începu să se gîndească din nou la O'Brien.

Cu ani în urmă – cîți să fi fost? vreo șapte, probabil – visase că merge printr-o încăpere cufundată în beznă. Iar cineva care ședea undeva într-o margine îi spusese în timp ce trecea: „Ne vom întîlni în locul unde nu există întuneric". Fraza fusese rostită foarte molcom, aproape indiferent – ca o afirmație, nu ca o poruncă. El continuase să meargă fără să se oprească. Partea ciudată era că în acel moment, în vis, cuvintele nu-i făcuseră o impresie prea puternică. Abia mai tîrziu și treptat păruseră să capete semnificație. Acum nu mai ținea minte dacă îl văzuse prima dată pe O'Brien înainte sau după vis și nici cînd identificase prima dată vocea ca fiind a lui O'Brien nu-și amintea. În orice caz însă, această identificare exista. O'Brien era cel care i se adresase din beznă.

Winston nu știuse niciodată sigur – și nu putea ști sigur nici după schimbul fulgerător de priviri din dimineața asta – dacă O'Brien era prieten sau dușman. De altfel, nici nu părea să conteze prea mult. Exista între ei o relație de înțelegere mai importantă decît afecțiunea sau partizanatul. „Ne vom întîlni în locul unde nu există întuneric", îi spusese el. Winston nu știa ce înseamnă asta, doar că se va adeveri într-un fel sau altul.

Vocea din tele-ecran se întrerupse. În atmosfera încremenită pluti un sunet de trompetă clar și frumos. Vocea reîncepu scrîșnit:

— Atenție! Atenție, vă rugăm! Chiar în acest moment am primit știri de pe frontul din Malabar. Forțele noastre din India de Sud au repurtat o victorie glorioasă. Sînt împuternicit să vă comunic că acțiunea pe care o relatăm acum ar putea aduce războiul mult mai aproape de final. Iată știrea...

Urmează vești proaste, se gîndi Winston. Și, într-adevăr, după o descriere sîngeroasă a felului în care fusese anihilată armata eurasiană, cu numere nemaipomenite de victime și prizonieri, veni și anunțul că, începînd de săptămîna viitoare, rația de ciocolată urma să fie redusă de la treizeci de grame la douăzeci.

Winston rîgîi din nou. Ginul își pierdea efectul, lăsînd în urmă o senzație de gol. Pentru a sărbători victoria sau, poate, pentru a alunga amintirea ciocolatei pierdute, din tele-ecran izbucni cîntecul „Oceania, totu-i pentru tine". Trebuia să iei poziție de drepți. Numai că în locul unde stătea el acum era invizibil.

După „Oceania, totu-i pentru tine" urmă niște muzică mai relaxantă. Winston se duse la fereastră, rămînînd cu spatele la tele-ecran. Ziua era tot rece și senină. Undeva în depărtare o bombă cu reacție explodă cu un vuiet înfundat, reverberant. În prezent asupra Londrei cădeau cîte douăzeci sau treizeci de astfel de bombe pe săptămînă.

Jos, pe stradă, afișul rupt fîlfiia în vînt, iar cuvîntul SOCENG apărea și dispărea spasmodic. Soceng. Principiile sacre ale Soceng. Neolimba, dublugîndirea, variabilitatea trecutului. Se simțea de parcă ar fi rătăcit prin pădurile de pe fundul mării, pierdut într-o lume monstruoasă, în care el însuși era monstrul. Era singur. Trecutul era mort, iar viitorul era de neimaginat. Ce certitudine avea că fie și o singură făptură umană care trăia acum era de partea lui? Și de unde să știe că dominația Partidului nu va fi *eternă*? Drept răspuns, îi reapărură cele trei slogane de pe fațada albă a Ministerului Adevărului:

RĂZBOIUL ESTE PACE
LIBERTATEA ESTE SCLAVIE
IGNORANȚA ESTE PUTERE

Scoase din buzunar o monedă de douăzeci și cinci de cenți. Și pe ea erau inscripționate cu litere minuscule și clare aceleași slogane, iar pe cealaltă față, capul Fratelui cel Mare. Ochii lui te urmăreau chiar și de pe monedă. Pe monede, pe timbre, pe copertile cărților, pe pancarte, pe afișe, pe pachetele de țigări – peste tot. Ochii te urmăreau mereu și vocea te împresura. Adormit sau treaz, muncind sau mîncînd, înăuntru sau afară, în baie sau în pat – fără scăpare. Nimic nu îți aparținea, în afară de cei cîțiva centimetri cubi din interiorul craniului.

Soarele se deplasase pe cer, iar acum, cînd lumina nu mai cădea pe ele, nenumăratele ferestre ale Ministerului Adevărului arătau sumbru, precum crenelurile unei fortărețe. Inima i se cutremură în fața enormei piramide. Era prea puternică, nu putea fi luată cu asalt. Nici o mie de bombe cu reacție n-ar fi putut s-o distrugă. Se întrebă din nou pentru cine scrie jurnalul. Pentru viitor, pentru trecut – pentru o perioadă ce s-ar putea dovedi imaginară. Iar în față îl pîndea nu moartea, ci anihilarea. Jurnalul va fi făcut scrum, iar el, vapori. Numai Poliția Gîndirii va citi ce scrisese înainte să-i șteargă cuvintele din lume și din amintire. Cum să te adresezi viitorului cînd nici o urmă din tine, nici măcar un cuvînt anonim mîzgălit pe o bucată de hîrtie, nu putea supraviețui fizic?

Tele-ecranul bătu ora paisprezece. În zece minute trebuia să plece. Era nevoit să ajungă înapoi la serviciu pînă la paisprezece treizeci.

În chip ciudat, bătaia orei fixe parcă îi dădu curaj. Era o fantomă singuratică, rostind un adevăr pe care nimeni nu avea să-l audă vreodată. Însă atîta timp cît îl rostea, continuitatea rămînea, într-un mod nedeslușit, neîntreruptă. Nu făcîndu-te auzit, ci rămînînd întreg la minte duceai mai departe moștenirea umană. Se întoarse la masă, își înmuie tocul în cerneală și scrise:

Către viitor sau către trecut, către un timp în care gîndirea este liberă, în care oamenii sînt diferiți unul de altul și nu trăiesc singuri, către un timp în care adevărul există și ceea ce s-a înfăptuit nu poate fi șters. Dinspre epoca uniformității, din epoca singurătății, din epoca Fratelui cel Mare, din epoca dublugîndirii – salutare!

Gata, sunt mort, se gîndi el. Avea senzația că doar acum, cînd începuse să-și poată formula gîndurile, făcuse pasul decisiv. Consecințele fiecărei acțiuni sînt cuprinse în acțiunea propriu-zisă. Continuă să scrie:

Crima-n-gîndire nu atrage după sine moartea – crima-n-gîndire ESTE moartea.

Acum, odată ce se recunoscuse drept un om mort, devenea important să rămînă în viață cît mai mult. Două degete de la mîna dreaptă îi erau pătate de cerneală. Era tocmai genul de amănunt care te putea trăda. Vreun băgăreț zelos de la minister (probabil o femeie, cineva ca femeia scundă cu păr nisipiu sau fata cu păr negru de la Secția Ficțiune) ar putea să se întrebe de ce scrisese în pauza de prînz, de ce folosise un toc de pe vremuri, *ce* anume scrisese, iar apoi să arunce doar o vorbă acolo unde trebuia. Se duse la baie și îndepărtă cu grijă cerneala cu săpunul aspru, maro-închis, care îți freca pielea ca șmirghelul și, ca urmare, era foarte potrivit pentru scopul de față.

Puse jurnalul într-un sertar. N-avea nici un rost să se gîndească să-l ascundă, dar putea măcar să facă în așa fel încît să afle dacă existența lui fusese sau nu descoperită. Un fir de păr la capătul paginilor era ceva prea evident. Culese cu vîrful degetului un fir vizibil de praf alburiu și îl puse pe colțul copertei, de unde cu siguranță avea să fie scuturat dacă muta cineva carnetul de la locul său.

III

Winston o visă pe mama lui.

Se gîndea că trebuie să fi avut zece sau unsprezece ani cînd mama lui dispăruse. Era o femeie înaltă, impunătoare și mai degrabă tăcută, cu mișcări molcome și un păr blond superb. Pe tatăl său îl ținea minte și mai vag, ca pe un ins smead și subțire, îmbrăcat mereu în haine îngrijite, închise la culoare (Winston își amintea mai ales tălpile foarte subțiri ale pantofilor tatălui său), și cu ochelari. Cel mai probabil fuseseră amîndoi înghițiți de una din primele mari epurări din anii '50.

Acum, în vis, maică-sa stătea undeva mult sub el, cu sora lui mai mică în brațe. Nu-și amintea nimic despre sora lui, în afară de faptul că fusese un bebeluș mic și firav, veșnic tăcut și cu ochi mari, scrutători. Amîndouă priveau în sus, spre el. Se găseau undeva jos, într-un loc subteran – fundul unui puț, de exemplu, sau un mormînt foarte adînc –, însă era un loc care, deși aflat deja mult sub el, continua să coboare. Se găseau în salonul unui vapor care se scufunda și se uitau în sus la el prin apa tot mai întunecată. În salon era încă aer, ele îl puteau vedea și el le putea vedea pe ele, dar se scufundau tot mai mult în apele verzui, care de-acum puteau să le ascundă în orice clipă și pentru totdeauna privirii lui. El era afară, la lumină și la aer, în timp ce ele erau trase în jos, spre moarte, și se găseau acolo jos *pentru că* el se găsea aici sus. O știa, o știau și ele și el putea vedea pe fața lor că o știu. Nu aveau nici o urmă de reproș nici pe chipuri și nici în inimi, doar certitudinea că ele trebuie să moară pentru ca el să rămînă în viață și că asta făcea parte din ordinea inevitabilă a lucrurilor.

Nu-și amintea ce se întîmplase, dar în vis știa că viețile mamei și surorii sale fuseseră sacrificate în schimbul vieții lui. Era un vis din acelea care, deși își păstrează decorul tipic de vis, sînt o continuare a vieții intelectuale și în care îți dai seama de lucruri și idei ce îți par proaspete și valoroase și după trezire. Gîndul care-l străfulgera pe Winston acum era că moartea mamei sale cu aproape treizeci de ani în urmă fusese tragică și dureroasă într-un fel care de-acum nu mai era posibil. Tragedia, și-a dat el seama, aparținea vremurilor demult trecute, vremurilor în care mai existau încă intimitate, iubire și prietenie, în care membrii unei familii se susțineau unii pe alții fără a trebui să știe de ce. Amintirea mamei lui îi sfîșia inima, căci murise iubindu-l, pe cînd el era prea tînăr și prea egoist ca s-o iubească la rîndu-i, și deoarece cumva – nu-și amintea cum – ea se sacrificase în numele unui devotament intim și de neclintit. Astfel de lucruri, înțelese el, nu se mai puteau întîmpla în prezent. În prezent existau teamă, ură și durere, dar nici o urmă de demnitate a sentimentelor, nici o tristețe adîncă sau complexă. Toate acestea păru să le vadă în ochii mari ai mamei și surorii lui, care se uitau în sus la el prin apa verde, la sute de stînjeni adîncime și încă scufundîndu-se.

Brusc, se trezi că stă pe un gazon fraged, tuns scurt, într-o seară de vară, iar razele piezișe ale soarelui aureau pămîntul. Peisajul la care se uita îi apărea atît de des în vis, încît nu știa niciodată sigur dacă îl văzuse sau nu aievea. Cînd se gîndea la el treaz, îi spunea Tărîmul de Aur. Era o pășune îmbătrînită, roasă de iepuri, prin care șerpuia o cărare și cu cîte un mușuroi de cîrtiță ici și colo. În gardul viu neîngrijit din celălalt capăt al cîmpului crengile ulmilor se legănau ușor în bătaia vîntului, cu frunzele tresărindu-le în mănunchiuri dese, ca niște plete de femeie. Undeva în apropiere, dar nevăzut, se găsea un fir limpede și molcom de apă, cu cleni care înotau în iazurile formate sub sălcii.

Fata cu păr negru se îndrepta spre el peste cîmp. Își smulse hainele de pe ea parcă dintr-o singură mișcare și le azvîrli disprețuitoare într-o parte. Trupul ei era alb și catifelat, dar nu-i stîrni nici o dorință, Winston abia dacă se uită la el. Ce-l copleși în clipa aceea era admirația pentru gestul cu care își aruncase hainele. Cu grația și nepăsarea ei, părea să anihileze o întreagă cultură, un întreg sistem de gîndire, ca și cum Fratele cel Mare, Partidul și Poliția Gîndirii ar fi putut fi spulberați toți în neant printr-o singură mișcare superbă a brațului. Acesta era și el un gest ce aparținea vremurilor demult trecute. Winston se trezi cu cuvîntul „Shakespeare“ pe buze.

Tele-ecranul emitea un șuierat asurzitor, care continuă cu aceeași intensitate timp de treizeci de secunde. Era zero șapte și cincisprezece, ora deșteptării pentru funcționari. Winston își smulse din pat trupul – gol, căci membrii Partidului Exterior nu primeau decît trei mii de cupoane pentru îmbrăcăminte pe an, iar o pijama costa șase sute – și apucă de pe scaun un maiou ponosit și un șort. Peste trei minute aveau să înceapă Exercițiile Fizice. În clipa următoare îl cuprinse un acces de tuse atît de violent, încît nu mai putu să stea drept, lucru ce i se întîmpla aproape întotdeauna imediat după trezire. Îi golea în asemenea hal plămînii, încît nu reușea să respire din nou decît lungit pe spate și inspirînd profund de cîteva ori la rînd. Venele i se umflară de la efortul impus de tuse, iar ulcerul varicos începu să-l mănînce.

— Grupul de la treizeci la patruzeci! lătră o voce pătrunzătoare de femeie. Grupul treizeci-patruzeci! La locurile voastre, vă rog. De la treizeci la patruzeci!

Winston luă poziția de drepți în fața tele-ecranului, pe care apăruse deja imaginea unei femei destul de tinere, slabă, dar musculoasă, îmbrăcată în uniformă și cu pantofi de sport.

— Îndoiți și întindeți brațele! se răsti ea. Țineți ritmul cu mine. *Unu*, doi, trei, patru! *Unu*, doi, trei, patru! Haideți, tovarăși, mai cu viață! *Unu*, doi, trei, patru! *Unu*, doi, trei, patru!

Durerea provocată de accesul de tuse nu îi ștersese cu totul din minte lui Winston impresia lăsată de vis, iar mișcările ritmice ale exercițiului fizic o restabiliră întru cîtva. În timp ce își azvîrlea mecanic brațele înainte și înapoi, avînd pe chip expresia de plăcere dîrză care era considerată adecvată în timpul Exercițiilor Fizice, se strădui să refacă în minte drumul pînă la perioada încețoșată a copilăriei timpurii. Era teribil de dificil. Dincolo de sfîrșitul anilor '50 totul se estompa. Cînd nu aveai nici un fel de surse de informații externe pe care să le consulți, pînă și conturul propriei vieți își pierdea claritatea. Îți aminteai evenimente mărețe, care foarte probabil nu avuseseră loc, îți aminteai amănuntele unor incidente fără să le poți reconstitui atmosfera, și mai erau și perioadele lungi și pustii, cărora nu le puteai asocia nimic. În vremea aceea totul fusese altfel. Chiar și țările avuseseră alte nume și alte forme pe hartă. Aerodromul Unu, de exemplu, nu se chemase așa: se chemase Anglia sau Marea Britanie, deși Winston era destul de sigur că Londra se chemase întotdeauna Londra.

Winston nu-și amintea clar vreo perioadă în care țara lui să nu fi fost în război, dar era evident că în copilărie trebuie să fi existat un interval destul de lung de pace, pentru că una din primele amintiri pe care le avea era un raid aerian care păruse să ia pe toată lumea prin surprindere. Poate fusese atunci cînd căzuse bomba atomică la Colchester. Nu-și amintea raidul în sine, dar își amintea clar cum tatăl lui îl strîngea de mînă în timp ce coborau grăbiți tot mai jos și mai jos, într-un loc din adîncurile pămîntului, și tot roată-roată, pe o scară în spirală, care-i răsuna sub picioare și care îl obosise într-atît, încît pînă la urmă a început să scîncească și au trebuit să se oprească și să se odihnească. Mama lui venea și ea undeva, mult în urmă, în felul ei lent și visător. O ducea în brațe pe surioara lui – sau poate era doar un mănunchi de pături: nu știa sigur dacă în acel moment sora lui se născuse deja. În cele din urmă au ajuns într-un loc gălăgios și aglomerat, pe care l-a recunoscut ca fiind o stație de metrou.

Acolo erau o mulțime de oameni așezați pe jos, pe dalele de piatră, iar alți oameni, îngrămădiți unii într-alții, stăteau pe paturi de metal supraetajate. Winston cu mama și tatăl lui și-au găsit loc pe jos, iar lîngă ei, pe un pat, ședeau un bătrîn și o bătrînă. Bătrînul purta un costum de culoare închisă, în stare destul de bună, și o beretă neagră de stofă, dată pe spate peste un păr foarte alb. Avea fața stacojie și ochii îi erau albaștri și plini de lacrimi. Duhnea a gin, ce părea că-i iese prin piele în loc de transpirație, și mai că-ți puteai imagina că lacrimile ce-i țîșneau din ochi erau gin curat. Dar, deși ușor cherchelit, părea și să sufere sub povara unei dureri reale și insuportabile. În felul său copilăresc, Winston a înțeles că tocmai se întîmplase ceva groaznic, ceva dincolo de iertare, ce nu mai putea fi îndreptat. I s-a părut și că știe despre ce era vorba. O persoană pe care bătrînul o iubise, poate o nepoțică, fusese ucisă. Bătrînul repeta la fiecare cîteva minute:

— Nu trebuia să ne-ncredem în ei. Am zis-o sau nu, maică? Așa se-ntîmplă cînd te-ncrezi în ei. Am zis-o de la bun început. Nu trebuia să ne-ncredem în nenorociții ăia.

Dar în care nenorociți nu trebuia să se-ncreadă, Winston nu-și mai amintea.

Cam de atunci încoace, războiul continuase neîntrerupt, deși, la drept vorbind, nu fusese mereu același război. În copilăria sa, timp de cîteva luni, în Londra avuseseră loc lupte de stradă confuze, iar pe unele și le amintea foarte clar. Dar i-ar fi fost complet imposibil să reconstituie istoria întregii perioade, să spună cine cu cine se lupta la un moment dat, deoarece nici un document scris și nici un cuvînt rostit nu menționau vreo altă alianță decît cea actuală. De exemplu, în acest moment, în 1984 (dacă era 1984), Oceania se afla în război cu Eurasia și era aliată cu Estasia. În nici un enunț public sau privat nu se recunoștea vreodată că aceste trei puteri fuseseră cîndva grupate altfel. În realitate, după cum Winston știa foarte bine, nu trecuseră decît patru ani de cînd Oceania, aliată cu Eurasia, se războise cu Estasia. Aceasta era însă doar o informație clandestină, pe care se întîmpla s-o dețină deoarece nu-și controla suficient de bine memoria. Oficial schimbarea partenerilor nu avusese loc niciodată. Oceania era în război cu Eurasia, prin urmare Oceania fusese întotdeauna în război cu Eurasia. Dușmanul momentului reprezenta întotdeauna răul absolut, de unde rezulta că orice acord trecut sau viitor cu el era imposibil.

Lucrul cel mai înfricoșător, se gîndi el pentru a zecea mia oară în timp ce-și împingea dureros umerii în spate (își roteau trunchiurile de la mijloc, cu mîinile pe șolduri, un exercițiu care, chipurile, era bun pentru mușchii spatelui) – lucrul cel mai înfricoșător era că s-ar putea ca totul să fie adevărat. Dacă Partidul putea să își vîre mîna în trecut și să spună despre un eveniment sau altul că *nu s-a întîmplat niciodată*, așa ceva era cu siguranță mai înspăimîntător decît simpla tortură și moartea.

Partidul spunea că Oceania nu fusese aliată niciodată cu Eurasia. El, Winston Smith, știa că Oceania fusese aliata Eurasiei cu doar patru ani în urmă. Dar unde exista această informație? Doar în mintea lui, care oricum avea să fie anihilată în curînd. Și dacă toți ceilalți acceptau minciuna impusă de Partid – dacă toate consemnările spuneau aceeași poveste –, atunci minciuna intra în istorie și devenea adevăr. „Cine controlează trecutul", spunea sloganul Partidului, „controlează viitorul; cine controlează prezentul controlează trecutul". Și totuși trecutul, deși modificabil prin natura sa, nu fusese niciodată modificat. Adevărul de acum era adevărat din vecie și pentru vecie. Era foarte simplu. Nu era nevoie decît de o serie interminabilă de victorii asupra propriei memorii. I se spunea „controlul realității" – sau, în neolimbă, „dublugîndire".

— Pe loc repaus! lătră instructoarea cu ceva mai multă blîndețe.

Winston își lăsă brațele moi pe lîngă corp și își umplu iar încet plămînii cu aer. Mintea îi alunecă în lumea labirintică a dublugîndirii. Să știi și să nu știi, să te crezi absolut sincer în timp ce spui minciuni atent construite, să ai simultan două opinii care se anulează reciproc, știind că ele se contrazic și crezînd în amîndouă, să te folosești de logică împotriva logicii, să respingi moralitatea în timp ce ți-o revendici, să crezi că democrația este imposibilă și că Partidul este apărătorul democrației, să uiți ce trebuie să uiți, apoi să-ți amintești de îndată ce e nevoie să-ți amintești, iar apoi, imediat, să uiți din nou și, mai presus de toate, să aplici același proces procesului însuși – aceasta era subtilitatea supremă: să induci conștient inconștiența și apoi să devii din nou inconștient că tocmai ai înfăptuit acest act hipnotic. Pînă și înțelegerea cuvîntului „dublugîndire" presupunea utilizarea dublugîndirii.

Instructoarea le ceru iar să ia poziția de drepți.

— Și-acum să vedem cine reușește să-și atingă degetele de la picioare! zise ea cu însuflețire. Aplecați-vă din șolduri, tovarăși, vă rog. *Unu*-doi! *Unu*-doi!...

Winston ura exercițiul acesta, care îi trimitea săgeți de durere de la călcîie la fese și deseori sfîrșea prin a-i provoca un nou acces de tuse. Meditațiile sale se goliră de acea senzație de semi-plăcere. Trecutul, reflectă el, fusese nu doar modificat, fusese practic distrus. Căci cum să poți confirma pînă și faptul cel mai evident, cînd nu exista nici o altă dovadă în afară de propria ta memorie? Încercă să-și amintească în ce an auzise prima dată de Fratele cel Mare. Se gîndi că trebuie să fi fost cîndva prin anii '60, dar n-avea cum să știe cu certitudine. Evident că în istoriile Partidului Fratele cel Mare apărea drept liderul și apărătorul Revoluției din primele ei zile. Isprăvile sale fuseseră treptat împinse și mai departe în timp, pînă ce ajunseseră chiar și în fabuloasa lume a anilor '40 și '30, cînd capitaliștii, cu ciudatele lor pălării cilindrice, mai treceau încă pe străzile Londrei în automobile mari și lucioase sau în trăsuri cu pereți de sticlă. Nu se putea ști cît din această legendă era adevărat și cît era inventat. Winston nu mai ținea minte nici la ce dată se înființase Partidul. Nu credea să fi auzit cuvîntul Soceng pînă prin 1960, dar era posibil să fi circulat mai înainte în forma sa din fostalimbă, „Socialism Englezesc". Totul se topea în ceață. Uneori puteai depista totuși o minciună evidentă. De exemplu, nu era adevărat că Partidul inventase avioanele, așa cum se susținea în cărțile de istorie ale Partidului. Ținea minte avioanele din cea mai fragedă pruncie. Numai că nu puteai dovedi nimic. Nu puteai găsi nicăieri vreo dovadă. O singură dată în toată viața lui ținuse în mînă mărturia documentară inconfundabilă a falsificării unui fapt istoric. Și atunci...

— Smith! răcni vocea harpiei din tele-ecran. 6079 Smith W! Da, *dumneata*! Poți mai bine de-atît. Nu te străduiești deloc. Mai jos, te rog! *Asta-i* altceva, tovarășe! Și acum toată echipa – pe loc repaus și ochii la mine.

Trupul lui Winston fusese năpădit de o sudoare fierbinte. Chipul îi rămase de nepătruns. Nu-ți trăda niciodată exasperarea! Nu-ți trăda niciodată resentimentul! O singură străfulgerare a ochilor te poate trăda. Stătea și se uita la instructoare, care își ridică brațele deasupra capului, se apleca și își vîrî vîrful degetelor de la mîini sub degetele de la picioare, dacă nu tocmai grațios, măcar remarcabil de eficient și ordonat.

— *Așa*, tovarăși! *Așa* vreau să vă văd c-o faceți. Uitați-vă încă o dată la mine. Am treizeci și nouă de ani și patru copii. Ia priviți.

Se apleca din nou.

— Observați că genunchii *mei* nu sînt îndoiți. Toți puteți s-o faceți, numai să vreți, adăugă ea în timp ce se îndrepta. Oricine are mai puțin de patruzeci și cinci de ani este întru totul capabil să-și atingă degetele de la picioare. Nu ne bucurăm toți de privilegiul de a lupta pe front, dar măcar putem să ne menținem în formă. Gîndiți-vă la băieții noștri de pe frontul din Malabar! Și la marinarii de pe Fortărețele Plutitoare! Gîndiți-vă ce trebuie să îndure *ei*. Acum mai încercați o dată. Așa-i mai bine, tovarășe, *mult* mai bine, adăugă ea încurajator cînd Winston, aplecîndu-se rapid și violent în față, reuși să-și atingă degetele de la picioare cu genunchii întinși pentru prima dată în ultimii cîțiva ani.

IV

Cu oftatul adînc, involuntar, pe care nici măcar apropierea tele-ecranului nu îl putea împiedica să-l scoată cînd își începea ziua de lucru, Winston trase dictatranscriptorul spre el, suflă praful ce se depusese pe microfon și își puse ochelarii. Apoi desfășură și prinse cu o agrafă patru suluri mici de hîrtie care fuseseră aruncate deja de tubul pneumatic din dreapta biroului său.

În pereții cabinei se găseau trei orificii. La dreapta dictatranscriptorului, un mic tub pneumatic pentru mesajele scrise, la stînga, unul mai mare pentru ziare, iar în peretele lateral, unde brațul lui Winston putea ajunge cu ușurință, o fantă mare, dreptunghiulară, protejată de un grilaj de sîrmă. Aceasta din urmă era folosită la evacuarea maculaturii. Mii sau zeci de mii de fante similare existau prin toată clădirea, nu doar în fiecare încăpere, ci și, din loc în loc, la distanțe scurte, pe fiecare coridor. Dintr-un motiv oarecare, erau numite găuri de memorie. Cînd știai că un document trebuie distrus sau chiar dacă vedeai doar vreo bucată de hîrtie aruncată, reacționai automat ridicînd clapa celei mai apropiate găuri de memorie și aruncînd hîrtia, care era apoi purtată de un curent de aer cald pînă la cuptoarele enorme ascunse undeva în adîncurile clădirii.

Winston examină cele patru bucăți de hîrtie pe care le desfășurase. Fiecare conținea un mesaj de numai un rînd sau două în jargonul abreviat – nu chiar în neolimbă, dar constînd în mare parte din cuvinte din neolimbă – care era utilizat la minister în scopuri interne. Iată care erau acestea:

times 17.03.84 discurs fm răurelatat africa rectificare

times 19.12.83 prognoze plan trienal trimestrul 4 83 greșeli tipar verificare număr curent

times 14.02.84 minibelș răucitat ciocolată rectificare

times 03.12.83 reportaj ordin de zi fm dubluplusnebun ref nepersoane rescriere integral suptrans antepredare

Cu un vag sentiment de satisfacție, Winston așeză al patrulea mesaj deoparte. Era o treabă complicată, de mare responsabilitate, și era mai bine s-o lase la sfîrșit. Celelalte trei erau chestiuni de rutină, deși cea de-a doua probabil că avea să presupună lungi căutări plicticoase pe liste de cifre.

Winston apelă „numere anterioare“ pe tele-ecran și solicită numerele corespunzătoare din *Times*, care ieșiră din tubul pneumatic după doar cîteva minute. Mesajele pe care le primise se refereau la articole sau știri care, dintr-un motiv sau altul, trebuiau modificate ori, conform exprimării oficiale, rectificate. De exemplu, din numărul de pe șaptesprezece martie al ziarului *Times* reieșea că Fratele cel Mare anticipase în discursul din ziua precedentă că pe frontul sud-indian nu se va întîmpla nimic, dar că se va lansa în curînd o ofensivă eurasiană în Africa de Nord. Ce s-a întîmplat de fapt a fost că Înaltul Comandament Eurasian și-a lansat ofensiva în India de Sud și a lăsat Africa de Nord în pace. Ca urmare, paragraful respectiv din discursul Fratelui cel Mare trebuia rescris în așa fel încît să anticipeze evenimentul care s-a întîmplat de fapt. Sau, la fel, numărul din nouăsprezece decembrie publicase prognozele oficiale pentru producția la diferite categorii de bunuri de consum în trimestrul al patrulea din 1983, care era și al șaselea trimestru al celui de-al Nouălea Plan Trienal. Numărul de azi conținea o prezentare a producției efective, din care reieșea că în fiecare caz prognozele fuseseră profund eronate. Treaba lui Winston era să rectifice cifrele anterioare pentru a le face să corespundă celor ulterioare. Al treilea mesaj se referea la o eroare foarte simplă, care putea fi rezolvată în cîteva minute. Cu foarte puțin timp în urmă, în luna februarie, Ministerul Belșugului făcuse promisiunea („angajamentul ferm“ fuseseră cuvintele oficiale) că în 1984 nu va mai avea loc nici o reducere a rației de ciocolată. De fapt, după cum știa deja Winston, la sfîrșitul săptămînii în curs rația de ciocolată urma să fie redusă de la treizeci la douăzeci de grame. Tot ce avea el de făcut era să înlocuiască promisiunea inițială cu un avertisment cum că la un moment dat, prin aprilie, va fi, probabil, necesară reducerea rației.

De îndată ce rezolvă aceste mesaje, prinse corecturile dictatranscrise de exemplarele corespunzătoare din *Times* și le împinse în tubul pneumatic. Apoi, cu un gest devenit aproape inconștient, mototoli mesajul original, precum și notițele făcute de el, și le aruncă în gaura de memorie pentru a fi mistuite de flăcări.

Ce se întîmpla în labirintul invizibil spre care ducea tubul pneumatic Winston nu știa în amănunt, dar avea o imagine generală. De îndată ce toate corecturile care se dovedeau necesare într-un număr din *Times* erau adunate și colaționate, numărul era retipărit, exemplarul original era distrus, iar exemplarul corect era arhivat în locul celui precedent. Acest proces de modificare continuă se aplica nu doar ziarelor, ci și cărților, periodicelor, broșurilor, afișelor, pliantelor, filmelor, coloanelor sonore, desenelor animate, fotografiilor – oricărui fel de scrieri sau documente care ar fi putut avea vreun fel de semnificație politică sau ideologică. Trecutul era actualizat zi de zi și aproape minut de minut. Astfel se putea demonstra cu dovezi scrise că toate previziunile Partidului fuseseră corecte. Nici unei știri sau opinii exprimate care contrazicea necesitățile momentului nu i se permitea să rămînă înregistrată. Toată istoria era un palimpsest șters și rescris ori de cîte ori se considera necesar. Odată înfăptuită schimbarea, nu ar fi fost posibil sub nici o formă să se demonstreze că avusese loc vreo falsificare. Cel mai mare compartiment din Secția Arhive, mult mai mare decît cel unde lucra Winston, consta pur și simplu din angajați a căror datorie era să caute și să adune toate exemplarele din cărți, ziare și alte publicații ce fuseseră modificate și acum trebuiau distruse. Un număr din *Times* care, din pricina modificărilor alianțelor politice sau a profețiilor eronate rostite de Fratele cel Mare, suferise o duzină de rescrieri, continua să apară în arhive cu data originală și nu exista nici un alt exemplar care să-l contrazică. Cărțile erau și ele retrase și rescrise permanent, fiind republicate invariabil fără să se recunoască existența vreunei modificări. Nici măcar instrucțiunile scrise pe care le primea Winston – și pe care le distrugea întotdeauna de îndată ce le ducea la bun sfîrșit – nu afirmau și nu sugerau vreodată că urma să se comită vreun fals: întotdeauna se vorbea de scăpări, erori, greșeli de tipar sau citări greșite, care trebuiau rectificate în interesul exactității.

De fapt, se gîndi el în timp ce ajusta cifrele Ministerului Belșugului, nici măcar nu era o falsificare. Era pur și simplu înlocuirea unei absurdități cu alta. Majoritatea materialului care-ți trecea prin mînă nu avea legătură cu nimic din lumea reală, nici măcar genul de legătură pe care-l implică o minciună directă. Statisticile erau o plăsmuire la fel de mare în varianta lor originală ca și în cea rectificată. De multe ori trebuia să le inventezi în mintea ta. De exemplu, prognoza Ministerului Belșugului estimase că producția trimestrială de ghete va fi de o sută patruzeci și cinci de milioane de perechi. Producția efectivă a fost raportată ca fiind de șaizeci și două de milioane. Însă cînd a rescris prognoza, Winston a redus cifra inițială la cincizeci și șapte de milioane, pentru a face loc obișnuitei afirmații că planul fusese depășit. Oricum, cifra de șaizeci și două de milioane nu era cu nimic mai aproape de adevăr decît cea de cincizeci și șapte de milioane sau cea de o sută patruzeci și cinci de milioane. Cel mai probabil nu se fabricase nici o gheată. Și mai probabil, nimeni n-avea habar cîte fuseseră fabricate și nici nu-i păsa nimănui.

Nu se știa decît că în fiecare trimestru se fabricau numere astronomice de ghete pe hîrtie, în timp ce probabil că jumătate din populația Oceaniei umbla desculță. Același lucru se întîmpla cu orice categorie de informație înregistrată, oricît de mare sau de mică ar fi fost ea. Totul dispărea într-o lume fantomă, în care, în cele din urmă, pînă și data calendaristică din an devenise nesigură.

Winston aruncă o privire de cealaltă parte a holului. În cabina de vizavi lucra concentrat un bărbat pe nume Tillotson, un ins mărunt, cu o înfățișare pedantă și bărbia nerasă, ce ținea un ziar împăturit pe genunchi și gura foarte aproape de microfonul dictatranscriptorului. Dădea senzația că încearcă să împărtășească un secret cu tele-ecranul. Insul ridică privirea și ochelarii îi aruncară o străfulgerare ostilă în direcția lui Winston.

Winston nu-l cunoștea prea bine pe Tillotson și habar n-avea care îi erau responsabilitățile. Angajații din Secția Arhive nu se arătau foarte dispuși să discute despre munca lor. În sala lungă și fără ferestre, cu șirul său dublu de cabine, foșnetul neîntrerupt al documentelor și zumzetul vocilor care murmurau în dictatranscriptoare, munceau cel puțin vreo doisprezece oameni pe care Winston nu-i știa nici măcar după nume, deși îi vedea zilnic mergînd grăbiți încoace și încolo pe coridoare sau gesticulînd în timpul celor Două Minute de Ură. Știa că în cabina de alături femeia scundă, cu păr nisipiu, trudea zi de zi doar ca să găsească și să șteargă din ziare numele oamenilor care fuseseră vaporizați și despre care, în consecință, se considera că nu existaseră niciodată. Era o oarecare logică în asta, din moment ce propriul ei soț fusese vaporizat cu vreo doi ani în urmă. Iar la cîteva cabine distanță, o făptură blajină, ineficientă și visătoare pe nume Ampleforth, cu urechi foarte păroase și un talent deosebit la rime și cadențe, muncea la producerea de versiuni mutilate – texte definitive, cum li se spunea – ale unor poezii care deveniseră ofensatoare ideologic, dar care, dintr-un motiv sau altul, urmau să fie reținute în antologii. Și această sală, cu cei aproximativ cincizeci de angajați ai săi, era doar o subsecție, o singură celulă, cum s-ar spune, din imensa complexitate a Secției Arhive. Dincolo de ea, deasupra ei, dedesubtul ei se aflau alte roiuri de angajați, ce înfăptuiau o multitudine inimaginabilă de sarcini. Se aflau tipografii uriașe, cu subredactori, experți tipografi și studiouri minuțios echipate pentru falsificarea fotografiilor. Se afla și departamentul de tele-programe, cu inginerii și producătorii săi și cu echipele de actori aleși anume pentru abilitatea lor de a imita voci. Se aflau armate de arhivari, a căror sarcină era pur și simplu să facă liste de cărți și periodice care trebuiau recuperate. Se aflau vastele depozite unde erau păstrate documentele corectate și cuptoarele ascunse în care se distrugeau exemplarele originale. Iar undeva, anonime, se găseau creierele conducătoare, cele care coordonau toată truda și trasau liniile directoare ale politicii prin care această frîntură de trecut trebuia păstrată, cealaltă, falsificată, iar cealaltă, eliminată cu totul.

Și Secția Arhive nu era de fapt decît o singură ramură a Ministerului Adevărului, a cărui responsabilitate principală nu era aceea de a recrea trecutul, ci de a-i aproviziona pe cetățenii Oceaniei cu ziare, filme, manuale, programe de tele-ecran, piese de teatru, romane, cu toate felurile de informații, instrucțiuni sau divertisment posibile, de la statui la lozinci, de la poeme lirice la tratate de biologie, de la abecedare pentru copii la dicționare ale neolimbii. În plus, ministerul trebuia nu doar să satisfacă multiplele nevoi ale Partidului, ci și să repete întreaga operațiune la un nivel mai scăzut, pentru proletariat. Exista un întreg lanț de departamente separate care se ocupau de literatura, muzica, teatrul și, în general, de divertismentul pentru proletariat. Aici se produceau ziare de doi bani, care nu conțineau nimic altceva în afară de sport, crime și horoscoape, romanțuri senzaționaliste de duzină, filme mustind de sex și cîntece sentimentale compuse în întregime prin mijloace mecanice pe un soi de caleidoscop special numit versificator. Exista chiar un întreg sub-departament – *Pornosec*, cum se numea el în neolimbă – ce se ocupa de producerea celui mai abject soi de pornografie, ce se expedia în pachete sigilate și la care nici un membru de Partid, în afara celor care contribuiseră la producerea ei, nu avea voie să se uite.

Trei mesaje ieșiră din tubul pneumatic în timp ce Winston lucra. Erau însă chestiuni banale, pe care le-a rezolvat înainte să-l întrerupă cele Două Minute de Ură. După terminarea Urii, se întoarse în cabina sa, luă de pe raft dicționarul neolimbii, împinse dictatranscriptorul la o parte, își curăță ochelarii și se apucă de sarcina principală a dimineții.

Munca îi oferea lui Winston cea mai mare plăcere în viață. În mare parte, aceasta consta dintr-o rutină plictisitoare, dar din cînd în cînd mai apăreau și sarcini atît de dificile și de complexe, încît te puteai pierde în ele ca în adîncurile unei probleme matematice – falsuri delicate, în care n-aveai nimic să te îndrume în afară de propria-ți cunoaștere a principiilor Soceng și cam ce presupuneai tu că vrea Partidul să spui. Winston se pricepea la astfel de lucruri. Uneori i se încredințase chiar rectificarea editorialelor din *Times*, care erau scrise exclusiv în neolimbă. Desfășură mesajul pe care-l pusese deoparte mai devreme. Iată ce spunea:

times 03.12.83 reportaj ordin de zi fm dubluplusnebun ref nepersoane rescriere integral suptrans antepredare

În fostalimbă (sau engleza standard) mesajul putea fi redat în felul următor:

Felul în care a fost prezentat ordinul de zi al Fratelui cel Mare în numărul din 3 decembrie 1983 al ziarului Times *este extrem de nesatisfăcător și face referire la persoane inexistente. Rescrieți în întregime și transmiteți ciorna unei autorități superioare înainte de predare.*

Winston citi articolul devenit necorespunzător. Se părea că ordinul de zi al Fratelui cel Mare fusese dedicat în principal elogierii activități unei organizații cunoscute drept TPFP, care furniza țigări și alte produse necesare marinarilor de pe Fortărețele Plutitoare. Un anume tovarăș Withers, un membru marcant al Partidului Interior, fusese evidențiat în mod special și îi fusese acordată o decorație, Ordinul Meritul Remarcabil, clasa a doua.

Trei luni mai tîrziu, TPFP fusese desființată brusc, fără să se ofere nici o explicație. Se putea presupune că Withers și partenerii săi căzuseră în dizgrație, dar nu se menționase nimic despre asta în presă sau pe tele-ecrane. Așa ceva era de așteptat, deoarece infractorii politici rareori erau trimiși în judecată sau măcar denunțați public. Marile epurări, în care erau implicați mii de oameni, cu procese publice ale trădătorilor și criminalilor în gîndire care își mărturiseau toate fărădelegile și apoi erau executați, constituiau spectacole speciale, ce nu aveau loc mai des de o dată la doi ani. În mod obișnuit cei care își atrăgeau nemulțumirea Partidului dispăreau pur și simplu și nu se mai auzea niciodată de ei. Nu se putea afla nici cel mai mic indiciu despre ce li se întîmplase. În unele cazuri poate nici nu muriseră. Vreo treizeci de oameni pe care Winston îi cunoscuse personal, nepunîndu-i la socoteală pe părinții lui, dispăruseră într-un moment sau altul.

Winston își mîngîie ușor nasul cu o agrafă pentru hîrtii. În cabina de vizavi, tovarășul Tillotson stătea în continuare ghemuit secretos peste dictatranscriptor. Ridică o clipă capul: aceeași străfulgerare ostilă în ochelari. Winston se întrebă dacă tovarășul Tillotson lucra la aceeași însărcinare ca și el. Era foarte posibil. O treabă atît de delicată nu putea fi niciodată încredințată unei singure persoane. Pe de altă parte, dacă o dădeai unui comitet, recunoșteai deschis că se comitea un act fraudulos. Foarte probabil, o duzină de oameni munceau acum la versiuni concurente ale spuselor Fratelui cel Mare. Și în curînd vreun creier suspus din Partidul Interior avea să aleagă una sau alta dintre variante, va face reeditarea și va pune în mișcare complexele procese de stabilire a trimiterilor necesare, după care minciuna aleasă va intra în arhivele permanente și va deveni adevăr.

Winston nu știa de ce căzuse Withers în dizgrație. Poate din cauza corupției sau a incompetenței. Poate că Fratele cel Mare nu făcea altceva decît să scape de un subordonat prea popular. Poate că Withers sau vreunul dintre apropiații săi fusese bănuit de tendințe deviaționiste. Sau poate – cea mai plauzibilă dintre variante – totul se întîmplase pur și simplu din cauză că epurările și vaporizările făceau parte în mod necesar din mecanismul de guvernare. Singurul indiciu real îl reprezentau cuvintele „ref nepersoane“, care arătau că Withers era deja mort. Nu puteai presupune întotdeauna așa ceva atunci cînd oamenii erau arestați. Uneori li se dădea drumul și li se permitea să rămînă în libertate chiar și un an sau doi înainte să fie executați. În cazuri foarte rare o persoană pe care o credeai moartă de mult își făcea o reapariție fantomatică la vreun proces public, unde implica sute de alți oameni cu mărturia sa înainte să dispară din nou, de data asta pentru totdeauna. Withers însă era deja o *nepersoană*. Nu exista – nu existase niciodată. Winston decise că nu era suficient să inverseze pur și simplu sensul discursului Fratelui cel Mare. Era mai bine să-l modifice într-unul lipsit de orice legătură cu subiectul său inițial.

Ar putea să transforme discursul în obișnuita denunțare a trădătorilor și criminalilor în gîndire, dar ar fi fost puțin cam prea evident. Pe de altă parte, inventarea unei victorii pe front sau a vreunei supraproducții triumfale în cel de-al Nouălea Plan Trienal ar putea complica prea mult documentele existente. Era nevoie de o operă de pură fantezie. Brusc i se ivi în minte imaginea clișeistică a unui anume tovarăș Ogilvy, care murise recent în luptă în împrejurări eroice. Fratele cel Mare își dedica uneori ordinul de zi comemorării vreunui umil membru de rînd al Partidului, a cărui viață și moarte le dădea drept exemple demne de urmat. Azi trebuia să-l comemoreze pe tovarășul Ogilvy. Ce-i drept, tovarășul Ogilvy nu exista, dar cîteva rînduri tipărite și vreo două fotografii trucate aveau să-i dea naștere foarte curînd.

Winston se mai gîndi o clipă, apoi trase dictatranscriptorul mai aproape și începu să dicteze în stilul obișnuit al Fratelui cel Mare: un stil simultan milităros și pedant, precum și ușor de imitat, datorită obiceiului său de a pune întrebări și de a da imediat răspunsul: „Ce lecție învățăm din acest fapt, tovarăși? Lecția – care constituie, de asemenea, unul din principiile fundamentale ale Soceng – este că“ etc., etc.

La vîrsta de trei ani tovarășul Ogilvy refuzase toate jucăriile cu excepția unei tobe, a unei puști semiautomate și a unei machete de elicopter. La șase ani – cu un an mai devreme, în urma unei dispense speciale – se alăturase Spionilor, iar la nouă ani era comandant de grupă. La unsprezece ani își denunțase deja unchiul Poliției Gîndirii după ce auzise o conversație ce i se păruse că ar avea tendințe criminale. La șaptesprezece, era organizator districtual la Liga Anti-Sex a Tineretului. La nouăsprezece, proiectase o grenadă de mînă care a fost adoptată de Ministerul Păcii și care, la prima testare, omorîse dintr-odată treizeci și unu de deținuți eurasieni. La douăzeci și trei, căzuse în luptă. Urmărit de avioanele vrăjmașe în timp ce zbura peste Oceanul Indian cu niște depeșe importante, își atîrnase mitraliera de trup ca să-l îngreuneze și sărise din elicopter în apele adînci, cu depeșe cu tot – un sfîrșit, a spus Fratele cel Mare, la care nu te puteai gîndi fără să te încerce un sentiment de invidie. Fratele cel Mare a mai adăugat cîteva remarci despre puritatea și caracterul de neclintit al vieții tovarășului Ogilvy. Acesta fusese un abstinent total, nu fumase, nu își căutase nici o formă de recreere în afară de o oră pe zi în sala de gimnastică și făcuse un legămînt de celibat, deoarece avusese convingerea că mariajul și grija impusă de o familie erau incompatibile cu devotamentul nețărmurit față de datoria sa. Nu avea alte subiecte de conversație în afară de principiile Soceng și nici un alt scop în viață în afară de înfrîngerea dușmanului eurasian și prinderea spionilor, sabotorilor, criminalilor în gîndire și a trădătorilor în general.

Winston cumpăni în sinea lui dacă să-i acorde tovarășului Ogilvy Ordinul Meritul Remarcabil, dar în cele din urmă hotărî să n-o facă, din cauza trimiterilor inutile pe care le-ar fi generat asta.

Aruncă iar o privire spre rivalul din cabina de vizavi. Ceva părea să-i spună sigur că Tillotson era ocupat cu aceeași însărcinare ca și el. N-aveai cum să afli a cui versiune va fi adoptată în cele din urmă, dar simțea o convingere profundă că va fi versiunea lui. Tovarășul Ogilvy, cel nici măcar plăsmuit cu o oră în urmă, era de-acum realitate. I se păru ciudat că puteai crea oameni morți, dar nu și vii. Tovarășul Ogilvy, care nu existase niciodată în prezent, exista de-acum în trecut și, odată ce falsificarea avea să fie dată uitării, el va exista la fel de veridic și pe baza acelorași dovezi ca și Iulius Cezar sau Carol cel Mare.

V

În cantina cu tavan scund, aflată mult sub pămînt, coada de la prînz înainta încet și smucit. Sala de mese era deja foarte aglomerată și asurzitor de zgomotoasă. Aburul de tocăniță se revărsa dinspre grilajul de la tejghea, răspîndind un miros acru, metalic, care totuși nu reușea să acopere vaporii emanați de ginul Victoria. La capătul celălalt al încăperii se găsea un bar mic, o banală deschizătură în perete, unde puteai cumpăra gin cu zece cenți cana.

— Chiar pe tine te căutam, spuse o voce din spatele lui Winston.

Acesta se întoarse. Era Syme, prietenul lui, care lucra la Secția Cercetare. „Prieten“ nu era, probabil, cel mai potrivit cuvînt. În ziua de azi nu mai aveai prieteni, aveai tovarăși, dar compania unor tovarăși era mai plăcută decît a altora. Syme era filolog, specialist în neolimbă. Ba chiar făcea parte din echipa enormă de specialiști care lucra în prezent la editarea celei de-a unsprezecea ediții a dicționarului neolimbii. Era o făptură măruntă, un individ mult mai scund decît Winston, cu părul negru și ochi mari, holbați, care aveau o expresie mohorîtă și, în același timp, batjocoritoare și păreau să-ți cerceteze chipul îndeaproape în timp ce vorbea cu tine.

— Voiam să te întreb dacă n-ai cumva niște lame, zise el.

— Nici măcar una! răspunse Winston cu un soi de grabă vinovată. Am căutat peste tot. Nu se mai găsesc.

Toată lumea îți cerea lame. Adevărul era că avea două noi, pe care le pusese deoparte. De cîteva luni era criză de lame. Exista tot timpul cîte un articol de strictă necesitate pe care magazinele Partidului nu erau în stare să-l furnizeze. Uneori era vorba de nasturi, alteori de ață de cîrpit, alteori de șireturi. În momentul de față erau lamele. N-aveai șanse să le găsești decît dacă scotoceai, mai mult sau mai puțin pe furiș, pe piața „liberă".

— De șase săptămîni folosesc aceeași lamă, își întări el minciuna.

Coada mai zvîcni puțin înainte. Cînd se opri, Winston se întoarse din nou spre Syme. Își luară amîndoi cîte o tavă unsuroasă de metal dintr-un maldăr de la capătul tejghelei.

— Te-ai dus ieri să vezi cum îi spînzură pe deținuții ăia? vru să știe Syme.

— Am lucrat, zise indiferent Winston. Probabil o să văd la cinema.

— Nici nu se compară, replică Syme.

Privirea lui batjocoritoare se plimbă pe chipul lui Winston. „Te știu eu", păreau să-i spună ochii, „văd prin tine. Știu prea bine de ce nu te-ai dus să-i vezi pe deținuții ăia spînzurați". În stilul lui intelectual, Syme era veninos de conformist. Vorbea cu o satisfacție malițioasă și respingătoare despre raiduri de elicopter peste satele dușmanului, despre procesele și mărturisirile criminalilor în gîndire, despre execuțiile din subteranele Ministerului Iubirii. O conversație cu el presupunea, în mare parte, să încerci să-l îndepărtezi de astfel de subiecte și să-l atragi, pe cît posibil, în amănunte specifice legate de neolimbă, domeniu în care se dovedea extrem de competent și de captivant. Winston întoarse puțin capul într-o parte, ca să evite privirea scormonitoare a ochilor acelora întunecați.

— A fost o spînzurare pe cinste, zise meditativ Syme. După părerea mea, mai mult strică atunci cînd le leagă picioarele. Îmi place să-i văd cum dau din ele. Și, mai mult ca orice, la sfîrșit, felul cum le iese limba afară, albastră – de un albastru foarte viu. Ăsta-i amănuntul care mă încîntă.

— Următoru', vă rog! răcni prolul cu șorț alb și cu un polonic în mînă.

Winston și Syme își împinseră tăvile pe sub grilajul de la tejghea. În amîndouă a fost trîntit rapid prînzul regulamentar – o crăticioară de metal cu tocăniță roz-cenușie, un codru de pîine, un cubuleț de brînză, o cană de cafea Victoria fără lapte și o tabletă de zaharină.

— Uite-o masă acolo, sub tele-ecranul acela, spuse Syme. Hai să luăm și-un gin pe drum.

Ginul l-au primit în căni de porțelan fără toartă. Își croiră drumul prin încăperea aglomerată și își puseră conținutul tăvii pe masa cu tăblie de metal. Într-un colț al ei cineva lăsase o baltă de tocăniță, o scîrboșenie lichidă care arăta a vomă. Winston își luă cana cu gin, se opri o clipă ca să-și adune curajul și înghiți lichidul uleios. Clipi ca să scape de lacrimile ce i se adunaseră în ochi, după care descoperi brusc că îi e foame. Începu să înfulece linguri pline de tocăniță, în care, deși era mai mult zeamă, se găseau și niște cubulețe dintr-o materie rozalie și buretoasă, probabil ceva derivat din carne. Nici unul din ei nu mai scoase vreo vorbă pînă nu-și goliră crăticioarele. La masa din stînga lui Winston și puțin mai în spate, cineva vorbea rapid și încontinuu – o flecăreală stridentă, aproape ca măcăitul unei rațe, care străpungea larma de fundal din încăpere.

— Cum mai merge treaba la dicționar? întrebă Winston, ridicînd vocea ca să acopere zgomotul.

— Încet, răspunse Syme. Am ajuns la adjective. E fascinant.

Se însuflețise imediat ce i se pomenise de neolimbă. Împinse crăticioara la o parte, luă codrul de pîine într-una din mîinile lui delicate și brînza în cealaltă, apoi se aplecă peste masă, ca să poată vorbi fără să strige.

— Ediția a unsprezecea este ediția definitivă, spuse el. Aducem limba în forma ei finală, forma pe care o va avea atunci cînd nimeni nu va mai vorbi altceva. Cînd vom termina, cei ca tine vor trebui s-o învețe de la zero. Tu îți imaginezi, presupun, că principala noastră responsabilitate este să inventăm cuvinte noi. Dar nici vorbă de așa ceva! Noi distrugem cuvinte – zeci de cuvinte, sute de cuvinte în fiecare zi. Radem limba pînă la os. A unsprezecea ediție nu va avea nici un cuvînt care să-și piardă relevanța înainte de 2050.

Mușcă lacom din pîine și înghiți vreo două îmbucături, după care continuă, cu un soi de pasiune de chițibușar. Fața lui îngustă și întunecată se însuflețise, iar ochii își pierduseră expresia batjocoritoare și deveniseră aproape visători.

— E o frumusețe chestia asta, distrugerea cuvintelor. Evident, cel mai mult se pierde la verbe și adjective, dar sînt și sute de substantive de care se poate scăpa. Nu e vorba doar de sinonime, ci și de antonime. În fond, ce rost are un cuvînt care este pur și simplu opusul altui cuvînt? Orice cuvînt își conține opusul în sine. Să luăm, de exemplu, cuvîntul „bun“. Dacă ai cuvîntul „bun“, ce rost mai are cuvîntul „rău“? „Nebun“ este la fel de potrivit, ba chiar mai potrivit, deoarece este exact opusul lui, ceea ce nu e cazul cu „rău“. Sau dacă vrei o variantă mai puternică pentru „bun“, ce rost are să folosești o întreagă serie de cuvinte vagi și inutile, cum sînt „excelent“ și „splendid“ și toate celelalte? „Plusbun“ acoperă acest înțeles – sau „dubluplusbun“ dacă vrei ceva și mai puternic. Bineînțeles că folosim deja aceste forme, dar în versiunea finală a neolimbii nu va mai exista nimic altceva. În cele din urmă întreg conceptul de bunătate și răutate va fi acoperit doar de șase cuvinte – în realitate, de unul singur. Nu vezi cîtă frumusețe este în asta, Winston? Evident, inițial a fost ideea lui FM, adăugă el ca și cînd tocmai i-ar fi trecut prin minte.

La menționarea Fratelui cel Mare, chipul lui Winston se însufleți vag. Syme însă sesiză imediat o anume lipsă de entuziasm.

— Nu apreciezi cu adevărat neolimba, Winston, zise el aproape trist. Chiar și cînd scrii, continui să gîndești în fostalimbă. Ți-am citit cîteva din textele alea pe care le scrii cîteodată pentru *Times*. Sînt destul de bune, dar sînt traduceri. În sinea ta preferi să folosești în continuare fostalimbă, cu toată imprecizia și nuanțele ei inutile. Nu înțelegi frumusețea distrugerii de cuvinte. Știai că neolimba este singura limbă din lume al cărei vocabular se micșorează în fiecare an?

Winston o știa, bineînțeles. Zîmbi - speră că înțelegător -, neavînd suficientă încredere în sine ca să vorbească. Syme mai mușcă o bucată din pîinea închisă la culoare, mestecă scurt și continuă:

— Nu pricepi că întregul scop al neolimbii este să îngusteze sfera gîndirii? În cele din urmă vom face crima-n-gîndire literalmente imposibilă, deoarece nu vor mai exista cuvinte care s-o exprime. Orice concept care s-ar putea dovedi vreodată necesar va fi exprimat printr-un *singur* cuvînt, cu un înțeles strict delimitat, iar toate înțelesurile derivate vor fi eliminate și uitate. Cu cea de-a unsprezecea ediție sîntem deja aproape de acest punct. Dar procesul va continua mult timp după ce tu și cu mine nu vom mai fi. Tot mai puține cuvinte în fiecare an și sfera gîndirii tot mai redusă. Bineînțeles, nici acum nu există vreun motiv sau scuză pentru comiterea de crime-n-gîndire. Este pur și simplu o chestiune de autodisciplină, de control al realității. În cele din urmă însă nici nu va mai fi nevoie de așa ceva. Revoluția va fi încheiată în momentul în care limba va fi perfectă. Neolimba este Soceng și Soceng este neolimba, adăugă el cu un soi de satisfacție mistică. Te-ai gîndit vreodată, Winston, că pînă cel mai tîrziu în anul 2050, nu va mai exista nici o ființă umană care să poată înțelege conversații de felul celei pe care-o purtăm noi acum?

— Cu excepția... începu circumspect Winston, apoi se opri.

Îi stătuse pe limbă să spună „Cu excepția prolilor", dar se abținu, neștiind sigur dacă o astfel de remarcă nu era cumva nonconformistă în vreun fel oarecare. Syme însă ghicise ce voia să spună.

— Prolii nu sînt ființe umane, zise el nepăsător. Pînă în 2050 – probabil chiar mai devreme – toate cunoștințele concrete de fostălimbă vor fi dispărut. Întreaga literatură a trecutului va fi deja distrusă. Chaucer, Shakespeare, Milton, Byron... toți vor exista doar în versiunile din neolimbă, nu doar transformați în altceva, ci transformați în opusul a ceea ce erau odinioară. Chiar și literatura Partidului se va schimba. Chiar și sloganele se vor schimba. Cum să ai un slogan precum „Libertatea este Sclavie", cînd conceptul de libertate a fost abolit? Întregul climat al gîndirii va fi unul diferit. De fapt, nu va mai *exista* gîndire, nu așa cum o înțelegem acum. Conformismul presupune să nu gîndești – să nu ai nevoie să gîndești. Conformismul înseamnă să nu fii conștient.

Într-o bună zi, se gîndi Winston, cuprins de o convingere bruscă și profundă, Syme va fi vaporizat. E prea inteligent. Vede lucrurile prea clar și vorbește prea limpede. Partidului nu-i plac astfel de oameni. Într-o bună zi va dispărea. Îi stă scris pe față.

Winston își terminase pîinea și brînza. Se răsuci puțin într-o parte pe scaun ca să-și bea cafeaua. La masa din stînga sa, bărbatul cu voce stridentă continua să vorbească îndîrjit. O tînără, probabil secretara lui, care stătea cu spatele la Winston, îl asculta și părea că aprobă cu entuziasm tot ce spune. Din cînd în cînd Winston prindea remarci cum ar fi „Cred că aveți *extrem* de multă dreptate, sînt *întru totul* de acord cu dumneavoastră", rostite cu o voce feminină tinerească și oarecum prostească. Dar cealaltă voce nu se întrerupea nici o clipă, nici chiar atunci cînd vorbea tînăra. Winston îl cunoștea din vedere pe bărbat, deși nu știa despre el decît că deține un post important la Secția Ficțiune. Avea în jur de treizeci de ani, un gît musculos și o gură mare, mobilă. Își ținea capul ușor dat pe spate și, datorită unghiului în care era așezat, lumina îi cădea pe ochelari, astfel încît Winston vedea două discuri goale în loc de ochi. Partea oarecum oribilă era că din toată revărsarea aceea de sunete ce-i ieșea pe gură nu se putea distinge aproape nici un cuvînt. O singură dată reuși Winston să prindă o sintagmă – „eliminarea completă și definitivă a goldsteinismului" –, aruncată foarte repede, parcă dintr-o bucată, ca un rînd de zaț tipografic cules fără pauze între cuvinte. Restul rămase doar un zgomot, un soi de măcăit continuu. Și cu toate astea, deși nu-i puteai auzi vorbele, nu exista nici o îndoială în privința conținutului lor de ansamblu. Poate că îl denunța pe Goldstein și cerea măsuri mai severe împotriva criminalilor-în-gîndire și a sabotorilor, poate că vitupera împotriva atrocităților comise de armata eurasiană, poate că-i ridica în slăvi pe Fratele cel Mare sau pe eroii de pe frontul din Malabar – n-avea nici o importanță. Orice ar fi fost, nu exista nici o îndoială că fiecare cuvînt era conformism pur, Soceng pur. În timp ce privea chipul fără ochi și cu un maxilar ce se mișca rapid în sus și în jos, pe Winston îl cuprinse senzația ciudată că nu avea în față o ființă reală, ci un soi de marionetă. Nu creierul bărbatului vorbea, ci laringele său. Pe gură îi ieșeau cuvinte, dar nu era vorbire în adevăratul sens al cuvîntului: era un zgomot declanșat inconștient, ca măcăitul unei rațe.

Syme tăcuse o clipă și trasa contururi cu coada lingurii în zeama de tocăniță. Vocea de la cealaltă masă măcăia rapid mai departe, ușor de auzit în ciuda hărmălaiei din jur.

— Există un cuvînt în neolimbă, spuse Syme, pe care nu știu dacă-l cunoști: *a măcăvorbi*, a măcăi ca o rață. E unul din cuvintele acelea interesante care au două înțelesuri contradictorii. Dacă îl adresezi unui adversar, e o injurie. Dacă îl adresezi cuiva cu care ești de acord, e un elogiu.

Fără îndoială că Syme va fi vaporizat, se gîndi iar Winston. Gîndul îi stîrni o oarecare tristețe, deși știa foarte bine că Syme îl disprețuia și chiar îl displăcea puțin, precum și că era întru totul capabil să-l denunțe pentru crimă-n-gîndire dacă găsea vreun motiv. Ceva era ușor în neregulă cu Syme. Îi lipsea ceva: discreția, detașarea, un soi de prostie salvatoare. Nu puteai să spui că nu e conformist. Credea în principiile Soceng, îl venera pe Fratele cel Mare, se bucura de victorii, îi ura pe eretici nu doar cu sinceritate, ci cu un soi de avînt neostoit, cu o cunoaștere veșnic actualizată, de care un membru obișnuit al Partidului nu era capabil. Cu toate astea, purta după el un aer vag de proastă reputație. Spunea lucruri care mai bine ar fi rămas nespuse, citise prea multe cărți, frecventa cafeneaua Castanul, locul de întîlnire al pictorilor și muzicienilor. Nu exista nici o lege, nici măcar una nescrisă, care să interzică frecventarea cafenelei Castanul, dar locul era oarecum de rău augur. Fusese locul de întîlnire al foștilor lideri discreditați ai Partidului înainte de a fi în cele din urmă epurați. Se zvonea că Goldstein însuși fusese văzut pe-acolo cu ani sau cu decenii în urmă. Soarta lui Syme nu era greu de ghicit. Totuși nu exista nici o îndoială că, dacă ar fi ghicit fie și pentru trei secunde gîndurile secrete ale lui Winston, Syme l-ar fi denunțat imediat la Poliția Gîndirii. El și, de fapt, oricine altcineva, dar Syme mai mult ca majoritatea. Zelul nu era de ajuns. Conformismul însemna inconștiență.

Syme ridică privirea.

— Uite-l pe Parsons, spuse el.

Tonul pe care o zisese părea să adauge cuvintele „tîmpitul ăla". Parsons, vecinul lui Winston din blocul Victoria, un bărbat bondoc, de înălțime mijlocie, cu părul blond și o față de broască, își croia într-adevăr drum prin încăpere. Ajuns la treizeci și cinci de ani, punea deja straturi de grăsime pe ceafă și în talie, dar mișcările îi erau încă sprintene și băiețoase. Semăna atît de mult cu un băiețel de dimensiuni mari, încît, deși purta salopeta regulamentară, era imposibil să nu ți-l imaginezi îmbrăcat în pantalonii scurți albaștri, cămașa gri și cravata roșie a Spionilor. Cînd ți-l închipuiai în minte, vedeai întotdeauna niște genunchi cu gropițe și niște mîneci suflecate deasupra unor antebrațe durdulii. Și, într-adevăr, Parsons se întorcea întotdeauna la pantalonii scurți ori de cîte ori vreo drumeție în grup sau vreo altă activitate fizică îi oferea scuza de-a o face. Acum îi salută pe cei doi cu un „Bună, bună!" vesel și se așeză la masă, emanînd un miros intens de transpirație. Fața roz îi era acoperită cu broboane de sudoare. Avea niște capacități sudoripare extraordinare. La Centrul Comunitar știai întotdeauna cînd jucase tenis de masă după umezeala de pe mînerul paletei. Syme scosese o fîșie de hîrtie cu o coloană lungă de cuvinte, pe care acum o studia, cu un creion chimic în mînă.

— Uită-te la el, lucrează și în pauza de prînz, spuse Parsons, dîndu-i un cot lui Winston. Pasiune, nu alta, așa-i? Ce-ai acolo, bătrîne? Probabil ceva prea mintos pentru mine. Smith, bătrîne, să-ți spun de ce te caut. Pentru cotizația aia pe care ai uitat să mi-o dai.

— Care cotizație? întrebă Winston și începu automat să se scotocească după bani.

Cam un sfert din salariu trebuia pus deoparte pentru cotizații voluntare, care erau atît de numeroase, încît îți venea greu să le ții socoteala.

— Pentru Săptămîna de Ură. Știi tu – fondul din casă-n casă. Eu sînt casierul blocului nostru. Tragem tare să facem un spectacol pe cinste. Ascultă ce-ți zic, nu din vina mea nu va avea bătrînul bloc Victoria cele mai multe steaguri de pe toată strada. Mi-ai promis doi dolari.

Winston găsi două bancnote mototolite și jegoase și i le întinse lui Parsons, care trecu suma într-un carnețel mic, cu scrisul ordonat al analfabeților.

— Apropo, bătrîne, zise el. Am auzit că ticălosul ăla mic al meu ți-a ars una cu praștia ieri. I-am tras o săpuneală pe cinste din cauza asta. I-am și spus că-i iau praștia dacă mai face așa ceva.

— Cred că era puțin necăjit fiindcă nu s-a dus la execuție, spuse Winston.

— Ei, da... ce vreau să zic, spiritu-i bun, așa-i? Niște ticăloși neastîmpărați amîndoi, dar dacă tot vorbirăm de pasiune...! Numai la Spioni se gîndesc – și la război, evident. Știi ce-a făcut mucoasa aia mică sîmbăta trecută, cînd grupa ei a pornit-o în drumeție spre Berkhamstead? Le-a convins pe încă două fete să meargă cu ea, s-au îndepărtat pe furiș de grup și și-au petrecut toată după-amiaza urmărind un tip ciudat. S-au ținut de coada lui vreo două ore prin pădure, apoi, cînd au ajuns la Amersham, l-au dat pe mîna patrulelor.

— Dar de ce-ar face una ca asta? întrebă Winston, ușor descumpănit.

Parsons continuă triumfător:

— Puștoaica mea era convinsă că-i un soi de agent inamic, care poate că fusese parașutat acolo, să zicem. Dar fii atent care-i faza, bătrîne. Ce crezi c-a pus-o de fapt pe urmele lui? A observat că poartă niște pantofi ciudați. Mi-a zis că nu mai văzuse pe nimeni cu pantofi din ăia. Așa că probabil era străin. Destul de deșteaptă pentru un țînc de șapte ani, nu?

— Ce s-a întîmplat cu bărbatul? vru să știe Winston.

— A, asta n-aș putea spune, evident. Dar nu m-ar mira deloc să fi...

Parsons mimă o pușcă ridicată la ochi și plesni din limbă ca să imite împușcătura.

— Bine, zise Syme distrat, fără să ridice privirea de pe fișia lui de hîrtie.

— Evident, nu ne putem permite să riscăm, încuviință conștiincios Winston.

— E război, știți ce zic, spuse Parsons.

Ca o confirmare a acestei afirmații, dinspre tele-ecranul aflat chiar deasupra capetelor lor se auzi un sunet de trîmbiță. De data asta se dovedi însă că nu era vorba de proclamarea vreunei victorii militare, ci era doar un anunț al Ministerului Belșugului.

— Tovarăși! strigă o voce tinerească și plină de avînt. Atenție, tovarăși! Avem vești glorioase pentru voi. Am cîștigat lupta pentru producție! Rezultatele recent finalizate pentru producția la toate categoriile de bunuri de consum arată că în ultimul an nivelul de trai a crescut cu nu mai puțin de douăzeci la sută. Pe tot cuprinsul Oceaniei, în această dimineață s-au declanșat demonstrații spontane de nestăvilit, muncitorii au ieșit din fabrici și birouri și au mărșăluit pe străzi cu pancarte prin care își exprimau recunoștința față de Fratele cel Mare pentru viața nouă și fericită pe care le-a hărăzit-o înțeleapta lui conducere. Iată cîteva din cifrele finale. Produsele alimentare...

Expresia „viața noastră nouă și fericită" a fost repetată de cîteva ori. Ministerul Belșugului o folosise mult în ultimul timp. Parsons, căruia trîmbița îi atrase atenția, stătea și asculta cu un soi de solemnitate tîmpă, de plictiseală luminată. Nu putea urmări cifrele, dar își dădea seama că reprezentau cumva un motiv de satisfacție. Scoase o pipă uriașă și jegoasă, care era deja pe jumătate plină cu tutun ars. Cum rația de tutun era de o sută de grame pe săptămînă, rareori puteai să umpli complet o pipă. Winston fumă o țigară Victoria, pe care o ținu orizontal, cu multă atenție. Noua rație începea abia mîine și nu mai avea decît patru țigări. Pe moment încercă să ignore zgomotele mai îndepărtate și să asculte doar ce se revărsa din tele-ecran. Se pare că avuseseră loc demonstrații chiar și pentru a-i mulțumi Fratelui cel Mare că mărise rația de ciocolată la douăzeci de grame pe săptămînă. Și doar abia ieri, se gîndi el, se anunțase că rația urma să fie *redusă* la douăzeci de grame pe săptămînă. Era posibil să înghită așa ceva – după doar douăzeci și patru de ore? Da, o înghițeau. Parsons o înghițea ușor, cu o stupizenie de animal. Creatura fără ochi de la masa alăturată o înghițea fanatic, împătimit, cu o dorință de nestăvilit de a descoperi, denunța și vaporiza pe oricine ar fi sugerat că săptămîna trecută rația fusese de treizeci de grame. Chiar și Syme – într-un fel mai complicat, care presupunea dublugîndirea, dar și Syme o înghițea. Atunci să fi fost el *singurul* care se mai afla în posesia unei amintiri?

Statisticile fabuloase au continuat să se reverse din tele-ecran. Comparativ cu anul precedent, acum se găseau mai multe alimente, mai multe haine, mai multe case, mai multă mobilă, mai multe oale, mai mult combustibil, mai multe vapoare, mai multe elicoptere, mai multe cărți, mai mulți copii – mai mult din orice, cu excepția bolilor, crimelor și nebuniei. An de an și minut de minut, toți și toate se îndreptau cu o viteză șuierătoare tot mai sus. La fel ca Syme mai devreme, Winston își luase lingura și se juca cu ea în zeama decolorată care se scursese pe masă, trasînd în ea un desen. Reflectă plin de resentimente la realitatea palpabilă a vieții. Întotdeauna fusese așa? Întotdeauna mîncarea avusese gustul ăsta? Se uită de jur împrejurul cantinei. O încăpere îngrămădită, cu tavan scund și cu pereții soioși de la atingerea nenumăratelor trupuri, mese și scaune jerpelite din metal, așezate atît de aproape unele de altele, încît atunci cînd ședeai, ți se frecau coatele de ale altora, linguri îndoite, tăvi ciobite, căni albe, grosolane, cu toate suprafețele unsuroase și jeg în crăpături, plus un miros acru, un amestec de gin de proastă calitate, cafea proastă, tocăniță metalică și haine murdare. În stomac și în piele simțeai întotdeauna un soi de protest, un fel de senzație că ai fost înșelat și ți s-a luat ceva la care aveai dreptul. E adevărat că nu-și amintea ca lucrurile să fi fost vreodată semnificativ diferite. Din ce putea el rememora cît de cît clar, mîncare suficientă nu se găsise niciodată, n-aveai niciodată ciorapi sau lenjerie de corp care să nu fie pline de găuri, mobila fusese mereu șubredă și jerpelită, camerele, insuficient încălzite, vagoanele de metrou, aglomerate, casele, gata să se dărîme, pîinea, tot neagră, ceaiul era o raritate, cafeaua avea gust mizerabil, țigările erau insuficiente – nimic ieftin și din belșug, în afară de ginul sintetic. Bineînțeles că lucrurile se înrăutățeau pe măsură ce trupul îmbătrînea, dar dacă te amărau greutățile, murdăria și lipsurile, iernile interminabile, ciorapii lipicioși, lifturile care nu funcționau niciodată, apa rece, săpunul aspru, țigările care se făceau fărîme, alimentele cu gustul lor oribil, nu era totuși un semn că *nu* aceasta era ordinea firească a lucrurilor? De ce ai simți că toate astea sînt insuportabile dacă nu ai avea un soi de amintire ancestrală cum că lucrurile au stat cîndva altfel?

Se uită din nou în jur prin cantină. Aproape toată lumea era urîtă și tot urîtă ar fi fost și dacă ar fi purtat alte haine, nu monotona salopetă albastră. La capătul celălalt al încăperii, așezat singur la masă, un bărbat scund, ce semăna ciudat de mult cu un gîndac, sorbea dintr-o cană de cafea în timp ce ochii îi aruncau priviri bănuitoare dintr-o parte într-alta. Ce ușor era, se gîndi Winston, dacă nu te uitai în jur, să crezi că prototipul idealului fizic stabilit de Partid – tineri musculoși, înalți, și fecioare blonde cu sîni plini, toți plini de viață, arși de soare și lipsiți de griji – exista, ba chiar predomina. În realitate, din cîte își dădea el seama, majoritatea locuitorilor Aerodromului Unu erau mărunți, negricioși și cu chipuri urîte. Era ciudat cît de răspîndit era prin ministere tipul gîndac: bărbați scunzi și bondoci, care se îndesau încă din tinerețe, cu picioare scurte, mișcări iuți, de gîngănii gata s-o zbughească, și fețe grase, de nepătruns, cu ochi foarte mici. Acesta era tipul care părea să se dezvolte cel mai bine sub conducerea Partidului.

Anunțul de la Ministerul Belșugului se încheie cu încă un sunet de trîmbiță, urmat de o muzică de fanfară. Parsons, în care bombardamentul de cifre stîrnise un entuziasm vag, își scoase pipa din gură.

— Ministerul Belșugului chiar a făcut o treabă pe cinste anu' ăsta, zise el, clătinînd înțelept din cap. Apropo, Smith, bătrîne, n-ai cumva niște lame de ras pe care să mi le poți da?

— Nici măcar una, spuse Winston. De șase săptămîni folosesc aceeași lamă.

— Of, bine... M-am gîndit totuși să te întreb, bătrîne.

— Îmi pare rău, zise Winston.

Vocea măcăitoare de la masa de alături, redusă temporar la tăcere de anunțul ministerului, reîncepuse, la fel de zgomotoasă. Dintr-un motiv oarecare, Winston se trezi brusc că se gîndește la doamna Parsons, cu părul ei rărit și praful din ridurile feței. În doi ani copiii aceia o vor denunța la Poliția Gîndirii. Doamna Parsons va fi vaporizată. Syme va fi vaporizat. Winston va fi vaporizat. O'Brien va fi vaporizat. Parsons, pe de altă parte, nu va fi niciodată vaporizat. Creatura fără ochi și cu voce măcăitoare nu va fi niciodată vaporizată. Bărbații mărunți, cu aspect de gîndaci, care mișunau atît de sprinten pe coridoarele labirintice ale ministerelor, nu vor fi vaporizați. Iar fata aceea cu părul negru, fata de la Secția Ficțiune, nu va fi nici ea vaporizată. Lui Winston i se păru că știe instinctiv cine va supraviețui și cine va muri – deși nu era ușor de spus ce anume însemna supraviețuirea.

În acest moment a fost smuls din reverie cu o tresărire violentă. Tînăra de la masa de alături se răsucise puțin și se uita la el. Era fata cu păr negru. Se uita la el dintr-o parte, dar cu o intensitate ciudată. În clipa cînd privirile li se întîlniră, tînăra se uită din nou în altă direcție.

Winston simți că spinarea începe să-i transpire. Îl străbătu un junghi de groază oribil. Dispăru aproape imediat, dar lăsă în urmă un soi de tulburare sîcîitoare. De ce se uita la el? De ce îl tot urmărea? Din păcate, nu-și amintea dacă ea era deja la masă cînd apăruse el sau venise după aceea. Ieri însă, în timpul celor Două Minute de Ură, se așezase totuși chiar în spatele lui, deși nu avea nici un motiv s-o facă. Foarte probabil, adevăratul ei scop fusese să-l asculte și să se asigure că strigă destul de tare.

Îi reveni în minte gîndul de mai devreme: probabil că în realitate nu făcea parte din Poliția Gîndirii, dar tocmai spionul amator reprezenta cel mai mare pericol. Nu știa de cînd îl privea, dar puteau fi chiar și cinci minute și era posibil să nu-și fi menținut perfect trăsăturile sub control. Era teribil de periculos să-ți lași gîndurile să rătăcească atunci cînd te aflai într-un spațiu public sau în raza vizuală a unui tele-ecran. Cel mai mic lucru te putea trăda. Un tic nervos, o expresie inconștientă de anxietate, obiceiul de a mormăi în barbă, orice ar fi putut sugera vreo anormalitate sau că ai avea ceva de ascuns. În orice caz, o expresie inadecvată pe chip (de exemplu, o expresie sceptică atunci cînd se anunța o victorie) era în sine o infracțiune ce se pedepsea. Exista chiar și un cuvînt în neolimbă pentru asta: se chema *crimă-n-chip*.

Tînăra îi întoarse din nou spatele. Poate că totuși nu îl urmărea. Poate faptul că se așezase atît de aproape de el două zile la rînd era doar o coincidență. Țigara i se stinsese și o așeză cu grijă pe marginea mesei. O va termina de fumat după orele de serviciu, asta dacă reușea să păstreze tutunul în ea. Era foarte posibil ca persoana de la masa de alături să spioneze pentru Poliția Gîndirii și era la fel de posibil ca în cel mult trei zile să ajungă în subteranele Ministerului Iubirii, dar o țigară tot nu trebuia irosită. Syme își împăturise fîșia de hîrtie și o pusese în buzunar. Parsons începuse iar să vorbească.

— Ți-am povestit, bătrîne, zise el chicotind cu pipa în gură, de momentul ăla cînd țîncii mei au dat foc fustei unei bătrîne din piață fiindcă au văzut-o că împachetează cîrnați într-un afiș cu FM? S-au strecurat în spatele ei și i-au dat foc cu o cutie de chibrituri. Au ars-o destul de rău, cred. Niște jăvruțe, nu? Dar focoși ca ardeiul iute! Mai nou au parte de instrucție clasa întîi la Spioni, chiar mai bună decît pe vremea mea. Care crezi că-i ultimul lucru pe care l-au căpătat? Pîlnii de urechi, ca să asculte prin gaura cheii! Aia mică a venit cu una acasă alaltăseară și a încercat-o la ușa de la camera de zi – cică aude de două ori mai bine decît dacă are numai urechea lipită de gaura cheii. Evident, nu-i decît o jucărie. Da' tot le transmite ideea corectă, nu?

În acel moment tele-ecranul slobozi un șuierat pătrunzător. Era semnalul de întoarcere la muncă. Toți cei trei bărbați săriră în picioare ca să se alăture îmbulzelii din jurul lifturilor, iar tutunul rămas în țigara lui Winston se scutură pe jos.

VI

Winston scrise în jurnal:

S-a întîmplat acum trei ani. Era o seară întunecată, pe o străduță laterală îngustă, lîngă una din gările principale. Stătea lîngă o poartă din zid, sub un stîlp de iluminat care nu dădea decît o lumină foarte slabă. Avea o față tînără, machiată foarte puternic. De fapt machiajul m-a atras, cît de alb era, ca o mască, și buzele de un roșu aprins. Femeile din Partid nu se machiază niciodată. Nu mai era nimeni pe stradă și nici un tele-ecran. A cerut doi dolari. Am...

Pe moment i-a venit prea greu să continue. Închise ochii și îi apăsă cu degetele, încercînd să stoarcă din ei imaginea care îi tot revenea. Simțea o dorință aproape irezistibilă să strige din toți bojocii un șir de cuvinte porcoase. Sau să se dea cu capul de perete, să răstoarne masa și să azvîrle călimara prin geam, să facă un gest violent sau zgomotos sau dureros, care să alunge amintirea ce îl chinuia.

Cel mai cumplit dușman al tău, se gîndi el, e propriul sistem nervos. Încordarea din interior se putea transforma în orice moment într-un simptom vizibil. Își aminti de un ins pe lîngă care trecuse pe stradă în urmă cu cîteva săptămîni: un bărbat cu o înfățișare obișnuită, un membru de Partid de vreo treizeci și cinci, patruzeci de ani, înăltuț și slab, cu o servietă în mînă. Erau la doar cîțiva metri unul de altul cînd jumătatea stîngă a feței bărbatului a fost schimonosită brusc de un soi de spasm. Gestul s-a repetat chiar cînd au trecut unul pe lîngă altul: nu era decît un zvîcnet, un tremur rapid, ca țăcănitul obturatorului unui aparat de fotografiat, dar era clar ceva recurent. Își aminti că în acel moment se gîndise: nenorocitul ăsta e terminat. Iar lucrul cu adevărat înspăimîntător era că omul probabil nici nu-și dădea seama ce i se întîmplă. Cel mai ucigător pericol dintre toate îl constituia vorbitul în somn. Din cîte își dădea seama Winston, de așa ceva nu te puteai păzi.

Inspiră adînc și continuă să scrie:

Am intrat cu ea pe poartă, am traversat o curte și am ajuns într-o bucătărie aflată la subsol. Lîngă perete se găsea un pat și pe masă, o lampă cu lumină foarte slabă. Ea...

I se strepezeau dinții. Ar fi vrut să scuipe. Se gîndea la femeia din bucătăria de la subsol, dar, în același timp, se gîndea și la Katharine, soția lui. Winston era însurat – sau, în orice caz, fusese însurat. Probabil era în continuare, din moment ce, din cîte știa el, soția lui era încă în viață. I se păru că respiră din nou damful cald și greu al bucătăriei de la subsol, un damf în care mirosul de gîndaci și haine murdare se combina cu cel de parfum ieftin și grețos, totuși atrăgător, deoarece femeile din Partid nu foloseau parfum și nici nu-ți puteai imagina că ar face-o vreodată. Numai prolii se dădeau cu parfum. În mintea lui izul de parfum era legat inextricabil de preacurvie.

Cu femeia aceea călcase strîmb pentru prima dată în ultimii doi ani sau cam așa ceva. Evident, era interzis să te înhăitezi cu prostituate, dar era și una din acele reguli pe care din cînd în cînd te puteai încumeta să le încalci. Era periculos, dar nu era o chestiune de viață și de moarte. Să fii prins cu o prostituată însemna, probabil, cinci ani într-un lagăr de muncă silnică – nu mai mult dacă nu comiteai și alte infracțiuni. În plus, era relativ ușor dacă reușeai să eviți să fii prins în flagrant. Cartierele mai sărace roiau de femei dispuse să-și vîndă trupul. Unele și-l vindeau chiar și pentru o sticlă de gin, care le era interzis prolilor. Partidul era chiar dispus să încurajeze tacit prostituția ca mijloc de eliberare a unor instincte ce nu puteau fi reprimate în totalitate. Simplul dezmăț nu conta foarte mult atîta timp cît era comis pe furiș și fără plăcere și atîta timp cît erau implicate doar femeile dintr-o clasă inferioară, una disprețuită. Promiscuitatea între membri de Partid era însă o crimă de neiertat. Totuși, deși era una din crimele pe care inculpații din marile epurări o mărturiseau întotdeauna, era greu de imaginat că așa ceva se întîmpla cu adevărat.

Scopul Partidului nu era doar de a împiedica bărbații și femeile să-și creeze legături pe care acesta nu le-ar putea controla. Scopul real, nedeclarat, era acela de a elimina orice plăcere din actul sexual. Dușmanul era nu atît iubirea, cît erotismul – atît în cadrul căsniciei, cît și în afara ei. Toate căsătoriile între membri de Partid trebuiau aprobate de o comisie numită în acest scop și, chiar dacă principiul n-a fost niciodată enunțat fățiș, permisiunea era întotdeauna refuzată dacă membrii cuplului dădeau impresia că ar fi atrași fizic unul de altul. Singurul scop acceptat al căsniciei era acela de a naște copii în beneficiul Partidului. Actul sexual trebuia privit ca o operație minoră și ușor dezgustătoare, cum ar fi o clismă. Nici acest principiu nu era exprimat vreodată clar în cuvinte, dar era inculcat tuturor membrilor de Partid încă din copilărie. Existau chiar organizații, cum ar fi Liga Anti-Sex a Tineretului, care propovăduiau abstinența totală pentru ambele sexe. Toți copiii urmau să fie zămisliți prin inseminare artificială (*insemart*, cum i se spunea în neolimbă) și crescuți în instituții publice. Winston își dădea seama că ideea nu trebuia luată foarte în serios, dar se potrivea cumva cu ideologia de ansamblu a Partidului. Partidul încerca să ucidă instinctul sexual sau, dacă acesta nu putea fi ucis, atunci măcar să-l denatureze și să-l mînjească. Nu știa de ce lucrurile stăteau așa, dar părea firesc să stea așa. Iar în cazul femeilor eforturile Partidului erau în mare parte încununate de succes.

Se gîndi din nou la Katharine. Trebuie să fi fost nouă, zece – aproape unsprezece ani de cînd se despărțiseră. Era ciudat cît de rar se gîndea la ea. Ajungea să uite zile întregi că fusese însurat. Nu trăiseră împreună decît vreo cincisprezece luni. Partidul nu permitea divorțul, dar încuraja separările în cazurile cînd nu existau copii.

Katharine fusese o fată înaltă și blondă, cu spate foarte drept și mișcări superbe. Avea o față îndrăzneață, cu profil acvilin, pe care ai fi putut s-o consideri nobilă pînă ce-ți dădeai seama că, foarte probabil, în spatele ei nu se ascundea nimic. Foarte curînd după ce s-au căsătorit, Winston a ajuns la concluzia că soția lui avea, de departe, mintea cea mai proastă, vulgară și goală din cîte întîlnise vreodată, dar probabil asta era doar din cauză că pe ea o cunoștea mai bine decît pe alții. Nu avea în minte nici un gînd care să nu fie un slogan și nu exista imbecilitate, oricît de mare, pe care să n-o înghită dacă i-o servea Partidul. În sinea lui o botezase „coloana sonoră umană". Cu toate acestea, ar fi suportat să trăiască cu ea dacă n-ar fi existat acel unic obstacol – actul sexual.

Cum o atingea, ea părea să se cutremure și să încremenească. Să o îmbrățișezi era ca și cum ai fi îmbrățișat un manechin de lemn. Și partea ciudată era că pînă și atunci cînd îl strîngea în brațe, el avea senzația că, în același timp, îl respingea din toate puterile. Impresia îi venea de la rigiditatea mușchilor ei. Katharine stătea cu ochii închiși și nici nu se împotrivea, nici nu participa, doar se *supunea*. Era ceva extraordinar de jenant și, după o vreme, oribil. Dar chiar și așa, ar fi suportat să trăiască cu ea dacă ar fi căzut de acord să practice abstinența. Oricît ar părea de ciudat însă, Katharine a fost cea care a refuzat. I-a zis că trebuiau să încerce să facă un copil. Așa că actul a continuat să se desfășoare cu regularitate, o dată pe săptămînă, atunci cînd nu era imposibil. Ea avea obiceiul să-i amintească dimineața de el ca de un lucru care trebuia făcut seara și nu trebuia uitat. Avea două expresii pentru asta. Una era „a face un copil", iar cealaltă, „datoria față de Partid" (da, chiar folosise această sintagmă). În curînd lui Winston a ajuns să-i fie de-a dreptul groază cînd venea ziua programată. Din fericire însă, n-a apărut nici un copil și în cele din urmă ea a acceptat să renunțe la încercări, iar la scurt timp după aceea s-au despărțit.

Winston oftă neauzit. Luă din nou tocul și scrise:

S-a aruncat pe pat și brusc, fără nici un fel de preambul, în felul cel mai oribil și grosolan cu putință, și-a ridicat fusta. Eu...

Se văzu stînd acolo, în lumina slabă a lămpii, cu mirosul de gîndaci și parfum ieftin în nări, iar în inimă cu o senzație de înfrîngere și resentiment care, chiar și în acel moment, se amesteca cu gîndul la trupul alb al Katharinei, înghețat pentru totdeauna de puterea hipnotică a Partidului. De ce trebuia să fie întotdeauna așa? De ce nu putea să aibă și el femeia lui în loc de încleștările astea mizerabile la intervale de ani de zile? O iubire adevărată era însă aproape de neconceput. Femeile din Partid erau toate la fel. Castitatea le era inculcată la fel de puternic precum credința față de Partid. Sentimentul firesc le fusese stîrpit din copilărie prin condiționări atente, cu jocuri și apă rece, cu rahatul care le era băgat în cap la școală, la Spioni și în Liga Tineretului, cu prelegeri, parade, cîntece, lozinci și muzică militară. Rațiunea îi spunea că trebuie să existe și excepții, dar inima n-o credea. Toate erau de nepătruns, așa cum o stipulase

Partidul. Și ce își dorea el cel mai mult, chiar mai mult decît să fie iubit, era să distrugă acest zid al neprihănirii, fie și doar o dată în viață. Actul sexual înfăptuit cu succes constituia o formă de revoltă. Dorința era crimă-n-gîndire. Dacă ar fi stîrnit-o pe Katharine, în caz că ar fi reușit una ca asta, ar fi fost un act de seducție, deși ea îi era soție.

Trebuia însă consemnat și restul poveștii. Scrise mai departe:

Am înălțat fitilul lămpii. Cînd am văzut-o în lumină...

După întunericul dinainte, lumina palidă a lămpii cu petrol i se păruse foarte puternică. Abia acum o vedea cum se cuvine pe femeie. Făcuse un pas spre ea și apoi se oprise, plin de dorință și de groază. Era dureros de conștient de riscul pe care și-l asumase venind aici. Era întru totul posibil ca patrulele să îl prindă la plecare – de fapt puteau foarte bine să-l aștepte la ușă chiar în acest moment. Dacă pleca fără ca măcar să facă lucrul pentru care venise...!

Totul trebuia scris, trebuia mărturisit. Ce văzuse el brusc la lumina lămpii era că femeia era *bătrînă*. Stratul de machiaj era atît de gros, încît părea gata să crape, ca o mască de carton. În păr avea șuvițe cărunte. Dar amănuntul cu adevărat groaznic era că deschisese puțin gura și nu dezvăluise nimic în afară de o beznă adîncă. Femeia nu avea nici un dinte.

Winston notă grăbit, cu un scris mîzgălit:

Cînd am văzut-o în lumină, mi-am dat seama că era o femeie destul de bătrînă, de cel puțin cincizeci de ani. Dar am continuat și am făcut-o oricum.

Își apăsă din nou pleoapele cu degetele. Pînă la urmă scrisese totul, dar nu se schimbase nimic. Terapia nu funcționase. Nevoia de a striga cuvinte porcoase cît putea de tare era mai puternică decît oricînd.

VII

„Dacă există vreo speranță", scrise Winston, „aceasta se află în proli".

Dacă exista speranță, aceasta *trebuia* să se afle în proli, căci numai acolo, în acele roiuri de oameni disprețuiți, optzeci și cinci la sută din populația Oceaniei, numai acolo putea fi generată vreodată forța necesară pentru a distruge Partidul. El nu putea fi distrus din interior. Dușmanii săi, dacă avea așa ceva, n-aveau cum să se adune sau măcar să se recunoască unii pe alții. Chiar dacă legendara Frăție exista – și poate că exista –, era de neconceput că membrii ei s-ar putea reuni vreodată în grupuri mai mari de doi sau trei indivizi. Pentru ei răzvrătirea însemna o privire, o inflexiune a vocii, cel mult un cuvînt șoptit din cînd în cînd. Pe cînd prolii, dacă ar reuși cumva să-și dea seama de puterea pe care o dețineau, nu ar avea nevoie să comploteze. Nu ar trebui decît să se ridice și să se scuture, ca un cal care se scutură de muște. Dacă ar vrea, ar putea să facă Partidul praf și pulbere chiar a doua zi dimineața. Cum să nu le treacă prin cap s-o facă, mai devreme sau mai tîrziu? Și totuși...!

Își aminti cum o dată, pe cînd mergea pe o stradă aglomerată, de pe o alee laterală aflată mai în față izbucnise un strigăt teribil de sute de voci – voci de femei. Era un răcnet formidabil de furie și disperare, un „O-o-o-o-o!" puternic și profund, care a continuat să răsune ca ecoul unui clopot. Îi tresărise inima în piept. A început! se gîndise. O răscoală! În sfîrșit prolii se descătușează! Cînd a ajuns la locul cu pricina, a văzut o gloată de vreo două-trei sute de femei îngrămădite în jurul tarabelor dintr-o piață în aer liber, cu niște expresii tragice pe chipuri, de parcă ar fi fost niște pasageri osîndiți de pe o corabie ce se scufunda. În acel moment însă disperarea generală se fragmentase într-o mulțime de certuri separate. Se pare că la una din tarabe se vînduseră cratițe de tablă. Erau niște obiecte amărîte, ca vai de capul lor, dar oalele de gătit de orice fel erau o raritate. Acum stocul se terminase brusc. Înghiontite și îmbrîncite, femeile care reușiseră să pună mîna pe ce voiau încercau să plece cu cratițele, în timp ce zeci de alte femei făceau scandal în jurul tarabei, acuzînd-o pe vînzătoare de favoritisme și că mai are cratițe ascunse pe undeva. De-acum izbucniseră alte țipete. Două femei umflate, dintre care una despletită, puseseră mîna pe aceeași cratiță și încercau să și-o smulgă una alteia. Au tras o clipă amîndouă de ea, dar apoi mînerul cratiței s-a deprins. Winston le-a urmărit cu dezgust. Și totuși, preț de o clipă, ce putere aproape înfricoșătoare se auzise în strigătul acela izbucnit din doar cîteva sute de gîturi! De ce oare nu erau niciodată în stare să strige așa dintr-un motiv care chiar conta?

Winston scrise mai departe:

Pînă ce nu vor deveni conștienți, nu se vor răscula, iar pînă ce nu se vor răscula, nu vor deveni conștienți.

Își dădu seama că afirmația sa părea transcrisă dintr-un manual al Partidului. Bineînțeles, Partidul pretindea că i-ar fi eliberat pe proli din sclavie. Înainte de Revoluție fuseseră persecutați oribil de către capitaliști, fuseseră înfometați și biciuiți, femeile fuseseră silite să lucreze în minele de cărbuni (de fapt femeile continuau să lucreze în minele de cărbuni), iar copiii lor erau vînduți fabricilor de la vîrsta de șase ani. Simultan însă – și respectînd principiile dublugîndirii –, Partidul propovăduia concepția că prolii erau inferiori de la natură și trebuiau să rămînă supuși, ca niște animale, prin aplicarea cîtorva reguli simple. În realitate se știau foarte puține despre proli. Nu era nevoie să se știe prea multe. Atîta timp cît continuau să muncească și să se înmulțească, celelalte activități ale lor erau nesemnificative. Părăsiți în voia sorții, ca niște vite lăsate de capul lor pe șesurile Argentinei, ei se întorseseră la un stil de viață ce li se părea firesc, la un soi de model ancestral. Se nășteau, creșteau pe drumuri, începeau să muncească de la doisprezece ani, treceau printr-o scurtă perioadă de înflorire a frumuseții și dorinței sexuale, se căsătoreau la douăzeci de ani, ajungeau la vîrsta a doua la treizeci și, în marea majoritate a cazurilor, mureau la șaizeci. Orizontul minții le era umplut de munca fizică grea, de treburile casei și îngrijirea copiilor, de gîlcevi meschine cu vecinii, filme, fotbal, bere și, mai presus de toate, jocuri de noroc. Nu era greu să-i ții sub control. Cîțiva agenți ai Poliției Gîndirii circulau tot timpul printre ei, răspîndind zvonuri false și identificîndu-i, iar apoi eliminîndu-i pe cei puțini despre care se credea că ar fi capabili să devină periculoși, dar nu se încerca deloc îndoctrinarea lor cu ideologia Partidului. Nu era de dorit ca prolii să aibă sentimente politice puternice. Nu li se pretindea decît un patriotism primitiv, la care să se poată apela ori de cîte ori era nevoie să li se impună mai multe ore de muncă sau rații mai mici. Chiar și atunci cînd deveneau nemulțumiți, cum se întîmpla uneori, nemulțumirea lor nu ducea nicăieri, deoarece, cum le lipseau ideile generale, nu se puteau concentra decît asupra unor plîngeri mărunte și neînsemnate. Invariabil, relelor mai mari nu le acordau nici o atenție. Marea majoritate a prolilor nici măcar nu aveau tele-ecrane acasă. Nici poliția civilă nu-și bătea prea mult capul cu ei. În Londra exista criminalitate din belșug, exista o întreagă lume paralelă a hoților, banditilor, prostituatelor, traficanților de droguri și escrocilor de toate felurile, dar cum toate astea se întîmplau printre proli, nu aveau nici o importanță. În toate chestiunile legate de morală li se permitea să-și urmeze codul ancestral. Lor nu le era impus puritanismul sexual al Partidului. Promiscuitatea rămînea nepedepsită, iar divorțul era permis. De fapt le-ar fi fost permisă și activitatea religioasă dacă prolii ar fi dat vreun semn că o doresc sau au nevoie de așa ceva. Nu erau demni de suspiciune. După cum o spunea lozinca Partidului: „Animalele și prolii sînt liberi".

Winston se aplecă și își scărpină atent ulcerul varicos. Începuse să-l mănînce iar. Te întorceai invariabil la imposibilitatea de a ști cum fusese viața înainte de Revoluție. Scoase din sertar un exemplar dintr-un manual de istorie pentru copii pe care-l împrumutase de la doamna Parsons și începu să copieze un pasaj în jurnal:

În vremurile de demult, înainte de glorioasa Revoluție, Londra nu era orașul frumos pe care îl știm azi. Era un loc întunecat, murdar și nefericit, unde aproape nimeni nu avea mîncare suficientă și unde sute și mii de oameni sărmani nu aveau încălțări în picioare și nici un acoperiș deasupra capului. Copii nu mai mari decît voi trebuiau să lucreze cîte douăsprezece ore pe zi pentru niște stăpîni nemiloși, care îi biciuiau dacă munceau prea încet și nu le dădeau de mîncare decît coji uscate de pîine și apă. Dar în toată această sărăcie lucie se găseau cîteva case mari și frumoase, unde locuiau bogătașii, care aveau chiar și treizeci de servitori ce se îngrijeau de ei. Acești bogătași se numeau capitaliști și erau niște indivizi grași și urîți, cu chipuri haine, precum cel din ilustrația de pe pagina alăturată. După cum vedeți, e îmbrăcat într-o haină lungă și neagră, care se numea redingotă, și poartă o pălărie ciudată și strălucitoare, în formă de horn de fum, care se numea joben. Aceasta era uniforma capitaliștilor și nimeni altcineva n-avea voie s-o poarte. Totul în lume era proprietatea capitaliștilor și toți ceilalți oameni erau sclavii lor. Ei aveau tot pămîntul, toate casele, toate fabricile și toți banii. Dacă nu-i asculta cineva, putea fi aruncat în închisoare sau putea să rămînă fără slujbă și să moară de foame. Cînd îi vorbea unui capitalist, un om obișnuit trebuia să îl lingușească, să facă o plecăciune și să i se adreseze cu „Domnule". Șeful tuturor capitaliștilor se numea Rege și...

Dar știa restul pomelnicului. Urmau episcopii cu mînecile veșmintelor de batist, judecătorii cu robele tivite cu hermină, stîlpul infamiei, bursa, roata de ocnă, gîrbaciul cu nouă șfichiuri, banchetul lordului primar al orașului și obiceiul de a-i săruta papei degetul de la picior. Exista și ceva care se numea *jus primae noctis*, dar care probabil că n-avea cum să fie menționat într-un manual pentru copii. Era o lege ce dădea oricărui capitalist dreptul de a se culca cu orice femeie care lucra în vreuna din fabricile sale.

Cum să știi cîte din toate astea erau minciuni? *S-ar putea* să fie adevărat că omului de rînd îi mergea mai bine acum decît înainte de Revoluție. Singura dovadă contrarie era protestul mut din propriile oase, sentimentul instinctiv că aceste condiții în care trăiai acum erau intolerabile și că în alte vremuri trebuie să fi fost diferite. Își dădu seama că trăsătura cu adevărat definitorie a vieții moderne nu era nici cruzimea, nici nesiguranța, ci pur și simplu pustietatea, murdăria și indiferența ei. Dacă te uitai în jur, vedeai că viața era diferită nu doar de minciunile care se revărsau din tele-ecrane, ci și de idealurile pe care încerca să le înfăptuiască Partidul. O mare parte din această viață era neutră și apolitică chiar și pentru un membru de Partid și se reducea la chinul de a-ți duce la bun sfîrșit sarcinile anoste, a-ți găsi un loc în metrou, a-ți petici o șosetă învechită, a cerși o tabletă de zaharină, a economisi un muc de țigară. Idealul stabilit de Partid era ceva imens, teribil și sclipitor, o lume de oțel și beton, cu mașinării monstruoase și arme înspăimîntătoare, o nație de războinici și fanatici mărșăluind înainte, perfect sincronizați, toți gîndind aceleași gînduri și scandînd aceleași lozinci, muncind, luptînd, triumfînd și persecutînd necontenit: trei sute de milioane de oameni, toți cu chipuri identice. Realitatea o reprezentau orașele părăginite și insalubre, unde oameni subnutriți își tîrau pașii încoace și încolo în pantofi găuriți și locuiau în clădiri peticite de secol nouăsprezece, care miroseau veșnic a varză și a veceuri stricate. Păru că i se arată o viziune a Londrei imense și ruinate, un oraș de un milion de pubele, iar în această viziune se împletea o imagine a doamnei Parsons, o femeie cu fața ridată și părul rărit, meșterind neajutorată la o țeavă de scurgere înfundată.

Se apleca și se scărpină din nou la gleznă. Tele-ecranul îți împuia zi și noapte urechile cu statistici care dovedeau că oamenii din ziua de azi aveau mai multă mîncare, mai multe haine, case mai bune și surse de divertisment mai bune, că trăiau mai mult, lucrau mai puține ore, erau mai mari, mai sănătoși, mai puternici, mai fericiți, mai inteligenți și mai educați decît cei care trăiseră cu cincizeci de ani în urmă. Nici un cuvînt din toate astea nu putea fi confirmat sau infirmat. De exemplu, Partidul pretindea că patruzeci la sută dintre prolii adulți erau acum alfabetizați, spre deosebire de numărul de dinainte de Revoluție, care se spunea c-ar fi fost de cincisprezece la sută. Partidul pretindea că rata mortalității era acum de doar o sută șaizeci la mie, pe cînd înainte de Revoluție fusese de trei sute – și tot așa. Era ca o ecuație cu două necunoscute. Era foarte posibil ca fiecare cuvînt din cărțile de istorie, chiar și acele lucruri pe care le acceptai automat, să nu fie decît pură fantezie. N-aveai cum să o știi, dar era foarte posibil nici să nu fi existat de fapt o lege *jus primae noctis*, nici o creatură precum capitalistul și nici măcar un obiect de îmbrăcăminte cum era jobenul.

Totul dispărea treptat în ceață. Trecutul era șters, ștergerea era uitată, minciuna devenea adevăr. O singură dată în viață se aflase în posesia unei dovezi concrete, inconfundabile, a unui act de falsificare *după* ce acesta se întîmplase – și asta era ceea ce conta. Ținuse acea dovadă între degete preț de vreo treizeci de secunde. Trebuie să fi fost prin 1973 sau, oricum, cam pe vremea cînd se despărțise de Katharine. Însă data cu adevărat relevantă era cu șapte sau opt ani mai înainte.

Povestea începea de fapt pe la mijlocul anilor '60, epoca marilor epurări, în care conducătorii inițiali ai Revoluției fuseseră eliminați odată pentru totdeauna. Pînă în 1970 nu mai rămăsese nici unul, cu excepția Fratelui cel Mare. Toți ceilalți fuseseră deja demascați drept trădători și contrarevoluționari. Goldstein fugise și se ascundea pe undeva, nimeni nu știa unde, iar dintre ceilalți, o parte dispăruseră pur și simplu, iar majoritatea fuseseră executați în urma unor procese publice spectaculoase, în cadrul cărora își mărturisiseră fărădelegile. Printre ultimii supraviețuitori se numărau trei bărbați pe nume Jones, Aaronson și Rutherford. Cei trei fuseseră arestați, cel mai probabil, prin 1965. Cum se întîmpla adesea, dispăruseră timp de un an sau mai bine, astfel că nimeni nu știa dacă mai trăiau sau nu, după care fuseseră readuși în atenția publică pentru a se autoincrimina în maniera bine cunoscută. Mărturisiseră că spionaseră pentru dușman (care pe vremea aceea era tot Eurasia), delapidaseră bani publici, omorîseră tot felul de membri de încredere ai Partidului, complotaseră împotriva conducerii Fratelui cel Mare cu mult timp înainte de Revoluție și înfăptuiseră acte de sabotaj care duseseră la moartea a sute de mii de oameni. După aceste mărturisiri, fuseseră grațiați și repuși în drepturi în Partid și li se dăduseră niște posturi care erau în realitate sinecuri, dar care dădeau impresia că ar fi importante. Toți trei scriseseră articole lungi și mizerabile în *Times*, analizînd motivele pentru care trădaseră și promițînd să se îndrepte.

La cîtva timp după eliberarea lor, Winston chiar îi văzuse pe toți trei la cafeneaua Castanul. Își amintea fascinația îngrozită cu care îi urmărise cu coada ochiului. Erau mult mai în vîrstă decît el, niște relicve ale lumii de demult – practic, ultimele mari personaje rămase din eroicele vremuri de început ale Partidului. Îi învăluia încă farmecul luptei în clandestinitate și al războiului civil. Deși datele și faptele începuseră deja să se încețoșeze, avea sentimentul că le știuse numele cu mulți ani înainte de a-l ști pe cel al Fratelui cel Mare. În același timp însă, erau proscriși, dușmani, paria, condamnați cu certitudine absolută la dispariție în cel mult un an sau doi. În final nici un om care încăpuse o dată pe mîinile Poliției Gîndirii nu mai avea scăpare. Nu erau decît niște cadavre care așteptau să fie trimise înapoi în mormînt.

La mesele din imediata lor vecinătate nu stătea nimeni. Nu era înțelept nici măcar să fii văzut în preajma unor astfel de oameni. Stăteau în tăcere în fața unor pahare de gin aromat cu cuișoare, care era specialitatea cafenelei. Dintre toți trei, pe Winston îl impresionase cel mai mult înfățișarea lui Rutherford. Acesta fusese cîndva un caricaturist faimos, ale cărui desene dure contribuiseră la înflăcărarea opiniei publice înainte de Revoluție și în timpul ei. Chiar și acum, chit că la intervale mari, îi mai apăreau caricaturi în *Times*. Numai că nu erau decît o imitație a stilului său de odinioară și, ca urmare, ciudat de lipsite de viață și neconvingătoare. Reluau întotdeauna temele de demult – locuințele din mahalale, copiii înfometați, luptele de stradă, capitaliștii cu jobene (chiar și pe baricade, capitaliștii păreau să țină la jobene) –, într-un efort nesfîrșit și inutil de a reveni în trecut. Era un bărbat monstruos, cu o coamă de păr cărunt, unsuros, fața buhăită și ridată și buze groase. Trebuie să fi fost teribil de puternic la vremea lui. Acum trupul său voluminos se lăsa, se lăbărța, se bomba, se împrăștia în toate direcțiile. Părea să se dezintegreze în fața ta, ca un munte care se prăvălește.

Era ora cincisprezece, o oră singuratică. Winston nu-și mai amintea acum de ce venise la cafenea la o asemenea oră. Localul era aproape gol. Din tele-ecrane se auzea o muzică stridentă. Cei trei bărbați stăteau aproape încremeniți în colțul lor și nu spuneau nimic. Fără să i se ceară, ospătarul le aduse alte pahare de gin. Pe masa de lîngă ei se găsea o tablă de șah cu piesele aranjate, dar nimeni nu începuse nici o partidă. Iar apoi, poate preț de o jumătate de minut, ceva s-a întîmplat cu tele-ecranele. Melodia pe care o transmiteau s-a schimbat și tonul muzicii s-a schimbat și el. Avea de-acum ceva... ceva greu de descris. Era o notă stranie, smintită, stridentă, zeflemitoare – în mintea lui, Winston a numit-o notă galbenă. Iar apoi o voce din tele-ecran a început să cînte:

La umbra marelui castan
Pe-un ban m-ai dat, te-am dat pe-un ban.
Acolo ei, aici noi stam,
La umbra marelui castan.

Cei trei bărbați nici nu s-au clintit. Dar cînd Winston a aruncat din nou o privire spre fața surpată a lui Rutherford, a văzut că ochii îi erau plini de lacrimi. Și a remarcat pentru prima dată, cu un soi de cutremurare interioară, totuși fără să știe *ce* îl cutremurase, că atît Aaronson, cît și Rutherford aveau nasul rupt.

În scurt timp toți trei au fost arestați din nou. Se părea că se apucaseră iarăși de conspirații chiar din momentul în care fuseseră eliberați. La cel de-al doilea proces și-au mărturisit încă o dată toate fărădelegile de dinainte, precum și un întreg șir de crime noi. Au fost executați și soarta lor a fost consemnată în istoriile Partidului, ca un avertisment adresat posterității. Vreo cinci ani mai tîrziu, în 1973, Winston tocmai desfășura un mănunchi de documente ce căzuseră din tubul pneumatic pe biroul său, cînd a dat peste o bucată de hîrtie care, evident, fusese strecurată printre celelalte și apoi uitată. În secunda în care a desfăcut-o, i-a înțeles importanța. Era o jumătate de pagină ruptă dintr-un număr din *Times* de acum zece ani – jumătatea de sus a paginii, ce includea și data – și conținea o fotografie a delegaților care participaseră la nu știu ce acțiune a Partidului de la New York. În mijlocul grupului se remarcau Jones, Aaronson și Rutherford. N-aveai cum să-i confunzi și, oricum, numele le erau scrise în caseta de dedesubt.

Problema era însă că la ambele procese toți trei bărbații mărturisiseră că în ziua respectivă se aflaseră pe teritoriul eurasian. Zburaseră de pe un aerodrom secret din Canada la o întîlnire de taină desfășurată undeva în Siberia, unde discutaseră cu membri ai Marelui Stat-Major Eurasian, cărora le dezvăluiseră importante secrete militare. Ziua i se întipărise în minte lui Winston deoarece era chiar solstițiul de vară, dar întreaga poveste trebuie să fi fost înregistrată într-o mulțime de alte locuri. Nu exista decît o singură concluzie posibilă: mărturisirile erau mincinoase.

Evident, asta nu era o revelație în sine. Winston nu-și imaginase nici pînă atunci că oamenii care erau eliminați în cadrul acestor epurări înfăptuiseră cu adevărat crimele de care fuseseră acuzați. Acum însă ținea în mînă o dovadă concretă, un fragment din trecutul anihilat, un soi de os fosilizat care e descoperit într-un alt strat și distruge astfel o teorie geologică. Ar fi fost suficient ca să arunce Partidul în aer dacă ar fi putut fi adusă cumva la cunoștința lumii și i s-ar fi dezvăluit semnificația.

Continuase să lucreze. De îndată ce văzuse fotografia și își dăduse seama ce însemna ea, o acoperise cu o altă foaie de hîrtie. Din fericire, cînd o desfășurase, hîrtia era întoarsă cu dosul spre tele-ecran.

Își pusese blocnotesul pe genunchi și își împinsese scaunul în spate, încercînd să se îndepărteze cît mai mult de tele-ecran. Nu era dificil să-ți menții fața golită de orice expresie și, cu ceva efort, puteai să-ți controlezi chiar și respirația, dar bătăile inimii nu ți le puteai controla și tele-ecranul era destul de fin ca să le surprindă. A lăsat să treacă vreo zece minute, fiind chinuit în tot acest timp de teama ca nu cumva ceva neprevăzut – de exemplu, un curent brusc de aer care să-i treacă peste birou – să-l dea de gol. Apoi a împins fotografia în gaura de memorie fără s-o mai descopere, împreună cu alte hîrtii de aruncat. Probabil că s-a transformat în cenușă în cel mult un minut.

Toate astea se întîmplaseră în urmă cu zece-unsprezece ani. Poate că în momentul de față ar fi păstrat fotografia aceea. Era ciudat: faptul că o ținuse în mînă i se părea extrem de semnificativ pînă și acum, cînd fotografia în sine, ca și evenimentul pe care îl imortalizase, nu mai erau decît o amintire. Era oare controlul Partidului asupra trecutului mai puțin puternic din pricină că o dovadă care nu mai exista acum existase *cîndva*? se întrebă el.

Astăzi însă, chiar dacă ar fi fost cumva recuperată din cenușă, fotografia poate că nici n-ar mai fi constituit o dovadă. Chiar și în momentul în care făcuse descoperirea, Oceania nu mai era în război cu Eurasia, astfel încît cei trei bărbați morți trebuiau să-și fi trădat țara unor agenți ai Estasiei. De atunci mai avuseseră loc și alte modificări – două, trei, nu mai ținea minte cîte. Era foarte probabil ca mărturisirile să fi fost rescrise și iar rescrise, pînă ce faptele și datele inițiale nu mai aveau nici cea mai mică semnificație. Trecutul nu se schimba pur și simplu – se schimba permanent. Ce îi dădea cel mai acut senzația de coșmar era faptul că nu înțelesese niciodată limpede *de ce* se înfăptuia această impostură uriașă. Avantajele imediate ale falsificării trecutului era evidente, dar motivul fundamental rămînea un mister. Apucă din nou tocul și scrise:

Înțeleg CUM – nu înțeleg DE CE.

Se întrebă, cum se mai întrebase de multe ori, dacă nu cumva era nebun. Poate un nebun era pur și simplu o minoritate de o persoană. La un moment dat fusese o dovadă de nebunie să crezi că Pămîntul se învîrte în jurul soarelui – azi era să crezi că trecutul nu putea fi schimbat. Poate că era *singurul* care credea acest lucru și, fiindcă era singurul, atunci era și nebun. Dar gîndul că era nebun nu-l tulbură prea mult: partea cumplită era că s-ar putea și să se înșele.

Luă cartea de istorie pentru copii și se uită la portretul Fratelui cel Mare plasat pe frontispiciu. Ochii hipnotici ai acestuia se cufundară într-ai lui. Era ca și cum te apăsa o forță imensă – ceva ce-ți pătrundea în craniu, te izbea în creier, te înspăimînta pînă ce te lepădai de toate convingerile și aproape că te convingea să negi dovezile furnizate de simțuri. În cele din urmă Partidul va anunța că doi plus doi fac cinci și va trebui s-o crezi. Era inevitabil să pretindă asta mai devreme sau mai tîrziu: o cerea logica poziției lor. Filosofia lor nega tacit nu doar valabilitatea experienței, ci pînă și existența realității exterioare. Judecata de bun-simț constituia erezia ereziilor. Și partea înspăimîntătoare nu era că te puteau omorî dacă gîndeai altfel, ci că s-ar putea să aibă dreptate. Căci, în fond, de unde știm noi că doi plus doi fac patru? Sau că forța gravitației funcționează? Sau că trecutul nu mai poate fi modificat? Dacă atît trecutul, cît și lumea exterioară există doar în minte, iar mintea poate fi controlată – ce se întîmplă atunci?

Dar nu! Curajul păru să i se întărească brusc și de la sine. Din senin, fără a fi stîrnit de vreo asociere clară, în minte i se ivi chipul lui O'Brien. Știu cu mai multă convingere ca înainte că O'Brien era de partea lui. Jurnalul îl scria pentru O'Brien – *către* O'Brien: era ca o scrisoare interminabilă pe care n-o va citi nimeni niciodată, dar care era adresată unei persoane anume și al cărei ton era determinat de asta.

Partidul îți spunea să respingi dovezile pe care ți le furnizau ochii și urechile. Era porunca sa esențială, capitală. Curajul îl părăsi cînd se gîndi la imensa putere cu care se confrunta, la ușurința cu care orice intelectual din Partid l-ar fi putut demola într-o dezbatere, la argumentele subtile pe care nu va fi în stare nici să le înțeleagă, darmite să le contracareze. Și, cu toate astea, avea dreptate! Ei se înșelau și el avea dreptate. Ce era evident, prostesc și adevărat trebuia apărat. Truismele sînt adevărate, nu renunța la ele! Lumea concretă există, iar legile ei nu se schimbă. Pietrele sînt tari, apa e udă, obiectele nesprijinite cad spre centrul pămîntului. Cu sentimentul că i se adresa lui O'Brien, dar și că formula o axiomă importantă, Winston scrise:

Libertatea înseamnă libertatea de a spune că doi plus doi fac patru. Dacă această libertate este acordată, toate celelalte urmează de la sine.

VIII

De undeva din capătul unui gang se simțea pînă în stradă un miros de cafea prăjită – cafea adevărată, nu cafea Victoria. Winston se opri fără să vrea. Se trezi aruncat, poate vreo două secunde, înapoi în lumea pe jumătate uitată a copilăriei. Apoi o ușă se trînti și păru să reteze mirosul atît de brusc, de parcă ar fi fost un sunet.

Mersese cîțiva kilometri pe trotuare și ulcerul varicos îi pulsa dureros. Era a doua oară în trei săptămîni cînd lipsea seara de la Centrul Comunitar – un gest imprudent, din moment ce puteai fi sigur că ți se ținea cu strictețe socoteala prezențelor la Centru. În principiu, un membru de Partid nu avea timp liber și nu era singur decît în pat. Se presupunea că atunci cînd nu muncea, mînca sau dormea, lua parte la vreo formă de divertisment în grup. Să faci ceva care sugera preferința pentru singurătate, chiar dacă era vorba doar de o plimbare solitară, era întotdeauna vag periculos. Exista în neolimbă un cuvînt pentru asta: *priviață*, care însemna individualism și excentricitate. Însă în seara asta, cînd ieșise de la minister, aerul blînd și înmiresmat de aprilie îl ispitise. Cerul era de un albastru mai cald decît văzuse Winston tot anul și, dintr-odată, seara lungă și zgomotoasă de la Centru, cu jocurile plictisitoare și epuizante, prelegerile și camaraderia stridentă, întreținută de gin, i se păruse insuportabilă. Sub impulsul momentului, părăsise stația de autobuz și se pornise să cutreiere labirintul Londrei, mai întîi spre sud, apoi spre est, apoi spre nord, rătăcind pe străzi necunoscute și fără să-i pese prea mult în ce direcție merge.

„Dacă există vreo speranță", scrisese Winston în jurnal, „aceasta se află în proli". Cuvintele îi reveneau mereu în minte: o afirmație de un adevăr mistic și o absurditate palpabilă. Winston se găsea pe undeva prin mahalalele întortocheate și maronii de la nord și est de ceea ce fusese cîndva gara Saint Pancras. Mergea pe o stradă pietruită, pe care se înșirau case cu etaj și uși jerpelite, ce dădeau direct în stradă și aminteau ciudat de tare de niște găuri de șobolan. Ici și colo, printre pietrele de caldarîm, erau bălți cu apă jegoasă. Un număr uimitor de oameni ieșeau și intrau pe ușile întunecate și roiau pe aleile înguste care se ramificau de ambele părți ale străzii – fete în plină frumusețe a vîrstei, cu buzele rujate grosolan, tineri care alergau după fete, femei buhăite, cu un mers ca de rață, care îți arătau ce vor deveni fetele acelea peste zece ani, bătrîni cocîrjați, ce-și tîrau tălpile lățite, și copii desculți și zdrențăroși, care se jucau prin bălți și apoi se împrăștiau la auzul urletelor furioase ale mamelor. Cam un sfert din ferestrele clădirilor de pe stradă erau sparte și acoperite cu scînduri. Majoritatea oamenilor nu-i dădură nici o atenție lui Winston. Cîțiva se uitară la el cu un soi de curiozitate precaută. Două femei monstruoase, cu brațe cărămizii, încrucișate pe șorțuri, vorbeau în fața unei porți. Winston prinse frînturi din conversația în timp ce se apropia.

— „Mda“, îi zic io, „toate bune și faine“, zic io. „Da' dac-ai fi fost în locu' meu, tot aia-i fi făcut. Îi ușor să critici“, îi zic io, „da' n-ai tu problemele mele“.

— Îhî, zise cealaltă, tocma'. Tocma' asta-i problema.

Cele două voci stridente se opriră brusc. Femeile îl studiară într-o tăcere dușmănoasă cînd trecu pe lîngă ele. Dar nu era tocmai dușmănie, ci pur și simplu un soi de precauție, o înțepenire de moment, ca la trecerea unui animal necunoscut. Cu siguranță că salopeta albastră a Partidului nu era o priveliște foarte obișnuită pe o stradă ca asta. Și, ce-i drept, nu era deloc înțelept să fii văzut în astfel de locuri dacă nu aveai o treabă anume. Patrulele te puteau opri în caz că te ciocneai de ele. „Actele la control, tovarășe. Ce căutați aici? La ce oră ați plecat de la serviciu? Pe aici mergeți de obicei spre casă?" și așa mai departe. Nu că ar fi existat vreo reglementare ce interzicea să mergi spre casă pe un traseu neobișnuit, dar era îndeajuns ca să atragă atenția asupra ta în caz că Poliția Gîndirii afla despre asta.

Brusc, întreaga stradă a fost cuprinsă de agitație. Din toate părțile se auziră strigăte de alarmă. Oamenii țîșniră spre uși ca iepurii. Dintr-un intrînd aflat imediat în fața lui Winston apăru în goană o tînără, apucă un copilaș care se juca într-o baltă, îl înfășură fulgerător cu șorțul și o zbughi iar înăuntru, toate dintr-o singură mișcare. În aceeași secundă un bărbat într-un costum negru, șifonat ca un acordeon, care tocmai ieșise de pe o alee laterală, alergă înspre Winston, arătînd agitat spre cer.

— Vaporu'! răcni el. Atenție, șefu'! Bum deasupra! Jos la pămînt, iute!

„Vaporul" era o poreclă pe care prolii o dăduseră, nu se știe de ce, bombelor cu reacție. Winston se azvîrli imediat cu fața la pămînt. Prolii aveau aproape întotdeauna dreptate cînd te avertizau astfel. Păreau să aibă un soi de instinct care le spunea cu cîteva secunde mai înainte cînd se apropia o bombă, deși, teoretic, acestea călătoreau cu o viteză mai mare decît cea a sunetului. Winston își acoperi capul cu antebrațele. Urmă un vuiet care parcă făcu trotuarul să se umfle și o ploaie de obiecte ușoare îi căzu pe spinare. Cînd se ridică, își dădu seama că era acoperit cu cioburile căzute de la fereastra cea mai apropiată.

O porni mai departe. Bomba demolase un grup de case aflate la vreo două sute de metri în susul străzii. În văzduh se înălțase o trîmbă de fum negru, iar sub ea atîrna un nor de praf cretos în care o mulțime de oameni se adunase deja în jurul ruinelor. În fața lui, pe trotuar, se găsea o moviliță de moloz, iar Winston văzu în mijlocul ei o dîră roșu-aprins. Cînd ajunse în dreptul acesteia, văzu că era o mînă de om retezată de la încheietură. În afară de ciotul sîngerînd, mîna era atît de albită, încît semăna cu un mulaj de ghips.

Lovi cu piciorul chestia aia, aruncînd-o în șanț, după care, vrînd să ocolească mulțimea, o coti la dreapta pe o străduță. În trei sau patru minute lăsase în urmă zona afectată de bombă și ajunsese pe niște străzi unde forfota sordidă continua ca și cum nimic nu s-ar fi întîmplat. Era aproape ora douăzeci și localurile cu alcool frecventate de proli („birturi", cum le spuneau ei) erau pline ochi. Pe ușile batante jegoase, care se tot închideau și deschideau, se strecura un miros de urină, rumeguș și bere acră. Într-un colț format de o fațadă ieșită mai în afară stăteau îngrămădiți trei bărbați, iar cel din mijloc ținea un ziar împăturit, pe care ceilalți doi îl studiau peste umerii lui. Chiar înainte de a se apropia suficient ca să le distingă expresia de pe chipuri, Winston le văzu încordarea în toate trăsăturile trupurilor. Era clar că citeau o știre serioasă. Cînd ajunse la cîțiva pași de ei, grupul se sparse și între doi dintre bărbați se stîrni o confruntare violentă. Preț de o clipă părură chiar că se vor lua la bătaie.

— Nu poți s-asculți dracului ce-ți zic? Io-ți spun că n-o cîștigat un număr gătat în șapte de mai bine de paișpe luni!

— Ba o cîștigat, na!

— Ba nu! Le-am acasă pă tăte scrise p-o hîrtie de doi ani încoace. Le scriu regulat, ca ceasu. Și io-ți spun, nici un număr care să gată în șapte...

— Ba da, o cîștigat un șapte! Mai că-ți pot zice numărul, fir-ar. Patru zero șapte, așa s-o terminat. În februarie o fost, a doua săptămînă din februarie.

— Februarie pă mă-ta! Am scris tăt, negru pe alb. Și-ți zic io, nici un număr...

— Uf, mai lăsaț-o dracului! spuse cel de-al treilea bărbat.

Vorbeau despre Loterie. După vreo treizeci de metri, Winston se uită în urmă. Bărbații se certau în continuare, cu fețe însuflețite și pasionate. Loteria, cu enormele ei premii săptămînale, era singurul eveniment public pe care prolii îl urmăreau cu atenție. Foarte probabil, existau cîteva milioane de proli pentru care Loteria era motivul principal – dacă nu chiar singurul – pentru care trăiau. Era plăcerea lor, nebunia lor, calmantul lor, stimulentul lor intelectual. Cînd venea vorba de Loterie, pînă și inși care abia dacă știau să scrie și să citească păreau capabili de calcule complicate și abilități de memorie uluitoare. Exista un trib întreg de indivizi care-și cîștigau existența pur și simplu din vînzarea de sisteme, previziuni și talismane aducătoare de noroc. Winston n-avea nimic de-a face cu funcționarea Loteriei, care era gestionată de Ministerul Belșugului, dar știa (de fapt toată lumea din Partid știa) că premiile erau în mare parte imaginare. În realitate nu se plăteau decît sume mici, iar cîștigătorii marilor premii erau persoane inexistente. În absența oricărei forme de comunicare reală între diferitele zone ale Oceaniei, așa ceva nu era greu de aranjat.

Dar dacă exista vreo speranță, aceasta se afla în proli. Trebuia să te agăți de asta. Cînd o puneai în cuvinte, părea o propoziție rezonabilă. Abia atunci cînd te uitai la ființele umane care treceau pe lîngă tine pe trotuar, devenea un act de credință. Strada pe care o cotise cobora în pantă. Avea senzația că mai fusese în cartierul ăsta și că pe undeva pe-aproape se afla o arteră principală. De undeva din față se auzi larma unor voci care strigau. Strada o cotea brusc și apoi se sfîrșea cu niște trepte care duceau pînă jos de tot, într-o alee înfundată unde cîțiva comercianți vindeau la tarabe niște legume stafidite. În acel moment Winston își aminti unde se afla. Aleea dădea în strada principală și la următoarea cotitură, la nici cinci minute de-aici, se găsea prăvălia de vechituri de unde cumpărase carnetul gol în care își scria acum jurnalul. Iar tocul și sticla de cerneală le cumpărase dintr-o papetărie mică, aflată prin apropiere.

Se opri o clipă în capul scărilor. Pe partea cealaltă a aleii exista un birtuleț sordid, ale cărui geamuri păreau acoperite cu chiciură, dar în realitate erau doar pline de praf. Un bărbat foarte bătrîn, cocoșat, dar sprinten, cu o mustață albă, din care firele ieșeau în afară ca la un crevete, împinse ușile batante și intră. În timp ce se uita la această scenă, lui Winston îi trecu prin minte că în vremea Revoluției bătrînul, care acum trebuie să fi avut cel puțin optzeci de ani, era deja de vîrstă mijlocie. El și puținii rămași asemenea lui reprezentau ultima legătura existentă cu lumea de-acum dispărută a capitalismului. În Partid nu mai erau mulți oameni ale căror idei să se fi format înainte de Revoluție. Generația veche fusese decimată aproape în întregime în timpul marilor epurări din anii '50 și '60, iar cei cîțiva care mai supraviețuiau erau demult atît de îngroziți, încît cedaseră cu totul intelectual. Dacă mai exista cineva care să poată oferi o prezentare onestă a condițiilor de viață din prima parte a secolului, acea persoană nu putea fi decît un prol. Pasajul din cartea de istorie pe care îl copiase în jurnal îi reveni brusc în minte și Winston se simți cuprins de un impuls nebunesc. Va intra în birt, va face cunoștință cu bătrînul acela și îl va interoga. Îi va spune: „Povestește-mi despre viața dumitale de cînd erai copil. Cum era pe vremea aceea? Lucrurile mergeau mai bine sau mai rău decît acum?“.

Winston coborî scările și traversă strada îngustă în mare grabă, ca nu cumva să apuce să-și piardă curajul. Evident, era o nebunie. Ca de obicei, nu exista nici o regulă clară care să interzică discuțiile cu prolii și frecventarea birturilor lor, însă era o acțiune prea ieșită din comun ca să poată trece neobservată. Dacă apăreau patrulele, ar putea spune că îl luase cu leșin, dar era puțin probabil că îl vor crede. Împinse ușa și o putoare oribilă de bere acră îl izbi în față. Cînd intră, larma vocilor slăbi cam la jumătate. Simți cum în spatele lui toată lumea se uita la salopeta sa albastră. Un joc de *darts* care se desfășura la celălalt capăt al încăperii se întrerupse preț de vreo treizeci de secunde. Bătrînul după care intrase stătea în picioare la bar și avea un soi de altercație cu barmanul, un individ masiv și solid, cu nasul coroiat și antebrațe enorme. Cîțiva inși se adunaseră ciotcă în jurul lui, cu paharele în mîini, și urmăreau scena.

— Ț-am cerut frumos, zic io, spuse bătrînul, îndreptîndu-și arțăgos umerii. Adică chiar n-ai o pintă în toată bomba asta?

— Și ce dracu' îi aia o pintă? zise barmanul, aplecîndu-se în față, cu vîrfurile degetelor așezate pe tejghea.

— Auz' la el! Cică-i barman și nu știe ce-i aia pintă! Păi, o pintă-i juma' de cuartă și-ntr-un galon îs patru cuarte[1]. Bag samă c-o să trebuiască să te-nvăț amu și literele.

— N-am auzit în veci de-așa ceva, se răsti sec barmanul. Litru și juma de litru – numa' așa servim. Alea-s paharele, pe raft, în fața ta.

— Io am chef d-o pintă, insistă bătrînul. Mi-ai putea turna o pintă fără probleme. Cînd eram io tînăr, n-aveam rahaturi d-astea cu litri.

— Cînd erai tu tînăr, trăiam toți în copaci, spuse barmanul, aruncîndu-le o privire celorlalți clienți.

1. Vechi unități de măsură britanice pentru volum: 1 pintă = aprox. 0,56 litri; 1 cuartă = aprox. 1,1 litri; 1 galon = aprox. 4,5 litri (n.t.).

Izbucni un hohot de rîs și stinghereala creată de intrarea lui Winston păru să se risipească. Fața bătrînului, acoperită cu țepi cărunți, se îmbujoră. Se întoarse bombănind în barbă și se ciocni de Winston. Acesta îl prinse ușor de braț.

— Pot să-ți ofer ceva de băut? întrebă el.

— Ești un domn, zise celălalt, îndreptîndu-și din nou umerii.

Părea să nu fi observat salopeta albastră a lui Winston.

— O pintă! se întoarse el agresiv către barman. O pintă de olovină.

Barmanul turnă fîsîit două jumătăți de litru de bere maro-închis în niște pahare groase, pe care le clătise într-o găleată de sub tejghea. În birturile prolilor nu se putea bea decît bere. Prolii nu aveau voie să bea gin, deși în realitate puteau face rost destul de ușor de el. Jocul de *darts* se reluase și grupul de bărbați de la bar începuse să vorbească despre bilete de loterie. Pentru moment prezența lui Winston a fost uitată. Sub o fereastră se afla o masă din lemn de brad, unde el și bătrînul puteau vorbi fără să se teamă c-ar fi auziți. Era îngrozitor de periculos, dar cel puțin în încăpere nu exista nici un tele-ecran, lucru de care Winston se asigurase de îndată ce intrase.

— Putea să-m' toarne și mie o pintă, mormăi bătrînul pe cînd se așeza în fața paharului. O juma' de litru n-ajunge. Nu te saturi. Ș-un litru-ntreg îi prea mult. Îmi pornește vezica. Și nu mai zic cît costă.

— Probabil s-au schimbat multe de cînd erai dumneata tînăr, spuse șovăitor Winston.

Ochii de un albastru deschis ai bătrînului se mutară de la ținta de la *darts* la bar și de la bar la ușa toaletei pentru bărbați, de parcă s-ar fi așteptat ca schimbările să fi avut loc în încăperea barului.

— Berea era mai bună, zise el în cele din urmă. Și mai ieftină! Cînd eram tînăr, berea mai slabă – olovină, așa îi ziceam – era patru bani pinta. Sigur, asta era înainte de război.

— Care război a fost ăsta? întrebă Winston.

— Toate războaiele, răspunse vag bătrînul.

Ridică paharul și umerii i se îndreptară din nou.

— În sănătatea ta, șefu'!

Mărul lui Adam i se mișcă surprinzător de repede în sus și în jos pe gîtul său slab și berea dispăru. Winston se duse la bar și reveni cu încă două jumătăți de litru. Bătrînul părea să-și fi uitat obiecțiile față de ideea de a bea un litru întreg.

— Ești mult mai bătrîn decît mine, spuse Winston. Trebuie să fi fost deja bărbat în toată firea înainte să mă nasc eu. Ții minte cum era pe vremuri, înainte de Revoluție. Oamenii de vîrsta mea nu prea știu mare lucru despre vremurile alea. Citim doar despre ele în cărți și ce scrie în cărți poate că nici nu e adevărat. Aș vrea să știu ce crezi despre asta. Cărțile de istorie zic că viața dinainte de Revoluție era complet diferită de cea de acum. Exista cea mai teribilă oprimare, nedreptate, sărăcie – totul era mai rău decît ne putem imagina. Aici, la Londra, cei mai mulți oameni nu aveau destulă mîncare de cînd se nășteau și pînă cînd mureau. Jumătate din ei nici măcar n-aveau încălțări. Lucrau cîte douăsprezece ore pe zi, se lăsau de școală la nouă ani și dormeau cîte zece în cameră. În același timp, existau cîțiva oameni, doar cîteva mii – capitaliștii, așa li se spunea –, care erau bogați și puternici. Erau stăpîni peste tot ce putea fi stăpînit. Locuiau în case uriașe și splendide, cu cîte treizeci de servitori, mergeau cu automobile și trăsuri cu patru cai, beau șampanie, purtau jobene...

Bătrînul se lumină brusc.

— Jobene! zise el. Interesant că zici de ele. Chiar la asta mă gîndeam și io fix ieri, nu știu de ce. Chiar am zis, n-am văzut un joben de ani de zile. Or dispărut brusc, zău așa. Ultima dată am purtat unu' la-nmormîntarea lu' cumnată-mea. Și asta a fost... na, n-aș putea să-ți zic iegzact, dar tre' să fi fost acu' vro cincizeci de ani. Normal, l-am închiriat numa' cu ocazia aia, mă-nțelegi.

— Nu jobenele contează, zise Winston răbdător. Ideea e că ei, capitaliștii ăștia și cîțiva avocați, preoți și așa mai departe, care trăiau de pe urma lor, erau stăpînii pămîntului. Totul exista doar în folosul lor. Voi – oamenii de rînd, muncitorii – erați sclavii lor. Puteau să facă tot ce voiau cu voi. Vă puteau expedia în Canada ca pe niște vite. Puteau să se culce cu fetele voastre dacă așa aveau ei chef. Puteau porunci să fiți biciuiți cu ceva care se chema gîrbaciul cu nouă șfichiuri. Trebuia să vă scoateți șapca cînd treceați pe lîngă ei. Toți capitaliștii umblau însoțiți de o șleahtă de lachei care...

Bătrînul se lumină din nou.

— Lachei! zise el. Na, ș-ăsta-i un cuvînt de nu l-am auzit de-un veac. Lachei! Asta chiar mi-amintește de vremurile alea, zău așa. Țin minte... oho, acu' o căruță de ani... mai mergeam în Hyde Park duminica după-masă să-i aud pe unii cum țin discursuri. Armata Salvării, romano-catolicii, evreii, indienii, de toate erau. Și era unu'... mă rog, nu mai știu cum îl chema, da' tare bine le zicea. Le zicea de numa'! „Lachei!“ zicea el. „Lachei ai burgheziei! Lingăi ai clasei conducătoare!“ Paraziți, ăsta era alt cuvînt. Și hiene, sigur le-a zis și hiene. Evident, se referea la laburiști, mă-nțelegi.

Winston avea senzația că vorbeau despre lucruri diferite.

— Uite ce vreau eu să știu, spuse el. Simți că ai mai multă libertate acum decît pe vremea aia? Ești tratat ca o ființă umană? În vremurile de demult bogații, oamenii de la conducere...

— Camera Lorzilor, interveni gînditor bătrînul.

— Camera Lorzilor, dacă vrei. Uite ce te-ntreb eu: te puteau trata oamenii ăia ca pe cineva inferior lor numai din cauză că ei erau bogați și tu erai sărac? E-adevărat, de exemplu, că trebuia să le zici „Domnule“ și să-ți scoți șapca dacă treceai pe lîngă ei?

Bătrînul păru că se gîndește profund. Bău cam un sfert din paharul de bere înainte să răspundă.

— Da, zise el. Le plăcea să-ți duci degetele la șapcă în fața lor. Era un semn de respect, cum ar veni. Io, unu', nu eram de acord, da' am făcut-o destul. Era musai, oarecum.

— Și era ceva obișnuit – citez doar din ce-am citit în cărțile de istorie –, era ceva obișnuit ca oamenii ăștia și servitorii lor să vă împingă de pe trotuar în șanț?

— Pe mine m-o împins unu' o dată, răspunse bătrînul. Țin minte de parc-a fost ieri. Era într-o seară, de regata Oxford-Cambridge – tare-și mai făcea lumea de cap cînd era regata asta –, și mă ciocnesc d-un flăcău pe Shaftesbury Avenue. Tip bine, ce să zic: cămașă faină, joben, pardesiu negru. Mergea în zigzag pe trotuar și m-am ciocnit și io de el din greșeală. Și zice „De ce nu te uiți pe unde mergi?“, zice. Io zic „Da' ce, ai cumpărat tăt trotuaru'?“. El zice: „Fii atent că-ți sucesc gîtu' dacă te dai mare cu mine“. Io zic „Nu vezi că ești mangă?! Te dau urjent pe mîna copoilor“, zic io. Și n-o să mă crezi, da' ș-o pus mîna la mine-n piept și m-o-mpins de era să mă arunce sub roți la un autobuz. Ei, pe vremea aia eram tînăr și i-aș fi dat una, numa' că...

Pe Winston îl cuprinse un sentiment de neputință. Memoria bătrînului nu era decît un morman de amănunte de doi bani. Puteai să-l interoghezi toată ziua fără să scoți vreo informație veritabilă de la el. Istoriile Partidului puteau fi totuși adevărate într-un fel – ba chiar puteau fi adevărate în întregime. Făcu o ultimă încercare.

— Poate că nu m-am exprimat clar, spuse el. Uite ce încerc să zic. Ai avut o viață lungă și jumătate din ea ai trăit-o înainte de Revoluție. În 1925, de exemplu, erai deja adult. Din cîte ții minte, ai zice că viața în 1925 era mai bună sau mai rea decît acum? Dacă ai putea alege, cînd ai prefera să trăiești, atunci sau acum?

Bătrînul se uită meditativ la ținta de la jocul de *darts*. Își termină berea, mai încet ca înainte. Cînd vorbi din nou, o făcu cu un aer filosofic, înțelegător, ca și cînd berea l-ar fi înmuiat.

— Știu ce te-aștepți să zic, spuse el. Te aștepți să zic c-aș prefera să fiu iară tînăr. Majoritatea ar zice c-ar vrea să fie iară tineri dacă i-ai întreba. Cînd ești tînăr, ești sănătos și în putere. Cînd ajungi ca mine, nu ți-e bine în veci. Io sufăr ceva grozav cu picioarele și de beșică nici nu-ți mai zic. Mă scoală din pat și de șase-șapte ori pe noapte. Da' pe de altă parte îs multe avantaje cînd ești bătrîn. Nu mai ai aceleași griji. Nu mai ai treabă cu femeile și asta-i mare lucru. N-am fost c-o femeie d-aproape treij' de ani, nu știu dacă mă crezi. Nici nu mi-o trebuit, asta-i chestia.

Winston se sprijini cu spatele de pervazul ferestrei. N-avea rost să mai continue. Era pe punctul de a mai cumpăra niște bere, cînd bătrînul se ridică brusc și își tîrî grăbit picioarele spre veceul împuțit din capătul celălalt al încăperii. Jumătatea de litru în plus își făcea efectul. Timp de un minut sau două Winston rămase cu privirea ațintită la paharul gol, după care abia își dădu seama cînd picioarele îl purtară înapoi în stradă. În cel mult douăzeci de ani, se gîndi el, simpla și uriașa întrebare „Era viața dinainte de Revoluție mai bună ca acum?“ va înceta să mai fie una la care se putea răspunde. De fapt, era deja imposibil să răspunzi la ea, căci puținii care mai rămăseseră din acea lume antică nu se dovedeau în stare să compare o epocă cu alta. Își aminteau un milion de lucruri inutile, o ceartă cu un coleg de lucru, cum au căutat o pompă de bicicletă pierdută, expresia de pe chipul unei surori moarte demult, trîmbele de praf într-o dimineața vîntoasă de acum șaptezeci de ani – însă toate faptele relevante rămîneau în afara cîmpului lor vizual. Erau ca furnicile, care văd obiectele mici, dar nu și pe cele mari. Iar atunci cînd memoria dă greș și mărturiile scrise erau falsificate, atunci cînd se întîmpla așa ceva, afirmația Partidului cum că îmbunătățise condițiile de trai trebuia acceptată, pentru că nu exista și nici nu va mai putea exista vreodată un etalon cu care să se poată face comparația.

În acel moment șirul gîndurilor îi încetă brusc. Se opri și ridică privirea. Se afla pe o străduță îngustă, cu cîteva magazine mici și întunecate răspîndite printre case. Chiar deasupra capului său atîrnau trei sfere decolorate de metal, care arătau ca și cînd fuseseră cîndva aurite. I se păru că știe locul. Evident! Se găsea chiar în fața prăvăliei de vechituri de unde își cumpărase jurnalul.

Îl străfulgeră un spasm de teamă. Fusese oricum un gest suficient de nesăbuit să cumpere carnetul și își jurase să nu se mai întoarcă acolo. Cu toate acestea, în clipa în care își lăsase gîndurile să cutreiere, picioarele îl aduseseră înapoi aici prin propria lor voință. Tocmai împotriva unor astfel de impulsuri sinucigașe sperase că se va proteja începînd să scrie jurnalul. În același timp, Winston observă că, deși era aproape ora douăzeci și unu, prăvălia era încă deschisă. Winston intră, avînd senzația că avea să bată mai puțin la ochi dacă stă înăuntru decît dacă rămîne afară. Dacă-l întreba cineva, putea să susțină – foarte credibil – că încerca să cumpere lame.

Proprietarul tocmai aprinsese și atîrnase o lampă de petrol, care dădea un miros nesănătos, dar prietenos. Bărbatul avea în jur de șaizeci de ani, era fragil și adus de spate, cu un nas lung, binevoitor, și ochi blînzi, deformați de niște ochelari cu lentile groase. Părul îi era aproape alb, dar avea sprîncene stufoase și încă negre. Ochelarii, mișcările molcome și aferate, precum și faptul că purta o jachetă veche din catifea neagră, îi dădeau un ușor aer intelectual, ca și cînd ar fi fost cîndva un om de litere sau, poate, un muzician. Vocea îi era blajină, parcă estompată, iar accentul, mai puțin stricat decît al majorității prolilor.

— V-am recunoscut pe trotuar, spuse el imediat. Sînteți domnul care a cumpărat albumul de amintiri al tinerei. Minunată, hîrtia aceea, fără îndoială. Hîrtie cretată crem, așa i se spunea. Nu se mai face hîrtie de-asta de... o, cred că de cincizeci de ani.

Se uită la Winston pe deasupra ochelarilor.

— Pot să vă ajut cu ceva anume? Sau voiați doar să vă uitați?

— Treceam pe-aici, bîigui Winston. Aruncam doar o privire. Nu vreau nimic anume.

— Mai bine, răspunse celălalt, căci nu cred că v-aș fi putut satisface.

Făcu un gest de scuză cu o mînă cu palma moale.

— Vedeți și dumneavoastră: ați putea spune că bate vîntul prin prăvălie. Între noi fie vorba, s-a cam terminat cu comerțul de obiecte de epocă. Nu mai există nici cerere și nici stocuri. Mobilă, porțelanuri, sticlă – toate au fost distruse treptat. Și, evident, majoritatea obiectelor din metal au fost topite. N-am mai văzut un sfeșnic de alamă de ani de zile.

Interiorul mic al prăvăliei era de fapt supărător de plin, dar nu se prea găsea nimic care să aibă cît de cît valoare. Spațiul de mișcare era foarte limitat, deoarece de jur împrejurul pereților erau depozitate nenumărate rame prăfuite. În vitrină se vedeau tăvi cu șuruburi și piulițe, dălți tocite, bricege cu lamele rupte, ceasuri pătate, care nici măcar nu pretindeau c-ar fi funcționale, precum și alte gunoaie de tot felul. Doar pe o măsuță din colț se afla o adunătură de mărunțișuri – tabachere lăcuite, broșe cu agat și altele asemenea – care părea că ar putea conține ceva interesant. În timp ce se îndrepta spre măsuță, privirea lui Winston a fost atrasă de un obiect rotund și neted, care lucea blînd în lumina lămpii și pe care îl luă în mînă.

Era o bucată de sticlă grea, curbată pe o parte și turtită pe cealaltă, formînd aproape o emisferă. Atît culoarea, cît și consistența sticlei aveau o finețe aparte, ca apa de ploaie. În interiorul ei, mărit de suprafața curbă, se afla un obiect ciudat, roz și răsucit, care semăna cu un trandafir sau o anemonă-de-mare.

— Ce-i asta? întrebă Winston fascinat.

— E coral, asta e, îi răspunse bătrînul. Probabil provine din Oceanul Indian. Pe vremuri aveau obiceiul să-l încastreze în sticlă. Ăla cu siguranță are cel puțin o sută de ani. Mai mult, după cum arată.

— Este un obiect foarte frumos, spuse Winston.

— Este un obiect foarte frumos, zise admirativ și celălalt. Dar nu mulți ar mai spune asta azi.

Tuși.

— Acum, dacă vă gîndiți cumva să-l cumpărați, costă patru dolari. Țin minte vremurile în care așa ceva mi-ar fi adus opt lire, iar opt lire însemna... mă rog, nu mai pot să calculez, dar erau bani mulți. Însă cui îi mai pasă azi de obiectele de epocă autentice – chiar și de puținele care au mai rămas?

Winston plăti imediat cei patru dolari și își strecură în buzunar obiectul mult dorit. Nu îl atrăgea neapărat frumusețea lui, ci aerul pe care-l avea: că aparține unei epoci diferite de cea prezentă. Sticla fină, ca apa de ploaie, nu semăna cu nici un alt fel de sticlă pe care îl mai văzuse el vreodată. Obiectul era cu atît mai atrăgător, cu cît părea inutil, deși Winston presupunea că fusese cîndva prespapier. Îi atîrna greu în buzunar, dar, din fericire, nu-i făcea o umflătură prea mare. Pentru un membru de Partid era ciudat, chiar compromițător, să aibă un asemenea obiect asupra lui. Orice lucru vechi – de fapt orice lucru frumos – era întotdeauna vag dubios. Bătrînul se înveselise vizibil după ce căpătase cei patru dolari. Winston își dădu seama că s-ar fi mulțumit și cu trei, ba poate chiar și cu doi.

— Mai am și sus o încăpere, poate c-ați vrea să aruncați o privire, spuse el. Nu-i mare lucru acolo. Doar cîteva obiecte. Dacă mergem sus, vom avea nevoie de lumină.

Aprinse încă o lampă și, cu spinarea încovoiată, o luă înainte pe treptele abrupte și tocite, apoi de-a lungul unui culoar îngust, pînă ce ajunse într-o încăpere care nu dădea spre stradă, ci spre o curte pietruită și o pădure de hornuri. Winston observă că mobila rămăsese aranjată ca și cum în încăpere ar fi trebuit să locuiască cineva. Pe jos era întins un covor îngust, pe pereți se vedeau vreo două tablouri, iar lîngă șemineu, un fotoliu adînc, jerpelit. Pe polița de deasupra șemineului ticăia un ceas de modă veche, cu capac de sticlă și un cadran cu douăsprezece ore. Sub fereastră, ocupînd aproape un sfert din cameră, se afla un pat enorm, cu salteaua încă pe el.

— Aici am locuit pînă la moartea soției mele, spuse bătrînul, parcă scuzîndu-se. Vînd mobila treptat, bucată cu bucată. Ia vedeți de frumos e patul ăsta din lemn de mahon – sau ar fi frumos dacă ar putea fi curățat de ploșnițe. Probabil însă că vi se pare cam voluminos.

Ținea lampa ridicată, ca să lumineze întreaga încăpere, și în lumina palidă și caldă locul arăta ciudat de ispititor. Lui Winston îi trecu prin minte că, probabil, nu i-ar fi fost foarte greu să închirieze camera pentru cîțiva dolari pe săptămînă dacă ar fi îndrăznit să-și asume acest risc. Era o idee trăsnită, imposibilă, care trebuia abandonată de îndată ce se forma în gînd, numai că încăperea stîrnise în el un soi de nostalgie, un fel de amintire ancestrală. I se păru că știe foarte bine ce înseamnă să stai într-o cameră ca asta, într-un fotoliu, lîngă foc, cu picioarele pe grătarul de protecție și un ceainic pe polița șemineului – complet singur, complet în siguranță, fără să se uite nimeni la tine, fără să te urmărească nici o voce, fără nici un sunet în afară de șuieratul ceainicului și ticăitul prietenos al ceasului.

— Nu există tele-ecran! nu se putu el abține să murmure.

— Ah, răspunse bătrînul, n-am avut niciodată așa ceva. E prea scump. Și, cumva, nici nu i-am simțit nevoia. Uitați-vă ce frumoasă e măsuța extensibilă din colțul acela. Deși, bineînțeles, i-ar trebui niște balamale noi dacă ar fi să-i folosească cineva aripile.

În celălalt colț se găsea o mică bibliotecă și Winston se îndrepta deja spre ea. Nu avea decît cărți de doi bani. Vînătoarea și distrugerea cărților fusese făcută cu aceeași meticulozitate în cartierele de proli ca oriunde altundeva. Era foarte improbabil să mai existe pe undeva prin Oceania vreun exemplar al unei cărți tipărite înainte de 1960. Bătrînul, cu lampa încă în mînă, stătea în fața unui tablou într-o ramă din lemn de trandafir, care atîrna de cealaltă parte a șemineului, vizavi de pat.

— Acuma, dacă vă interesează cumva gravurile vechi... începu el șovăitor.

Winston se apropie ca să examineze tabloul. Era o gravură în oțel reprezentînd o clădire ovală, cu ferestre dreptunghiulare și un turn mic în față. Clădirea era înconjurată de un gărduleț și în spate se vedea ceva care semăna cu o statuie. Winston se uită la imagine cîteva momente. I se părea oarecum cunoscută, deși nu ținea minte statuia.

— Rama e prinsă în perete, spuse bătrînul, dar cred c-aș putea s-o deșurubez dacă vreți.

— Știu clădirea, spuse în cele din urmă Winston. Acum e doar o ruină. E plasată undeva pe mijlocul străzii, în fața Palatului de Justiție.

— Așa e. În fața tribunalului. A fost bombardată în... mă rog, cu mulți ani în urmă. La un moment dat era biserică. Sfîntul Clement al Danezilor, așa i se zicea.

Zîmbi ca și cînd s-ar fi scuzat că spune ceva ușor ridicol și adăugă:

— La Sfîntul Clement clopotele bat: „Lămîi și portocale am de dat".

— Ce-i asta? întrebă Winston.

— A... „La Sfîntul Clement clopotele bat: «Lămîi și portocale am de dat»"? O poezioară de pe vremea cînd eram copil. Nu mai țin minte continuarea, dar știu că se termină cu „Iată o lumînare, să te conducă-n pat, iată o secure, să te lase fără cap". Era un soi de dans. Țineau toți brațele întinse ca să treci pe sub ele și cînd ajungeau la „Iată o secure, să te lase fără cap", coborau brațele și te prindeau între ele. În toate strofele erau doar nume de biserici. Apăreau toate bisericile din Londra – mă rog, toate cele importante.

Winston se întrebă într-o doară din ce secol era biserica. Nu era niciodată ușor să stabilești vîrsta unei clădiri din Londra. Dacă aveau un aspect cît de cît nou, toate construcțiile mari și impunătoare erau declarate automat ca fiind construite după Revoluție, iar tot ce era evident mai vechi era atribuit unei perioade obscure, denumită Evul Mediu. Se susținea că secolele de capitalism nu produseseră nimic de valoare. Nu puteai învăța istoria din arhitectură, tot așa cum n-o puteai învăța din cărți. Statuile, inscripțiile, monumentele comemorative, numele străzilor – orice ar fi putut arunca o oarecare lumină asupra trecutului fusese modificat sistematic.

— N-am știut niciodată că a fost o biserică, zise el.

— Au rămas multe, să știți, spuse bătrînul, deși acum servesc altor scopuri. Cum era poezioara aia? A, mi-am amintit:

La Sfîntul Clement clopotele bat: „Lămîi și portocale am de dat“.
La Sfîntul Martin clopotele bat: „Cinci sfanți îmi ești dator, doar n-ai uitat“.

Poftim, pînă aici am reușit să ajung. Sfanțul sau șilingul era o monedă mică de aramă. Semăna un pic cu centul.

— Și Sfîntul Martin unde era? întrebă Winston.

— Sfîntul Martin? Mai există. E în Piața Victoriei, lîngă galeria de tablouri. O clădire cu un soi de portal triunghiular, cu stîlpi în față și cu niște trepte mari.

Winston știa bine locul. Era un muzeu pentru exponate propagandistice de tot felul – machete de bombe cu reacție și Fortărețe Plutitoare, reprezentări în ceară ale unor scene ce ilustrau atrocitățile dușmanilor și așa mai departe.

— I se spunea Sfîntul Martin din Cîmpii[1], adăugă bătrînul, deși nu țin minte să fie vreo cîmpie prin părțile alea.

Winston nu cumpără tabloul. Ar fi însemnat să dețină un obiect și mai absurd decît prespapierul și îi era cu neputință să-l ducă acasă dacă nu îl scotea cu totul din ramă. Mai zăbovi însă cîteva minute ca să vorbească cu bătrînul, al cărui nume descoperi că nu era Weeks, cum și-ar fi putut imagina cineva după inscripția de pe vitrină, ci Charrington. Din spusele lui, domnul Charrington era un văduv de șaizeci și trei de ani și locuia în

1. St. Martin's in the Fields (n.t.).

prăvălie de treizeci de ani. În tot acest timp intenționase să modifice numele de pe vitrină, dar nu apucase s-o facă. Cît au stat de vorbă, lui Winston îi răsună în cap poezioara aceea amintită doar pe jumătate: „La Sfîntul Clement clopotele bat: «Lămîi și portocale am de dat», la Sfîntul Martin clopotele bat: «Cinci sfanți îmi ești dator, doar n-ai uitat»". Era ciudat, dar cînd rosteai cuvintele în minte, aveai într-adevăr impresia că auzi niște clopote, clopotele unei Londre pierdute, care mai exista pe undeva, camuflată și uitată. I se părea că aude cum bat clopotele, de la o clopotniță fantomatică la alta. Cu toate acestea, din cîte-și amintea, în realitate nu auzise niciodată clopote bătînd.

Plecă de lîngă domnul Charrington și coborî treptele singur, pentru ca bătrînul să nu-l vadă cum cercetează strada cu privirea înainte de a ieși pe ușă. Hotărîse deja că, după un interval adecvat – o lună, să zicem –, va risca și va veni din nou la prăvălie. Probabil nu era mai periculos decît să lipsească într-o seară de la Centru. Adevărata nebunie fusese că se întorsese prima oară, după ce cumpărase jurnalul și fără să știe dacă proprietarul era de încredere sau nu. Cu toate acestea...

Da, se gîndi el iar, se va întoarce. Va mai cumpăra și alte vechituri frumoase. Va cumpăra gravura cu biserica Sfîntul Clement al Danezilor, o va scoate din ramă și o va aduce acasă ascunsă sub haina de la salopetă. Va smulge din amintirea domnului Charrington și restul poezioarei. Chiar și planul nebunesc de a închiria camera de la etaj îi străfulgeră încă o dată prin minte. Preț de cinci secunde, poate, exaltarea îl făcu imprudent și ieși pe trotuar fără să arunce măcar o privire prealabilă pe fereastră. Începuse chiar să fredoneze pe o melodie improvizată:

La Sfîntul Clement clopotele bat: „Lămîi și portocale am de dat".

La Sfîntul Martin clopotele bat: „Cinci sfanți îmi ești dator...“

Brusc, inima păru că i se transformă în gheață și intestinele, în apă. O siluetă în salopetă albastră se apropia pe trotuar, la nici zece metri de el. Era fata de la Secția Ficțiune, fata cu părul negru. Se lăsa seara, dar o recunoscu fără nici o dificultate. Ea îl privi drept în ochi, apoi se îndepărtă repede, ca și cînd nu l-ar fi văzut.

Preț de cîteva secunde, Winston a fost prea paralizat ca să se miște din loc. Apoi o coti la dreapta și se îndepărtă cu pași apăsați, nedîndu-și pe moment seama că merge în direcția greșită. În orice caz, de-acum un lucru era clar. Nu mai exista nici urmă de îndoială că tînăra îl spiona. Trebuie că-l urmărise pînă acolo, căci nu avea cum să fie o pură întîmplare faptul că se plimba în aceeași seară, pe aceeași alee lăturalnică dubioasă, la mulți kilometri distanță de oricare dintre cartierele unde locuiau membrii de Partid. Era o coincidență prea mare. Nici măcar nu conta dacă era cu adevărat agentă a Poliției Gîndirii sau pur și simplu o iscoadă amatoare, care se lăsa dusă de excesul ei de zel. Era suficient că îl urmărea. Probabil îl văzuse intrînd și în birt.

Făcea eforturi să meargă. Bucata de sticlă din buzunar îl lovea peste coapsă la fiecare pas și mai că-i venea s-o scoată și s-o arunce. Cel mai rău îl supăra durerea de burtă. Preț de vreo două minute, avu senzația că o să moară dacă nu ajunge cît de curînd la o toaletă. Dar într-un cartier ca acesta nu existau toalete publice. Apoi convulsia trecu, lăsînd în urmă doar o durere surdă.

Strada se înfunda. Winston se opri, se gîndi confuz preț de cîteva secunde ce să facă, apoi se întoarse și începu să refacă traseul pînă acolo. Cînd se întoarse, își dădu seama că nu erau decît vreo trei minute de cînd tînăra trecuse pe lîngă el și că, dacă o lua la fugă, o putea ajunge din urmă. Ar fi putut să se țină pe urmele ei pînă ar fi ajuns într-un loc mai lăturalnic și apoi să-i spargă capul cu o piatră din caldarîm. Bucata de sticlă din buzunar ar fi fost și ea suficient de grea pentru asta. Abandonă însă imediat ideea, căci pînă și gîndul la vreun efort fizic era de nesuportat. Nu putea fugi, nu putea lovi. În plus, fata era tînără și plină de vitalitate și s-ar fi putut apăra. Se mai gîndi și să dea fuga la Centrul Comunitar și să rămînă acolo pînă la închidere, ca să aibă măcar un alibi parțial pentru seara respectivă. Dar și asta era imposibil. Îl cuprinsese o moleșeală de moarte. Nu-și dorea decît să ajungă repede acasă, să se așeze și să se liniștească.

Cînd intră în apartament, era trecut de ora douăzeci și două. Luminile urmau să fie stinse de la centru la douăzeci și trei și treizeci. Merse în bucătărie și dădu pe gît o ceașcă aproape plină de gin Victoria. Apoi se duse la măsuța din firidă, se așeză și scoase jurnalul din sertar. Nu-l deschise însă imediat. Dinspre tele-ecran se auzea o voce metalică de femeie, care urla un cîntec patriotic. Rămase cu privirea ațintită la coperta marmorată a carnetului, încercînd zadarnic să blocheze vocea aceea ce-i pătrundea în minte.

Noaptea veneau după tine – întotdeauna noaptea. Cel mai bine era să te omori înainte să pună ei mîna pe tine. Fără îndoială, unii o făceau. Multe dispariții erau de fapt sinucideri. Dar aveai nevoie de un curaj disperat ca să te sinucizi într-o lume în care armele de foc sau orice otravă rapidă și sigură erau absolut imposibil de procurat. Se gîndi cu un soi de uluire la inutilitatea biologică a durerii și spaimei, la perfidia trupului, care întotdeauna încremenește în inerție exact atunci cînd i se cere un efort special. Dacă ar fi acționat suficient de rapid, ar fi putut să o reducă la tăcere pe tînăra brunetă, dar tocmai din pricina pericolului extrem, își pierduse capacitatea de a acționa. Își dădu seama că în momentele de criză nu luptai împotriva unui dușman extern, ci împotriva propriului trup. Chiar și acum, în ciuda ginului, durerea surdă din pîntece făcea imposibilă gîndirea coerentă. Și la fel stăteau lucrurile, se gîndi el, în toate situațiile aparent eroice sau tragice. Pe cîmpul de bătălie, în camera de tortură sau pe o corabie ce se scufundă uiți întotdeauna pentru ce lupți, pentru că trupul ți se mărește pînă ce umple universul și chiar dacă nu ești paralizat de frică sau nu urli de durere, viața rămîne o luptă ce se duce clipă de clipă împotriva foamei sau frigului sau lipsei de somn, împotriva unui stomac îngrețoșat sau a unui dinte care doare.

Deschise jurnalul. Era important să scrie ceva. Femeia de pe tele-ecran începuse un cîntec nou. Vocea i se înfigea lui Winston în creier ca niște cioburi ascuțite de sticlă. Încercă să se gîndească la O'Brien, pentru care sau către care își scria jurnalul, dar în schimb, începu să se gîndească ce i s-ar putea întîmpla după ce ar fi ridicat de Poliția Gîndirii. Nu conta dacă te omorau imediat. Te așteptai să fii omorît. Înainte de moarte însă (nimeni nu vorbea despre astfel de lucruri, dar toată lumea știa de ele) trebuia să treci prin rutina mărturisirii: tîrîtul pe jos și urletele de îndurare, pocnetele oaselor rupte, dinții zdrobiți și smocurile însîngerate de păr. De ce să înduri așa ceva, din moment ce sfîrșitul era întotdeauna același? De ce n-ar fi posibil să-ți scurtezi viața cu cîteva zile sau săptămîni? Nimeni nu scăpa neprins și nimeni nu putea evita să mărturisească. Odată ce te făceai vinovat de crimă-n-gîndire, nu mai încăpea îndoială că zilele îți erau numărate. Atunci de ce această oroare, care nu schimba nimic, să îl aștepte undeva în viitor?

Încercă din nou, acum cu mai mult succes decît înainte, să se concentreze pe imaginea lui O'Brien.

„Ne vom întîlni în locul unde nu există întuneric", îi spusese acesta. Știa ce înseamnă – sau își imagina că știe. Locul unde nu exista întuneric era viitorul imaginat, pe care nici unul nu va ajunge să-l vadă, dar pe care, intuitiv, îl puteau împărtăși mistic. Însă cum vocea din tele-ecran îi zgîria urechile, nu putu să-și continue gîndurile. Duse țigara la gură. Jumătate din tutun îi căzu imediat pe limbă: un praf amar, pe care era greu să-l scuipi cu totul. Chipul Fratelui cel Mare îi apăru în minte, înlocuindu-l pe cel al lui O'Brien. La fel ca în urmă cu cîteva zile, scoase o monedă din buzunar și se uită la ea. Chipul îl privea serios, calm, protector, însă ce fel de zîmbet se ascundea oare sub mustața întunecată? Răspunsul veni ca un dangăt sumbru:

RĂZBOIUL ESTE PACE
LIBERTATEA ESTE SCLAVIE
IGNORANȚA ESTE PUTERE

DOI

I

Era pe la mijlocul dimineții și Winston ieși din cabina unde lucra ca să meargă la baie.

Dinspre celălalt capăt al coridorului lung, puternic luminat, venea spre el o figură solitară. Era tînăra cu părul negru. Trecuseră patru zile de la seara aceea în care dăduse peste ea în fața prăvăliei de vechituri. Cînd se apropie, văzu că brațul drept îi atîrna într-o eșarfă care nu se vedea de la distanță, deoarece avea aceeași culoare cu salopeta. Probabil își zdrobise mîna în timp ce învîrtea unul dintre caleidoscoapele mari pe care se „grunduiau" intrigile romanelor. Era un accident obișnuit la Secția Ficțiune.

Ajunseseră la vreo patru metri unul de celălalt, cînd tînăra se împiedică și aproape căzu în nas. Lăsă să-i scape un țipăt ascuțit de durere. Probabil căzuse chiar pe brațul rănit. Winston se opri brusc. Fata se ridicase în genunchi. Fața îi căpătase o culoare gălbui-deschis și, prin contrast, roșul gurii îi ieșea și mai tare în evidență. Ochii i se fixară pe cei ai lui Winston. Aveau o expresie atrăgătoare, ce părea mai degrabă de teamă decît de durere.

Inima lui Winston a fost năpădită de un sentiment ciudat. În fața lui se afla un dușman care încerca să-l ucidă – în fața lui se afla însă și o ființă umană cuprinsă de durere și, probabil, cu un os fracturat. Se repezise deja instinctiv s-o ajute. Cînd o văzuse căzînd pe brațul bandajat, parcă simțise cum durerea îi străbate propriul trup.

— Te-ai lovit? întrebă el.

— Nu-i nimic. E doar brațul. Îmi revin imediat.

Vorbea de parcă ar fi avut palpitații. Și se vedea clar că fața i se albise foarte tare.

— Ți-ai rupt ceva?

— Nu, sînt în regulă. A durut o clipă, atîta tot.

Întinse mîna liberă spre Winston, iar el o ajută să se ridice. Culoarea îi mai revenise pe chip și părea să se simtă mai bine.

— Nu-i nimic, repetă ea repede. M-am lovit puțin la încheietură, atîta tot. Mulțumesc, tovarășe!

După ce spuse asta, o porni mai departe în direcția în care mergea inițial, atît de iute încît parcă într-adevăr nu s-ar fi întîmplat nimic. Întregul incident nu durase mai mult de o jumătate de minut. Obiceiul de a-ți împiedica sentimentele să ți se citească pe chip devenise aproape un instinct și, oricum, cînd se întîmplase toată tărășenia, fuseseră exact în fața unui tele-ecran. Cu toate acestea, i-a venit foarte greu să nu-și trădeze surpriza, căci în cele două-trei secunde cît o ajutase să se ridice tînăra îi strecurase ceva în palmă. Nu exista nici urmă de îndoială că o făcuse intenționat. Era ceva mic și turtit. Cînd intră în baie, puse obiectul în buzunar și îl pipăi cu vîrfurile degetelor. Era o bucată de hîrtie împăturită în patru.

În timp ce stătea în fața pisoarului, izbuti să despăturească biletul, tot cu vîrfurile degetelor. Era clar că trebuia să aibă vreun mesaj scris pe el. Pe moment a fost tentat să se ducă într-una din cabinele de toaletă și să-l citească de îndată. Cum știa însă foarte bine, așa ceva ar fi fost o nebunie inimaginabilă. Nicăieri altundeva nu puteai fi mai sigur că tele-ecranele erau urmărite în permanență.

Se întoarse în cabina sa, se așeză, aruncă nepăsător biletul printre celelalte hîrtii de pe birou, își puse ochelarii și trase dictatranscriptorul către el. „Cinci minute“, își spuse în gînd, „cel puțin cinci minute!“. Inima îi bubuia înfricoșător de tare în piept. Din fericire, treaba de care se ocupa acum era o chestiune de rutină, rectificarea unei liste lungi de cifre, care nu impunea o atenție deosebită.

Orice va fi fost scris pe biletul acela, cu siguranță avea o semnificație politică. Din cîte își dădea el seama, existau două posibilități. Prima, cea mai probabilă, era că tînăra era agentă a Poliției Gîndirii, exact așa cum se temuse. Nu-și putea imagina de ce Poliția Gîndirii i-ar trimite mesaje în felul acesta, dar probabil că aveau ei motivele lor. Mesajul de pe bucata de hîrtie putea fi o amenințare, o convocare, un ordin de a se sinucide, o capcană de vreun fel sau altul. Dar mai exista și o altă posibilitate, mai nesăbuită, care îi tot răsărea în minte și pe care zadarnic încerca el s-o înăbușe. Aceasta era că mesajul nu venea de fapt de la Poliția Gîndirii, ci de la vreun soi de organizație subterană. Poate că totuși Frăția exista! Poate că fata făcea parte din ea! Fără îndoială că ideea era absurdă, dar îi venise în minte exact în secunda în care simțise bucata de hîrtie în mînă. La cealaltă explicație, mult mai probabilă, nu se gîndise decît cîteva minute mai tîrziu. Chiar și acum, deși intelectul îi spunea că mesajul însemna, probabil, moarte sigură, nu credea totuși asta, speranța irațională rămînea, inima îi bubuia și cu greu își împiedica vocea să nu tremure în timp ce murmura cifrele în dictatranscriptor.

Făcu sul teancul de sarcini îndeplinite și îl vîrî în tubul pneumatic. Trecuseră opt minute. Își puse ochelarii înapoi pe nas, oftă și trase mai aproape următorul teanc de hîrtii, unde se afla și bilețelul. Îl netezi. Pe el se puteau citi, cu un scris mare și urît, cuvintele:

Te iubesc.

Preț de cîteva secunde a fost prea uluit ca să arunce hîrtiuța incriminatoare în gaura de memorie. Cînd în cele din urmă o făcu, nu se putu abține și o mai citi o dată, doar ca să se asigure că acele cuvinte se găseau într-adevăr acolo, deși știa prea bine cît de periculos era să arăți prea mult interes.

Tot restul dimineții i-a venit foarte greu să-și continue munca. Mai rea decît faptul că trebuia să se concentreze la o serie de sarcini migăloase era necesitatea de a-și ascunde agitația în fața tele-ecranului. Avea senzația că îi arde un foc în stomac. Prînzul din cantina încinsă, aglomerată și zgomotoasă a fost un chin. Sperase să rămînă singur un pic în timpul pauzei de prînz, dar, spre ghinionul lui, imbecilul de Parsons s-a trîntit pe scaun exact lîngă el, cu damful de sudoare pe care-l emana acoperind aproape complet mirosul metalic al tocăniței, și a trăncănit întruna despre pregătirile pentru Săptămîna de Ură. Îl entuziasma în mod deosebit o machetă din *papier mâché* cu capul Fratelui cel Mare, lată de doi metri, pe care o confecționa pentru această ocazie grupa de Spioni a fiicei lui. Partea iritantă era că, în tot vacarmul acela de voci, Winston abia dacă auzea ce spune Parsons, așa că trebuia să-l roage tot timpul să repete cîte o replică prostească. N-o zări pe fată decît o dată, stînd la o masă cu alte două tinere, în celălalt capăt al cantinei. Părea să nu-l fi văzut, iar el nu se mai uită în direcția aceea.

După-amiaza se dovedi mai suportabilă. Imediat după prînz primi o sarcină de lucru delicată și dificilă, care urma să dureze cîteva ore și îi impunea să lase la o parte orice altceva. Ea consta în falsificarea unei serii de rapoarte de producție vechi de doi ani în așa fel încît să discrediteze un membru marcant al Partidului Interior, care intrase acum într-un con de umbră. Era genul de lucru la care Winston excela și, timp de mai bine de două ore, reuși să și-o scoată cu totul din minte pe fată.

Apoi amintirea chipului ei îi reveni, însoțită de o dorință copleșitoare, insuportabilă, de a rămîne singur. Pînă ce nu avea să fie singur, nu putea să se gîndească ce însemnau toate astea. Seara trebuia să meargă la Centrul Comunitar. Înfulecă încă o masă fără gust la cantină, se grăbi să ajungă la Centru, participă la prostia solemnă a unui „grup de discuții", jucă două partide de tenis de masă, înghiți cîteva pahare de gin și ascultă timp de o jumătate de oră o prelegere intitulată „Soceng și relația sa cu șahul". Sufletul i se zvîrcolea de plictiseală, dar măcar de data asta nu îl încercase tentația de a evita să-și petreacă seara la Centru. La vederea cuvintelor „Te iubesc", îl cuprinsese dorința de a rămîne în viață și i se păruse brusc o tîmpenie să-și asume riscuri mărunte. Abia la ora douăzeci și trei, cînd era acasă și în pat – în întuneric, unde, dacă rămînea tăcut, putea evita chiar și tele-ecranul –, abia atunci reuși să se gîndească neîntrerupt la cele întîmplate.

Exista o problemă concretă care trebuia rezolvată: cum să ia legătura cu fata și să aranjeze o întîlnire. Nu mai lua în calcul posibilitatea că i-ar putea întinde o capcană. Știa că nu era așa, din pricina agitației evidente ce o cuprinsese pe tînără cînd îi strecurase bilețelul. Se vedea clar că era îngrozită, așa cum era și firesc. Iar ideea de a-i refuza avansurile nici măcar nu îi răsări în minte. Trecuseră doar cinci seri de cînd se gîndise să-i spargă capul cu o piatră din caldarîm, dar asta nu mai avea nici o importanță. Se gîndi la trupul ei tînăr și gol, așa cum îl văzuse în vis. Își imaginase că era bătută în cap, la fel ca toate celelalte, cu mintea plină de minciuni și ură și cu pîntecele înghețat. Îl cuprinse un soi de tremur la gîndul că ar putea s-o piardă, că trupul acela alb și tînăr ar putea să-i scape! Cel mai tare îl înspăimînta ideea că fata s-ar putea pur și simplu răzgîndi dacă nu lua rapid legătura cu ea. Numai că o întîlnire presupunea dificultăți concrete enorme. Era ca și cum ai fi încercat să muți la șah după ce ți se dăduse deja mat. În orice parte te-ai fi întors, te confruntai cu un tele-ecran. De fapt toate modalitățile posibile de comunicare cu ea îi trecuseră prin minte în primele cinci minute după ce citise bilețelul, însă acum, că avea timp să se gîndească, le trecu în revistă una cîte una, de parcă și-ar fi înșirat instrumentele pe o masă.

Evident, genul de întîlnire din dimineața aceasta nu se putea repeta. Dacă ar fi lucrat și ea la Secția Arhive, ar fi fost ceva mai simplu, dar Winston nu știa decît vag unde era plasată Secția Ficțiune în clădire și nu putea găsi nici un pretext ca să meargă acolo. Dacă ar fi avut idee unde locuiește și la ce oră își termină serviciul, ar fi putut aranja în așa fel încît s-o întîlnească undeva în drumul spre casă, dar să încerce s-o urmărească pînă acasă nu era deloc prudent, căci asta însemna să zăbovească așteptînd în fața ministerului, ceea ce avea să bată la ochi. Cît despre trimiterea unei scrisori prin poștă, așa ceva nici nu intra în discuție. Printr-o procedură care nici măcar nu era secretă, toate scrisorile erau deschise la cartare. De fapt, puțini oameni mai scriau scrisori. Pentru mesajele ce trebuiau trimise din cînd în cînd existau cărți poștale gata tipărite cu lungi liste de expresii și le tăiai pur și simplu pe cele care nu se potriveau. Oricum, nu știa nici măcar numele fetei, darmite adresa ei. În cele din urmă hotărî că locul cel mai sigur rămînea cantina. Dacă ar izbuti s-o prindă singură la masă undeva în mijlocul sălii, nu prea aproape de tele-ecrane și cu suficient zumzet de voci în jur – dacă aceste condiții s-ar menține, să zicem, vreo treizeci de secunde, ar putea schimba cîteva vorbe.

După aceea, timp de o săptămînă, viața lui a fost ca un vis agitat. A doua zi ea nu a apărut la cantină decît cînd el pleca, după ce sirena sunase deja. Probabil fusese repartizată într-o tură de mai tîrziu. Au trecut unul pe lîngă altul fără să-și arunce vreo privire. În ziua următoare a găsit-o la cantină la ora obișnuită, dar cu alte trei fete și exact sub un tele-ecran. Apoi, timp de trei zile groaznice, nu a apărut deloc. I se părea că atît mintea, cît și trupul îi erau chinuite pe de-a-ntregul de o sensibilitate insuportabilă, un soi de transparență ce îi transforma fiecare mișcare, fiecare sunet, fiecare atingere, fiecare cuvînt pe care trebuia să-l rostească sau să-l asculte într-o durere ascuțită. Nici în somn nu reușea să scape cu totul de imaginea ei. În acele zile nu se atinse deloc de jurnal. Singura alinare îi venea din muncă, unde putea uita cîteodată de sine chiar și cîte zece minute în șir. Nu avea nici cea mai vagă idee ce i s-ar fi putut întîmpla. Nu putea întreba nimic pe nimeni. Poate fusese vaporizată, poate se omorîse, poate fusese transferată la celălalt capăt al Oceaniei – sau, cel mai probabil, dar și cel mai rău, poate că pur și simplu se răzgîndise și hotărîse să-l evite.

În ziua următoare tînăra apăru din nou. Nu mai avea brațul prins în eșarfă, iar în jurul încheieturii îi era înfășurată o bandă de leucoplast. A fost atît de ușurat că o vede, încît n-a răbdat să nu se uite fix la ea preț de cîteva secunde. A doua zi aproape că reuși să-i vorbească. În momentul cînd a intrat în cantină, ea stătea singură la o masă, destul de departe de perete. Era încă devreme și sala nu era foarte plină. Coada înaintă încet pînă ce Winston aproape că ajunse la tejghea, după care se blocă din cauză că o persoană din față se plîngea că nu primise tableta de zaharină. Dar tînăra era încă singură cînd Winston își luă tava și începu să se îndrepte către masa ei. Mergea degajat și căuta din ochi un loc la o masă de dincolo de ea. De-acum se găseau la vreo trei metri unul de altul. Încă două secunde ar fi fost suficiente. În acel moment o voce din spatele lui strigă:

— Smith!

Winston se prefăcu că nu aude.

— Smith! repetă vocea, de data asta mai tare.

N-avea rost. Se întoarse. Un tînăr blond, cu față caraghioasă, pe nume Wilsher, pe care abia dacă îl știa, îl invita zîmbitor la masa lui. Nu ar fi fost prudent să-l refuze. Odată ce fusese recunoscut, nu putea merge să se așeze la o masă cu o fată singură. Ar fi fost prea bătător la ochi. Se așeză acolo, cu un surîs prietenos pe chip. Fața stupidă a blondului îi răspunse zîmbind radios. Winston își imagină că apucă un tîrnăcop și i-o despică în două. Masa la care stătea tînăra se umplu în cîteva minute.

Dar trebuie să-l fi văzut venind spre ea și poate că va înțelege aluzia. A doua zi Winston avu grijă să ajungă devreme la cantină. Așa cum sperase, tînăra era așezată la o masă cam în aceeași zonă și era tot singură. La coadă, chiar în fața lui Winston, se nimerise un bărbat scund și agitat, ca un gîndac, cu fața turtită și ochi mici și bănuitori. Cînd se întoarse ca să plece cu tava de la tejghea, Winston văzu cum bărbatul cel scund se îndreaptă direct spre masa fetei. Simți iarăși cum speranțele îi sînt distruse. Mai exista un loc liber la o masă un pic mai îndepărtată, dar ceva din înfățișarea bărbatului sugera că va avea suficientă grijă de propriu-i confort ca să aleagă masa mai goală. Winston merse în urma lui cu inima înghețată. Dacă nu o prindea pe fată singură, totul era degeaba. În acel moment se auzi o izbitură puternică. Bărbatul căzuse în patru labe, tava îi zburase din mîini și două șiroaie, de supă și de cafea, se scurgeau pe podea. Individul se ridică în picioare și îi aruncă o privire ostilă lui Winston, pe care era clar că îl bănuia că i-ar fi pus piedică. Dar n-a fost nici o problemă. Cinci secunde mai tîrziu, cu inima bubuindu-i în piept, Winston se așeză la masa fetei.

Nu se uită la ea. Își luă lucrurile de pe tavă și începu să mănînce de îndată. Era esențial să vorbească imediat, înainte să mai vină cineva, dar acum îl cuprinsese o teamă teribilă. Trecuse o săptămînă de cînd fata îl abordase prima dată. S-o fi răzgîndit, trebuie să se fi răzgîndit! Era imposibil ca toată chestia asta să se termine cu bine. Astfel de lucruri nu se întîmplau în viața reală. Poate n-ar fi reușit să-și facă deloc curaj să vorbească dacă nu l-ar fi văzut în acel moment pe Ampleforth, poetul cu păr în urechi, cum se învîrte șchiopătînd prin sală, căutînd un loc unde să se așeze. În felul său nedeslușit, Ampleforth se simțea atașat de Winston și în mod sigur avea să se așeze la masa lui dacă îl zărea. Avea, probabil, un minut ca să acționeze. Atît Winston, cît și tînăra mîncau calmi. Mîncarea era o tocăniță subțire - de fapt o supă - de fasole verde. Winston începu să vorbească cu o voce murmurată. Nici unul dintre ei nu ridică privirea: continuară să-și ducă liniștiți lingurile cu mîncare zemoasă la gură și schimbară cele cîteva cuvinte necesare între înghițituri, pe niște voci joase, lipsite de expresie.

— La ce oră pleci de la serviciu?

— Optsprezece treizeci.

— Unde ne putem întîlni?

— Piața Victoriei, lîngă monument.

— E plin de tele-ecrane.

— Nu contează dacă e multă lume.

— Vreun semnal?

— Nu. Nu te apropia de mine pînă nu mă vezi înconjurată de mulți oameni. Și nu te uita la mine. Stai doar prin preajmă.

— La ce oră?

— Nouăsprezece.

— Bine.

Ampleforth nu îl remarcă pe Winston și se așeză la altă masă. Tînăra își termină rapid prînzul și plecă, iar el rămase să fumeze o țigară. Ei doi nu își mai spuseră nimic și, în măsura în care așa ceva era posibil pentru doi oameni care stăteau față în față la aceeași masă, nici nu se uitară unul la altul.

Winston ajunse în Piața Victoriei înainte de ora stabilită. Se învîrti în jurul soclului enormei coloane canelate, în vîrful căreia statuia Fratelui cel Mare privea spre sud, către văzduhul unde învinsese avioanele eurasiene (sau, cu cîțiva ani înainte, avioanele estasiene) în Bătălia pentru Aerodromul Unu. Pe strada din fața coloanei se găsea statuia unui bărbat călare, care se presupunea că l-ar reprezenta pe Oliver Cromwell. La cinci minute după ora stabilită, fata încă nu apăruse. Pe Winston îl cuprinse din nou teribila spaimă. Nu va veni, se răzgîndise! Se îndreptă încet către latura de nord a pieței și simți un soi de plăcere vagă cînd identifică biserica Sfîntul Martin, ale cărei clopote, pe vremea cînd avea clopote, băteau „Cinci sfanți îmi ești dator". Apoi o văzu pe fată stînd la poalele monumentului și citind sau prefăcîndu-se că citește un afiș înfășurat în spirală în jurul coloanei. Nu era prudent să se apropie de ea pînă ce nu se mai adunau niște oameni. Frontonul era plin de tele-ecrane. Dar chiar în acel moment de undeva din stînga se auziră un val de țipete și un huruit de vehicule grele. Brusc, toată lumea păru că o ia la goană prin piață. Tînăra țîșni cu agilitate pe după leii de la baza monumentului și se alătură iureșului. Winston o urmă. În timp ce fugea, află din cîteva remarci aruncate cu voce tare că tocmai trecea un convoi de prizonieri eurasieni.

Latura de sud a pieței era deja blocată de o masă densă de oameni. Winston, care de obicei se ținea la marginea îmbulzelilor de orice fel, acum împinse, se îmbrînci, se strecură pînă în mijlocul mulțimii. În curînd ajunse la un braț distanță de fată, dar calea îi era blocată de un prol enorm și de o femeie la fel de enormă, probabil soția lui, care păreau să formeze un zid impenetrabil de carne. Winston se răsuci pieziș, se strecură și se împinse violent, reușind să-și înfigă umărul între cei doi. Preț de o clipă, avu senzația că i se zdrobesc măruntaiele între cele două coapse musculoase, dar apoi reuși să treacă de ei, transpirînd ușor. De-acum era alături de fată. Stăteau umăr la umăr și amîndoi priveau fix în față.

Pe stradă trecea încet un șir lung de camioane, iar la colțurile fiecărui camion stăteau în picioare gărzi cu chipurile încremenite, înarmate cu pistoale-mitralieră. În camioane ședeau ghemuiți, claie peste grămadă, niște bărbați scunzi, de rasă asiatică, îmbrăcați în uniforme verzi, zdrențăroase. Fețele lor mongoloide priveau amărîte peste marginile camioanelor, lipsite de orice urmă de curiozitate. Uneori, cînd camioanele se hurducau, se auzea un zdrăngănit de metal: toți prizonierii aveau lanțuri la picioare. Încărcătură după încărcătură de fețe amărîte trecu pe dinaintea lor. Winston știa că sînt acolo, dar nu-i zărea decît intermitent. Umărul fetei și brațul ei pînă la cot erau lipite de ale lui. Obrazul ei era îndeajuns de aproape ca Winston să-i simtă căldura. Fata preluă imediat inițiativa, la fel cum făcuse și în cantină. Începu să vorbească pe același ton neutru de dinainte, abia mișcîndu-și buzele, cu un murmur care se pierdea ușor în larma vocilor și huruitul camioanelor.

— Mă auzi?

— Da.

— Poți să-ți iei liber duminică după-amiază?

— Da.

— Atunci ascultă-mă cu atenție. Trebuie să ții minte tot ce-ți zic. Du-te la gara Paddington...

Cu un soi de precizie militară care îl ului pe Winston, ea îi descrise ruta pe care trebuia s-o urmeze. O jumătate de oră cu trenul, apoi, la ieșirea din gară, o cotitură la stînga, doi kilometri pe drum, o poartă căreia îi lipsește drugul de sus, o potecă peste un cîmp, o cărare cu iarbă, un drumeag printre tufișuri, un copac uscat, cu mușchi pe el. Parcă ar fi avut o hartă în cap.

— Poți să ții minte toate astea? murmură ea în cele din urmă.

— Da.

— O iei la stînga, apoi la dreapta, apoi din nou la stînga. Și poarta n-are drugul de sus.

— Bine. La ce oră?

— Pe la cincisprezece. S-ar putea să trebuiască să aștepți. Eu voi veni pe alt traseu. Sigur ții minte tot?

— Sigur.

— Atunci îndepărtează-te de mine cît poți de repede.

Nu era nevoie să i-o spună. Pe moment însă nu se puteau extrage din mulțime. Camioanele continuau să treacă și lumea, să se holbeze cu lăcomie. La început se auziseră cîteva huiduieli și șuierături, dar ele veneau numai de la membrii de Partid din mulțime și încetară repede. Sentimentul dominant era curiozitatea. Străinii, fie că veneau din Eurasia sau din Estasia, erau un soi de animale ciudate. Nu-i vedeai decît ca prizonieri și, chiar și așa, nu apucai să le arunci decît o privire rapidă. Nici ce se alegea de ei nu știai – cu excepția celor considerați criminali de război și spînzurați. Ceilalți pur și simplu dispăreau, probabil în lagăre de muncă silnică. Fețele mongoloide rotunde fuseseră înlocuite de unele mai europene, murdare, bărboase și epuizate. Ochii lor priveau de deasupra pomeților păroși direct în ochii lui Winston, uneori cu o intensitate ciudată, după care se îndreptau rapid în altă parte. Convoiul se apropia de sfîrșit. În ultimul camion Winston văzu un bărbat în vîrstă, cu fața acoperită de o barbă căruntă și încîlcită, ce stătea drept în picioare și cu încheieturile mîinilor încrucișate în față, de parcă era obișnuit să le aibă legate. Venise momentul ca Winston și tînăra să se despartă. Dar chiar în ultima clipă, pe cînd mulțimea încă îi mai încorseta, ea îi căută mîna cu mîna ei și i-o strînse scurt.

N-a durat, probabil, nici zece secunde și totuși parcă mîinile le-au stat mult timp împreunate. Winston avu timp să învețe toate detaliile palmei ei. Îi cercetă degetele lungi, unghiile frumoase, palma aspriță de muncă, cu un șir de bătături, carnea moale de mai jos de încheietură. Acum, că i-o pipăise, i-ar fi recunoscut-o oriunde. În aceeași clipă își dădu seama că nu știe ce culoare au ochii fetei. Probabil erau căprui, dar bruneții au uneori și ochi albaștri. Ar fi fost o nebunie de neimaginat să se întoarcă și să se uite la ea. Cu mîinile împreunate, invizibili în îngrămădeala de trupuri, cei doi se uitau fix în față și, în loc de ochii fetei, asupra lui Winston se opriră ochii prizonierului aceluia vîrstnic, ce priveau mohorîți dintre smocurile de păr.

II

Winston o porni pe cărarea vîrstată de lumini și umbre, pășind în rotocoale aurii ori de cîte ori crengile se dădeau la o parte. La stînga lui, sub copaci, pămîntul era încețoșat de tufe dese de clopoței. Aerul părea că-ți sărută pielea. Era ziua de 2 mai. De undeva din miezul pădurii se auzea un uguit de gugușțiuci.

Ajunsese puțin mai devreme. Nu întîmpinase nici o problemă pe drum, iar tînăra avea în mod clar multă experiență, așa că Winston se temea mai puțin decît ar fi făcut-o de obicei. Probabil puteai avea încredere în ea c-o să găsească un loc sigur. În general nu îți permiteai să presupui că ești mai în siguranță la țară decît în Londra. Bineînțeles, nu existau tele-ecrane, dar te păștea veșnic pericolul microfoanelor ascunse, prin care vocea îți putea fi interceptată și recunoscută. În plus, nu era ușor să călătorești de unul singur fără să atragi atenția. Pentru distanțe mai mici de o sută de kilometri nu trebuia să-ți vizezi pașaportul, dar uneori prin gări se învîrteau patrule care verificau actele oricărui membru de Partid peste care dădeau și puneau întrebări stînjenitoare. Winston nu întîlnise însă nici o patrulă și pe drumul de la gară încoace se asigurase că nu e urmărit, aruncînd priviri prudente în spate. Datorită vremii văratice, trenul fusese ticsit de proli în dispoziție de vacanță. Vagonul cu bănci de lemn în care călătorise se umpluse pînă la refuz cu o singură familie enormă, de la o străbunică fără dinți pînă la un bebeluș de o lună, familie care se ducea să-și petreacă după-amiaza la țară „cu rudele prin alianță“ și, după cum i-au explicat ei fără rețineri lui Winston, să obțină niște unt de contrabandă.

Drumeagul se lărgi și în curînd Winston ajunse la poteca despre care îi pomenise fata și care nu era decît un colnic făcut de vite prin desiș. Nu avea ceas, dar nu putea fi încă ora cincisprezece. Covorul de clopoței de sub picioarele lui era atît de des, încît n-aveai cum să nu-i calci în picioare. Îngenunche și culese cîțiva, în parte ca să-i treacă timpul, dar și pentru că avea ideea vagă că i-ar plăcea să aibă un buchet de flori și să-l ofere fetei cînd aveau să se întîlnească. Adunase un buchet mare și tocmai le adulmeca mirosul slab și bolnăvicios, cînd încremeni, căci auzise în spatele lui un zgomot, trosnetul inconfundabil al unor crengi călcate în picioare. Continuă să culeagă clopoței. Era cea mai sigură reacție. Poate era fata sau poate fusese totuși urmărit. Dacă s-ar fi întors, și-ar fi etalat vinovăția. Mai culese o floare, apoi încă una. O mîna i se așeză ușor pe umăr.

Ridică privirea. Era fata. Ea clătină din cap, dîndu-i de înțeles că trebuie să rămînă tăcuți, apoi pătrunse în tufișuri și îl conduse rapid în pădure de-a lungul potecii înguste. Era clar că mai fusese pe-acolo, căci evita zonele mlăștinoase de parcă le-ar fi știut. Winston o urmă, cu mîna încă încleștată pe buchetul de flori. Mai întîi fusese cuprins de ușurare, dar acum, cînd urmărea cum se mișcă în fața lui trupul ei puternic și zvelt, cu brîul stacojiu strîns atît cît să-i scoată în evidență rotunjimea șoldurilor, îl năpădi sentimentul propriei inferiorități. Chiar și acum i se părea posibil ca ea să se întoarcă, să se uite la el și în cele din urmă să se răzgîndească. Blîndețea aerului și verdeața din jur îl intimidau. Pe drumul de la gară pînă aici soarele de mai îl făcuse deja să se simtă murdar și gălbejit, o ființă a spațiilor închise, cu funinginea Londrei strecurată în toți porii. Își dădu seama că, probabil, ea nu-l mai văzuse niciodată pînă acum ziua în amiaza mare, în aer liber. Ajunseră la trunchiul de copac de care îi vorbise ea. Fata sări peste el și împinse la o parte crengile desișului, în care nu părea să existe nici o deschizătură. Cînd o urmă însă, Winston văzu că se găseau într-un luminiș natural, o moviliță acoperită de iarbă și înconjurată de lăstari înalți, care o izolau complet. Fata se opri și se întoarse.

— Am ajuns, zise ea.

Winston rămase la cîțiva pași distanță, întors spre ea. Încă nu îndrăznea să se apropie.

— N-am vrut să zic nimic pe cărare, în caz că era vreun microfon ascuns pe-acolo, continuă ea. Nu cred să fie, dar nu se știe niciodată. Vreunul din porcii ăia ar putea oricînd să-ți recunoască vocea. Aici sîntem în siguranță.

Winston tot n-avea curaj să se apropie de ea.

— Aici sîntem în siguranță? repetă el prostește.

— Da. Uită-te la copaci.

Erau niște frasini mici, care la un moment dat fuseseră tăiați și răsăriseră din nou, formînd o pădurice de lăstari, nici unul mai gros ca încheietura mîinii.

— Prin preajmă nu-i nimic suficient de mare ca să ascundă un microfon. În plus, am mai fost pe-aici.

Făceau doar conversație. Winston reușise să se apropie de fată. Ea stătea foarte dreaptă în fața lui, cu un zîmbet ce părea ușor ironic, de parcă s-ar fi întrebat de ce lui Winston îi lua atît de mult timp să acționeze. Clopoțeii se împrăștiaseră pe pămînt. Căzuseră parcă din proprie inițiativă. El o luă de mînă.

— Îți vine să crezi că pînă în momentul ăsta n-am știut ce culoare au ochii tăi? spuse el.

Observă că erau căprui, de un căprui deschis, umbriți de gene întunecate.

— Acum, că ai văzut cum arăt de fapt, mai suporți să te uiți la mine?

— Da, fără nici o problemă.

— Am treizeci și nouă de ani. Am o nevastă de care nu pot scăpa. Am varice. Am cinci dinți falși.

— Nu-mi pasă nici cît negru sub unghie, răspunse fata.

Ar fi fost greu de stabilit cine a acționat primul, dar în clipa următoare ea era în brațele lui. La început Winston nu simți nimic în afară de faptul că nu-i venea să creadă ce se întîmplă. Trupul ei tînăr era strîns lipit de al lui, coama de păr negru îi acoperea fața și, da!, ea își înălțase chipul și el chiar îi săruta gura mare și roșie. Fata își încleștase brațele în jurul gîtului lui și îl alinta, spunîndu-i dragule, scumpule, iubitule. O trăsese la pămînt și ea nu i se împotrivise în nici un fel, putea să facă orice voia cu ea. Adevărul era însă că nu percepea nici o senzație fizică în afară de atingerea propriu-zisă. Nu simțea decît mîndrie și incredulitate. Se bucura că i se întîmplau toate astea, dar nu îl încerca nici o dorință trupească. Nu știa de ce – era prea curînd, îl înspăimîntaseră tinerețea și frumusețea fetei, era prea obișnuit să trăiască fără femei. Fata se ridică și își scoase un fir de clopoțel din păr. Se așeză, sprijinindu-se de Winston, și îi cuprinse mijlocul cu brațul.

— Nu-ți face griji, dragule. Nu-i nici o grabă. Avem toată după-amiaza la dispoziție. Nu-i așa că e o ascunzătoare splendidă? Am găsit-o odată, cînd m-am rătăcit, în timpul unei drumeții în grup. Cînd se apropie cineva, îl auzi de la sute de metri.

— Cum te cheamă? întrebă Winston.

— Julia. Eu știu cum te numești tu. Winston, Winston Smith.

— Cum ai aflat?

— Bănuiesc că mă pricep mai bine decît tine să aflu lucruri, dragul meu. Spune-mi, ce credeai despre mine înainte de ziua în care ți-am dat biletul?

Nu simți nici un impuls s-o mintă. Să înceapă prin a-i spune ce era mai rău i se părea chiar o dovadă de iubire.

— Te uram din răsputeri, zise el. Voiam să te violez și apoi să te ucid. Acum două săptămîni m-am gîndit serios să-ți zdrobesc capul cu o piatră din caldarîm. Dacă chiar vrei să știi, mi-am imaginat că ai un soi de legătură cu Poliția Gîndirii.

Fata rîse încîntată: era clar că toate astea i se păreau un tribut adus remarcabilei sale priceperi de a se preface.

— Poliția Gîndirii? Nu se poate! Chiar te-ai gîndit la așa ceva?

— Mă rog, poate nu exact la asta. Dar după cum arăți... știi, pur și simplu din cauză că ești tînără și proaspătă și sănătoasă... m-am gîndit că probabil...

— Te-ai gîndit că sînt un bun membru de Partid. Pură atît în vorbă, cît și în faptă. Pancarte, mitinguri, lozinci, jocuri, drumeții în grup – toate chestiile alea. Și te-ai gîndit că dacă mi s-ar ivi cea mai mică ocazie, te-aș denunța drept criminal în gîndire, ca să fii omorît?

— Da, ceva de genul ăsta. Multe tinere sînt așa, să știi.

— Tîmpenia asta e de vină, spuse ea, smulgîndu-și brîul stacojiu al Ligii Anti-Sex a Tineretului și azvîrlindu-l pe o creangă.

Apoi, ca și cînd faptul că-și atinsese mijlocul i-ar fi amintit de ceva, scormoni prin buzunarul salopetei și scoase la iveală o tabletă mică de ciocolată. O rupse în două și îi dădu jumătate lui Winston. Chiar înainte să o ia, el știu după miros că nu era o ciocolată obișnuită. Era întunecată la culoare, lucioasă și învelită în hîrtie argintie. Ciocolata era în mod normal o chestie maronie și sfărîmicioasă, cu un gust ce nu putea fi descris altfel decît ca acela al fumului de la gunoaiele arse. Dar cîndva, în trecut, gustase ciocolată ca asta pe care i-o dăduse ea. De cum îi simțise aroma, i se stîrnise o amintire pe care n-o putea localiza, dar care era puternică și tulburătoare.

— De unde ai așa ceva? întrebă el.

— Piața neagră, răspunse cu indiferență tînăra. Dacă te uiți la mine, chiar sînt genul ăla de fată. Sînt bună la jocuri. Am fost șefă de grupă la Spioni. Fac voluntariat trei seri pe săptămînă pentru Liga Anti-Sex a Tineretului. Mi-am petrecut ore în șir lipindu-le tîmpeniile peste tot în Londra. La mitinguri țin întotdeauna capătul unei pancarte. Arăt veșnic veselă și nu mă dau înapoi de la nimic. Răcnește tot timpul laolaltă cu gloata, asta-i deviza mea. Numai așa poți fi în siguranță.

Prima bucățică de ciocolată i se topise pe limbă lui Winston. Avea un gust delicios. Rămînea însă amintirea aceea care îi dădea tîrcoale pe la marginea conștiinței, ceva resimțit puternic, dar imposibil de redus la o formă clară, ca un obiect văzut cu coada ochiului. Și-o îndepărtă, conștient doar că era amintirea unei acțiuni pe care i-ar fi plăcut s-o anuleze, dar nu putea.

— Ești foarte tînără, spuse el. Ai cu vreo zece-cincisprezece ani mai puțin decât am eu. Ce ți s-a părut atrăgător la un bărbat ca mine?

— Ceva de pe chipul tău. M-am gîndit că merită să risc. Mă pricep să-i identific pe cei care nu sînt pe linie. Imediat ce te-am văzut, am știut că ești împotriva *lor*.

„Împotriva *lor*" – asta părea că se referă la Partid și, mai precis, la Partidul Interior, despre care ea vorbea cu o ură disprețuitoare nedisimulată, ce îl tulbura pe Winston, deși știa că, dacă exista vreun loc sigur, aici era acela. Unul din lucrurile care îl uluiau la ea era vulgaritatea limbajului. Membrii de Partid nu aveau voie să înjure și Winston însuși înjura rareori – cel puțin cu voce tare. Julia însă părea incapabilă să menționeze Partidul – și mai ales Partidul Interior – fără să recurgă la genul de cuvinte pe care le vezi scrise cu cretă pe alei îmbîcsite. Lui Winston nu îi displăcea asta. Era doar un simptom al revoltei ei împotriva Partidului și a metodelor sale și părea o atitudine oarecum firească și sănătoasă, ca strănutul unui cal care miroase niște fîn mucegăit. Părăsiseră luminișul și se plimbau din nou prin umbra vîrstată de soare, ținîndu-se de mijloc ori de cîte ori drumeagul era destul de lat ca să poată merge unul lîngă altul. Winston observă cît de moale era talia fetei acum, că-și scosese brîul. Nu vorbeau decît în șoaptă. Julia spusese că, odată ieșiți din luminiș, era mai bine să nu facă zgomot. În curînd ajunseră la marginea păduricii. Ea îl opri.

— Nu ieși în cîmp deschis. S-ar putea să ne vadă cineva. Sîntem în siguranță atîta timp cît rămînem în spatele crengilor.

Stăteau în picioare la umbra unor tufe de alun. Lumina soarelui, filtrată prin nenumăratele frunze, le ardea încă fețele. Winston se uită spre cîmpul de dincolo de pădure și, încetul cu încetul, se simți cuprins de un șoc straniu de recunoaștere. Știa locul din vedere. O pășune îmbătrînită, roasă pînă la sol, prin care șerpuia o cărare bătucită, cu cîte un mușuroi de cîrtiță ici și colo. În gardul viu neîngrijit din celălalt capăt al cîmpului crengile ulmilor se legănau ușor în bătaia vîntului și frunzele le fremătau ușor în mănunchiuri dese, ca părul unor femei. Cu siguranță exista un pîrîu prin apropiere, deși nevăzut, unul cu ochiuri verzi de apă prin care înotau cleni.

— Nu-i și vreun pîrîu pe-aici, prin apropiere? șopti el.

— Ba da, există un pîrîu. De fapt e chiar la marginea cîmpului următor. Are și pești, niște pești mari de tot. Îi vezi cum bat din cozi în bălțile de sub sălcii.

— E Tărîmul de Aur... aproape, murmură el.

— Tărîmul de Aur?

— Nu, nimic. E un peisaj pe care-l văd uneori în vis.

— Uite! șopti Julia.

Un sturz se așezase pe o creangă, la nici cinci metri de ei, aproape în dreptul fețelor lor. Probabil nu-i văzuse. Era în soare, pe cînd ei stăteau în umbră. Își deschise aripile, și le strînse iar cu grijă, își vîrî capul în piept preț de o clipă, ca și cînd s-ar fi închinat soarelui, apoi slobozi o revărsare de cîntec. În liniștea după-amiezii, sunetul înfiora prin puterea sa. Îmbrățișați, Winston și Julia îl ascultau vrăjiți. Trilul continuă minute în șir, cu variațiuni uimitoare, nerepetîndu-se nici măcar o dată, de parcă pasărea și-ar fi etalat dinadins virtuozitatea. Din cînd în cînd se mai oprea preț de cîteva secunde, își deschidea și rearanja aripile, apoi își umfla din nou pieptul pătat și se pornea iar să cînte. Winston o privea cu un soi de venerație. Pentru cine, pentru ce cînta pasărea aceea? N-o privea nici perechea ei și nici vreun dușman. Ce o făcea să stea la marginea unei păduri singuratice și să își reverse muzica în gol? Se întrebă dacă nu exista totuși vreun microfon ascuns prin apropiere. El și Julia vorbiseră doar în șoapte înfundate și microfonul n-ar fi reușit să prindă ce-și spuneau, dar ar fi prins cîntecul sturzului. Poate că la celălalt capăt al instrumentului se găsea un individ mărunt ca un gîndac, care asculta atent – asculta *așa ceva*. Treptat însă șuvoiul de muzică îi alungă din minte orice speculații. Era ca un soi de lichid care curgea peste el, învăluindu-l, și se contopea cu lumina soarelui ce se cernea printre frunze. Se opri din gîndit și se lăsă doar în voia simțurilor. Simțea mijlocul fetei moale și cald în îndoitura brațului. O întoarse spre el, astfel că acum stăteau piept în piept și trupul ei părea să se topească într-al lui. Oriunde punea mîna, totul părea fluid ca apa. Gurile li se înlănțuiră. Era ceva cu totul diferit de săruturile dure pe care le schimbaseră mai devreme. Cînd își îndepărtară din nou fețele, amîndoi respirară adînc. Pasărea se sperie și zbură, bătînd zgomotos din aripi.

Winston își lipi buzele de urechea ei.

— *Acum*, șopti el.

— Nu aici, îi răspunse ea, tot șoptit. Hai înapoi în ascunzătoare. Sîntem mai în siguranță acolo.

Își croiră rapid drum înapoi spre luminiș, cu cîte o creangă trosnindu-le cînd și cînd sub pași. De îndată ce ajunseră în cercul de lăstari, ea se răsuci cu fața spre el. Respirau precipitat amîndoi, dar fetei îi reapăruse zîmbetul în colțurile gurii. Rămase cu privirea ațintită la el o secundă, apoi își pipăi fermoarul salopetei. Și, da!, era aproape ca în visul pe care-l avusese Winston. Își smulse hainele de pe ea aproape la fel de iute cum își imaginase și cînd le azvîrli deoparte, o făcu cu același gest grandios ce părea să anihileze o întreagă civilizație. Trupul îi lucea alb în lumina soarelui. Preț de o clipă însă, Winston nu se uită la trupul ei: ochii îi rămaseră fixați pe fața pistruiată a fetei, cu surîsul acela îndrăzneţ. Îngenunche în faţa ei şi îi luă mîinile într-ale lui.

— Ai mai făcut asta?

— Bineînţeles. De sute de ori... sau, oricum, de zeci de ori.

— Cu membri de Partid?

— Da, întotdeauna cu membri de Partid.

— Cu membri ai Partidului Interior?

— Nu, cu porci din ăia nu. Dar sînt o grămadă care *ar face-o* dacă ar avea ocazia. Nu-s chiar aşa de neprihăniţi cum vor să pară.

Lui Winston îi tresăltă inima în piept. O făcuse de zeci de ori. Îşi dorea s-o fi făcut de sute, de mii de ori. Orice sugera corupţie îl umplea întotdeauna de o speranţă nebunească. Cine ştie, poate că dincolo de suprafaţă Partidul era putred, iar cultul acela al abnegaţiei şi vigorii nu era decît o prefăcătorie care ascundea samavolnicii. Dacă ar fi putut să-i infecteze pe toţi cu lepră sau sifilis, ar fi făcut-o bucuros! Orice, numai să-i submineze, să-i slăbească, să-i facă să putrezească! O trase în jos, astfel că acum stăteau amîndoi în genunchi, faţă în faţă.

— Ascultă-mă. Cu cît ai avut mai mulţi bărbaţi, cu atît te iubesc mai mult. Poţi să înţelegi asta?

— Da, foarte bine.

— Urăsc puritatea, urăsc bunătatea! Nu vreau să existe nici o virtute nicăieri. Vreau ca toată lumea să fie coruptă pînă în măduva oaselor.

— Ei bine, atunci ar trebui să-ţi placă de mine, dragule. Sînt coruptă pînă în măduva oaselor.

— Îţi place să faci asta? Nu mă refer doar la mine, mă refer la actul propriu-zis.

— Ador s-o fac.

Era chiar mai mult decît ar fi visat să audă. Nu doar iubirea unei singure persoane, ci instinctul animal, dorinţa simplă şi nediferenţiată – aceasta era forţa care avea să nimicească Partidul. O împinse la pămînt, printre clopoţeii căzuţi. De data asta nu mai apăru nici o dificultate. În curînd respirația le reveni la normal și trupurile li se îndepărtară cu un soi de neputință plăcută. Soarele parcă se înfierbîntase și mai mult. Îi cuprinse somnul pe amîndoi. Winston se întinse după salopetele aruncate și le trase peste ea, acoperind-o oarecum. Ațipiră aproape imediat și dormiră vreo jumătate de oră.

Winston se trezi primul. Se ridică în capul oaselor și-i privi fața pistruiată, care dormea în continuare liniștită, cuibărită în palmă. Cu excepția gurii, nu puteai spune că ar fi frumoasă. Dacă te uitai cu atenție, găseai și un rid sau două în jurul ochilor. Părul scurt și întunecat îi era extraordinar de moale și de des. Își dădu seama că tot nu aflase numele ei de familie și nici unde locuia.

Trupul tînăr și puternic, acum adormit și neajutorat, îi stîrni un impuls compătimitor și protector. Dar tandrețea inconștientă pe care o simțise sub alun, în timpul cît cîntase sturzul, nu îi revenise întru totul. Dădu salopeta la o parte și îi studie coapsa albă și netedă. Pe vremuri, se gîndi el, bărbatul se uita la trupul unei fete, vedea că e atrăgător și asta era tot. Acum însă nu mai puteai avea parte de iubire pură sau de dorință pură. Nici o emoție nu exista în stare pură, căci totul se amesteca cu ura și teama. Îmbrățișarea lor fusese o luptă, orgasmul – o victorie. Era o lovitură dată Partidului. Era un gest politic.

III

— Putem să mai venim o dată aici, spuse Julia. În general ești în siguranță dacă folosești o ascunzătoare de două ori. Dar, evident, numai peste o lună sau două.

De îndată ce se trezi, Julia adoptă o cu totul altă atitudine. Deveni foarte sprintenă și eficientă, se îmbrăcă, își legă brîul în jurul mijlocului și începu să pună la punct amănuntele călătoriei spre casă. Lui i se păru firesc să lase asta în seama ei. Era clar că avea o iscusință practică pe care Winston nu o avea și, de asemenea, părea să fi învățat pe de rost ținuturile din jurul Londrei de pe timpul nenumăratelor drumeții în grup. Traseul pe care i-l stabili pentru întoarcere era cu totul altul decît cel pe care venise și îl ducea la o altă gară.

— Să nu te întorci niciodată pe același drum pe care ai venit, spuse ea, ca și cînd ar fi enunțat un principiu general important.

Ea avea să plece prima, iar Winston trebuia să aștepte o jumătate de oră înainte să o urmeze.

Julia îi menționase un loc unde se puteau întîlni peste patru zile, după orele de serviciu. Era o stradă dintr-unul din cartierele mai sărace, unde se găsea o piață care în general era aglomerată și zgomotoasă. Ea urma să se învîrtă printre tarabe, prefăcîndu-se că se uită după șireturi sau ață de cusut. Dacă i se va părea că nu-i pîndește nici un pericol, își va sufla nasul la vederea lui, iar dacă nu, el trebuia să treacă pe lîngă ea fără să dea vreun semn de recunoaștere. Cu puțin noroc însă, în mijlocul mulțimii vor putea să vorbească în siguranță vreun sfert de oră și să pună la cale altă întîlnire.

— Iar acum trebuie să plec, spuse ea de îndată ce el își însuși indicațiile. Sînt nevoită să ajung înapoi la nouăsprezece treizeci. Am treabă vreo două ore la Liga Anti-Sex a Tineretului, să împart fluturași sau ceva de genul ăsta. Nu-i așa că-i o porcărie? Scutură-mă, te rog. Am cumva crenguțe în păr? Ești sigur? Atunci la revedere, iubitule, la revedere.

I se aruncă în brațe, îl sărută aproape violent, iar o clipă mai tîrziu își croia drum printre lăstari și dispărea în pădure aproape fără zgomot. Winston tot nu îi aflase numele de familie sau adresa. Oricum, nu conta, căci era de neconceput că vor putea să se întîlnească vreodată într-un spațiu închis sau să comunice în vreun fel în scris.

Pînă la urmă nu s-au mai întors niciodată în luminișul din pădure. În luna mai nu li s-a mai ivit decît o singură ocazie în care au reușit pînă la urmă să facă dragoste. Asta s-a întîmplat într-o altă ascunzătoare pe care o știa Julia, clopotnița unei biserici distruse dintr-un colț de țară aproape părăsit, unde căzuse o bombă atomică în urmă cu treizeci de ani. Era o ascunzătoare bună odată ce ajungeai acolo, dar drumul pînă la ea era foarte periculos. În rest, nu s-au putut întîlni decît pe străzi, în fiecare seară în alt loc și niciodată mai mult de o jumătate de oră. De obicei reușeau să poarte un soi de conversație din mers. În timp ce înaintau pe trotuarele aglomerate, nu chiar unul lîngă altul și fără să se privească vreodată, aveau o discuție ciudată, intermitentă, care se pornea și se întrerupea, la fel ca razele unui far, încetînd brusc la apropierea unei uniforme a Partidului sau în vecinătatea unui tele-ecran, reluîndu-se peste cîteva minute de la mijlocul propoziției, apoi terminîndu-se brusc cînd se despărțeau în locul hotărît de comun acord și continuînd aproape fără introducere în ziua următoare. Julia părea să fie obișnuită cu acest gen de conversație, căreia îi spunea „discuție foileton". De asemenea, se pricepea de minune să vorbească fără să-și miște buzele. Vreme de aproape o lună s-au întîlnit seară de seară, dar nu au reușit să se sărute decît o singură dată. Mergeau în tăcere pe o străduță lăturalnică (Julia nu vorbea niciodată dacă se îndepărtau de străzile principale), cînd se auzi un vuiet asurzitor, pămîntul se cutremură și văzduhul se întunecă, iar Winston se trezi aruncat într-o rînă, învinețit și înspăimîntat. Cu siguranță pe undeva prin apropiere căzuse o bombă cu reacție. Dintr-odată văzu că fața Juliei zăcea la cîțiva centimetri de a lui, cadaverică, albă ca varul. Chiar și buzele i se albiseră. Murise! O strînse în brațe și își dădu seama că săruta un chip cald, viu. Buzele însă îi nimeriră peste ceva prăfos. Fețele amîndurora erau acoperite cu un strat gros de pulbere de moloz.

Au fost și seri în care au ajuns la locul de întîlnire și apoi au trebuit să treacă unul pe lîngă altul fără să-și facă vreun semn, deoarece de după colț tocmai apăruse o patrulă sau deasupra lor zbura un elicopter. Chiar dacă ar fi fost mai puțin riscant, tot le-ar fi venit greu să găsească timp pentru întîlniri. Săptămîna de lucru a lui Winston era de șaizeci de ore, a Juliei, chiar și mai lungă, iar zilele libere pe care le aveau variau în funcție de urgențele de la serviciu și adesea nu coincideau. Julia, cel puțin, rareori avea o seară complet liberă. Petrecea o perioadă uluitoare de timp participînd la prelegeri și demonstrații, distribuind materiale pentru Liga Anti-Sex a Tineretului, pregătind pancarte pentru Săptămîna de Ură, strîngînd donații pentru campania de economii și alte asemenea activități. Merita, spunea ea. Așa se camufla. Dacă respectai regulile mici, puteai să le încalci pe cele mari. Ba chiar l-a convins pe Winston să-și sacrifice încă o seară pentru munca suplimentară de fabricare a muniției, ce era efectuată voluntar de membri zeloși ai Partidului. Așadar, în fiecare săptămînă Winston petrecea patru ore paralizant de plictisitoare înșurubînd bucățele de metal, care reprezentau, probabil, componente ale amorselor de bombe, într-un atelier prost luminat, unde bocănitul ciocanelor se amesteca jalnic cu muzica din tele-ecrane.

Cînd s-au întîlnit în turla bisericii, au umplut golurile din conversația lor fragmentară. Era o după-amiază caniculară. Aerul din încăperea mică și pătrată de deasupra clopotelor era fierbinte și încremenit și mirosea puternic a găinaț de porumbel.

Au stat de vorbă ore întregi pe podeaua prăfuită, plină de crenguțe, și cînd unul, cînd celălalt se ducea periodic să se uite prin creneluri, ca să se asigure că nu vine nimeni.

Julia avea douăzeci și șase de ani. Locuia într-un cămin cu încă treizeci de fete („Veșnic în putoare de femei! Cît pot să urăsc femeile!" spuse ea în paranteză) și lucra, după cum ghicise Winston, la mașinile de scris romane din Secția Ficțiune. Îi plăcea munca pe care o făcea și care presupunea în principal să manevreze și să repare un motor electric puternic, dar năbădăios. Nu era „deșteaptă", dar îi făcea plăcere să își folosească mîinile și se simțea în largul ei cu mașinăria. Putea descrie întreg procesul de compoziție a unui roman, de la directiva generală trasată de comitetul de planificare pînă la ultimele retușuri ale echipei de rescriere. Produsul final însă nu o interesa. Nu prea îi „plăcea să citească", a mărturisit ea. Cărțile erau doar o marfă care trebuia produsă, la fel ca gemul sau șireturile.

Nu-și amintea nimic de dinainte de începutul anilor '60 și singura persoană cunoscută care vorbea adesea despre zilele anterioare Revoluției era un bunic ce dispăruse pe cînd ea avea opt ani. La școală fusese căpitanul echipei de hochei și cîștigase trofeul la gimnastică doi ani la rînd. Fusese șefă de trupă la Spioni și secretară de filială la Liga Tineretului înainte de a se alătura Ligii Anti-Sex a Tineretului. Dăduse întotdeauna dovadă de un caracter excelent. Fusese chiar aleasă – iar asta era dovada infailibilă a unei reputații bune – să lucreze la Pornosec, biroul Secției Ficțiune unde se producea pornografia ieftină ce le era distribuită prolilor. Îi povesti că biroul fusese poreclit Mlaștina de cei care lucrau în el. Rămăsese acolo un an și contribuise la crearea unor cărțulii în pachete sigilate, cu titluri precum *Povestiri cu pălmuțe la fund* sau *O noapte la școala de fete*, ce urmau să fie cumpărate în secret de tinerii proletari, care aveau senzația că achiziționează ceva ilegal.

— Dar cum sînt cărțile astea? vru să știe Winston.

— Of, incredibil de proaste! Sînt pur și simplu plictisitoare. Nu au decît șase intrigi, dar cei de-acolo le mai combină puțin. Evident, eu am lucrat doar la caleidoscop. N-am făcut niciodată parte din echipa de rescriere. Nu am deloc simț literar, dragule – nici măcar pentru astfel de cărți.

Winston află cu uimire că toți angajații de la Pornosec, cu excepția șefului de secție, erau fete. Se considera că bărbații, ale căror instincte sexuale erau mai greu de controlat decît ale femeilor, riscau mai mult să fie corupți de mizeria cu care se ocupau.

— Nu le convine să aibă în secție nici măcar femei măritate, adăugă fata. Se presupune că fetele sînt cît se poate de pure. Mă rog, iată una care nu este.

Avusese prima relație amoroasă la șaisprezece ani, cu un membru de Partid de șaizeci de ani, care mai apoi se sinucisese pentru a evita arestarea.

— Și bine-a făcut, spuse Julia, altfel ar fi smuls de la el numele meu cînd ar fi mărturisit.

De atunci încoace se perindaseră mulți alții de tot felul. Viața, așa cum o vedea ea, era destul de simplă. Tu voiai să te distrezi, „ei“ – adică Partidul – voiau să te oprească, iar tu încălcai regulile cît de bine puteai. Faptul că „ei“ voiau să te văduvească de plăceri i se părea la fel de firesc ca și faptul că tu te străduiai să nu fii prins. Ura Partidul și o spunea în cel mai grosolan mod cu putință, dar nu îl critica pe ansamblu. Nu o interesa doctrina Partidului decît în măsura în care o afecta. Din cîte a observat Winston, nu folosea niciodată cuvinte din neolimbă, cu excepția celor intrate deja în vorbirea curentă. Nu auzise niciodată de Frăție și refuza să creadă în existența ei. Orice formă organizată de revoltă împotriva Partidului i se părea o tîmpenie, deoarece era sortită eșecului. Inteligent era să încalci regulile și totuși să rămîi în viață. Winston se întrebă vag cîți alții ca ea vor mai fi existînd în tînăra generație – oameni care crescuseră în lumea Revoluției, care nu cunoșteau nimic altceva, care acceptau Partidul ca pe ceva de nezdruncinat, precum cerul, și nu se revoltau împotriva autorității sale, ci pur și simplu o evitau, ca un iepure care se ferește de un cîine.

Nu discutau despre căsătorie. Era o posibilitate prea îndepărtată ca să merite să se gîndească la ea. Nici o comisie nu ar fi aprobat vreodată o asemenea căsătorie, chiar dacă ar fi putut scăpa cumva de Katharine, soția lui Winston. Era inutil și să viseze la așa ceva.

— Cum era soția ta? întrebă Julia.

— Era... știi cuvîntul „bungînditor" din neolimbă? Care înseamnă să te conformezi în mod firesc, să fii incapabil de vreun gînd rău?

— Nu, nu știam cuvîntul, dar cunosc prea bine genul ăsta de persoană.

El începu să-i spună povestea căsniciei lui, dar, lucru ciudat, Julia părea să-i știe deja părțile esențiale. Fata îi descrise – aproape ca și cum văzuse sau simțise ea însăși – felul în care trupul lui Katharine înțepenea de îndată ce el o atingea, felul cum părea să-l împingă de lîngă ea din toate puterile chiar și atunci cînd brațele îi erau strîns încleștate în jurul lui. Lui Winston nu-i venea deloc greu să discute astfel de lucruri cu Julia. Oricum, Katharine încetase de mult să mai fie o amintire dureroasă și devenise pur și simplu una dezgustătoare.

— Aș fi suportat totul dacă n-ar fi fost o chestie anume, îi spuse el și îi povesti despre micul ritual frigid pe care Katharine îl forța să-l înfăptuiască săptămînal, în aceeași seară. Ura să facă așa ceva, dar nimic n-ar fi convins-o să renunțe. Obișnuia să-i spună... dar n-o să ghicești niciodată.

— Datoria noastră față de Partid, spuse imediat Julia.

— De unde știi?

— Am fost și eu la școală, dragulc. Prelegeri lunare despre sex pentru cei peste șaisprezece ani. Și la Mișcarea Tineretului. Ți-o vîră în creier ani la rînd. Aș zice că în majoritatea cazurilor funcționează. Dar, evident, n-ai de unde să știi sigur: oamenii sînt teribil de ipocriți.

Începu să dezvolte tema. Pentru Julia totul revenea la propria ei sexualitate. De îndată ce se ajungea la acest subiect, era cumva capabilă de o mare perspicacitate. Spre deosebire de Winston, pricepuse înțelesul ascuns al puritanismului sexual al Partidului. Nu era vorba doar de faptul că instinctul sexual crea o lume proprie, care rămînea în afara controlului Partidului și, prin urmare, trebuia distrusă – în măsura în care era posibil. Aspectul mai important era acela că privațiunile sexuale duceau la isterie, care era bine-venită, deoarece putea fi transformată în înflăcărare războinică și abnegație față de conducător. Sau, conform spuselor ei:

— Cînd faci dragoste, consumi energie, iar apoi te simți fericit și nu-ți mai pasă de nimic. Ei nu suportă ca tu să te simți așa. Vor să debordezi permanent de energie. Tot mărșăluitul ăsta încoace și încolo, toate uralele și fluturatul de steaguri nu sînt decît veninul provocat de lipsa de sex. Dacă în sinea ta ești fericit, de ce te-ai mai entuziasma pentru Fratele cel Mare, pentru planurile trienale, pentru cele Două Minute de Ură și toate tîmpeniile lor?

Era foarte adevărat, se gîndi Winston. Exista o legătură directă, intimă, între castitate și conformism politic. Cum altfel ar putea fi controlate frica, ura și credulitatea dementă pe care Partidul avea nevoie să le mențină în membrii săi, dacă nu prin încătușarea unui instinct puternic și, ulterior, prin utilizarea lui ca forță motrice? Impulsul sexual reprezenta un pericol pentru Partid, așa că Partidul îl transformase într-o armă de care se putea folosi. Făcuse aceeași șmecherie și cu instinctul părintesc. Familia nu putea fi abolită, iar oamenii erau chiar încurajați să-și iubească odraslele aproape ca pe vremuri. Pe de altă parte însă, copiii erau îndemnați sistematic să se întoarcă împotriva părinților lor și învățau să-i spioneze și să raporteze orice abatere de care s-ar face vinovați. Astfel familia devenise o extensie a Poliției Gîndirii. Reprezenta o modalitate prin care toți oamenii puteau fi înconjurați zi și noapte de informatori care îi cunoșteau îndeaproape.

Lui Winston îi reveni brusc în minte Katharine. Fără îndoială, Katharine l-ar fi denunțat Poliției Gîndirii dacă n-ar fi fost prea proastă ca să-și dea seama de nonconformismul opiniilor lui. Dar ce i-o readusese acum în minte era căldura înăbușitoare a după-amiezii, care îi acoperise fruntea cu broboane de sudoare. Începu să-i povestească Juliei ceva ce se întîmplase – sau mai degrabă nu reușise să se întîmple – într-o altă după-amiază caniculară de vară, cu unsprezece ani în urmă.

S-a întîmplat la vreo trei-patru luni după ce se căsătoriseră. Se rătăciseră în timpul unei drumeții în grup pe undeva prin Kent. Rămăseseră în urma celorlalți doar vreo două minute, dar luaseră o cotitură greșită și acum se blocaseră pe marginea unei cariere de calcar. Prăpastia care li se deschidea în față avea vreo zece sau douăzeci de metri și pe fund se vedeau bolovani. Nu aveau pe cine să întrebe încotro s-o ia. De îndată ce și-au dat seama că se rătăciseră, Katharine a devenit agitată. Faptul că se separase fie și numai un minut de gloata gălăgioasă de drumeți îi dădea senzația că făcea ceva rău. Voia să se întoarcă de îndată pe drumul pe care veniseră și să înceapă să caute în cealaltă direcție. În acel moment însă Winston a remarcat niște smocuri de răchitan care creșteau în crăpăturile stîncii de sub ei. Un smoc avea două culori, purpuriu-închis și cărămiziu, iar plantele păreau să iasă din aceeași rădăcină. Nu mai văzuse niciodată așa ceva și a strigat-o pe Katharine să vină și ea să le vadă.

— Uite, Katharine! Uită-te la florile alea. Mănunchiul acela de jos, aproape de fundul prăpastiei. Vezi că-s două culori diferite?

Ea se întorsese deja, dînd să plece, revenise totuși lîngă el, ceva cam agitată. Se aplecase chiar peste marginea stîncii ca să se uite în direcția unde arăta el. Winston stătea ceva mai în spatele ei și îi cuprinsese mijlocul cu mîna, ca s-o susțină. În clipa aceea și-a dat seama brusc cît de complet de singuri erau. Nu exista prin preajmă nici o ființă umană, nu foșnea nici o frunză, nu zburătăcea nici o pasăre. Pericolul ca într-un asemenea loc să fie ascuns vreun microfon era foarte mic și chiar dacă ar fi existat unul, n-ar fi prins decît niște zgomote. Era ora cea mai fierbinte și mai adormită a după-amiezii. Soarele îi copleșea cu razele lui fierbinți și transpirația îi gîdila fața lui Winston. Și, deodată, i-a trecut prin minte gîndul...

— De ce nu i-ai tras un brînci sănătos? întrebă Julia. Eu așa aș fi făcut.

— Da, draga mea, așa ai fi făcut. Și eu aș fi făcut-o dacă aș fi fost omul care sînt acum. Sau probabil c-aș fi făcut-o – nu sînt sigur.

— Îți pare rău că n-ai făcut-o?

— Da. Acum îmi pare rău că n-am făcut-o.

Stăteau așezați unul lîngă altul pe podeaua prăfuită. Winston o trase mai aproape de el. Julia își lăsase capul pe umărul lui, iar mirosul plăcut al părului fetei reușea să acopere duhoarea găinațului de porumbel. Era foarte tînără, se gîndi el, și încă mai aștepta ceva de la viață, nu înțelegea că a împinge o persoană incomodă într-o prăpastie nu rezolva nimic.

— De fapt n-ar fi avut nici o importanță, spuse el.

— Atunci de ce îți pare rău că n-ai făcut-o?

— Doar pentru că prefer un lucru făcut în locul unuia nefăcut. În jocul ăsta în care sîntem băgați noi nu putem cîștiga. Unele eșecuri sînt mai bune decît altele, atîta tot.

Simți cum umerii fetei se ridică dezaprobator. Întotdeauna îl contrazicea cînd spunea astfel de lucruri. Refuza să accepte ca pe o lege a naturii faptul că individul era întotdeauna învins. Cumva, Julia își dădea seama că ea însăși era sortită pieirii, că, mai devreme sau mai tîrziu, Poliția Gîndirii o va prinde și o va omorî, dar cu o altă parte a minții era convinsă că e totuși cumva posibil să construiești o lume secretă, în care să trăiești după bunul-plac. Nu aveai nevoie decît de noroc, viclenie și îndrăzneală. Nu înțelegea că fericirea nu exista, că singura victorie posibilă se găsea undeva în viitorul îndepărtat, mult după propria-ți moarte, și nici că, din clipa în care declarai război Partidului, trebuia să te gîndești la propria persoană ca la un mort.

— Noi sîntem cei morți, spuse el.

— N-am murit încă, răspunse prozaic Julia.

— Nu fizic. Șase luni, un an – poate chiar cinci ani. Mie mi-e frică de moarte. Tu ești tînără, așa că, probabil, ți-e și mai frică de moarte decît mie. Evident, vom încerca s-o amînăm cît putem de mult. Dar în realitate nu contează. Atîta timp cînd ființele umane rămîn umane, moartea și viața sînt același lucru.

— Of, ce tîmpenie! Cu cine ai prefera să ți-o pui, cu mine sau cu un schelet? Nu-ți place să fii viu? Nu-ți place să simți: ăsta sînt eu, asta-i mîna mea, ăsta-i piciorul meu, sînt reală, sînt în carne și oase, sînt viu! Nu-ți place *asta*?

Se răsuci și își strivi pieptul de el. Winston îi simți prin salopetă sînii plini, dar tari. Trupul ei părea să-și reverse o parte din tinerețe și energie într-al lui.

— Da, îmi place asta, spuse el.

— Atunci nu mai vorbi despre moarte. Și acum ascultă, iubitule, trebuie să stabilim următoarea întîlnire. Ne putem întoarcem la locul din pădure. L-am evitat destul timp. Dar de data asta trebuie să folosești altă rută. Am planificat totul. Iei trenul... dar uite, o să-ți desenez.

Și, în stilul ei practic, adună un pătrat mic de praf, după care începu să deseneze pe jos o hartă cu o crenguță luată dintr-un cuib de porumbei.

IV

Winston se uită de jur împrejurul cămăruței sărăcăcioase de deasupra prăvăliei domnului Charrington. Patul uriaș de lîngă fereastră era făcut, avînd pe el niște pături ponosite și o pernă mare, neînfățată. Ceasul demodat, cu cadranul lui cu douăsprezece ore, ticăia pe polița de deasupra șemineului. Pe masa pliantă din colț, prespapierul de sticlă pe care Winston îl cumpărase la vizita precedentă lucea slab în semiîntuneric.

În interiorul grătarului protector din fața șemineului se găsea o sobă cu petrol din tablă, veche și jerpelită, o crăticioară și două căni, toate oferite de domnul Charrington. Winston aprinse focul în sobă și puse apa la fiert. Adusese un plic plin de cafea Victoria și niște tablete de zaharină. Acele ceasului arătau șapte și douăzeci – de fapt era nouăsprezece și douăzeci. Ea trebuia să vină la nouăsprezece și treizeci.

Nebunie, nebunie, îi spunea întruna inima – nebunie conștientă, gratuită, sinucigașă! Dintre toate fărădelegile pe care le putea comite un membru de Partid, aceasta era cel mai greu de ascuns. Ideea îi venise prima dată sub forma unei viziuni cu prespapierul de sticlă reflectat pe suprafața mesei pliante. După cum prevăzuse, domnul Charrington îi închiriase camera fără nici o obiecție. Era clar că se bucura de cei cîțiva dolari pe care avea să-i capete. Nu se arătase șocat și nici nu-l sîcîise cu vreun soi de atitudine complice cînd i se dăduse de înțeles că Winston voia încăperea pentru o legătură amoroasă. În loc de toate astea, privise în gol și rostise generalități cu un aer atît de discret, încît dădea impresia că devenise parțial invizibil. Intimitatea, spusese el, e ceva foarte valoros. Orice om își dorește un loc unde să fie din cînd în cînd singur. Iar cînd are un astfel de loc, în caz că mai știe cineva de el, acea persoană se cuvine să dea dovadă de o politețe firească și să păstreze secretul. Adăugase chiar – și în timpul ăsta aproape păru să se evapore – că există două intrări în casă: una era prin curtea din spate, care dădea într-o alee.

Cineva cînta sub fereastră. Winston se uită pe furiș afară, simțindu-se în siguranță, apărat de perdeaua de muselină. Soarele de iunie era încă sus pe cer, iar în curtea scăldată de lumina lui, o femeie monstruoasă, masivă ca o coloană normandă, cu antebrațe vînjoase și înroșite și un șorț din pînză de sac la brîu, se deplasa greoi de la o covată la o frînghie de rufe și înapoi, prinzînd la uscat în cîrlige o mulțime de pătrățele albe, în care Winston recunoscu niște scutece de copil. Cînd n-avea gura plină de cîrlige de rufe, femeia cînta cu o voce puternică de contralto:

N-o fo' decît o-nchipuire deșartă,
Ca o zi d-april s-o risipit,
Dară privirea și visele ce le deșteaptă
Sufletu' tăt mi l-o răpit!

Melodia asta bîntuia prin Londra de cîteva săptămîni. Era unul din nenumăratele cîntece similare compuse pentru proli de un birou al Secției de Muzică. Versurile erau create fără nici un fel de intervenție umană, cu ajutorul unui instrument cunoscut sub numele de versificator. Femeia însă cînta atît de melodios, că transforma mizeria aceea îngrozitoare într-un son aproape plăcut. Winston o auzea cum cîntă și își tîrăște pantofii pe lespezile de piatră, auzea strigătele copiilor de pe stradă și, undeva în depărtare, vuietul înăbușit al traficului, dar, cu toate acestea, încăperea părea ciudat de tăcută, grație absenței tele-ecranului.

Nebunie, nebunie, nebunie! se gîndi el din nou. Era de neconceput că vor reuși să frecventeze acest loc mai mult de cîteva săptămîni fără a fi prinși. Dar tentația de a avea o ascunzătoare care să fie cu adevărat a lor, undeva înăuntru și aflată la îndemînă, fusese prea puternică pentru amîndoi. După vizita din turla bisericii, o vreme le fusese imposibil să mai pună la cale vreo întîlnire. Numărul orelor de muncă crescuse drastic în așteptarea Săptămînii de Ură. Pînă atunci mai era o lună, dar imensele și complicatele pregătiri pe care le presupunea impuneau ca toată lumea să facă ore suplimentare. În cele din urmă reușiră să-și asigure amîndoi o după-amiază liberă în aceeași zi. Conveniseră să se întoarcă în luminișul din pădure. În seara dinainte se întîlniseră scurt pe stradă. Ca de obicei, Winston abia dacă se uitase la Julia în timp ce se apropiau unul de altul prin mulțime, dar din privirea rapidă pe care i-o aruncase fata, i se păru că e mai palidă ca de obicei.

— Anulăm totul, murmură ea de îndată ce consideră că poate vorbi în siguranță. Adică ziua de mîine.

— Poftim?

— Mîine după-amiază. Nu pot veni.

— De ce nu?

— Of, motivul obișnuit. De data asta mi-a venit mai repede.

Preț de o clipă, pe Winston l-a năpădit o furie violentă. În luna ce trecuse de cînd o cunoștea, natura dorinței pe care o simțea pentru ea se schimbase. La început existase doar puțină senzualitate adevărată. Prima dată cînd făcuseră dragoste fusese pur și simplu un act de voință. Dar după cea de-a doua oară a fost altfel. Mirosul părului fetei, gustul gurii ei, senzația pe care o avea cînd îi atingea pielea, toate păreau să-i fi pătruns în trup sau în aerul dimprejurul lui. Julia devenise o necesitate fizică, devenise ceva ce Winston nu doar își dorea, ci și simțea că are dreptul să primească. Cînd i-a spus că nu poate veni, a avut senzația că îl înșală. Chiar în acel moment însă, gloata îi împinse unul într-altul și mîinile li se întîlniră accidental. Ea îl strînse rapid de vîrfurile degetelor, într-un fel ce părea să ceară nu dorință, ci afecțiune. Lui Winston i-a trecut prin minte că atunci cînd trăiești cu o femeie, genul acesta de dezamăgire trebuie să fi fost un eveniment normal, obișnuit, iar la acest gînd îl cuprinse o tandrețe profundă, cum nu mai simțise pentru ea pînă în acel moment. Și-a dorit să fi fost un cuplu căsătorit de zece ani. Și-a dorit să meargă pe străzi alături de ea, cum o făceau și acum, dar fățiș, fără teamă, să discute banalități și să cumpere nimicuri pentru gospodărie. Mai presus de toate, și-a dorit să aibă un loc unde să poată fi împreună, singuri, fără să simtă obligația de a face dragoste de fiecare dată cînd se întîlneau. La un moment dat – nu chiar atunci, ci a doua zi – i-a venit ideea să închirieze cămăruța domnului Charrington. Cînd i-a făcut sugestia, Julia a acceptat-o cu o ușurință neașteptată. Știau amîndoi că era o nebunie. Era ca și cînd s-ar fi îndreptat cu bună știință spre propriile morminte. Așezat acum pe marginea patului, în așteptare, Winston se gîndi iar la beciurile din Ministerul Iubirii. Era ciudat cum oroarea aceea predestinată îți venea în minte și apoi pierea iar.

Era acolo, își avea locul ei prestabilit în viitor, precedînd moartea la fel de sigur cum 99 îl precedă pe 100. N-o puteai evita, dar o puteai, eventual, amîna. Și totuși, din cînd în cînd, printr-un act de voință conștient, alegeai să scurtezi intervalul de timp pînă cînd avea să se întîmple.

În acel moment pe scară se auziră pași grăbiți. Julia dădu buzna în cameră. Ducea o trusă de scule din pînză aspră, maro, cu care o mai văzuse mergînd prin minister. Winston se îndreptă spre ea, dînd s-o ia în brațe, dar fata se desprinse destul de grăbită, în parte și din cauză că ținea încă trusa de scule.

— Stai o clipă, zise ea. Lasă-mă numai să-ți arăt ce am aici. Ai adus cumva porcărie de-aia de cafea Victoria? Mă gîndeam eu. Poți s-o arunci, că n-o să avem nevoie de ea. Fii atent.

Se lăsă în genunchi, deschise trusa și răsturnă niște chei și o șurubelniță, cu care umpluse partea de sus. Dedesubt se găseau cîteva pachete învelite frumos în hîrtie. Primul pachet pe care i-l întinse lui Winston îi stîrni acestuia o senzație ciudată și totuși vag cunoscută. Era plin cu ceva greu, moale la atingere, semănînd cu nisipul.

— E cumva zahăr? întrebă el.

— Zahăr adevărat. Nu zaharină, zahăr. Și uite-aici o franzelă – pîine bună, albă, nu rahatul pe care-l mîncăm noi – și un borcănel de gem. Iar aici e o cutie de lapte... dar privește! De asta chiar sînt mîndră. A trebuie să-l învelesc într-o pînză de sac, ca nu cumva...

Dar n-a fost nevoie să-i spună de ce învelise pachetul. Aroma umplea deja încăperea, o aromă puternică, pătrunzătoare, care părea că emană din copilăria lui timpurie, dar pe care o mai întîlneai din cînd în cînd și acum, adiind pe vreun coridor înainte să se trîntească ușa sau răspîndindu-se misterios pe vreo stradă aglomerată, unde o adulmecai preț de o clipă și apoi o pierdeai.

— E cafea, murmură el, cafea adevărată.

— E cafeaua Partidului Interior. Avem aici un kilogram întreg, spuse ea.

— Cum ai reușit să faci rost de toate astea?

— Toate-s chestii pentru Partidul Interior. Porcilor ălora nu le lipsește nimic, nimic. Evident însă că ospătarii, servitorii și toți ăia din jurul lor mai ciupesc din lucruri și... fii atent, am și-un pachețel de ceai.

Winston se așezase pe vine lîngă ea. Rupse un colț al pachetului.

— E ceai adevărat. Nu frunze de mure.

— Mai nou se găsește mult ceai. Au capturat India sau așa ceva, zise ea vag. Dar ascultă-mă, iubitule. Vreau să stai trei minute cu spatele la mine. Du-te și așază-te pe marginea cealaltă a patului. Nu te apropia prea mult de fereastră. Și să nu te întorci pînă nu-ți spun eu.

Winston privi absent prin perdeaua de muselină. În curte, femeia cu brațe înroșite mărșăluia în continuare de la covată la frînghia de rufe și înapoi. Își mai scoase două cîrlige din gură și cîntă, pătrunsă de emoție:

Se zice că timpu' pe tăte le-alină,
Că păstă tăte uitarea-o să vină,
Dară inima încă-mi suspină
Dă zîmbete și lacrimi și-acum păstă ani.

Părea să știe toată tîmpenia aia de cîntec pe de rost. Vocea i se înălța, foarte melodioasă, în văzduhul blînd de vară, pătrunsă de un soi de melancolie fericită. Îți dădea senzația că, dacă seara de iunie nu s-ar mai fi sfîrșit niciodată – și nici mormanul de haine –, ar fi fost întru totul mulțumită să tot pună scutece la uscat și să cînte prostii vreme de o mie de ani. Lui Winston îi trecu prin minte că, în chip ciudat, nu auzise niciodată vreun membru de Partid care să cînte singur și spontan.

Ar fi putut părea ceva ușor nonconformist, o excentricitate periculoasă, ca atunci cînd vorbeai de unul singur. Probabil că oamenii nu aveau despre ce să cînte decît atunci cînd erau pe cale să moară de foame.

— Acum poți să te întorci, spuse Julia.

El se răsuci spre ea și, preț de o secundă, aproape că n-o recunoscu. Adevărul e că se aștepta s-o vadă goală. Dar nu era goală. Transformarea petrecută era mult mai surprinzătoare. Își machiase fața.

Probabil că intrase în vreun magazin din cartierele proletarilor și își cumpărase o trusă completă de machiaj. Buzele îi erau rujate cu un roșu aprins, obrajii fardați, nasul pudrat. Își dăduse cu ceva chiar și pe sub ochi, ca să-i facă mai strălucitori. Nu îi ieșise prea bine, dar standardele lui Winston în domeniu nu erau foarte înalte. Nu văzuse – și nici nu-și imaginase – vreodată o membră de Partid cu cosmetice pe chip. Înfățișarea i se îmbunătățise șocant de mult. Cu doar cîteva pete de culoare în locurile potrivite, devenise nu doar mai frumoasă, ci și, înainte de orice, mult mai feminină. Părul scurt și salopeta băiețească nu făceau decît să sporească efectul. Cînd o luă în brațe, un damf de violete sintetice îi invadă nările. Îi reveniră în minte semiobscuritatea unei bucătării de la subsol și o femeie fără dinți în gură. Era același parfum, dar în momentul de față nu mai conta.

— Și parfum! spuse el.

— Da, dragul meu, și parfum. Și știi care-i următorul lucru pe care o să-l fac? O să găsesc pe undeva o rochie adevărată de femeie și o s-o port în loc de pantalonii ăștia nenorociți. O să-mi pun ciorapi de mătase și pantofi cu toc! În camera asta o să fiu femeie, nu tovarășă de Partid.

Se dezbrăcară rapid și se urcară în uriașul pat de mahon. Era pentru prima dată cînd Winston se dezbrăca cu totul în prezența ei. Pînă acum se rușinase prea tare de trupul lui slăbănog și palid, cu varicele umflate pe gambe și pata decolorată de deasupra gleznei. Nu aveau așternuturi, dar pătura de pe pat era rărită și moale, iar mărimea și elasticitatea patului îi uimi pe amîndoi.

— Cu siguranță e plin de ploșnițe, dar cui îi pasă? spuse Julia.

Paturi duble nu se mai găseau acum decît în casele prolilor. În copilărie Winston mai dormise cîteodată în așa ceva, dar Julia niciodată, din cîte își putea ea aminti.

Imediat ațipiră puțin. Cînd se trezi, Winston văzu că acele ceasului ajunseseră aproape de ora nouă. Nu se mișcă, căci Julia dormea cu capul cuibărit în îndoitura brațului său. O bună parte din machiaj se întinsese pe fața lui sau pe pernă, dar o urmă ușoară de fard îi mai scotea încă în evidență frumusețea pomeților. O rază galbenă de soare la apus cădea peste piciorul patului și lumina șemineul, unde apa din crăticioară clocotea iute. Jos, în curte, femeia își încetase cîntecul, dar în încăpere pătrundeau strigătele îndepărtate ale copiilor de pe stradă. Se întrebă vag dacă în trecutul de-acum abolit fusese o experiență obișnuită ca un bărbat și o femeie să stea astfel în pat, fără haine, în răcoarea unei seri de vară, să facă dragoste cînd au ei chef, să vorbească despre orice le trece prin cap, fără să simtă nevoia de a se scula, să stea pur și simplu așa și să asculte zgomotele tihnite de afară. N-avea cum să fi existat vreun timp cînd așa ceva părea firesc. Julia se trezi, se frecă la ochi, se propti într-un cot și se uită la soba cu petrol.

— Jumătate din apă s-a evaporat, spuse ea. Mă ridic într-o clipă și fac cafeaua. Mai avem o oră. Cînd se dă stingerea la tine în bloc?

— La douăzeci și trei treizeci.

— La cămin e la douăzeci și trei. Dar trebuie să ajung mai devreme, pentru că... Hei! Ieși de-acolo, bestie jegoasă!

Se răsuci brusc peste marginea patului, apucă un pantof de pe jos și îl azvîrli spre un colț al încăperii cu un zvîcnet băiețos al brațului, exact așa cum o văzuse aruncînd dicționarul înspre Goldstein în dimineața aceea, în timpul celor Două Minute de Ură.

— Ce era? întrebă el surprins.

— Un șobolan. L-am văzut cum își scoate botul împuțit din spatele lambriurilor. Are o gaură acolo jos. Măcar l-am speriat.

— Șobolani! murmură Winston. În camera asta!

— Sînt peste tot, spuse Julia indiferentă în timp ce se întindea înapoi în pat. La cămin îi avem și în bucătărie. Unele părți din Londra colcăie de șobolani. Știai că îi atacă pe copii? Da, serios. Pe unele din străzile astea femeile n-au curajul să-și lase copiii mici singuri nici măcar două minute. Ăia mari și maro fac asta. Iar partea cu adevărat îngrozitoare e că întotdeauna bestiile astea...

— *Încetează!* spuse Winston, cu ochii strîns închiși.

— Dragostea mea! Te-ai albit tot la față! Ce s-a întîmplat? Ți-e greață de ei?

— Dintre toate ororile posibile... tocmai un șobolan!

Fata se lipi de el și își înfășură brațele și picioarele în jurul lui, ca și cînd ar fi încercat să-l calmeze cu căldura trupului ei. Winston nu deschise ochii imediat. Preț de cîteva clipe îl încercă senzația că a nimerit într-un coșmar pe care îl avea sporadic de cînd se știa. Întotdeauna era la fel. Stătea în fața unui zid de întuneric și de partea cealaltă se găsea ceva insuportabil, ceva prea îngrozitor ca să poată fi privit în față. În vis sentimentul cel mai puternic era unul de autoamăgire: adevărul era că știa ce se află dincolo de zidul de întuneric. Dacă făcea un efort colosal, ca și cum și-ar smulge o bucată din creier, ar fi putut chiar scoate la lumină lucrul acela. Se trezea întotdeauna înainte de a descoperi ce era de fapt. Avea însă cumva legătură cu ce spunea Julia cînd o întrerupsese el atît de brusc.

— Îmi pare rău, spuse el. Nu-i nimic. Nu-mi plac șobolanii, atîta tot.

— Nu-ți face griji, iubitule, bestiile alea împuțite n-o să intre aici. O să înfund gaura cu niște pînză de sac înainte să plecăm. Iar cînd venim data viitoare o să aduc niște mortar și o s-o astup ca lumea.

Clipa întunecată de panică era deja pe jumătate uitată. Ușor rușinat de sine însuși, Winston se ridică în capul oaselor și se sprijini de tăblia patului. Julia se dădu jos din pat, își trase salopeta pe ea și pregăti cafeaua. Mirosul care se ridica din crăticioară era atît de puternic și de încîntător, încît închiseră geamurile, ca nu cumva să-l simtă cineva de-afară și să fie curios. Consistența mătăsoasă pe care zahărul o dădea cafelei și pe care Winston aproape că o uitase după ani de zaharină era chiar mai plăcută decît gustul băuturii în sine. Cu o mînă în buzunar și cu o bucată de pîine cu gem în cealaltă, Julia se învîrtea prin încăpere, uitîndu-se indiferentă la bibliotecă, discutînd despre cea mai bună modalitate de a repara măsuța pliantă, aruncîndu-se în fotoliul jerpelit ca să vadă cît e de comod și studiind cu un soi de amuzament îngăduitor ceasul absurd, cu cadranul lui cu douăsprezece ore. Aduse prespapierul de sticlă în pat, ca să-l privească într-o lumină mai bună. Winston i-l luă din mînă, fascinat, ca întotdeauna, de aspectul cristalin, de apă de ploaie, al sticlei.

— Ce crezi c-o fi? întrebă Julia.

— Nu cred că e ceva – adică nu cred c-a fost vreodată folosit la ceva. Exact asta-mi place la el. E o bucățică de istorie pe care au uitat s-o modifice. E un mesaj de acum o sută de ani – asta dacă ar ști cineva să-l descifreze.

— Și tabloul ăla de colo are tot o sută de ani? întrebă ea, arătînd cu capul către gravura de pe peretele de vizavi.

— Mai mult chiar. Două sute, aș zice eu. N-ai cum să-ți dai seama. Acum a devenit imposibil să mai descoperi vîrsta vreunui lucru.

Julia se duse să se uite la gravură.

— De-aici a ieșit bestia aia, zise ea și izbi cu piciorul în lambriurile de sub tablou. Ce-i locul ăsta? L-am mai văzut undeva.

— E o biserică – sau cel puțin a fost. Sfîntul Clement al Danezilor, așa i se zicea.

Îi reveni în minte fragmentul din poezioara pe care i-o spusese domnul Charrington și adăugă, oarecum nostalgic:

— La Sfîntul Clement clopotele bat: „Lămîi și portocale am de dat".

Spre uluirea lui, Julia continuă poezioara:

La Sfîntul Martin clopotele bat: „Cinci sfanți îmi ești dator, doar n-ai uitat".
La Tribunalul Vechi clopote bat: „Și cînd mi-i dai, de nu ți-e cu bănat?".

— Nu mai țin minte ce urmează dup-aia, zise ea. Dar îmi amintesc cum se termină: „Iată o lumînare, să te conducă-n pat, iată o secure, să te lase fără cap".

Era ca și cînd ar fi avut cele două jumătăți ale unei parole. Dar trebuia să mai fie un vers după „La Tribunalul Vechi clopote bat". Poate vor reuși să-l recupereze din memoria domnului Charrington dacă găseau metoda potrivită să-l stimuleze.

— Cine te-a învățat asta? întrebă el.

— Bunicul. Obișnuia să mi-o recite cînd eram mică. A fost vaporizat cînd aveam opt ani – sau, mă rog, a dispărut. Mă întreb ce-s lămîile, adăugă ea fără nici o legătură. Portocale am văzut. Sînt un soi de fruct cumva rotund și galben, cu coaja groasă.

— Eu țin minte lămîile, spuse Winston. În anii '50 se găseau peste tot. Erau atît de acre, încît ți se strepezeau dinții și cînd le miroseai.

— Pun pariu că și tabloul e plin de ploșnițe în spate, spuse Julia. Într-o zi o să-l dau jos și o să-l curăț ca lumea. Cred că se apropie timpul să plecăm. Trebuie să mă spăl de vopselele astea. Ce plictiseală! Dup-aia o să te șterg și pe tine de ruj.

Winston mai rămase întins cîteva minute. Încăperea se întuneca. Se întoarse spre lumină și rămase cu privirea ațintită la prespapierul de sticlă. Partea inepuizabil de interesantă nu era bucățica de coral, ci chiar interiorul sticlei. Avea atîta adîncime și, cu toate acestea, era aproape la fel de transparent ca aerul. Era ca și cum suprafața sticlei ar fi fost bolta cerului și cuprindea în ea o lume minusculă, cu atmosfera ei cu tot. Avea senzația că putea pătrunde în interiorul acelei lumi, că de fapt chiar se afla în interiorul ei, laolaltă cu patul de mahon și masa pliantă, cu ceasul, gravura în oțel și prespapierul însuși. Prespapierul reprezenta încăperea în care se afla, iar coralul reprezenta viața Juliei și viața lui, încremenite într-un soi de veșnicie în inima cristalului.

V

Syme dispăruse. Într-o bună dimineață a lipsit de la serviciu. Cîțiva nesocotiți i-au comentat absența. A doua zi nu l-a mai pomenit nimeni. A treia zi Winston s-a dus în vestibulul Secției Arhive ca să se uite la avizier. Unul din anunțuri era o listă tipărită cu membrii Comitetului de Șah, din care făcea parte și Syme. Lista arăta aproape la fel ca înainte – nu se tăiase nimic de pe ea –, doar că era mai scurtă cu un nume. Era suficient. Syme încetase să existe – nu existase niciodată.

Vremea era caniculară. Încăperile fără ferestre și cu aer condiționat din labirinticul minister se mențineau la o temperatură normală, dar afară trotuarele frigeau tălpile trecătorilor, iar la orele de vîrf duhoarea din metrouri era oribilă. Pregătirile pentru Săptămîna de Ură erau în toi și angajații de la toate ministerele munceau peste program. Ceremoniile, mitingurile, paradele militare, prelegerile, panopticele, proiecțiile de filme, programele pentru tele-ecrane, toate trebuiau organizate. Erau tribune de ridicat, efigii de construit, lozinci de născocit, cîntece de compus, zvonuri de răspîndit, fotografii de falsificat. Echipa Juliei de la Secția Ficțiune fusese scoasă de la producția de romane și fabrica, ca pe bandă rulantă, o serie de broșurele cu atrocități. Pe lîngă sarcinile obișnuite, Winston petrecea zilnic perioade lungi de timp examinînd numere vechi din *Times* și modificînd sau înfrumusețînd știri ce urmau să fie citate în discursuri. Seara tîrziu, pe cînd gloatele de proli zurbagii cutreierau străzile, orașul era cuprins de o febrilitate ciudată. Bombele cu reacție cădeau mai des ca niciodată și uneori în depărtare aveau loc explozii pe care nimeni nu le putea explica și despre care circulau zvonuri cumplite.

Noua melodie care urma să fie refrenul Săptămînii de Ură – „Cîntecul Urii", așa se numea – fusese deja compusă și era transmisă încontinuu de tele-ecrane. Avea un ritm sălbatic, lătrat, căruia nu prea i se putea spune muzică, dar care semăna cu un răpăit de tobă. Răcnit de sute de voci pe fondul bocancilor tropăind în marș, cîntecul devenea înspăimîntător. Prolilor le căzuse cu tronc și concura pe străzi, în miez de noapte, cu „N-a fost decît o închipuire deșartă", care nu-și pierduse cu totul popularitatea. Copiii familiei Parsons îl cîntau insuportabil, toată ziua și toată noaptea, folosindu-se de un pieptene și o bucată de hîrtie igienică. Serile lui Winston erau mai pline ca niciodată.

Trupe de voluntari organizate de Parsons pregăteau strada pentru Săptămîna de Ură, însăilînd pancarte, pictînd afișe, punînd bețe de steaguri pe acoperișuri și riscîndu-și pielea ca să întindă de-a latul străzii sîrme de care urmau să atîrne fanioane. Parsons se lăuda că numai la blocul Victoria se vor desfășura patru sute de metri de drapele. Era în elementul lui și arăta vesel ca un cintezoi. Căldura și munca fizică îi oferiseră un pretext să revină la pantalonii scurți și o cămașă descheiată seara. Se afla peste tot în același timp, împingînd, trăgînd, tăind cu ferăstrăul, ciocănind, improvizînd, punîndu-i pe toți la treabă cu îndemnuri tovărășești și emanînd din toate pliurile trupului său o cantitate aparent inepuizabilă de sudoare cu miros înțepător.

Pretutindeni în Londra apăruse dintr-odată un afiș nou. Nu avea nici un text, ci reprezenta doar figura monstruoasă a unui soldat eurasian de trei sau patru metri înălțime, înaintînd cu pași mari, cu chipul lui mongoloid lipsit de orice expresie, purtînd niște bocanci enormi și avînd la șold un pistol-mitralieră ațintit în față. Din orice unghi ai fi privit afișul, gura mitralierei, mărită prin racursi, părea că se îndreaptă direct spre tine. Chestia asta fusese lipită pe toate zidurile, în fiecare loc liber, întrecînd ca număr chiar și portretele Fratelui cel Mare. Prolilor, care de obicei rămîneau indiferenți față de război, li se provoca unul din accesele lor periodice de patriotism. De parcă ar fi încercat să se încadreze în atmosfera generală, bombele cu reacție ucideau mai mulți oameni decât de obicei. Una a căzut peste un cinematograf aglomerat din Stepney, îngropînd cîteva sute de victime sub dărîmături. Întreaga populație a cartierului a venit la înmormîntarea lungă și tărăgănată, care a durat preț de cîteva ore și a fost de fapt un miting al indignării. O altă bombă a căzut pe un teren viran folosit ca loc de joacă și cîteva zeci de copii au fost făcuți praf și pulbere. Au urmat alte demonstrații furioase, Goldstein a fost ars în efigie, sute de afișe cu soldatul eurasian au fost smulse de pe ziduri și aruncate în flăcări, iar cîteva magazine au fost vandalizate în timpul tulburărilor. Apoi s-a răspîndit zvonul că spionii dirijau bombele cu ajutorul undelor radio, iar casa unui cuplu mai în vîrstă, despre care se bănuia că ar fi de origine străină, a fost incendiată și cei doi au murit sufocați.

Ori de cîte ori reușeau să ajungă în încăperea de deasupra prăvăliei domnului Charrington, Julia și Winston stăteau pe patul fără cearșafuri, sub fereastra deschisă, întinși unul lîngă altul și complet dezbrăcați, ca să se mai răcorească. Șobolanul n-a mai apărut, dar ploșnițele se înmulțiseră îngrozitor din pricina caniculei. Nu părea să conteze. Indiferent că era murdară sau curată, încăperea era un paradis. De îndată ce ajungeau, presărau peste tot piper cumpărat de pe piața neagră, își smulgeau hainele de pe ei și făceau dragoste cu trupurile transpirate, apoi adormeau, iar cînd se trezeau, vedeau că ploșnițele se regrupaseră și pregăteau un contraatac.

În luna iunie s-au întîlnit de patru, cinci, șase, șapte ori. Winston renunțase la obiceiul lui de a bea gin la orice oră. Părea să-i fi pierit nevoia de a o face. Se îngrășase, ulcerul varicos i se mai retrăsese, lăsîndu-l doar cu o pată maronie pe pielea de deasupra gleznei, iar accesele de tuse de dimineața devreme îi dispăruseră. Curgerea vieții încetase să i se mai pară insuportabilă și nu mai simțea impulsul de a se strîmba la tele-ecran sau de a striga înjurături cît putea de tare. Acum, că își procuraseră o ascunzătoare, aproape un cămin, faptul că nu se puteau întîlni decît rareori – și de fiecare dată doar vreo două ore – parcă nici nu mai era o povară. Important era că încăperea de deasupra prăvăliei de vechituri exista. Să știi că se găsea acolo, neatinsă, și să stai efectiv în ea însemna aproape același lucru. Încăperea reprezenta o lume, un lăcaș din trecut prin care mai pot mișuna animale dispărute. Domnul Charrington e și el un animal dispărut, se gîndea Winston. De obicei se oprea să schimbe cîteva vorbe cu domnul Charrington înainte de a urca. Bătrînul părea să nu iasă din casă decît rareori sau, poate, niciodată și, pe de altă parte, părea că nu are mai deloc clienți. Ducea o existență fantomatică între prăvălia lui minusculă, întunecată, și bucătăria și mai minusculă unde își pregătea mesele și unde, printre altele, se găsea și un gramofon incredibil de vechi, cu o pîlnie enormă. Părea să se bucure că are ocazia să vorbească cu cineva. Plimbîndu-se printre obiectele lipsite de valoare din magazin, cu nasul lui lung, ochelarii cu lentile groase și umerii aplecați, îmbrăcat în sacoul de catifea, dădea tot timpul impresia vagă că e mai degrabă colecționar decît comerciant. Punea degetul cu un soi de entuziasm vlăguit pe un nimic sau altul – un dop de porțelan, capacul pictat al unei tabachere stricate, un medalion de tombac în care se găsea o șuviță din părul unui copil mort de mult – și nu-i cerea niciodată lui Winston să cumpere ceva din toate lucrurile astea, ci doar să le admire. Să vorbești cu el era ca și cum ai fi ascultat clinchetul unei cutiuțe muzicale uzate. Își dezgropase de prin colțurile memoriei și alte frînturi de poezioare uitate. Știa una despre douăzeci și patru de mierle, alta despre o vacă cu un corn boțit și alta despre moartea bietului măcăleandru.[1]

— M-am gîndit doar că v-ar putea interesa, spunea el cu un rîs scurt și zeflemitor ori de cîte ori mai rostea vreun fragment.

1. Toate sînt trimiteri la poezioare englezești pentru copii: „Sing a Song of Sixpence“, „This Is the House that Jack Built“ și „The Death and Burial of Cock Robin“ (n.t.).

Dar niciodată nu-și amintea mai mult de cîteva versuri din fiecare poezioară.

Atît Julia, cît și Winston știau – și, într-un fel, nu le ieșea niciodată din minte – că acest aranjament nu putea dura mult. Uneori certitudinea morții iminente li se părea la fel de palpabilă ca patul pe care stăteau întinși, iar în astfel de momente se îmbrățișau cu un soi de senzualitate disperată, ca un suflet blestemat care se agață de ultima frîntură de plăcere cînd mai sînt doar cinci minute pînă să bată orologiul. Existau însă și momente cînd aveau nu doar iluzia siguranței, ci chiar a permanenței. Aveau amîndoi senzația că, atîta timp cît se aflau efectiv în acea încăpere, nu li se putea întîmpla nici un rău. Era greu și periculos să ajungă acolo, dar camera în sine reprezenta un liman. Era ca atunci cînd Winston privise miezul prespapierului și avusese sentimentul că puteau intra în lumea aceea de sticlă și că, odată aflați înăuntrul ei, timpul putea fi oprit. Deseori se lăsau în voia unor visuri de scăpare. Norocul nu-i va părăsi niciodată și își vor continua povestea de amor la fel ca acum, pentru tot restul vieții. Sau Katharine va muri și, prin tot felul de manevre subtile, Winston și Julia vor reuși să se căsătorească. Sau se vor sinucide împreună. Sau vor dispărea, își vor schimba cu totul înfățișarea, vor învăța să vorbească cu accent de proletar, își vor găsi de lucru în vreo fabrică și își vor duce viața nedepistați pe vreo străduță lăturalnică. Toate astea erau niște prostii, cum știau bine amîndoi. În realitate nu exista nici o scăpare. N-aveau nici cea mai mică intenție să pună în aplicare fie și singurul lor plan realizabil, adică sinuciderea. Să reziști de la o zi la alta și de la o săptămînă la alta, să prelungești un prezent ce nu avea viitor părea un instinct de neînvins, la fel cum plămînii vor continua să respire atîta timp cît găsesc aer.

Uneori mai discutau cum ar fi să se revolte activ împotriva Partidului, dar habar n-aveau cum să facă primul pas. Chiar dacă legendara Frăție ar fi fost reală, rămînea problema intrării în legătură cu ea. Winston i-a povestit despre intimitatea ciudată care exista – sau părea să existe – între el și O'Brien și despre impulsul pe care-l simțea uneori, de a se înfățișa pur și simplu în fața lui O'Brien ca să-l informeze că e dușmanul Partidului și să-i ceară ajutorul. În chip ciudat, Juliei nu i se păru un gest teribil de nechibzuit. Era obișnuită să judece oamenii după chipuri și i se părea firesc ca Winston să-l creadă pe O'Brien demn de încredere doar pe baza unei străfulgerări a ochilor. Mai mult, i se părea de la sine înțeles că toți oamenii – sau aproape toți – urau în taină Partidul și erau gata să-i încalce regulile dacă își imaginau că nu riscă nimic. Însă refuza să creadă că exista sau că ar putea exista vreo opoziție organizată și de anvergură. Poveștile despre Goldstein și armata lui secretă nu erau decît o grămadă de tîmpenii inventate de Partid în scopuri proprii și pe care trebuia să te prefaci că le crezi. De nenumărate ori, la mitingurile Partidului sau la demonstrațiile spontane, Julia răcnise din toate puterile, cerînd execuția unor oameni ale căror nume nu le auzise niciodată și în ale căror așa-zise crime nu credea nici un strop. La procesele publice își ocupa locul în detașamentele de la Liga Tineretului care înconjurau tribunalele de dimineața pînă seara și scanda periodic „Moarte trădătorilor!". În timpul celor Două Minute de Ură îi întrecea întotdeauna pe toți ceilalți cînd se urlau insulte la adresa lui Goldstein. Cu toate astea, nu avea decît o vagă idee despre Goldstein și doctrinele pe care se presupunea că le reprezintă. Crescuse după Revoluție și era prea tînără ca să-și amintească luptele ideologice din anii '50 și '60. O mișcare politică independentă era ceva ce pur și simplu îi depășea imaginația – și, oricum, Partidul era invincibil. Va exista întotdeauna și va fi întotdeauna la fel. Nu i te puteai împotrivi decît prin nesupunere tainică sau, cel mult, prin acte de violență izolate, cum ar fi să omori pe cineva sau să arunci ceva în aer.

În anumite privințe era mult mai perspicace decît Winston și mult mai greu de impresionat de propaganda Partidului. Odată, cînd Winston menționă într-o discuție războiul cu Eurasia, ea îl surprinse spunînd indiferentă că, după părerea ei, războiul nu exista. Probabil că bombele care cădeau zilnic asupra Londrei erau lansate chiar de guvernul Oceaniei, „doar ca să țină lumea înspăimîntată". Era o idee care pur și simplu nu-i trecuse niciodată prin minte lui Winston. Îi stîrni, de asemenea, o oarecare invidie cînd îi spuse că în timpul celor Două Minute de Ură cel mai greu îi era să nu izbucnească în rîs. Dar nu punea sub semnul întrebării învățăturile Partidului decît atunci cînd acestea îi afectau în vreun fel viața. Deseori era dispusă să accepte mitologia oficială pur și simplu din cauză că diferența dintre adevăr și înșelătorie nu i se părea importantă. De exemplu, credea că Partidul inventase avioanele fiindcă așa învățase la școală. (Winston își amintea că pe vremea cînd fusese el la școală, la sfîrșitul anilor '50, Partidul pretindea că ar fi inventat numai elicopterul. Doisprezece ani mai tîrziu, cînd a venit rîndul Juliei, Partidul își revendica deja și avionul. Peste încă o generație își va trece în cont și motorul cu aburi.) Iar cînd i-a spus că avioanele existaseră dinainte de a se naște el și cu mult timp înainte de Revoluție, acest lucru i s-a părut fetei complet neinteresant. În fond, ce conta cine inventase avioanele? A fost mult mai șocat cînd, dintr-o remarcă întîmplătoare, a descoperit că Julia nu-și amintea că în urmă cu patru ani Oceania fusese în război cu Estasia și aliată cu Eurasia. Era adevărat că toată povestea cu războiul i se părea o înșelătorie, dar parcă nici nu observase că numele dușmanului se schimbase.

— Eu credeam că întotdeauna ne-am războit cu Eurasia, spuse ea neatentă.

Winston se sperie puțin. Inventarea avioanelor se petrecuse cu mult înainte de nașterea ei, dar comutarea inamicilor din război avusese loc cu doar patru ani în urmă, cînd era deja de mult adultă. Se contrazise cu ea pe tema asta preț de vreun sfert de oră. În cele din urmă reuși să-i silească memoria să-și amintească vag că la un moment dat Estasia și nu Eurasia fusese dușmanul lor. Chestiunea însă tot nu i se părea importantă.

— Și ce? zise ea nerăbdătoare. Veșnic e doar un afurisit de război după altul, iar știrile sînt oricum numai minciuni, o știe toată lumea.

Uneori îi vorbea despre Secția Arhive și despre falsificările nerușinate pe care le făcea acolo. Astfel de lucruri nu păreau s-o îngrozească. Nu simțea că i se deschide o prăpastie sub picioare la gîndul că minciunile deveneau adevăruri. El îi spuse povestea cu Jones, Aaronson și Rutherford și cu uluitoarea bucățică de hîrtie pe care o ținuse cîndva în mînă. Incidentul nu o impresionă prea mult. La început nici nu reuși măcar să înțeleagă ideea principală a poveștii lui.

— Erau prieteni cu tine? întrebă ea.

— Nu, nu i-am cunoscut niciodată. Erau membri ai Partidului Interior. În plus, erau mult mai în vîrstă decît mine. Veneau din vremurile de demult, dinainte de Revoluție. Abia dacă îi știam din vedere.

— Atunci de ce să-ți faci griji? Doar oamenii-s executați tot timpul, nu?

Winston încercă s-o facă să înțeleagă:

— A fost un caz excepțional. Nu era vorba doar că a fost executat cineva. Nu-ți dai seama că trecutul este de fapt anihilat, începînd chiar din ziua de ieri? Dacă supraviețuiește într-un fel, o face prin cîteva obiecte palpabile, lipsite de orice legătură cu cuvintele, cum ar fi bucata de sticlă de colo. Deja nu mai știm aproape nimic despre Revoluție și despre anii de dinainte de Revoluție. Toate mărturiile au fost distruse sau falsificate, toate cărțile au fost rescrise, toate tablourile au fost repictate, toate statuile și străzile și clădirile au fost redenumite, toate datele au fost schimbate. Iar acest proces continuă zi de zi și clipă de clipă. Istoria a încetat. Nu mai există nimic în afară de un prezent continuu, în care Partidul are întotdeauna dreptate. Evident, *știu* că trecutul este falsificat, dar n-aș putea s-o dovedesc vreodată – nici măcar atunci cînd eu însumi am făcut falsificarea. După ce treaba e terminată, nu mai rămîne în urmă nici o dovadă. Singura dovadă este în mintea mea și nu am cum să știu dacă vreo altă ființă umană îmi împărtășește amintirile. Aceea a fost singura dată în toată viața mea cînd am avut în mînă o dovadă concretă *după* eveniment – ani de zile mai tîrziu.

— Și cu ce te-a ajutat?

— Cu nimic, pentru că peste cîteva minute am aruncat-o. Dar dacă mi s-ar întîmpla așa ceva acum, aș păstra-o.

— Ei bine, eu nu! spuse Julia. Sînt cît se poate de dispusă să risc, dar numai pentru ceva care merită, nu pentru niște bucăți de ziare vechi. Ce-ai fi putut face cu ea, chiar dacă ai fi păstrat-o?

— Poate că nu prea multe. Dar era o dovadă. Aș fi stîrnit cîteva dubii ici și colo, presupunînd că aș fi îndrăznit s-o arăt cuiva. Nu cred că putem schimba ceva în timpul vieții noastre. Dar poți să-ți imaginezi că pe ici, pe colo răsar mici mănunchiuri de rezistență, grupulețe de oameni care se adună, cresc treptat și chiar lasă niște dovezi în urma lor, astfel încît următoarea generație să poată continua de unde ne-am oprit noi.

— Nu îmi pasă de următoarea generație, dragul meu. Nu-mi pasă decît de *noi*.

— Ești rebelă numai de la mijloc în jos, îi spuse el.

Remarca i se păru Juliei genial de spirituală și își azvîrli încîntată brațele în jurul lui.

O lăsau complet indiferentă implicațiile doctrinei Partidului. Ori de cîte ori Winston începea să vorbească despre principiile Soceng, despre dublugîndire, despre variabilitatea trecutului și negarea realității obiective, precum și atunci cînd folosea cuvinte din neolimbă, Julia era cuprinsă de plictis sau nedumerire și spunea că nu acordă niciodată atenție unor asemenea lucruri. Înțelegeai că toate sînt niște tîmpenii, așa că de ce să-ți bați capul cu ele? Ea știa cînd să aclame și cînd să huiduie, iar de altceva nici nu avea nevoie. Dacă el continua totuși să vorbească despre astfel de subiecte, ea avea obiceiul deranjant de a adormi. Era genul de om care poate adormi la orice oră și în orice poziție. Vorbind cu ea, Winston își dădu seama cît de ușor e să dai senzația de conformism cînd habar n-ai ce înseamnă conformismul. Într-un fel, viziunea Partidului se impunea cel mai eficient la oamenii incapabili de a o înțelege. Ei puteau fi făcuți să accepte și cele mai flagrante distorsiuni ale realității, pentru că nu înțelegeau pe deplin enormitatea a ceea ce li se cerea și nu îi interesau suficient de mult evenimentele publice ca să observe ce se întîmplă. Lipsa de înțelegere le permitea să-și păstreze sănătatea mintală. Înghițeau pur și simplu totul, iar ce înghițeau nu le făcea nici un rău, deoarece nu lăsa urme, la fel cum un bob de porumb trece nedigerat prin trupul unei păsări.

VI

În cele din urmă se întîmplase. Mesajul dorit venise. I se părea că toată viața așteptase asta.

Mergea pe coridorul lung de la Minister și aproape ajunsese în locul unde Julia îi strecurase bilețelul în mînă, cînd își dădu seama că exact în spatele lui pășea o persoană mult mai corpolentă decît el. Acea persoană, oricine va fi fost ea, tuși ușor, evident ca să arate că vrea să înceapă o conversație. Winston se opri brusc și se întoarse. Era O'Brien.

Se aflau în sfîrșit față în față și lui i se păru că singurul impuls pe care-l avea era s-o ia la goană. Inima îi bătea violent. N-ar fi fost în stare să scoată o vorbă. O'Brien însă continuase să înainteze calm, punîndu-și o clipă prietenos mîna pe brațul lui Winston, astfel că acum mergeau amîndoi alături. El începu să vorbească cu acea ciudată amabilitate serioasă care îl diferenția de majoritatea membrilor Partidului Interior.

— Am tot sperat să mi se ivească o ocazie de a vorbi cu dumneata, spuse O'Brien. Am citit deunăzi în *Times* un articol de-al dumitale scris în neolimbă. Mi se pare că ai un interes de cărturar față de neolimbă. Greșesc cumva?

Winston își redobîndise parțial stăpînirea de sine.

— Nici pe departe de cărturar, răspunse el. Sînt doar un amator. Nu-i domeniul meu. Nu am avut nici o contribuție la elaborarea propriu-zisă a limbii.

— O folosești și scrii foarte elegant, spuse O'Brien. Nu e doar părerea mea. Discutam nu demult cu un prieten de-al dumitale, care este, fără îndoială, un specialist. Îmi scapă pe moment numele lui.

Inima lui Winston tresări din nou dureros. Nu putea fi decît o referire la Syme. Dar Syme era nu doar mort, ci și anulat, devenise o *nepersoană*. Orice referire la el ce putea fi recunoscută ar fi reprezentat un pericol de moarte. Remarca lui O'Brien fusese în mod clar un semnal, o parolă. Prin acest mic act de crimă-n-gîndire, îi transformase pe amîndoi în complici. Continuaseră să meargă încet pe coridor, dar deodată O'Brien se opri. Își rearanjă ochelarii pe nas cu acea bunăvoință ciudată și dezarmantă pe care reușea întotdeauna să o imprime gestului. Apoi continuă:

— Ce voiam de fapt să spun este că am observat că în articolul dumitale ai folosit două cuvinte care sînt de-acum depășite. Numai că asta s-a întîmplat relativ recent. Ai văzut ediția a zecea din dicționarul neolimbii?

— Nu, spuse Winston. N-am știut că a apărut. La Secția Arhive folosim încă ediția a noua.

— Ediția a zecea va apărea doar peste cîteva luni, cred. Dar au fost puse în circulație cîteva exemplare de semnal. Am și eu unul. Poate te-ar interesa să-l vezi.

— Foarte mult, spuse Winston, înțelegînd imediat unde bătea O'Brien.

— Unele dintre elementele noi sînt foarte ingenioase. Reducerea numărului de verbe – cred că acest aspect ți se va părea cel mai captivant. Ia să văd, oare să trimit un curier să-ți aducă dicționarul? Mi-e teamă însă că uit sistematic chestiile de genul acesta. Ai putea să vii să-l iei de la mine de-acasă cîndva, cînd îți convine dumitale? Stai puțin. Îți dau imediat adresa.

Stăteau în fața unui tele-ecran. O'Brien își pipăi oarecum distrat două buzunare și apoi scoase un carnețel legat în piele și un creion chimic aurit. Stînd chiar sub tele-ecran și într-o poziție care îi permitea oricui s-ar fi aflat la celălalt capăt al dispozitivului să citească tot ce scria, mîzgăli o adresă, rupse foaia din carnețel și i-o întinse lui Winston.

— De obicei, seara sînt acasă, spuse el. Dacă nu, servitorul meu îți va da dicționarul.

Plecă și îl lăsă pe Winston ținînd în mînă bucățica de hîrtie, pe care de data asta nu trebuia s-o ascundă. Cu toate acestea, memoră atent ce scria pe ea și, cîteva ore mai tîrziu, o aruncă într-o gaură de memorie, laolaltă cu o grămadă de alte hîrtii.

Discutaseră cel mult două minute. Toată întîmplarea nu putea însemna decît un singur lucru. Fusese pusă la cale pentru a-i da lui Winston adresa lui O'Brien. Era nevoie de un asemenea gest pentru că, în afara cazului în care te interesai direct, era imposibil să afli unde locuia cineva. Nu existau cărți de adrese de nici un fel. „Dacă vei dori vreodată să mă vezi, iată unde pot fi găsit", acesta era mesajul pe care i-l transmisese O'Brien. Poate va exista un mesaj ascuns și în dicționar. Oricum, un lucru era sigur. Conspirația la care visase exista cu adevărat și acum el ajunsese să se apropie de ea.

Știa că mai devreme sau mai tîrziu va da curs chemării lui O'Brien. Poate mîine, poate după o lungă amînare – nu era sigur. Ce se întîmpla acum era doar consecința unui proces care începuse cu ani în urmă. Primul pas fusese un gînd involuntar, tainic, al doilea îl reprezentase începerea jurnalului. Avansase de la gînduri la cuvinte, iar acum de la cuvinte la fapte. Ultimul pas era ceva ce se va întîmpla în Ministerul Iubirii. Se împăcase cu asta. Sfîrșitul era înscris în început. Era însă înspăimîntător – sau, mai exact, era ca o prevestire a morții, ca și cum ar fi fost mai puțin viu. Chiar în timp ce discuta cu O'Brien, cînd începuse să priceapă tîlcul vorbelor lui, trupul îi fusese cuprins de un fior rece. Avea senzația că pășește în umezeala unui mormînt și nu îl încălzea cu nimic faptul că știuse dintotdeauna că mormîntul era acolo și îl aștepta.

VII

Winston se trezise cu ochii plini de lacrimi. Julia se rostogoli somnoroasă pînă lîngă el, bolborosind ceva ce ar fi putut însemna „Ce s-a întîmplat?".

— Am visat... începu el și se opri brusc.

Totul era prea complicat ca să poată fi pus în cuvinte. Era visul în sine și mai era o amintire legată de el, care îi răsărise în minte în primele cîteva secunde de după trezire.

Se întinse pe spate, cu ochii închiși, scăldat încă în atmosfera visului. Fusese un vis amplu, luminos, în care i s-a părut că întreaga viață i se desfășoară în față ca un peisaj într-o seară de vară, după ploaie. Totul se întîmplase în interiorul prespapierului de sticlă, dar suprafața sticlei era cupola cerului, iar sub acea cupolă totul era scăldat într-o lumină blîndă și limpede, în care puteai vedea la distanțe incomensurabile. Visul fusese, de asemenea, încadrat de un gest cu brațul făcut de mama sa – într-un fel, visul constase chiar în acel gest – și repetat treizeci de ani mai tîrziu de evreica pe care o văzuse în filmul informativ încercînd să-l ferească pe băiețel de gloanțe înainte ca elicopterele să îi arunce pe amîndoi în aer.

— Știi că pînă în momentul ăsta am crezut că mi-am ucis mama? zise el.

— De ce-ai ucis-o? întrebă Julia, aproape adormită.

— N-am ucis-o. Nu fizic.

În vis își amintise cum o văzuse ultima dată pe mama lui și, în cele cîteva momente de după trezire, mănunchiul de mici întîmplări din jurul acelei ultime imagini îi revenise integral în minte. Era o amintire pe care probabil și-o reprimase voit vreme de mulți ani. Nu știa sigur data, dar cu siguranță avea cel puțin zece ani, poate chiar doisprezece, cînd se întîmplase.

Tatăl lui dispăruse mai înainte, dar cu cît timp înainte, asta nu-și amintea. Ce-și amintea însă bine era atmosfera agitată și plină de zgomot din perioada aceea: panica stîrnită periodic de raidurile aeriene și fuga la adăposturile din stațiile de metrou, mormanele de moloz de peste tot, proclamațiile fără sens afișate la colțurile străzilor, găștile de tineri în cămăși de aceeași culoare, cozile enorme de la brutării, rafalele intermitente de mitralieră din depărtare – și, mai presus de toate, faptul că nu aveau niciodată destulă mîncare. Își amintea lungile după-amiezi pe care le petrecuse cu alți băieți, scormonind prin tomberoane și grămezi de gunoaie, de unde scoteau cotoare de varză, coji de cartofi, uneori chiar coji de pîine rîncedă, de pe care îndepărtau cu grijă cenușa, sau așteptînd trecerea camioanelor care veneau pe o anumită rută și despre care se știa că transportă hrană pentru vite, căci uneori, cînd se hurducau pe porțiunile distruse din șosea, din ele mai cădeau bucăți de turtă de oleaginoase.

Cînd a dispărut taică-său, mama lui nu s-a arătat surprinsă sau teribil de îndurerată, dar ceva s-a schimbat brusc în ea. Părea să fi fost complet golită de vlagă. Chiar și lui Winston i-a fost clar că aștepta ceva ce știa sigur că se va întîmpla. Făcea tot ce trebuia – gătea, spăla, cîrpea, făcea patul, mătura pe jos, ștergea praful de pe polița șemineului –, întotdeauna foarte încet și, în chip ciudat, fără nici o mișcare inutilă, precum marioneta unui artist care se mișcă din proprie voință. Trupul ei mare, cu forme frumoase, părea să revină firesc la neclintire. Stătea ore întregi aproape nemișcată pe pat, alăptînd-o pe sora lui cea mică, o fetiță de vreo doi sau trei ani, măruntică, bolnăvicioasă și foarte tăcută, cu o față pe care slăbiciunea o făcuse să arate ca de maimuță. Cîteodată, deși foarte rar, îl lua pe Winston în brațe și îl ținea strîns un răstimp îndelungat, fără să spună nimic. În ciuda tinereții și egoismului său, el își dădea seama că gestul era cumva legat de acel lucru, niciodată menționat, care urma să se întîmple.

Își amintea încăperea în care locuiau: o cameră întunecoasă, cu miros stătut, ce părea pe jumătate umplută de un pat cu o cuvertură albă. Mai erau acolo un raft unde se ținea mîncarea, un arzător cu gaz în grătarul de la șemineu, iar pe culoar se găsea o chiuvetă de faianță maro, pe care o foloseau cîteva familii. Își amintea cum trupul impunător al mamei sale se apleca peste arzător ca să învîrtă ceva într-o cratiță. Mai presus de toate, își amintea foamea neîntreruptă care îl încerca și sordidele confruntări înverșunate de la ora mesei. O sîcîia fără încetare pe maică-sa, întrebînd-o necontenit de ce nu au mai multă mîncare, striga și o repezea (își amintea chiar și tonul vocii lui, care începuse să i se schimbe prematur și uneori devenea ciudat de groasă) sau, cîteodată, încerca să o înduioșeze cu smiorcăieli în eforturile lui de a mai căpăta ceva pe lîngă ce i se cuvenea. Maică-sa era mereu dispusă să îi dea mai mult decît îi era porția. Lua ca pe ceva de la sine înțeles că el, „băiatul", trebuia să primească porția cea mai mare, însă oricît i-ar fi dat, el cerea veșnic mai mult. La fiecare masă ea îl implora să nu fie egoist și să nu uite că surioara lui era bolnavă și avea și ea nevoie de hrană, dar în zadar. Winston începea să urle de furie cînd maică-sa înceta să-i mai toarne cu polonicul în farfurie, încerca să-i smulgă oala și lingura din mîini, lua bucăți de mîncare din farfuria surorii lui. Știa că le înfometează pe amîndouă, dar nu se putea abține. Simțea chiar că are dreptul s-o facă. Foamea care-i făcea burta să chiorăie părea să-i justifice comportamentul. Între mese, dacă maică-sa nu era vigilentă, ciupea întruna din rezervele jalnice de mîncare de pe raft.

Într-o bună zi s-a dat o rație de ciocolată. Nu se mai văzuse așa ceva de săptămîni sau luni întregi. Winston își amintea foarte clar bucățica aceea prețioasă de ciocolată. Era o tabletă de două uncii (pe vremea aceea încă vorbeau de uncii), pe care trebuiau s-o împartă între ei. Evident, trebuia împărțită în trei bucăți egale. Dintr-odată, ca și cînd ar fi vorbit altcineva, Winston s-a auzit cerînd cu o voce bubuitoare să i se dea toată tableta.

Maică-sa l-a rugat să nu fie lacom. A urmat o ceartă lungă, iritantă și monotonă, care a continuat multă vreme, cu strigăte, smiorcăieli, lacrimi, reproșuri și tîrguieli. Surioara lui, care stătea agățată de mama ei cu ambele mîini, exact ca un pui de maimuță, îl privea peste umăr cu ochi mari și necăjiți. În cele din urmă maică-sa a rupt trei sferturi din ciocolată și i-a întins bucata lui Winston, iar celălalt sfert i l-a dat surioarei lui. Fetița a luat bucata în mînă și a privit-o cu ochi goi. Probabil nici nu știa ce era. Winston s-a uitat la ea preț de o clipă. Apoi, cu un salt brusc și rapid, i-a smuls surorii lui ciocolata din mînă și a rupt-o la fugă spre ușă.

— Winston, Winston! a strigat maică-sa după el. Întoarce-te! Dă-i înapoi ciocolata surorii tale!

S-a oprit, dar nu s-a întors. Ochii agitați ai mamei erau ațintiți asupra feței lui. Chiar și acum ea se gîndea la lucrul acela care era pe cale să se întîmple – și despre care Winston nu știa ce era. Dîndu-și seama că i se furase ceva, sora lui a început să se tînguie slab. Maică-sa a învăluit copila cu brațul și i-a apăsat fața la pieptul ei. Ceva din acel gest i-a dat de înțeles lui Winston că soră-sa e pe moarte. S-a întors și a luat-o la fugă pe scări în jos, cu ciocolata tot mai lipicioasă în mînă.

Nu și-a mai văzut niciodată mama. După ce a devorat ciocolata, s-a simțit cumva rușinat și a bătut străzile timp de cîteva ore, pînă ce foamea l-a mînat spre casă. Cînd a ajuns, maică-sa nu mai era acolo. Era ceva destul de normal în perioada aceea. Din încăpere nu dispăruse nimic în afară de mama și sora lui. Nu fuseseră luate nici un fel de haine, nici măcar paltonul mamei sale. Winston nu știa sigur nici în ziua de azi dacă maică-sa murise sau nu. Era întru totul posibil să fi fost doar trimisă într-un lagăr de muncă silnică. Cît despre sora lui, ea putea să fi fost plasată, la fel ca Winston, într-una din coloniile pentru copiii fără adăpost (centre de recuperare, cum li se spunea) care apăruseră în urma războiului civil. Sau poate că fusese trimisă în lagărul de muncă silnică, alături de mama ei, ori fusese lăsată pur și simplu să moară pe undeva.

Toate îi erau încă foarte vii în minte, mai ales gestul învăluitor, protector, al brațului, în care părea să se afle întregul înțeles al visului. În minte îi reveni un alt vis, cel pe care-l avusese cu două luni în urmă. În el, exact așa cum stătuse pe patul acoperit cu cuvertura albă și jerpelită, cu fetița agățată de ea, maică-sa stătea în barca aceea ce se scufunda, undeva mult sub el și afundîndu-se tot mai tare cu fiecare clipă, numai că ea continua să se uite în sus, spre el, prin apa din ce în ce mai întunecată.

Îi spuse Juliei povestea dispariției mamei lui. Fără să deschidă ochii, fata se răsuci spre el și se așeză într-o poziție mai comodă.

— Bănuiesc că pe vremea aia erai un porcușor nemernic, spuse ea nedeslușit. Toți copiii sînt niște porci.

— Da. Dar, în esență, ideea poveștii e...

Din respirația ei se vedea clar că adormise din nou. Winston ar fi vrut să vorbească în continuare despre mama lui. Din cîte își amintea despre ea, nu credea să fi fost o femeie neobișnuită și cu atît mai puțin una inteligentă. Cu toate acestea, avusese un soi de noblețe, un soi de puritate, pur și simplu din cauză că se conforma unor standarde personale. Sentimentele îi aparțineau întru totul și nu puteau fi modificate din afară. Nu i-ar fi trecut prin minte că un gest care e zadarnic devine automat și fără sens. Dacă iubeai pe cineva, îl iubeai, iar cînd nu mai aveai ce altceva să-i oferi, îi ofereai iubire. Cînd a rămas fără ciocolată, maică-sa își strînsese fetița în brațe. A fost un gest inutil, care n-a schimbat nimic, n-a adus mai multă ciocolată și n-a împiedicat nici moartea copilei, nici a ei, dar i se păruse firesc să-l facă. Femeia refugiată din barcă își acoperise și ea băiețelul cu brațul – un scut la fel de inutil împotriva gloanțelor ca o foaie de hîrtie. Partea îngrozitoare era că Partidul reușea să te convingă că simplele impulsuri, simplele sentimente nu contau și, în același timp, te lăsa fără nici o putere asupra lumii materiale. Odată ce ajungeai sub controlul Partidului, nu mai avea deloc importanță ce simțeai sau ce nu simțeai, ce făceai sau ce te abțineai să faci. Orice s-ar fi întîmplat, dispăreai și nu se mai știa nimic nici de tine, nici de acțiunile tale. Erai extras cu totul din fluxul istoriei. Cu toate astea, în urmă cu doar două generații așa ceva nu li s-ar fi părut oamenilor chiar atît de important, căci ei nu încercau să schimbe istoria. Erau animați de loialități personale, pe care nu le puneau la îndoială. Pentru ei contau relațiile individuale, iar un gest lipsit de orice putere, o îmbrățișare, o lacrimă, o vorbă spusă cuiva pe moarte puteau avea valoare în sine. Prolii, îi trecu brusc prin minte, rămăseseră la fel. Nu erau loiali unui partid, unei țări sau unei idei, își erau loiali unii altora. Pentru prima dată în viață, nu îi mai disprețuia pe proli și nu se gîndea la ei pur și simplu ca la o forță inertă, care într-o bună zi avea să se trezească la viață și să regenereze lumea. Prolii nu își pierduseră umanitatea. Nu își împietriseră sufletele. Își păstraseră emoțiile elementare, pe care el trebuia să le învețe din nou, printr-un efort conștient. Și, în timp ce se gîndea la toate astea, își aminti, aparent fără nici o legătură, cum în urmă cu cîteva săptămîni văzuse o mînă tăiată pe trotuar și îi trăsese un șut, aruncînd-o în șanț, de parcă ar fi fost un cotor de varză.

— Prolii sînt ființe umane, spuse el cu voce tare. Noi nu sîntem umani.

— De ce nu? întrebă Julia, care se trezise din nou.

Winston rămase puțin pe gînduri.

— Ți-a trecut vreodată prin minte, spuse el, că lucrul cel mai bun pentru amîndoi ar fi să plecăm pur și simplu de-aici înainte de a fi prea tîrziu și să nu ne mai vedem niciodată?

— Da, dragul meu, mi-a trecut prin minte, chiar de cîteva ori. Dar tot n-am s-o fac.

— Pînă acum am avut noroc, dar nu mai poate ține mult, insistă el. Ești tînără. Arăți ca o ființă normală și nevinovată. Dacă te ții departe de indivizi ca mine, mai poți trăi cincizeci de ani.

— Nu. M-am gîndit la toate. Ce vei face tu, voi face și eu. Și nu fi abătut. Mă pricep destul de bine să supraviețuiesc.

— Poate vom fi împreună încă șase luni... un an... cine știe? În cele din urmă sigur vom fi despărțiți. Îți dai seama cît de singuri vom fi? Odată ce pun mîna pe noi, nu vom mai putea face nimic, absolut nimic, unul pentru altul. Dacă mărturisesc, te vor împușca, iar dacă refuz să mărturisesc, tot te vor împușca. Nimic din ce-aș face sau spune – sau din ce n-aș spune – nu-ți va amîna moartea nici măcar cu cinci minute. Nici unul dintre noi nu va ști măcar dacă celălalt e viu sau mort. Nu vom avea nici un fel de putere. Singurul lucru care contează este să nu ne trădăm unul pe altul, chiar dacă asta nu va schimba cu nimic lucrurile.

— Dacă te referi la mărturisiri, spuse ea, evident că vom mărturisi. Toată lumea mărturisește. N-ai cum să n-o faci. Te tortureaza.

— Nu mă refer la mărturisiri. Mărturisirea nu înseamnă trădare. Nu contează ce spui sau ce faci. Numai sentimentele contează. Dacă m-ar putea face să nu te mai iubesc – asta ar fi adevărata trădare.

Ea se gîndi la spusele lui. Într-un final zise:

— Asta nu pot face. E singurul lucru pe care nu-l pot face. Te pot face să spui orice – *absolut* orice –, dar nu te pot face să crezi ce spui. Nu pot ajunge-n mintea ta.

— Nu, răspunse el ceva mai încrezător, asta așa-i. Nu pot ajunge-n mintea ta. Dacă *simți* că merită să-ți păstrezi umanitatea, chiar și atunci cînd asta nu duce la nimic, i-ai învins.

Se gîndi la tele-ecran și la urechea lui, ce nu se odihnea niciodată. Te spionau zi și noapte, dar dacă nu-ți pierdeai capul, îi puteai păcăli. Cu toată deșteptăciunea lor, nu descoperiseră încă metoda prin care să afle ce gîndea altă ființă umană. Poate că asta era mai puțin adevărat cînd te găseai efectiv în mîinile lor. Nimeni nu știa ce se întîmplă în interiorul Ministerului Iubirii, dar puteai ghici: tortură, droguri, instrumente sofisticate, care îți înregistrau reacțiile agitate, uzură treptată prin privare de somn, izolare și interogatorii repetate. Oricum, faptele nu puteau fi tăinuite. Puteau fi descoperite la anchetă, îți puteau fi smulse prin tortură. Dar dacă scopul nu era să-ți salvezi viața, ci umanitatea, pînă la urmă ce mai conta? Sentimentele nu ți le puteau schimba. La o adică, nici tu nu ți le puteai schimba, chiar dacă o voiai. Puteau să-ți dezvăluie în cele mai mici detalii tot ce-ai făcut, ai spus sau ai gîndit, dar adîncul sufletului, ale cărui mecanisme îți erau tainice chiar și ție, rămînea de necucerit.

VIII

O făcuseră, pînă la urmă o făcuseră!

Încăperea în care se aflau era lunguiață și slab luminată. Volumul tele-ecranului fusese redus la un murmur surd. Covorul bleumarin, gros și des, îți dădea senzația că pășești pe catifea. În celălalt capăt al încăperii, O'Brien stătea așezat la un birou, în lumina unei veioze cu abajur verde și cu o grămadă de hîrtii în stînga și în dreapta sa. Cînd servitorul îi poftise înăuntru pe Julia și Winston, nici nu catadicsise să ridice privirea.

Lui Winston îi bubuia inima atît de tare, încît se îndoia că va fi în stare să vorbească. O făcuseră, pînă la urmă o făcuseră – numai la asta se putea gîndi. Venirea lor fusese un gest nechibzuit, iar faptul că sosiseră împreună, de-a dreptul o nebunie, deși era adevărat că veniseră pe trasee diferite și nu se întîlniseră decît la ușa lui O'Brien. Dar pînă și simplul fapt de a intra într-un astfel de loc necesita un curaj enorm. Numai rareori pătrundeai în locuințele celor din Partidul Interior, ba chiar și în cartierul unde locuiau. Întreaga atmosferă din blocul uriaș, spațiul și bogăția din jur, aromele neobișnuite de mîncare bună și tutun bun, lifturile silențioase și incredibil de rapide, care alunecau în sus și în jos, servitorii în sacouri albe mișunînd încoace și încolo – toate erau intimidante. Deși avea un pretext bun pentru vizită, Winston se temuse la fiecare pas că vreun soldat în uniformă neagră va apărea brusc de după colț, îi va cere actele și îi va ordona să plece de-acolo. Totuși servitorul lui O'Brien îi primise pe amîndoi înăuntru fără nici o obiecție. Era un bărbat scund, brunet, îmbrăcat într-un sacou alb și cu o față romboidală, lipsită de expresie, ce putea fi una de chinez. Coridorul pe care i-a condus avea o mochetă moale, pereți cu tapet crem și lambriuri albe, toate imaculate. Acest fapt era și el intimidant. Winston nu ținea minte să fi văzut vreodată un astfel de coridor, cu pereți care să nu fie mînjiți de atingerile trupurilor omenești.

O'Brien avea o hîrtiuță în mînă și părea să o studieze cu atenție. Fața lui plină și aplecată în așa fel încît i se vedea linia nasului arăta atît impresionantă, cît și inteligentă. Preț de vreo douăzeci de secunde, rămase neclintit. Apoi își trase dictatranscriptorul mai aproape și turui un mesaj în jargonul hibrid al ministerelor:

Articole unu virgulă cinci virgulă șapte se aprobă deplinește punct sugestia în articol șase dubluplus ridicolă aproape crimgînd se anulează punct neînaintează constructește preobținere evaluări plusdepline cheltuieli utilaje punct final mesaj.

Se ridică domol din scaun și se apropie de ei, călcînd pe covorul care amuțea pașii. După ce-și termină mesajul în neolimbă, parcă îi mai pieri ceva din aerul oficial, dar expresia îi era mai serioasă decît de obicei, ca și cînd i-ar fi displăcut că era deranjat. Groaza pe care o simțea deja Winston se împleti brusc cu un sentiment de banală jenă. I se păru cît se poate de posibil să fi făcut o greșeală tîmpită. În fond, ce dovadă avea că O'Brien era un soi de uneltitor politic? Nimic, în afară de o străfulgerare a privirii și o unică remarcă echivocă: dincolo de asta nu existau decît propriile sale închipuiri tainice, clădite pe un vis. Nu putea nici măcar să pretindă că a venit să împrumute dicționarul, căci în cazul ăsta prezența Juliei nu se explica în nici un fel. Cînd trecu pe lîngă tele-ecran, lui O'Brien păru să-i vină o idee. Se opri, se întoarse într-o parte și apăsă un întrerupător de pe perete. Se auzi un pocnet ascuțit. Vocea se opri.

Juliei îi scăpă un sunet mic, un soi de țipăt de surpriză. Cu toată panica lui, Winston a fost prea șocat ca să-și țină gura.

— Puteți să-l închideți! spuse el.

— Da, răspunse O'Brien, putem să-l închidem. Avem acest privilegiu.

Acum stătea chiar în fața celor doi. Trupul lui bine clădit se înălța deasupra lor, iar expresia de pe chip continua să-i fie impenetrabilă. Aștepta, cu un aer cumva sever, ca Winston să spună ceva, dar ce? Chiar și acum era perfect plauzibil ca O'Brien să fie doar un om foarte ocupat, care se întreba iritat de ce fusese întrerupt. Nimeni nu zicea nimic. După închiderea tele-ecranului, încăperea păru cuprinsă de o tăcere mormîntală.

Secundele treceau, enorme, una după alta. Cu mari eforturi, Winston continuă să-l privească în ochi pe O'Brien. Apoi, brusc, fața severă se destinse în ceva ce putea fi luat drept un început de zîmbet. Cu gestul său caracteristic, O'Brien își rearanjă ochelarii pe nas.

— Vrei s-o spun eu sau o spui dumneata? întrebă el.

— O spun eu, răspunse prompt Winston. Chestia aia chiar e închisă?

— Da, totul e închis. Sîntem singuri.

— Am venit aici pentru că...

Se opri, dîndu-și seama pentru prima dată cît de vagi îi erau motivele. De vreme ce nu știa de fapt ce fel de ajutor se aștepta să primească de la O'Brien, nu i-a fost ușor să spună de ce venise. Continuă, conștient de faptul că vorbele îi sunau, probabil, atît neconvingător, cît și pompos:

— Credem că există un soi de conspirație, un soi de organizație secretă care complotează împotriva Partidului și în care sînteți implicat. Vrem să ne alăturăm ei și să activăm în ea. Sîntem dușmani ai Partidului. Nu credem în principiile Soceng. Sîntem criminali în gîndire. Ne facem, de asemenea, vinovați de adulter. Vă spun toate astea pentru că vrem să ne lăsăm la mila dumneavoastră. Dacă vreți să ne incriminăm și în vreun alt fel, sîntem gata s-o facem.

Se opri și privi peste umăr, cu senzația că ușa se deschisese. Într-adevăr, servitorul cel scund și galben la față intrase fără să bată la ușă. Winston văzu că ducea o tavă cu o carafă și cîteva pahare.

— Martin e unul de-al nostru, spuse indiferent O'Brien. Adu băuturile aici, Martin. Pune-le pe masa rotundă. Avem suficiente scaune? Atunci putem să ne așezăm și să discutăm pe îndelete. Trage-ți și tu un scaun, Martin. Acum vorbim lucruri serioase. În următoarele zece minute poți înceta să mai fii servitor.

Bărbatul cel scund se așeză, părînd destul de degajat, dar păstrîndu-și totuși aerul servil, aerul unui valet care se bucură de un privilegiu. Winston îl privi cu coada ochiului. Îi trecu prin minte că întreaga viață a acestui individ însemna să joace un rol anume și că acesta avea senzația că ar fi riscant să renunțe la personalitatea pe care și-o crease, fie doar și pentru o clipă. O'Brien apucă de gît carafa și umplu paharele cu un lichid roșu-închis. Îi stîrni lui Winston niște amintiri vagi despre ceva văzut cu mult timp în urmă pe un perete sau pe un panou publicitar – o sticlă uriașă, formată din lumini electrice, care păreau să se miște în sus și-n jos și să-și verse conținutul într-un pahar. Privit de deasupra, lichidul părea aproape negru, dar în carafă strălucea ca un rubin. Avea un miros dulce-acrișor. O văzu pe Julia cum își ia paharul și îl adulmecă, fără să-și ascundă curiozitatea.

— I se spune vin, zise O'Brien cu un zîmbet ușor. Cu siguranță ați citit despre el în cărți. Mi-e teamă că pe la membrii Partidului Exterior nu prea ajunge.

Fața îi redeveni serioasă și el înălță paharul.

— Cred că se cuvine să începem printr-un toast. În sănătatea liderului nostru, Emmanuel Goldstein.

Winston ridică paharul cu un oarecare entuziasm. Vinul era un lucru despre care citise și la care visase. La fel ca prespapierul sau poezioarele pe care domnul Charrington și le amintea pe jumătate, ținea de un trecut dispărut, unul romantic, de vremurile apuse, cum îi plăcea lui să spună în gîndurile sale tainice. Nu știa de ce, dar întotdeauna își imaginase că vinul are un gust foarte dulce, ca gemul de mure, și că te amețea imediat. Acum însă, cînd sorbi din el, i se păru deosebit de dezamăgitor. Adevărul era că, după ce băuse atîția ani numai gin, abia dacă îi simțea gustul. Puse paharul gol înapoi pe masă.

— Deci Goldstein există? întrebă el.

— Da, există și e în viață. Unde, nu știu.

— Și complotul... organizația? Este reală? Nu e doar o invenție a Poliției Gîndirii?

— Nu, este reală. Frăția, așa îi spunem noi. Nu veți afla prea multe despre Frăție în afara faptului că există și că faceți parte din ea. Voi reveni în curînd la acest subiect.

Se uită la ceasul de la încheietură.

— Chiar și pentru membrii Partidului Interior este imprudent să țină tele-ecranul închis mai mult de o jumătate de oră. N-ar fi fost cazul să veniți împreună și va trebui să plecați separat. Dumneata, tovarășă – înclină el capul către Julia –, vei pleca prima. Avem aproximativ douăzeci de minute la dispoziție. După cum vă dați seama, cred, trebuie să încep prin a vă pune anumite întrebări. În principiu, ce sînteți dispuși să faceți?

— Orice ne stă în putință, răspunse Winston.

O'Brien se răsucise puțin în scaun, ca să stea cu fața la Winston. Aproape că o ignoră pe Julia, părînd să nu pună la îndoială faptul că Winston putea vorbi și în numele ei. Preț de o clipă, pleoapele îi coborîră peste ochi. Începu să-și pună întrebările cu o voce joasă și monotonă, ca și cînd ceea ce rostea acum era ceva obișnuit, un soi de catehism, cu întrebări ale căror răspunsuri le știa deja.

— Sînteți dispuși să vă sacrificați viața?

— Da.

— Sînteți dispuși să ucideți?

— Da.

— Să comiteți acte de sabotaj care pot duce la moartea a sute de oameni nevinovați?

— Da.

— Să vă trădați țara puterilor străine?

— Da.

— Sînteți dispuși să înșelați, să falsificați, să șantajați, să corupeți mințile copiilor, să distribuiți droguri dătătoare de dependență, să încurajați prostituția, să răspîndiți boli venerice - să faceți orice ar putea duce la demoralizarea și slăbirea puterii Partidului?

— Da.

— De exemplu, dacă ne-ar putea servi cumva interesele să aruncați acid sulfuric pe fața unui copil, sînteți dispuși să faceți și asta?

— Da.

— Sînteți dispuși să renunțați la identitățile voastre de acum și să vă trăiți restul vieții ca docheri sau ospătari?

— Da.

— Sînteți dispuși să vă sinucideți cînd și dacă vă vom porunci s-o faceți?

— Da.

— Sînteți dispuși - amîndoi - să vă despărțiți și să nu vă mai vedeți niciodată?

— Nu! izbucni Julia.

Lui Winston i se păru că a trecut o veșnicie pînă să răspundă și el. Preț de o clipă, avu chiar senzația că rămăsese fără darul vorbirii. Limba i se mișca fără să scoată vreun sunet, formînd silabele de început ale unui cuvînt, apoi ale celuilalt, o dată și încă o dată. Totuși, pînă ce nu l-a spus, n-a știut ce cuvînt avea să rostească.

— Nu, zise el în cele din urmă.

— Ați făcut bine că mi-ați spus, zise O'Brien. Trebuie să știm totul.

Se întoarse spre Julia și adăugă cu o voce ceva mai expresivă:

— Îți dai seama că, și dacă supraviețuiește, s-ar putea să fie altcineva? Am putea fi nevoiți să îi creăm o nouă identitate. Fața, gesturile, forma mîinilor, culoarea părului, chiar și vocea i-ar putea fi diferite. Și dumneata însăți s-ar putea să devii altă persoană. Chirurgii noștri pot transforma oamenii în așa fel încît să nu mai fie recunoscuți. Uneori e necesar. Uneori trebuie chiar să amputăm un picior sau o mînă.

Winston nu se putu abține și aruncă din nou o privire la fața mongoloidă a lui Martin. Nu se vedeau nici un fel de cicatrici. Julia pălise, astfel că i se vedeau pistruii, dar îl înfruntă pe O'Brien cu curaj. Murmură ceva ce păru să aducă a încuviințare.

— Bine. Atunci așa rămîne.

Pe masă se afla o tabacheră de argint. Cu un aer absent, O'Brien o împinse către ceilalți, luă și el o țigară, apoi se ridică și începu să străbată încet camera de la un capăt la celălalt, de parcă ar fi gîndit mai bine în picioare. Erau țigări bune, groase și îndesate, răsucite într-o hîrtie neobișnuit de mătăsoasă. O'Brien se uită din nou la ceas.

— Martin, ar fi mai bine să te întorci la tine în oficiu, spuse el. Eu mă reconectez peste un sfert de oră. Uită-te cu atenție la fețele acestor tovarăși înainte să pleci. Tu îi vei vedea din nou. Eu poate că nu.

Bărbatul cel scund își petrecu rapid ochii negri peste fețele lor, exact așa cum făcuse la intrare. În atitudinea lui nu exista nici urmă de prietenie. Le memora înfățișarea, dar nu era deloc interesat de ei – sau nu părea să fie. Lui Winston îi trecu prin minte că unei fețe artificiale îi era, probabil, imposibil să-și schimbe expresia. Martin ieși fără să scoată vreo vorbă sau să salute în vreun fel, închizînd liniștit ușa în urma lui. O'Brien măsura camera cu pașii, cu o mînă în buzunarul salopetei negre și cu o țigară în cealaltă.

— Trebuie să înțelegeți că veți lupta în umbră, le spuse el. Veți rămîne întotdeauna în umbră. Veți primi ordine și le veți executa fără să știți de ce. O să vă trimit mai tîrziu o carte din care veți afla adevărata natură a societății în care trăim, precum și strategia prin care o vom distruge. După ce veți citi cartea, veți deveni membri deplini ai Frăției. Însă în afară de scopurile generale pentru care luptăm și sarcinile voastre de moment, nu veți ști nimic altceva. Vă spun că Frăția există, dar nu pot să vă spun dacă numără o sută sau zece milioane de membri. Din ceea ce veți ști, nu vă veți putea da seama niciodată nici dacă are măcar o duzină. Veți avea trei sau patru persoane de contact, care din cînd în cînd vor fi înlocuite pe măsură ce vor dispărea. Cum acesta a fost primul vostru contact, el va fi păstrat. Cînd veți primi ordine, vor veni de la mine. Dacă găsim necesar să comunicăm cu voi, o vom face prin Martin. Cînd în cele din urmă veți fi prinși, veți mărturisi. E inevitabil. Dar în afară de propriile voastre acțiuni, nu veți avea mare lucru de mărturisit. Nu veți putea trăda mai mult de-o mînă de oameni insignifianți. Probabil nu mă veți trăda nici măcar pe mine. Poate voi fi deja mort sau poate voi fi devenit o altă persoană, cu un alt chip.

Continuă să meargă încoace și încolo pe covorul moale. În ciuda trupului mătăhălos, dădea dovadă de o grație remarcabilă în mișcări. O puteai vedea chiar și în gestul cu care își vîra mîna în buzunar sau în cel cu care manevra țigara. Dădea senzația nu atît de putere, cît de încredere și de înțelegere punctată de ironie. Oricît de serios ar fi fost, nu avea deloc încrîncenarea tipică unui fanatic. Cînd vorbea despre omoruri, sinucideri, boli venerice, membre amputate și fețe modificate, o făcea cu un aer vag zeflemitor. Vocea lui părea să spună: „E inevitabil. Asta avem de făcut, fără nici o șovăire. Dar nu asta vom face atunci cînd viața va merita din nou trăită“. Un val de admirație, aproape de adulație, se revărsă dinspre Winston către O'Brien. Pe moment uitase de misterioasa figură a lui Goldstein. Cînd te uitai la umerii lați ai lui O'Brien și la fața lui cu trăsături aspre, atît de urîtă și totuși atît de cizelată, era imposibil să crezi că putea fi învins. Nu exista stratagemă căreia să nu-i dea de capăt, nici pericol pe care să nu-l prevadă. Chiar și Julia părea impresionată. Își lăsase țigara să se stingă și asculta cu atenție. O'Brien continuă:

— Cu siguranță ați auzit zvonuri despre existența Frăției. Fără îndoială că v-ați format propria imagine despre ea. Probabil v-ați închipuit o uriașă lume subterană, plină de uneltitori care se întîlnesc în taină prin beciuri, scriu mesaje pe ziduri și se recunosc unii pe alții după parole sau vreun gest anume al mîinii. Nu există nimic de genul acesta. Membrii Frăției nu au cum să se recunoască unii pe alții și nici unul nu cunoaște identitatea a mai mult de cîțiva alți membri. Goldstein însuși, dacă ar fi să încapă pe mîinile celor de la Poliția Gîndirii, nu le-ar putea da o listă completă a membrilor sau vreo informație care să-i conducă la o listă completă. Nu există o astfel de listă. Frăția nu poate fi eliminată, deoarece nu e o organizație în sensul obișnuit al cuvîntului. Nu o leagă decît o idee, care e indestructibilă. În afară de această idee, nu veți avea niciodată nimic care să vă susțină. Nu veți avea parte de tovărășie și nici de încurajări. Cînd în cele din urmă veți fi prinși, nu veți primi nici un ajutor. Nu ne ajutăm niciodată membrii. Cel mult, dacă e absolut necesar ca o persoană să fie redusă la tăcere, reușim cîteodată să strecurăm o lamă în celula unui deținut. Va trebui să vă obișnuiți să trăiți fără rezultate și fără speranță. Veți acționa o vreme, veți fi prinși, veți mărturisi și apoi veți muri. Acestea sînt singurele rezultate pe care le veți vedea vreodată. Nu există nici o șansă ca vreo schimbare vizibilă să se întîmple în timpul vieților noastre. Noi sîntem cei morți. Singura noastră viață adevărată se află în viitor. Vom fi părtași la ea sub forma unor pumni de țărînă și așchii de oase. Cînd anume în viitor se va întîmpla, asta nu se poate ști. Poate peste o mie de ani. În prezent nu putem face nimic altceva decît să extindem încetul cu încetul zona de sănătate mintală. Nu putem acționa colectiv. Nu putem decît să ne transmitem cunoştinţele mai departe, de la individ la individ, generaţie după generaţie. În faţa Poliţiei Gîndirii nu există altă cale.

Se opri şi se uită pentru a treia oară la ceasul de mînă.

— Aproape s-a făcut vremea să pleci, tovarăşă, îi spuse el Juliei. Aşteaptă. Carafa e încă pe jumătate plină.

Umplu toate paharele şi îl ridică pe al său, ţinîndu-l de picior.

— Pentru ce să bem de data asta? întrebă el, cu aceeaşi uşoară urmă de ironie în glas. Pentru înşelarea Poliţiei Gîndirii? Pentru moartea Fratelui cel Mare? Pentru omenire? Pentru viitor?

— Pentru trecut, spuse Winston.

— Trecutul este mai important, încuviinţă grav O'Brien.

Îşi goliră paharele şi peste o clipă Julia se ridică să plece. O'Brien luă o cutiuţă de pe un bufet şi îi întinse o pastilă albă şi plată, pe care îi spuse să şi-o pună pe limbă. Era important, explică el, să nu iasă de acolo mirosind a vin – liftierii erau foarte atenţi. De îndată ce uşa se închise în urma Juliei, O'Brien păru să uite de existenţa ei. Mai făcu un pas sau doi, după care se opri.

— Mai există unele detalii care trebuie lămurite, spuse el. Bănuiesc că aveţi un soi de ascunzătoare, nu?

Winston îi povesti despre camera de deasupra prăvăliei domnului Charrington.

— Deocamdată e suficient. Mai tîrziu vă vom pune la dispoziţie altceva. Este important ca ascunzătorile să fie schimbate frecvent. Între timp îţi voi trimite cît pot de repede un exemplar din *carte* – Winston observă că pînă şi O'Brien pronunţa cuvintele de parcă ar fi fost subliniate –, ştii, cartea lui Goldstein. S-ar putea să dureze cîteva zile pînă să găsesc una. După cum probabil îţi imaginezi, nu există prea multe. Poliţia Gîndirii le vînează şi le distruge aproape cu aceeași viteză cu care reușim noi să le producem. Oricum, nu contează. Cartea este indestructibilă. Chiar dacă ar dispărea și ultimele exemplare, am putea s-o reproducem cuvînt cu cuvînt. Mergi cu o servietă la birou? adăugă el.

— De obicei da.

— Cum arată?

— Neagră și foarte uzată. Cu două curele.

— Neagră, două curele, foarte uzată... e în regulă. Într-o zi din viitorul relativ apropiat - nu pot să-ți dau o dată exactă - unul dintre mesajele din norma de lucru de dimineață va conține o greșeală de tipar și va trebui să ceri o copie nouă. A doua zi vei merge la serviciu fără servietă. În timpul zilei, la un moment dat, cineva de pe stradă te va atinge pe braț și va spune „Cred că v-a scăpat servieta". În cea pe care ți-o va da se va afla un exemplar din cartea lui Goldstein. Îl vei înapoia în paisprezece zile.

Rămaseră tăcuți preț de o clipă.

— Mai sînt vreo două minute pînă trebuie să pleci, spuse O'Brien. Ne vom întîlni din nou - dacă ne vom mai întîlni vreodată...

Winston ridică privirea spre el.

— În locul unde nu există întuneric? spuse el șovăitor.

O'Brien încuviință din cap, fără să pară surprins.

— În locul unde nu există întuneric, zise el, ca și cînd ar fi recunoscut aluzia. Pînă atunci mai ai ceva de zis înainte să pleci? Vreun mesaj? Vreo întrebare?

Winston căzu pe gînduri. Nu părea să mai fie nevoie de alte întrebări, iar generalitățile care sunau pompos îl interesau și mai puțin. În loc de ceva legat direct de O'Brien sau de Frăție, îi veni în minte un soi de imagine combinată, în care se amestecau dormitorul întunecat unde mama lui își petrecuse ultimele zile și cămăruța de deasupra prăvăliei domnului Charrington, prespapierul de sticlă și gravura în oțel în rama ei din lemn de trandafir. Spuse, aproape la întîmplare:

— Ați auzit cumva vreodată o poezioară de demult care începe așa: „La Sfîntul Clement clopotele bat: «Lămîi și portocale am de dat»"?

O'Brien încuviință din nou. Cu un soi de bună-voință solemnă, continuă strofa pînă la capăt:

— *La Sfîntul Clement clopotele bat: „Lămîi și portocale am de dat".*

La Sfîntul Martin clopotele bat: „Cinci sfanți îmi ești dator, doar n-ai uitat".

La Tribunalul Vechi clopote bat: „Și cînd mi-i dai, de nu ți-e cu bănat?".

Dinspre Shoreditch clopotele bat: „Cînd o s-ajung îndeajuns de bogat".

— Știți ultimul vers! spuse Winston.

— Da, știu ultimul vers. Iar acum mi-e teamă că trebuie să pleci. Așteaptă însă. Dă-mi voie să-ți ofer și dumitale o pastilă.

Cînd Winston se ridică, O'Brien îi întinse mîna. I-o apucă și i-o strînse atît de puternic, încît aproape că îi zdrobi oasele lui Winston. Winston aruncă o privire în urmă din pragul ușii, dar O'Brien părea gata să și-l alunge din minte. Aștepta cu mîna pe întrerupătorul care controla tele-ecranul. Dincolo de el, Winston văzu biroul de lucru, veioza cu abajur verde, dictatranscriptorul și coșurile de sîrmă încărcate cu hîrtii. Întrevederea se încheiase. Winston își dădu seama că peste treizeci de secunde O'Brien avea să se întoarcă la munca sa neîntreruptă și importantă în slujba Partidului.

IX

Winston se simțea gelatinos de oboseală. Gelatinos era cuvîntul potrivit. Îi venise spontan în minte. Trupul lui părea să aibă nu doar moliciunea gelatinei, ci și transparența ei. Avea senzația că dacă ridică mîna, va putea să vadă lumina trecînd prin ea. Un imens dezmăț al muncii îi scursese tot sîngele și toată limfa din trup, lăsînd în urmă doar o structură fragilă de nervi, oase și piele. Toate senzațiile i se păreau amplificate. Baretele salopetei îi frecau umerii, trotuarul îi gîdila tălpile, pînă și deschiderea și închiderea palmei îi pretindeau un efort care-i făcea încheieturile să trosnească.

Muncise mai mult de nouăzeci de ore în cinci zile. La fel făcuseră și ceilalți angajați din minister. Acum se terminase totul și pînă a doua zi dimineața nu mai avea absolut nimic de făcut, nici un fel de muncă pentru Partid. Putea petrece șase ore în ascunzătoare și încă nouă în propriul pat. În lumina blîndă a soarelui de după-amiază, pășea încet pe o stradă prăfuită, luînd-o în direcția prăvăliei domnului Charrington, atent la patrule, dar convins în chip irațional că în această după-masă nu exista pericolul să-l abordeze cineva. Servieta grea pe care o ducea i se lovea de genunchi la fiecare pas, trimițîndu-i furnicături în susul și în josul piciorului. În servietă se găsea *cartea*, pe care o avea deja de șase zile, însă nu apucase să o deschidă și nici măcar să se uite la ea.

În cea de-a șasea zi a Săptămînii de Ură, după toate procesiunile, discursurile, urletele, cîntecele, stindardele, afișele, filmele, panopticele, răpăielile de tobe și țipetele trompetelor, după tropăitul bocancilor în marș, scrîșnetul șenilelor de tanc, vuietul avioanelor zburînd unul lîngă altul, bubuitul armelor – după șase zile de astfel de manifestări, tocmai cînd marele orgasm era pe cale de a se declanșa și cînd ura generală față de Eurasia clocotise pînă la o asemenea intensitate delirantă, încît dacă mulțimea ar fi pus mîna pe cei două mii de criminali de război eurasieni care urmau să fie spînzurați în public în ultima zi a evenimentelor, fără îndoială că i-ar fi sfîșiat în bucăți –, exact atunci s-a anunțat că de fapt Oceania nu se războia cu Eurasia. Oceania era în război cu Estasia. Eurasia era aliatul Oceaniei.

Evident, nu s-a recunoscut că ar fi avut loc vreo schimbare. Pur și simplu s-a aflat, extrem de brusc și pretutindeni în același timp, că dușmanul era Estasia, nu Eurasia. Cînd s-a întîmplat asta, Winston tocmai participa la o demonstrație într-una din piețele centrale ale Londrei. Era noapte, iar chipurile albe și stindardele stacojii erau scăldate în lumina lugubră a reflectoarelor. Piața era plină cu cîteva mii de oameni, inclusiv un grup de vreo mie de școlari în uniforme de Spioni. La o tribună drapată în stacojiu, un orator din Partidul Interior, un bărbat scund și slab, cu brațe disproporționat de lungi și un craniu mare și chel, pe care atîrnau doar cîteva șuvițe subțiri de păr, întărîta mulțimea. Era un personaj micuț, un Rumpelstiltskin contorsionat de ură ce ținea microfonul într-o mînă, în timp ce înălța deasupra capului cealaltă mînă, ca o enormă gheară amenințătoare la capătul unui braț osos. Vocea, care îi suna metalic din cauza amplificatoarelor, declama bubuitor o listă interminabilă de atrocități, masacre, deportări, jafuri, violuri, prizonieri torturați, civili bombardați, propagandă mincinoasă, agresiuni, tratate încălcate. Era aproape imposibil să-l asculți fără să fii mai întîi convins și apoi înfuriat. La fiecare cîteva clipe, furia mulțimii se dezlănțuia și vocea vorbitorului era acoperită de răgetul de fiară ce se ridica nestăvilit din mii de piepturi. Cele mai sălbatice țipete veneau dinspre școlari. Discursul se desfășura deja de vreo douăzeci de minute, cînd un mesager urcă grăbit la tribună și îi strecură vorbitorului o bucată de hîrtie. Acesta o desfăcu și o citi fără să-și întrerupă discursul. Tonul și comportamentul nu i se schimbară deloc și nici conținutul spuselor sale, dar, dintr-odată, numele deveniră altele. Un val de înțelegere străbătu mulțimea fără să se rostească vreun cuvînt. Oceania se războia cu Estasia! În clipa următoare se stîrni o agitație teribilă. Stindardele și afișele care decorau piața erau toate greșite! Aproape jumătate din ele aveau pe ele chipuri greșite. Era un sabotaj în toată regula! Agenții lui Goldstein acționaseră! Urmă un vacarm teribil, în care s-au smuls afișele de pe ziduri, iar stindardele au fost sfîșiate și călcate în picioare. Spionii au făcut adevărate minuni, s-au cățărat pe acoperișuri și au tăiat fanioanele care fluturau legate de hornuri. Însă după două sau trei minute totul s-a terminat. Cu o mînă încleștată în continuare pe microfon, cu umerii aplecați în față și cu mîna liberă înălțată în aer ca o gheară, oratorul își văzuse neîntrerupt de discurs. Peste încă un minut din mulțime izbucneau din nou răgete sălbatice de furie. Ura continuă la fel ca înainte, atîta doar că i se modificase ținta.

Cînd a rememorat scena, pe Winston l-a impresionat faptul că vorbitorul schimbase direcția discursului în mijlocul frazei, nu doar fără să se oprească, ci și fără să modifice sintaxa acesteia. La vremea respectivă însă îl preocupase altceva. În momentul acela de haos, în timp ce afișele erau sfîșiate, un bărbat a cărui față nici n-o văzuse îl bătuse ușor pe umăr și îi spusese „Mă scuzați, cred că v-a scăpat servieta". El luase servieta absent, fără să scoată vreo vorbă. Știa că nu va avea ocazia să se uite în ea decît peste cîteva zile. La terminarea demonstrației, se îndreptă imediat spre Ministerul Adevărului, deși era de-acum ora douăzeci și trei. Întreg personalul ministerului făcuse la fel. Ordinele transmise de tele-ecrane și care îi rechemau la posturile lor aproape că nu mai erau necesare.

Oceania era în război cu Estasia – Oceania fusese întotdeauna în război cu Estasia. O bună parte din textele politice apărute în ultimii cinci ani erau de-acum complet depășite. Rapoarte și documente de tot felul, ziare, cărți, broșuri, filme, coloane sonore, fotografii – toate trebuiau rectificate cu viteza luminii. Deși nu s-a trasat nici o directivă, se știa că șeful departamentului își propunea ca într-o săptămînă să nu mai apară nicăieri vreo referire la războiul cu Eurasia sau la alianța cu Estasia. Efortul era copleșitor, cu atît mai mult cu cît procesele pe care le presupunea nu puteau fi etichetate cu numele lor adevărate. Toți angajații Secției Arhive au muncit cîte optsprezece ore pe zi, cu două reprize de cîte trei ore de somn. Din beciuri s-au scos saltele, ce au fost instalate peste tot pe coridoare. Mesele constau din sendvișuri și cafea Victoria, aduse pe cărucioare cu rotile de angajații cantinei. De fiecare dată cînd se întrerupea din lucru pentru o repriză de somn, Winston încerca să-și termine sarcinile și să-și lase biroul curat, iar de fiecare dată cînd se tîra înapoi, cu pleoapele lipite și trupul îndurerat, descoperea că un nou șuvoi de suluri de hîrtie îi acoperise biroul ca un troian de zăpadă, îngropîndu-i pe jumătate dictatranscriptorul și revărsîndu-se pe jos, astfel că primul lucru pe care trebuia să-l facă era să le aranjeze în grămezi ordonate, ca să-și facă loc. Partea cu adevărat proastă era că munca nu era pur și simplu mecanică. Deseori se dovedea suficient să înlocuiască un nume cu altul, dar orice relatare detaliată a evenimentelor necesita atenție și imaginație. Chiar și cunoștințele de geografie de care aveai nevoie pentru a transfera războiul dintr-o parte într-alta a lumii erau considerabile.

În a treia zi ochii îl dureau deja insuportabil și trebuia să-și șteargă ochelarii la fiecare cîteva minute. Era ca și cum s-ar fi opintit să îndeplinească o sarcină fizică zdrobitoare, pe care ar fi avut dreptul s-o refuze, dar pe care se străduia s-o ducă la bun sfîrșit cu o nerăbdare nevrotică. Nu îl deranja că fiecare cuvînt pe care-l murmura în dictatranscriptor și fiecare însemnare făcută cu creionul chimic era o minciună voită – asta în măsura în care apuca să se gîndească la așa ceva. Era la fel de dornic ca toți ceilalți din secție să se asigure că falsul iese perfect. În dimineața celei de-a șasea zile șuvoiul de suluri se mai potoli. Timp de o jumătate de oră, din tub n-a mai ieșit nimic. Apoi încă un sul. Apoi nimic. Cam tot atunci intensitatea muncii a început să scadă peste tot. Un oftat adînc și cumva tainic a străbătut secția. Se înfăptuise o sarcină măreață, care nu putea fi menționată. De-acum devenise imposibil ca o ființă umană să demonstreze cu dovezi scrise că războiul cu Eurasia avusese vreodată loc. La ora douăsprezece s-a făcut anunțul neașteptat că toți angajații ministerului erau liberi pînă a doua zi dimineața. Cărînd în continuare servieta în care se afla *cartea* – și care în tot acest interval îi rămăsese între picioare în timp ce lucra și sub el în timp ce dormea –, Winston s-a dus acasă, s-a bărbierit și aproape a adormit în cadă, deși apa abia dacă era călîie.

Urcă scările pînă deasupra prăvăliei domnului Charrington cu un soi de pocnituri voluptuoase ale încheieturilor. Era obosit, dar nu îi mai era somn. Deschise fereastra, aprinse soba cu petrol mică și murdară și puse la fiert crăticioara cu apă pentru cafea. Julia avea să ajungă și ea în curînd. Între timp el avea *cartea*. Se așeză în fotoliul ponosit și deschise curelele servietei.

Un volum masiv, negru, legat amatoricește, fără nume sau titlu pe copertă. Tiparul părea și el oarecum dezordonat. Paginile erau roase pe la colțuri și se desprindeau ușor din legătură, iar cartea arăta ca și cînd ar fi trecut prin multe mîini. Pe pagina de titlu scria:

COLECTIVISMUL OLIGARHIC
- TEORIE ŞI PRACTICĂ -
de
Emmanuel Goldstein

Winston începu să citească.

Capitolul I
Ignoranţa este Putere

De-a lungul întregii istorii cunoscute şi probabil chiar de la sfîrşitul neoliticului, în lume au existat trei categorii de oameni: pătura de sus, pătura de mijloc şi pătura de jos. Au fost subîmpărţiţi în multe feluri şi au căpătat tot felul de nume, iar numărul acestora, precum şi comportamentul lor unii faţă de alţii au fluctuat de la o perioadă la alta. Cu toate acestea, structura de bază a societăţii nu s-a modificat niciodată. Chiar şi după unele transformări radicale şi schimbări aparent irevocabile, întotdeauna a părut să se restabilească acelaşi model, la fel cum un giroscop va reveni mereu în poziţia de echilibru, oricît de departe ar fi împins într-o direcţie sau alta.

Aspiraţiile acestor trei grupuri sînt absolut ireconciliabile...

Winston se opri din lectură, în primul rînd ca să savureze faptul că într-adevăr *citea*, în linişte şi siguranţă. Era singur: fără tele-ecran, fără vreo ureche lipită de gaura cheii, fără să simtă vreun impuls de a se uita peste umăr sau de a acoperi pagina cu mîna. Aerul blînd al verii îi mîngîia obrazul. De undeva din depărtare răzbăteau niște strigăte estompate de copii, iar în încăperea în care era el, în afară de sunetul de gîză al ceasului, nu se auzea nici un zgomot. Se cufundă mai adînc în fotoliu și puse picioarele pe grătarul de la șemineu. Asta era fericirea, era veșnicia. Brusc, așa cum ți se întîmplă uneori cu o carte pe care știi că o vei tot citi și reciti din scoarță în scoarță, o deschise într-un cu totul alt loc și se trezi la capitolul trei. Își continuă lectura:

Capitolul III

Războiul este Pace

Împărţirea lumii în trei mari superstate a fost un eveniment care ar fi putut fi – şi chiar a fost – prevăzut înainte de mijlocul secolului douăzeci. Practic, odată cu înghiţirea Europei de către Rusia şi a Imperiului Britanic de către Statele Unite, două dintre aceste trei puteri, Eurasia şi Oceania, existau deja. Cea de-a treia, Estasia, s-a conturat ca entitate aparte doar după încă un deceniu de lupte confuze. În unele locuri graniţele dintre cele trei superstate sînt trasate la întîmplare, iar în altele fluctuează în funcţie de evoluţia războiului, dar în general respectă anumite linii de demarcaţie geografice. Eurasia include întreaga parte de nord a masei continentale europene şi asiatice, din Portugalia pînă la Strîmtoarea Bering. Oceania încorporează Americile, insulele din Atlantic, inclusiv Insulele Britanice, Australasia şi partea de sud a Africii. Estasia, care e mai mică decît celelalte şi cu o graniţă de vest mai vag conturată, include China şi ţările de la sudul ei, insulele nipone şi o porţiune mare, dar fluctuantă, din Manciuria, Mongolia şi Tibet.

Într-o combinaţie sau alta, aceste trei superstate se află permanent în stare de război, o situaţie care durează de douăzeci şi cinci de ani. Războiul însă nu mai este lupta disperată şi nimicitoare din primele decenii ale secolului douăzeci. Este un război cu scopuri limitate, purtat de combatanţi care nu se pot distruge reciproc, nu au nici un motiv concret pentru a se război şi nu sînt separaţi de nici un fel de diferenţă ideologică autentică. Toate acestea nu înseamnă că maniera în care se desfăşoară războiul sau atitudinea dominantă faţă de el ar fi devenit mai puţin sîngeroasă sau mai nobilă. Dimpotrivă, isteria războiului continuă neîntrerupt în toate ţările, iar fapte precum violurile, jafurile, măcelărirea copiilor, înrobirea unor întregi populaţii şi represaliile împotriva prizonierilor, represalii care pot consta chiar în fierberea sau îngroparea lor de vii, sînt considerate fireşti, ba chiar meritorii, atunci cînd sînt comise de propria tabără şi nu de cea adversă. Într-un sens concret însă, războiul implică un număr foarte redus de oameni, în principal specialişti bine instruiţi, şi provoacă un număr relativ redus de victime. Luptele, atunci cînd au loc, se desfăşoară pe graniţele vagi a căror amplasare exactă omul de rînd nu poate decît s-o ghicească sau în jurul Fortăreţelor Plutitoare, care apără puncte strategice de pe culoarele maritime. În centrele de civilizaţie războiul nu înseamnă decît o penurie continuă a bunurilor de consum şi, din cînd în cînd, cîte o bombă cu reacţie, a cărei explozie poate cauza cîteva zeci de morţi. De fapt războiul şi-a schimbat specificul. Mai precis, motivele pentru care se duce războiul s-au modificat în ce priveşte ordinea importanţei. Motivele care se regăseau deja într-o măsură mai redusă în marile războaie ale începutului de secol douăzeci au devenit de-acum dominante, sînt recunoscute ca atare şi li se dă curs în mod conştient.

Pentru a înţelege natura prezentului război – căci, în ciuda regrupărilor care au loc la fiecare cîţiva ani, rămîne acelaşi război –, trebuie să înţelegem în primul rînd că un deznodămînt al său este imposibil. Nici unul din cele trei superstate nu poate fi cucerit cu totul, nici chiar de o alianţă a celorlalte două. Puterile lor sînt prea echilibrate, iar mijloacele naturale de apărare de care dispun sînt prea formidabile. Eurasia este apărată de întinderile sale vaste de teren, Oceania, de imensitatea Atlanticului şi Pacificului, Estasia, de fertilitatea şi hărnicia locuitorilor săi. În al doilea rînd, în plan material, nu mai au pentru ce să lupte. Odată cu crearea economiilor autosuficiente, în care producţia şi consumul sînt reglate una în funcţie de cealaltă, goana după pieţe de desfacere, una din principalele cauze ale războaielor precedente, a luat sfîrşit, în timp ce competiţia pentru materiile prime nu mai reprezintă o chestiune de viaţă şi de moarte. Şi, oricum, fiecare din cele trei superstate este atît de mare, încît poate obţine aproape toate materiile prime necesare din propriile teritorii. În măsura în care războiul are totuşi un scop economic clar, acesta este lupta pentru forţa de muncă. În interiorul frontierelor acestor superstate, însă fără a se afla permanent în posesia vreunuia dintre ele, se află un soi de patrulater cu colţurile în Tanger, Brazzaville, Darwin şi Hong Kong, în care trăieşte aproximativ o cincime din populaţia planetei. Motivul pentru care cele trei puteri se luptă încontinuu este controlul asupra acestor regiuni dens populate şi asupra calotei glaciare arctice. În realitate nici una dintre ele nu controlează vreodată întreaga zonă disputată. Bucăţi din ea îşi schimbă tot timpul stăpînul, iar ocazia de a pune mîna pe o zonă sau alta în urma unei trădări bruşte este şi motivul care dictează nesfîrşitele schimbări de alianţă.

Toate teritoriile disputate conţin minerale preţioase, iar unele dintre ele oferă importante produse vegetale, cum ar fi cauciucul, care în zonele cu climă mai rece trebuie produs sintetic, prin metode comparativ mai costisitoare. Însă, dincolo de toate astea, respectivele teritorii conţin o rezervă nelimitată de forţă de muncă ieftină. Puterea care controlează Africa Ecuatorială, ţările din Orientul Mijlociu, sudul Indiei sau arhipelagul indonezian dispune, de asemenea, de trupurile a multe sute de milioane de salahori harnici şi prost plătiţi. Locuitorii acestor zone, reduşi – mai mult sau mai puţin făţiş – la statutul de sclavi, trec întruna de la un cuceritor la altul şi sînt utilizaţi la fel ca o cantitate de cărbune sau petrol în cursa pentru producerea mai multor arme, cu care să cucerească mai multor teritorii şi astfel să controleze o forţă de muncă mai mare, cu care să producă mai multe arme, ca să cucerească mai multe teritorii şi astfel să controleze o forţă de muncă mai mare, cu care să producă mai multe arme, ca să cucerească mai multe teritorii şi aşa mai departe, la nesfîrşit. Trebuie să observăm că luptele propriu-zise nu se extind niciodată peste limitele zonelor disputate. Graniţele Eurasiei oscilează între bazinul fluviului Congo şi coasta de nord a Mediteranei, insulele din Oceanul Indian şi Pacific sînt întruna cucerite şi recucerite de Oceania sau de Estasia, în Mongolia linia de demarcaţie dintre Eurasia şi Estasia nu este niciodată stabilă, în jurul Polului toate cele trei puteri revendică teritorii enorme, care de fapt sînt în mare parte nelocuite şi neexplorate – şi, cu toate acestea, balanţa puterii e mereu aproximativ echilibrată, iar suprafaţa care reprezintă teritoriul de bază al fiecărui superstat rămîne întotdeauna inviolabilă. În plus, munca popoarelor exploatate din jurul Ecuatorului nici măcar nu este cu adevărat necesară economiei globale. Ea nu adaugă nimic la bogăţia planetei, deoarece tot ce se produce se utilizează pentru război, iar obiectivul principal al războiului este să te plasezi mereu într-o poziţie mai bună, din care să declanşezi un alt război. Prin munca lor, popoarele înrobite permit ca tempoul acestui război continuu să fie accelerat. Dar dacă ele n-ar exista, structura societății globale și procesul prin care ea se menține nu ar suferi vreo modificare esențială.

Scopul principal al războiului modern (care, în conformitate cu principiile *dublugîndirii*, este simultan recunoscut și nerecunoscut de către mințile conducătoare din cadrul Partidului Interior) este de a utiliza produsele fabricate fără a ridica nivelul general de trai. De la sfîrșitul secolului al nouăsprezecelea, problema surplusului de bunuri de consum a fost o constantă a societății industriale. Evident, în momentul de față, cînd puțini oameni au suficientă mîncare, această problemă nu este una stringentă și probabil că nu ar fi devenit stringentă nici dacă n-ar fi fost puse în acțiune procesele artificiale de distrugere. În comparație cu lumea de dinainte de 1914 și, mai mult, în comparație cu viitorul imaginar pe care cei care au trăit în acea perioadă îl așteptau cu nerăbdare, lumea de azi este un univers despuiat, înfometat și degradat. La începutul secolului douăzeci, viziunea unei societății viitoare incredibil de bogate, relaxate, ordonate și eficiente – o strălucitoare lume antiseptică din sticlă, oțel și beton alb ca zăpada – era o componentă a conștiinței majorității persoanelor alfabetizate. Știința și tehnologia se dezvoltau cu o viteză uimitoare și părea firesc să se presupună că vor continua să se dezvolte. Dar asta nu s-a întîmplat, pe de o parte din cauza sărăciei cauzate de o lungă serie de războaie și revoluții, iar pe de altă parte din cauză că progresul științific și tehnologic depinde de un exercițiu al gîndirii empirice care nu poate supraviețui într-o societate strict înregimentată. Pe ansamblu, lumea de azi este mai primitivă decît cea de acum cincizeci de ani. Unele domenii înapoiate au făcut progrese şi au fost dezvoltate anumite dispozitive, legate invariabil de război şi activitățile de spionaj ale poliției, dar experimentele şi invențiile au încetat aproape în totalitate, iar distrugerile provocate de războiul atomic din anii '50 nu au fost niciodată ameliorate pe deplin. Cu toate acestea, pericolele inerente mecanizării există încă. Din momentul în care au apărut maşinăriile, tuturor celor cu mintea limpede le-a fost clar că necesitatea muncii omeneşti istovitoare şi, într-o mare măsură, necesitatea inegalității dintre oameni dispăruseră. Dacă maşinăriile ar fi utilizate voit în scopul acesta, foametea, munca în exces, mizeria, analfabetismul şi bolile ar putea fi eliminate în cîteva generații. De fapt, chiar şi fără a fi utilizate în acest scop, doar printr-un proces oarecum automat de generare a unei avuții care ar fi fost imposibil să nu se distribuie, la sfîrşitul secolului al nouăsprezecelea şi începutul secolului douăzeci maşinăriile au îmbunătățit semnificativ nivelul de trai al omului de rînd timp de vreo cincizeci de ani.

În acelaşi timp însă a devenit limpede că o creştere generală a avuției amenința cu distrugerea – şi, într-un fel, reprezenta chiar distrugerea – societății ierarhice. Într-o lume în care întreaga populație ar fi avut program de lucru scurt, ar fi avut suficientă mîncare, ar fi locuit într-o casă cu baie şi frigider şi ar fi deţinut o maşină sau chiar un avion, forma cea mai evidentă şi, probabil, cea mai importantă de inegalitate ar fi dispărut. Dacă devenea generalizată, bogăţia nu avea să mai confere nici o distincţie. Evident, se putea imagina o societate în care *avuţia* – înţeleasă ca proprietate asupra bunurilor şi articolelor de lux personale – să fie distribuită echitabil, în timp ce *puterea* să rămînă în mîinile unei mici caste privilegiate. În practică însă o asemenea societate nu şi-ar fi menţinut stabilitatea prea multă vreme. Dacă toată lumea s-ar bucura în egală măsură de siguranţă şi confort, acea masă imensă de oameni care de obicei rămîn îndobitociţi de sărăcie s-ar educa şi ar învăţa să gîndească pe cont propriu, iar odată ce-ar face aşa ceva, mai devreme sau mai tîrziu şi-ar da seama că minoritatea privilegiată nu are absolut nici un rost şi ar desfiinţa-o. Pe termen lung, o societate ierarhică nu este posibilă decît dacă e întemeiată pe sărăcie şi ignoranţă. Întoarcerea la un trecut agricol, visată de unii gînditori de la începutul secolului douăzeci, nu reprezenta o soluţie practică. Intra în conflict cu tendinţa spre mecanizare, care devenise aproape instinctivă cam la toată lumea, şi, în plus, orice ţară care ar fi rămas înapoiată în plan industrial rămînea neputincioasă şi din punct de vedere militar, fiind astfel inevitabil sortită să fie dominată, direct sau indirect, de rivalele ei mai avansate.

Pe de altă parte, nici încercarea de a ține marea masă a populației în sărăcie prin limitarea producției de bunuri nu reprezenta o soluție satisfăcătoare. În mare măsură, asta s-a întîmplat în ultima fază a capitalismului, aproximativ între 1920 și 1940. Economiile multor țări au fost lăsate să stagneze, terenurile au încetat să mai fie cultivate, mijloacele de producție nu s-au mai extins și segmente semnificative ale populației au fost împiedicate să lucreze, fiind menținute în viață doar prin mila statului. Doar că, la rîndul ei, această abordare ducea și ea la slăbiciune din punct de vedere militar și, deoarece lipsurile pe care le impunea erau evident inutile, era sortită să întîmpine destulă opoziție. Problema o reprezenta menținerea în mișcare a roților industriei fără a spori avuția reală a lumii. Bunurile trebuie produse, dar nu și distribuite. Practic, singura modalitate de a atinge acest obiectiv s-a dovedit a fi războiul continuu.

Rezultatul fundamental al războiului este distrugerea — nu neapărat distrugerea de vieți omenești, ci distrugerea produselor muncii omenești. Războiul reprezintă modalitatea prin care sînt făcute bucăți, împrăștiate în stratosferă sau scufundate în adîncurile mării materialele care altfel ar putea fi utilizate pentru a le furniza maselor de oameni un exces de confort, ceea ce, pe termen lung, i-ar face să devină prea inteligenți. Chiar și atunci cînd armele de luptă nu sînt de fapt distruse, fabricarea lor rămîne o modalitate convenabilă de a utiliza forța de muncă fără a produce nimic care să poată fi consumat. De exemplu, o Fortăreață Plutitoare presupune un volum de muncă suficient de mare pentru a construi cîteva sute de cargoboturi. Într-un final, după ce nu va fi adus nici un profit material nimănui, ea va fi casată pentru că e depășită, iar apoi, cu alte eforturi enorme, se va construi o nouă Fortăreață Plutitoare. În principiu, efortul de război este planificat mereu în așa fel încît să consume orice surplus ce ar putea rămîne după satisfacerea nevoilor de bază ale populației. În practică, nevoile populației sînt întotdeauna subestimate, rezultatul fiind o penurie cronică la jumătate din produsele de bază. Numai că această situație este considerată un avantaj. Există o politică voită de menținere undeva aproape de pragul sărăciei chiar și a grupurile favorizate, deoarece o stare de lipsuri generalizate crește importanța micilor privilegii și accentuează astfel diferența dintre un grup și altul. Prin comparație cu standardele de la începutul secolului douăzeci, chiar și un membru al Partidului Interior duce o viață austeră și laborioasă. Cu toate acestea, cele cîteva privilegii de care se bucură — un apartament mare și bine mobilat, haine croite din materiale mai bune, mîncare, băutură și tutun de calitate mai ridicată, cei doi sau trei servitori, mașina sau elicopterul personal — îl plasează într-o altă lume decît cea a unui membru al Partidului Exterior, iar membrii Partidului Exterior se bucură de avantaje asemănătoare în comparație cu masele oprimate cărora le spunem „proli". Atmosfera din societate este una de oraş asediat, unde deţinerea unei hălci de carne de cal reprezintă diferenţa dintre bogăţie şi sărăcie. În acelaşi timp, conştientizarea stării de război şi, în consecinţă, a pericolului permanent face ca transferul întregii puteri către o castă mică să pară o condiţie firească şi inevitabilă a supravieţuirii.

După cum se va vedea, războiul nu doar înfăptuieşte distrugerile necesare, ci o face într-o modalitate acceptabilă din punct de vedere psihologic. În principiu, ar fi foarte simplu ca surplusul de muncă din lume să fie irosit construind temple şi piramide, săpînd gropi care să fie apoi umplute din nou sau chiar producînd cantităţi vaste de bunuri, cărora să li se dea apoi foc. O asemenea metodă însă ar asigura numai o bază economică, nu şi una emoţională pentru o societate ierarhică. Aici nu contează moralul maselor, a căror atitudine nu are vreo importanţă atîta timp cît sînt puse constant la muncă, ci moralul Partidului însuşi. Pînă şi de la cel mai umil membru de Partid se aşteaptă să fie competent, harnic şi chiar inteligent – în nişte limite stricte –, dar este, de asemenea, necesar să fie un fanatic ignorant şi credul, ale cărui sentimente dominante să fie teama, ura, adulaţia şi triumful orgiastic. Cu alte cuvinte, el trebuie să aibă mentalitatea potrivită stării de război. Nu contează dacă războiul are cu adevărat loc şi, din moment ce nici o victorie decisivă nu este posibilă, nu contează dacă războiul merge bine sau prost. Nu trebuie decît să existe o stare de război. Compartimentarea inteligenţei, pe care Partidul o pretinde membrilor săi şi care este mai uşor de obţinut într-o atmosferă de război, este de-acum aproape universală, dar devine cu atît mai pronunţată cu cît un individ e plasat mai sus în ierarhie. Isteria războinică şi ura faţă de duşman sînt mai puternice tocmai în cadrul Partidului Interior. În calitatea sa de administrator, de multe ori un membru al Partidului Interior trebuie să ştie că o ştire sau alta de pe front nu este adevărată, ba chiar poate fi conştient de faptul că întregul război este o prefăcătorie şi că fie nu are loc, fie e purtat în nişte scopuri complet diferite de cele declarate. O astfel de cunoaştere este însă neutralizată cu uşurinţă de tehnica *dublugîndirii*. Ca atare, nici unui membru al Partidului Interior nu i se va clătina vreo clipă credinţa mistică în faptul că războiul *este* real şi că nu-l pot încheia altfel decît victorioşi, cu Oceania în poziţia de stăpîn incontestabil al întregii lumi.

Încrederea în această izbîndă viitoare este un articol de credinţă pentru toţi membrii Partidului Interior. Ea va fi obţinută fie prin cucerirea treptată a tot mai multe teritorii şi, în consecinţă, prin acumularea unei puteri imposibil de contracarat, fie prin descoperirea unei arme noi şi imbatabile. Căutarea unor noi arme continuă neîntrerupt şi rămîne una din puţinele activităţi în care o minte inventivă sau speculativă îşi poate găsi debuşeul. La ora actuală, în Oceania, ştiinţa, în vechiul înţeles al cuvîntului, aproape că a încetat să mai existe. În neolimbă nu există un cuvînt pentru „ştiinţă". Metoda empirică de gîndire, care în trecut a stat la baza tuturor realizărilor ştiinţifice, este contrară principiilor fundamentale ale Soceng. Chiar şi progresul tehnologic are loc doar atunci cînd produsele acestuia pot fi utilizate cumva în scopul limitării libertăţii umane. În ce priveşte îndeletnicirile utile, lumea fie stă pe loc, fie regresează. Cîmpurile sînt cultivate cu pluguri trase de cai, în timp ce cărţile sînt scrise de maşini. Însă în tot ce ţine de chestiunile de importanţă vitală – adică războiul şi spionajul poliţiei – abordarea empirică este încă încurajată sau cel puţin tolerată. Cele două scopuri ale Partidului sînt să cucerească întreaga suprafaţă a planetei şi să suprime, odată pentru totdeauna, posibilitatea gîndirii independente. Ca urmare, există două probleme majore pe care Partidul este interesat să le rezolve. Una este cum să descopere ce gîndeşte o persoană, în ciuda voinţei acesteia, iar cealaltă, cum să omoare cîteva sute de milioane de oameni în cîteva secunde şi fără nici un fel de avertisment. În măsura în care mai există cercetare ştiinţifică, cu asta se ocupă ea. Omul de ştiinţă din prezent este fie un amestec de psiholog şi inchizitor, care studiază cu o extraordinară acribie semnificaţia expresiilor faciale, a gesturilor şi tonurilor vocii şi testează cît de eficace sînt anumite substanţe chimice, terapia de şoc, hipnoza şi tortura în vederea obţinerii adevărului, fie chimist, fizician sau biolog activînd doar în acele ramuri ale domeniului său care sînt relevante pentru nimicirea de vieți. În vastele laboratoare din Ministerul Păcii și în stațiile experimentale ascunse în pădurile braziliene, în deșertul australian sau în vreo insulă pierdută prin Antarctica, echipe de experți trudesc neobosit. Unii dintre ei se ocupă doar de planificarea logisticii viitoarelor războaie, alții concep bombe cu reacție tot mai mari, explozibili tot mai puternici și blindaje tot mai impenetrabile, alții caută să producă gaze noi și tot mai ucigașe sau otrăvuri solubile, care să poată fi fabricate în cantități suficient de mari ca să distrugă vegetația unor întregi continente, sau agenți patogeni noi, imunizați împotriva tuturor anticorpilor posibili, alții se străduiesc să construiască un vehicul care să-și poată croi drum pe sub pămînt la fel ca un submarin pe sub apă ori un avion la fel de independent de bază ca un vapor, în vreme ce alții investighează posibilități și mai îndepărtate, cum ar fi concentrarea razelor soarelui prin lentile suspendate în spațiu, la mii de kilometri depărtare, ori generarea artificială de cutremure și *tsunami*-uri prin intermediul căldurii din centrul planetei.

Însă nici unul din aceste proiecte nu se apropie vreodată de finalizare și nici unul din cele trei superstate nu obține vreun avantaj semnificativ în fața celorlalte. Mai remarcabil este faptul că toate cele trei puteri au deja bomba atomică, o armă mult mai puternică decît orice ar putea descoperi cercetările lor prezente. Deși, așa cum îi stă în obicei, Partidul își revendică inventarea lor, bombele atomice au apărut de fapt la începutul anilor o mie nouă sute patruzeci şi au fost utilizate pentru prima dată pe scară largă după vreo zece ani. La vremea aceea au fost aruncate sute de bombe, în principal asupra unor centre industriale din Rusia europeană, Europa Occidentală şi America de Nord. Urmarea a fost că grupurile aflate la conducerea tuturor țărilor s-au convins că alte cîteva bombe atomice în plus ar putea însemna sfîrşitul societății organizate şi, ca urmare, al propriei lor puteri. După aceea nu s-au mai lansat bombe atomice, deşi nu s-a încheiat niciodată vreun acord oficial şi nimeni n-a făcut măcar o aluzie la aşa ceva. Toate cele trei puteri continuă să producă bombe atomice şi să le stocheze pentru ocazia decisivă, despre care toți sînt convinşi că se va ivi odată, mai devreme sau mai tîrziu. Între timp, în ultimii treizeci sau patruzeci de ani arta războiului a rămas aproape neschimbată. Elicopterele sînt mai utilizate decît în trecut, avioanele de bombardament au fost înlocuite în mare parte de proiectile cu autopropulsie şi fragila navă de război mobilă a lăsat locul Fortăreței Plutitoare, care este aproape imposibil de scufundat. În alte privințe însă nu au avut loc mari schimbări. Se folosesc în continuare tancuri, submarine, torpile, mitraliere, ba chiar şi puşti şi grenade de mînă. Şi, în ciuda nesfîrşitelor măceluri relatate în presă şi pe tele-ecrane, nu se mai repetă niciodată bătăliile crîncene din războaiele anterioare, în care adesea sute de mii sau chiar milioane de oameni erau ucişi în doar cîteva săptămîni.

Nici unul din cele trei superstate nu încearcă niciodată vreo manevră care ar implica riscul unei înfrîngeri serioase. Cînd are loc vreo operaţiune mai de amploare, de obicei ea constă într-un atac surpriză împotriva unui aliat. Strategia pe care cele trei puteri o pun în aplicare – sau se conving că o pun în aplicare – este identică. Planul lor este ca, printr-o combinaţie de lupte, negocieri şi trădări comise la momentul oportun, să se creeze un cerc de baze militare care să împresoare complet unul sau altul dintre statele rivale şi apoi să se semneze un acord de prietenie şi să se păstreze pacea atîţia ani cît se va dovedi necesar ca să se adoarmă bănuielile inamicului. În acest timp, în toate punctele strategice se pot asambla rachete încărcate cu bombe atomice, iar în final acestea vor fi lansate toate simultan, cu nişte efecte atît de devastatoare, încît represaliile vor fi imposibile. Atunci va fi momentul să se semneze un acord de prietenie cu superputerea rămasă, în vederea pregătirii unui alt atac. Nici nu mai e cazul să spunem că acest plan este pură fantezie şi că e imposibil de realizat. În plus, în afara zonelor disputate din jurul Ecuatorului şi Polului, nicăieri nu au loc nici un fel de lupte şi nu se lansează niciodată vreo invazie asupra vreunui teritoriu străin. Aşa se explică de ce pe alocuri frontierele dintre superstate sînt aleatorii. De exemplu, Eurasia ar putea cuceri cu uşurinţă Insulele Britanice, care – strict geografic – fac parte din Europa, sau, pe de altă parte, Oceania şi-ar putea împinge frontierele pînă la Rin sau chiar pînă la Vistula. Aşa ceva însă ar viola principiul integrităţii culturale, principiu pe care toate părţile îl respectă, deşi n-a fost formulat niciodată. Dacă Oceania ar ajunge să cucerească teritoriile cunoscute cîndva sub numele de Franţa şi Germania, ar trebui fie să extermine locuitorii, o sarcină concretă de mare dificultate, fie să asimileze o populaţie de aproximativ o sută de milioane de oameni care, în privinţa dezvoltării tehnologice, sînt cam la acelaşi nivel cu Oceania. Toate cele trei superstate au aceeaşi problemă. Este absolut esenţial pentru structura lor să nu intre în contact cu străinii decît într-o măsură limitată, cu prizonierii de război şi sclavii de culoare. Chiar şi aliatul oficial al momentului este privit întotdeauna cu o suspiciune profundă. Cu excepţia prizonierilor de război, cetăţeanul de rînd al Oceaniei nu vede niciodată vreun cetăţean al Eurasiei sau Estasiei, iar cunoaşterea limbilor străine îi este interzisă. Dacă i s-ar permite contactul cu străinii, ar descoperi că sînt nişte fiinţe care îi seamănă foarte mult şi că majoritatea lucrurilor care i s-au spus despre ei sînt minciuni. Lumea ermetică în care trăieşte ar fi distrusă, iar teama, ura şi făţărnicia de care depinde moralul său s-ar putea evapora. Prin urmare, toate părţile înţeleg foarte bine că, indiferent cît de des şi-ar schimba stăpînii Persia, Egiptul, Java sau Ceylonul, frontierele principale nu trebuie depăşite niciodată de nimic altceva în afară de bombe.

În substratul acestei situaţii se află un fapt care nu e menţionat niciodată cu voce tare, dar care e înţeles şi respectat tacit, şi anume că în toate cele trei superstate condiţiile de trai sînt foarte asemănătoare. În Oceania filosofia dominantă se numeşte Soceng, în Eurasia se numeşte neobolşevism, iar în Estasia ea poartă un nume chinezesc care se traduce de obicei prin Cultul Morţii, dar este mai corect redat prin Eradicarea Sinelui. Cetăţenilor Oceaniei nu li se permite să ştie ceva despre principiile celorlalte două filosofii, dar sînt învăţaţi să le deteste ca pe nişte ultraje barbare la adresa moralităţii şi bunului-simţ. În realitate, cele trei filosofii abia dacă se pot deosebi, iar sistemele sociale pe care le susţin nu se deosebesc deloc. Peste tot există aceeaşi structură piramidală, aceeaşi venerare a unui conducător semidivin, aceeaşi economie susţinută prin şi pentru un război continuu. În consecinţă, aceste trei superstate nu numai că nu se pot cuceri unul pe altul, dar nici nu ar cîştiga ceva dacă ar face-o. Dimpotrivă, atîta timp cît rămîn în stare de război, se susţin unul pe altul, ca trei snopi de grîu. Şi, ca de obicei, grupurile aflate la conducerea tuturor celor trei puteri sînt simultan conştiente şi inconştiente de ceea ce fac. Îşi dedică vieţile ţelului de a cuceri lumea, dar, în acelaşi timp, ştiu că e necesar ca războiul să continue la nesfîrşit, fără victorie. Deocamdată faptul că *nu există* vreun pericol de cucerire face posibilă negarea realităţii, care constituie trăsătura definitorie a Soceng şi a sistemelor de gîndire rivale. Aici e necesar să se repete ce s-a spus mai devreme, anume că, atunci cînd a devenit continuu, războiul şi-a modificat fundamental caracterul.

În vremurile de demult, războiul a fost – aproape prin definiţie – ceva ce, mai devreme sau mai tîrziu, se sfîrşea, de obicei cu o victorie sau înfrîngere clară. Tot în vremurile de demult războiul a reprezentat una din principalele modalităţi prin care societăţile omeneşti păstrau legătura cu realitatea concretă. Conducătorii din toate epocile au încercat să le impună supuşilor lor o perspectivă falsă asupra lumii, dar nu şi-au putut permite să încurajeze vreo iluzie care le-ar fi slăbit eficienţa militară. Atîta timp cît înfrîngerea însemna pierderea independenţei sau vreun alt rezultat considerat de nedorit, precauţiile luate pentru a evita acea înfrîngere trebuiau să fie serioase. Faptele concrete nu puteau fi ignorate. În filosofie sau religie, în etică sau politică, doi plus doi puteau face cinci, dar cînd proiectai o puşcă sau un avion, trebuia să facă patru. Mai devreme sau mai tîrziu, naţiunile ineficiente erau întotdeauna cucerite, iar eforturile menite să crească eficienţa nu erau compatibile cu iluziile. În plus, pentru a fi eficient, trebuia să poţi învăţa din trecut, ceea ce presupunea să ai o idee relativ precisă despre întîmplările trecutului. Evident, ziarele şi cărţile de istorie au fost întotdeauna pline de nuanţe şi prejudecăţi, dar falsificări de genul celor practicate azi nu ar fi fost posibile. Războiul reprezenta un garant al sănătăţii mintale, iar în cazul claselor conducătoare era, probabil, cel mai important garant. Atîta timp cît războaiele se cîştigau sau se pierdeau, nici o clasă conducătoare nu putea deveni complet iresponsabilă.

Dar cînd războiul devine efectiv continuu, el încetează să mai fie periculos. Cînd războiul este continuu, nu mai există necesitate militară. Progresul tehnic poate înceta, iar cele mai palpabile fapte pot fi negate sau ignorate. După cum am arătat, încă se mai fac cercetări care s-ar putea numi ştiinţifice în scopuri războinice, dar ele nu sînt decît un soi de visare cu ochii deschişi, iar faptul că nu produc rezultate n-are nici o importanţă. Eficienţa nu mai este necesară nici măcar în forma sa militară. În Oceania nimic nu este eficient, în afară de Poliţia Gîndirii. Din moment ce sînt invincibile, cele trei superstate rămîn de fapt nişte universuri separate, în care se pot pune în practică fără nici un risc orice denaturări ale gîndirii. Realitatea nu-şi exercită presiunea decît prin nevoile vieţii cotidiene – nevoia de a mînca şi de a bea, de a găsi un adăpost şi îmbrăcăminte, de a evita să înghiţi otravă sau să ieşi pe ferestrele de la etajele superioare şi altele de acest fel. Există încă o diferenţă între viaţă şi moarte, precum şi între plăcerea fizică şi durerea fizică, dar nimic mai mult. Izolat de lumea înconjurătoare şi de trecut, cetăţeanul Oceaniei este ca un om în spaţiul interstelar, care nu are cum să ştie unde e susul şi unde e josul. Conducătorii unui astfel de stat au o putere absolută, aşa cum faraonii sau cezarii nu au putut avea niciodată. Ei au obligația de a nu-și lăsa supușii să moară de foame într-un număr supărător de mare, precum și obligația de a rămîne la același nivel scăzut de tehnică militară ca și rivalii lor, însă odată ce acest minimum a fost îndeplinit, au libertatea de a deforma realitatea oricum doresc.

Așadar, dacă judecăm după standardele războaielor precedente, acest război nu este decît o impostură. Seamănă cu luptele dintre anumite rumegătoare, ale căror coarne sînt plasate într-un unghi ce face imposibilă rănirea reciprocă. Faptul că războiul nu este real nu înseamnă însă că e și lipsit de sens. Prin intermediul lui se elimină surplusul de bunuri de consum și se menține atmosfera mentală necesară unei societăți ierarhice. După cum se va vedea, războiul a devenit de-acum o chestiune exclusiv internă. În trecut, chiar dacă își recunoșteau interesele comune și, în consecință, limitau caracterul distrugător al războiului, clasele conducătoare din toate țările luptau unele împotriva celorlalte, iar învingătorii îi jefuiau pe cei învinși. În zilele noastre clasele conducătoare nu luptă deloc între ele. Războiul este purtat de fiecare clasă conducătoare împotriva propriilor supuși, iar scopul războiului nu este acela de a cuceri sau de a evita cucerirea unor teritorii, ci de a păstra intactă structura societății. Ca atare, însuși cuvîntul „război" a devenit înșelător. Probabil ar fi mai corect să spunem că, odată ce a devenit continuu, războiul a încetat să existe. Presiunea specifică pe care a exercitat-o asupra fiinţelor umane încă din epoca neolitică şi pînă la începutul secolului douăzeci a dispărut şi a fost înlocuită de ceva cu totul diferit. Dacă, în loc să se războiască, aceste trei superstate ar conveni să conviețuiască într-o pace continuă, fiecare rămînînd inviolabil în interiorul propriilor granițe, efectul ar fi aproximativ acelaşi. Căci într-o asemenea situaţie fiecare ar rămîne un univers de sine stătător, eliberat pentru totdeauna de influenţa înviorătoare a pericolului extern. O pace cu adevărat permanentă ar fi totuna cu un război permanent. Deşi vasta majoritate a membrilor de Partid o înţeleg doar într-un sens mai superficial, aceasta este semnificaţia profundă a sloganului Partidului, *Războiul este Pace*.

Winston se opri o clipă din citit. Undeva în depărtare se auzi bubuitul unei bombe. Senzația aceea de fericire dată de faptul că era singur, cu o carte interzisă, într-o încăpere fără tele-ecran, nu i se estompase. Singurătatea și siguranța erau senzații fizice, care se amestecau cumva cu oboseala trupului, moliciunea fotoliului, atingerea adierii ușoare de-afară, care îi mîngîia obrazul. Cartea îl fascina sau, mai precis, îl liniștea. Într-un fel, nu-i spunea nimic nou, dar asta făcea parte din farmecul ei. Spunea exact ce ar fi spus și el dacă ar fi putut să-și pună ordine în gîndurile împrăștiate. Era produsul unei minți asemănătoare cu a lui, dar mult mai puternică, mai sistematică, mai puțin dominată de teamă. Cele mai bune cărți, își dădu el seama, sînt cele care îți spun ceea ce știi deja. Tocmai se întorsese la capitolul I, cînd auzi pașii Juliei pe trepte și se ridică din fotoliu ca s-o întîmpine. Ea își azvîrli trusa de scule maronie pe jos și i se aruncă în brațe. Trecuse mai mult de o săptămînă de cînd nu se mai văzuseră.

— Am *cartea*, zise el cînd se desprinseră din îmbrățișare.

— A, da? Bine, răspunse ea fără prea mare interes și îngenunche aproape imediat lîngă soba de petrol, ca să fiarbă cafeaua.

Nu reveniră la subiect decît după vreo jumătate de oră petrecută în pat. Seara era suficient de răcoroasă ca să merite să se acopere cu cuvertura. De jos se auzeau, ca de obicei, cîntatul și tîrșîitul de ghete pe dalele de piatră. Femeia masivă și cu brațele înroșite pe care Winston o văzuse la prima lui vizită era o prezență constantă în curte. Nu părea să existe moment al zilei în care să nu mărșăluiască de la covată la frînghia de rufe și înapoi, cînd cu gura plină de cîrlige de rufe, cînd izbucnind în cîntece voluptuoase. Julia se întinsese pe-o parte și părea deja pe punctul de a adormi. El se întinse după *cartea* care zăcea pe jos și se ridică în capul oaselor, sprijinindu-se de căpătîiul patului.

— Trebuie s-o citim, spuse el. Și tu. Toți membrii Frăției trebuie s-o citească.

— Citește-o tu, îi răspunse ea cu ochii închiși. Citește-o cu voce tare. Așa-i cel mai bine. Poți să mi-o explici pe parcurs.

Acele ceasornicului arătau ora șase, adică optsprezece. Mai aveau trei sau patru ore în față. Winston își propti cartea pe genunchi și începu să citească:

Capitolul I

Ignoranța este Putere

De-a lungul întregii istorii cunoscute și probabil chiar de la sfîrșitul neoliticului, în lume au existat trei categorii de oameni: pătura de sus, pătura de mijloc şi pătura de jos. Au fost subîmpărţiţi în multe feluri şi au căpătat tot felul de nume, iar numărul acestora, precum şi comportamentul lor unii faţă de alţii au fluctuat de la o perioadă la alta. Cu toate acestea, structura de bază a societăţii nu s-a modificat niciodată. Chiar şi după unele transformări radicale şi schimbări aparent irevocabile, întotdeauna a părut să se restabilească acelaşi model, la fel cum un giroscop va reveni mereu în poziţia de echilibru, oricît de departe ar fi împins într-o direcţie sau alta.

— Julia, ești trează? întrebă Winston.

— Da, iubitule, ascult. Continuă. E minunat.

Winston își continuă lectura:

Aspiraţiile acestor trei grupuri sînt absolut ireconciliabile. Scopul celor de sus este de a rămîne unde sînt. Scopul celor din mijloc este să le ia locul celor de sus. Scopul celor de jos, atunci cînd au un scop – căci trăsătura caracteristică a celor de jos este că sînt atît de copleşiţi de corvezi, încît nu sînt conştienţi decît sporadic de ce se întîmplă dincolo de viaţa lor de zi cu zi – este de a aboli orice diferenţă şi de a crea o societate în care toţi oamenii să fie egali. Ca urmare, de-a lungul istoriei se repetă permanent un conflict care rămîne neschimbat în datele sale esenţiale. Perioade îndelungate de timp cei din pătura de sus par să deţină confortabil puterea, dar, mai devreme sau mai tîrziu, vine întotdeauna un moment cînd îşi pierd fie încrederea în ei înşişi, fie capacitatea de a guverna eficient, fie ambele. După aceea sînt înlăturați de la putere de cei din mijloc, care îi atrag de partea lor pe cei de jos, prefăcîndu-se că luptă pentru libertate şi dreptate. De îndată ce şi-au atins obiectivele, cei din pătura de mijloc îi aruncă iarăşi pe cei de jos în starea de robie de dinainte, iar ei devin pătura de sus. Imediat după asta, dintr-unul din celelalte grupuri sau din ambele se desprinde o nouă pătură de mijloc şi lupta începe iar. Dintre cele trei clase sociale, numai cea de jos nu reuşeşte niciodată, nici măcar temporar, să-şi atingă scopurile. Ar fi o exagerare să spunem că de-a lungul istoriei n-a existat nici un progres de natură materială. Chiar şi azi, într-o perioadă de declin, omul de rînd e într-o formă fizică mai bună decît cu cîteva secole în urmă. Dar nici un plus de prosperitate, nici o îmblînzire a comportamentului, nici o reformă şi nici o revoluție nu au adus nici măcar cu un milimetru mai aproape de împlinire dezideratul egalității între oameni. Pentru cei din pătura de jos, nici o transformare istorică nu a însemnat altceva decît o schimbare a numelor celor care-i stăpînesc.

Pe la sfîrşitul secolului al nouăsprezecelea recurența acestui model le-a devenit clară multor observatori. Au apărut apoi şcoli de gîndire care au văzut istoria ca pe un proces ciclic şi au susținut că inegalitatea este legea de nestrămutat a vieții umane. Această doctrină a avut, bineînțeles, dintotdeauna adepți, dar în varianta avansată acum exista o modificare fundamentală. În trecut nevoia unei societăți ierarhice a fost în special doctrina celor din pătura de sus. Au propovăduit-o regii şi nobilii, precum şi preoţii, avocaţii şi alţii asemenea, care îi parazitau pe cei dintîi, şi a fost în general atenuată prin promisiuni de răsplată într-o lume imaginară de dincolo de mormînt. Atîta timp cît lupta pentru putere, pătura de mijloc a utilizat întotdeauna concepte cum ar fi libertatea, dreptatea şi fraternitatea. Acum însă conceptul de frăţie umană a început să fie asaltat de cei care nu se aflau încă în poziţii de conducere, ci doar sperau să ajungă în curînd acolo. În trecut pătura de mijloc stîrnise revoluţii sub stindardul egalităţii, după care instaurase o nouă tiranie imediat după răsturnarea celei vechi. Noile pături de mijloc îşi proclamau practic tirania încă dinainte. Socialismul, o teorie care a apărut la începutul secolului al nouăsprezecelea şi care a reprezentat ultima verigă dintr-un lanţ de idei ce se întinde în trecut pînă la răscoalele sclavilor din Antichitate, era încă profund pătruns de viziunea utopică a epocilor precedente. Însă toate variantele de socialism apărute cam de pe la începutul anilor 1900 au abandonat tot mai făţiş ţelul de a instaura libertatea şi egalitatea. Noile mişcări create la jumătatea secolului – Soceng în Oceania, neobolşevismul în Eurasia, Cultul Morţii, cum i se spune de obicei, în Estasia – au avut ca scop declarat perpetuarea *ne*libertăţii şi *in*egalităţii. Evident, aceste mişcări noi au răsărit din cele vechi şi au avut tendinţa să le păstreze numele şi să pretindă că le respectă ideologia. Dar scopul tuturor a fost să oprească progresul şi să încremenească istoria într-un anumit moment. Obişnuita oscilaţie a pendulului avea să se mai petreacă o dată, după care urma să se oprească. Cei de sus urmau să fie alungaţi, ca de obicei, de către cei de la mijloc, care urmau să devină cei de sus, dar de data aceasta, printr-o strategie conştientă, cei de sus aveau să-şi menţină permanent poziţia.

Noile doctrine au apărut în parte datorită acumulării de cunoştinţe istorice şi creşterii nivelului de înţelegere a istoriei, aspecte care aproape că nu existaseră înainte de secolul al nouăsprezecelea. De-acum cursul ciclic al istoriei era — sau părea să fie — inteligibil, iar dacă era inteligibil, putea fi şi modificat. Dar cauza principală, fundamentală, a fost aceea că încă de la începutul secolului douăzeci egalitatea între oameni devenise posibilă în principiu. Era în continuare adevărat că oamenii nu erau egali în privinţa înzestrărilor naturale şi că funcţiunile sociale impuneau moduri de specializare care îi avantajau pe unii în defavoarea altora, dar diferenţele de clasă sau discrepanţele mari de avere nu se mai justificau în nici un fel. În epocile anterioare diferenţele de clasă fuseseră nu doar inevitabile, ci şi dezirabile. Inegalitatea a fost preţul plătit pentru civilizaţie. Însă odată cu dezvoltarea producţiei mecanizate, situaţia s-a schimbat. Deşi era în continuare necesar ca fiinţele umane să facă munci diferite, ele nu mai trebuiau să trăiască la niveluri sociale şi economice diferite.

Aşadar, din punctul de vedere al noilor grupuri care erau pe cale să preia puterea, egalitatea dintre oameni nu mai reprezenta un ideal pentru care să lupţi, ci un pericol care trebuia evitat. În epocile mai primitive, cînd, practic, o societate dreaptă şi paşnică nu ar fi fost posibilă, fusese destul de uşor să crezi în acest ideal. Viziunea unui paradis terestru, în care oamenii să trăiască laolaltă ca fraţii, fără legi şi fără muncă brută, bîntuia imaginaţia omenirii de mii de ani. Iar această idee avusese o anumită influenţă chiar şi asupra grupurilor care în realitate profitau de pe urma fiecărei schimbări istorice. Urmaşii revoluţiilor franceză, engleză şi americană crezuseră parţial în propriile lor declaraţii despre drepturile omului, libertatea de exprimare, egalitatea în faţa legii şi altele asemenea, ba chiar îşi lăsaseră comportamentul să fie ghidat într-o oarecare măsură de ele. Însă pînă în deceniul al patrulea al secolul douăzeci, toate principalele curente de gîndire politică deveniseră dictatoriale. Paradisul terestru a fost discreditat chiar în momentul în care devenise realizabil. Toate noile teorii politice, oricum şi-ar fi spus, duceau iarăşi la ierarhie şi înregimentare. Iar în atmosfera generală de încrîncenare conceptuală care s-a instaurat de prin 1930, practici de mult abandonate, în unele cazuri chiar de sute de ani – întemniţarea fără proces, utilizarea prizonierilor de război ca sclavi, execuţiile publice, folosirea torturii pentru a obţine mărturisiri, luarea de ostatici şi deportarea unor întregi populații —, au devenit iarăşi nu doar obişnuite, ci tolerate şi chiar apărate de oameni care se considerau luminați şi progresişti.

Soceng şi rivalele sale au apărut ca teorii politice pe deplin cristalizate abia după un deceniu de războaie naționale, războaie civile, revoluții şi contrarevoluții din toate colțurile lumii. Ele au fost însă prefigurate de varii sisteme, în general denumite totalitare, care apăruseră în deceniile precedente, iar contururile de bază ale lumii ce avea să se ivească din haosul înconjurător erau evidente de mult timp. La fel de evident era şi felul de oameni care aveau să conducă această lume. Noua aristocrație era formată în majoritate din birocrați, oameni de ştiință, tehnicieni, sindicalişti, specialişti în publicitate, sociologi, profesori, jurnalişti şi politicieni de profesie. Aceşti oameni, care se trăgeau din clasa de mijloc salarizată şi din straturile superioare ale clasei muncitoare, fuseseră formați şi aduşi laolaltă de lumea stearpă a industriei de monopol şi a guvernării centralizate. Comparativ cu omologii lor din trecut, erau mai puțin lacomi, mai puțin atraşi de lux, mai înfometați după puterea pură şi, înainte de orice altceva, mai conştienți de acțiunile lor şi mai hotărîți să zdrobească orice opoziție. Această ultimă diferență s-a dovedit crucială. Spre deosebire de regimul de azi, toate tiraniile din trecut au fost şovăitoare şi ineficiente. Grupurile conducătoare au fost întotdeauna contaminate într-o oarecare măsură de idei liberale şi s-au mulţumit să lase peste tot lucruri în aer, să dea atenţie numai acţiunilor făţişe şi să nu manifeste nici un fel de interes faţă de ceea ce gîndeau supuşii lor. Chiar şi Biserica Catolică din Evul Mediu poate fi considerată tolerantă după standardele moderne. În parte, această situaţie se datorează faptului că în trecut nici un guvern nu a avut puterea de a-şi ţine cetăţenii sub supraveghere permanentă. Inventarea tiparului a uşurat însă munca de manipulare a opiniei publice, iar radioul şi cinematografia au dus procesul şi mai departe. Odată cu dezvoltarea televiziunii şi a procedeului tehnologic prin care se putea recepţiona şi transmite simultan prin acelaşi dispozitiv, viaţa personală a luat sfîrşit. Orice individ — sau cel puţin orice individ suficient de important ca să merite să fie urmărit — putea fi expus douăzeci si patru de ore pe zi la supravegherea poliţiei şi la zgomotul propagandei oficiale, cu toate celelalte canale de comunicaţie închise. Acum, pentru prima dată, exista posibilitatea de a impune nu doar respectarea completă a voinţei statului, ci şi uniformitatea de opinie integrală în toate privinţele.

După perioada revoluţionară a anilor '50 şi '60, societatea s-a regrupat, ca de obicei, în pătura de sus, pătura de mijloc şi cea de jos. Însă, spre deosebire de predecesoarele sale, noua pătură de sus nu a acţionat instinctiv, ci a ştiut ce are de făcut pentru a-şi consolida poziţia. Devenise deja clar că unicul fundament sigur pentru oligarhie era colectivismul. Bogăţia şi privilegiile sînt cel mai uşor de apărat cînd se află în proprietate comună. Aşa-zisa „abolire a proprietăţii private" care a avut loc la mijlocul secolului a însemnat de fapt că proprietatea a ajuns să fie concentrată în şi mai puţine mîini decît înainte, dar cu o diferenţă: anume că noii proprietari erau un grup şi nu o mulţime de indivizi separaţi. La nivel individual, nici unul din membrii Partidului nu posedă nimic în afară de mărunţişuri. La nivel colectiv, în Oceania Partidul deţine totul, deoarece controlează totul şi dispune de produse după cum crede de cuviinţă. În anii de după Revoluţie Partidul a putut ajunge în această poziţie de conducere aproape fără nici un fel de opoziţie, pentru că întregul proces a fost prezentat ca unul de colectivizare. Se presupusese dintotdeauna că exproprierea clasei capitaliste va fi urmată de socialism şi, evident, capitaliştii au fost expropriaţi. Fabrici, mine, terenuri, case, mijloace de transport, toate le-au fost luate — şi, cum acestea nu mai erau proprietate privată, s-a dedus că trebuie să se afle în proprietate publică. Soceng, care s-a dezvoltat din mişcarea socialistă anterioară şi i-a moştenit limbajul, a înfăptuit într-adevăr principalul punct din programul socialist, cu un rezultat prevăzut şi intenţionat dinainte, anume acela că inegalitatea economică s-a permanentizat.

Însă problemele perpetuării societăţii ierarhice sînt mai serioase de-atît. Nu există decît patru modalităţi prin care un grup aflat la conducere poate pierde puterea. Fie este cucerit din exterior, fie guvernează atît de ineficient, încît masele se răscoală, fie permite apariţia unei clase de mijloc puternice şi nemulţumite, fie îşi pierde încrederea în sine şi dorinţa de a guverna. Aceste cauze nu operează independent şi de obicei toate patru sînt prezente într-o oarecare măsură. O clasă conducătoare care reuşeşte să se păzească de toate acestea ar putea rămîne permanent la putere. Pînă la urmă factorul hotărîtor este însăşi atitudinea mentală a clasei conducătoare.

Practic, în cea de-a doua jumătate a secolului de faţă primul pericol a dispărut. Fiecare dintre cele trei puteri care împart acum lumea este, în fond, de necucerit şi ar putea fi cucerită doar prin modificări demografice lente, pe care un guvern cu puteri extinse le poate preveni uşor. Al doilea pericol este şi el unul pur teoretic. Masele nu se revoltă niciodată din proprie iniţiativă şi nu se revoltă niciodată doar pentru că sînt oprimate. De fapt, atîta timp cît nu li se dă voie să aibă termeni de comparaţie, nici măcar nu-şi dau seama că sînt oprimate. Crizele economice repetate din trecut au fost complet inutile şi acum nu li se mai permite să se manifeste, dar pot apărea — şi chiar apar — alte mutaţii la fel de mari, doar că fără consecinţe politice, căci nu există nici o modalitate de exprimare a nemulţumirii. În ce priveşte supraproducţia, o problemă constantă în societatea noastră încă de la începutul mecanizării, aceasta a fost rezolvată prin procedeul războiului continuu (a se vedea capitolul III), care se dovedeşte util şi pentru reglarea moralului populației la intensitatea dorită. Așadar, din punctul de vedere al conducătorilor noștri actuali, singurele pericole veritabile sînt desprinderea unui nou grup de oameni capabili, neutilizați la întreaga lor capacitate și însetați de putere, și răspîndirea liberalismului și scepticismului în propriile rînduri. Cu alte cuvinte, problema este una educațională. Este o problemă ce ține de modelarea continuă a conștiințelor grupului de la conducere și a grupului executiv mai larg aflat imediat sub el. Conștiința maselor trebuie doar influențată în mod negativ.

Pe fondul acestor explicații, se poate deduce structura generală a societății Oceaniei, în caz că ea nu e deja cunoscută. În vîrful piramidei se află Fratele cel Mare. Fratele cel Mare este infailibil și atotputernic. Toate succesele, toate realizările, toate victoriile, toate descoperirile științifice, toată cunoașterea, toată înțelepciunea, toată fericirea, toate virtuțile sînt prezentate ca fiind consecința directă a conducerii și viziunii sale. Nimeni nu l-a văzut vreodată pe Fratele cel Mare. Este doar un chip de pe panourile imense, o voce din tele-ecran. Putem nutri convingerea rezonabilă că nu va muri niciodată și există deja un grad mare de incertitudine cu privire la data nașterii sale. Fratele cel Mare este forma sub care Partidul a hotărît să se arate lumii. Rolul său este de a concentra într-un singur punct sentimentele de iubire, teamă și venerație, sentimente mai ușor de resimțit față de un individ decît față de o organizație. Sub

Fratele cel Mare se află Partidul Interior, cu un număr de membri limitat la şase milioane, ceea ce reprezintă mai puţin de doi la sută din populaţia Oceaniei. Sub Partidul Interior se găseşte Partidul Exterior, iar dacă Partidul Interior este descris drept creierul statului, atunci despre Partidul Exterior se poate spune, pe bună dreptate, că reprezintă mîinile acestuia. Mai jos urmează masele ignorante, pe care le numim de obicei „proli" şi care constituie, probabil, optzeci şi cinci la sută din populaţie. Conform clasificării anterioare, prolii reprezintă pătura de jos, căci populaţiile înrobite din teritoriile ecuatoriale, care trec întruna de la un cuceritor la altul, nu constituie o componentă necesară sau permanentă a structurii.

În principiu, apartenenţa la aceste trei grupuri nu este ereditară. Teoretic, copilul unor părinţi din Partidul Interior nu devine automat membru al Partidului Interior de la naştere. Intrarea în oricare dintre ramurile Partidului se face prin examen la vîrsta de şaisprezece ani. Nu există, de asemenea, discriminare rasială sau o dominaţie clară a unei provincii asupra alteia. În poziţiile cele mai înalte ale Partidului se regăsesc evrei, negri şi sud-americani pursînge, iar administratorii tuturor regiunilor sînt întotdeauna recrutaţi din rîndurile locuitorilor acelor regiuni. În nici o parte a Oceaniei locuitorii nu au senzaţia că sînt o populaţie colonială, condusă dintr-o capitală îndepărtată. Oceania nu are capitală, iar cel care ocupă funcţia de conducător este o persoană despre care nimeni nu ştie unde se află. Statul nu este centralizat în nici un fel, dincolo de faptul că are engleza ca *lingua franca* şi neolimba ca limbă oficială. Conducătorii săi nu sînt uniţi prin legături de sînge, ci prin adeziunea la o doctrină comună. Este adevărat că societatea noastră este una stratificată, şi încă foarte rigid, pe baze ce la prima vedere par a fi ereditare. Mobilitatea între diferitele grupuri este mult mai redusă decît în timpul capitalismului sau chiar în epocile preindustriale. Există o oarecare circulaţie între cele două ramuri ale Partidului, dar numai pentru a asigura eliminarea celor slabi din Partidul Interior şi anihilarea ambiţioşilor din Partidul Exterior prin avansarea lor în ierarhie. Iar proletarilor nu li se permite de fapt accesul în rîndurile Partidului. Cei mai înzestraţi dintre ei, care ar putea deveni nuclee de nemulţumire, sînt pur şi simplu identificaţi de Poliţia Gîndirii şi eliminaţi. Această stare de lucruri nu este însă permanentă şi nici o chestiune de principiu. Partidul nu reprezintă o clasă în vechiul sens al cuvîntului. Nu îşi propune să transfere puterea ca atare propriilor copii, iar dacă nu ar mai avea nici o modalitate de a-i menţine în fruntea sa pe cei mai capabili membri, ar fi întru totul dispus să recruteze o nouă generaţie din rîndurile proletariatului. În anii decisivi, faptul că Partidul nu este un organism ereditar a contribuit mult la neutralizarea opoziţiei. Socialistul de tip vechi, antrenat să lupte împotriva a ceva ce se numea „privilegiu de clasă", a presupus că un lucru care nu e ereditar nu poate fi permanent. Nu a înțeles că de fapt continuitatea unei oligarhii nu trebuie să fie biologică şi nici nu a stat să judece că aristocrațiile ereditare au avut întotdeauna viață scurtă, pe cînd organizațiile de tip adoptiv, precum Biserica Catolică, au rezistat uneori sute sau chiar mii de ani. Esența dominației oligarhice nu constă în moştenirea din tată în fiu, ci în trăinicia unei anumite viziuni asupra lumii şi a unui anumit mod de viață, impuse de cei morți celor vii. Un grup conducător rămîne un grup conducător atîta timp cît îşi poate numi succesorii. Partidul nu e interesat să-şi perpetueze progeniturile, ci pe sine însuşi. Nu contează *cine* anume exercită puterea atîta timp cît structura ierarhică nu se modifică niciodată.

Toate convingerile, obiceiurile, gusturile, sentimentele şi atitudinile mentale care ne caracterizează vremurile sînt concepute pentru a susține aura de mister a Partidului şi pentru a împiedica înțelegerea adevăratei naturi a societății actuale. În momentul de față revolta propriu-zisă ori vreo mişcare incipientă în această direcție nu este posibilă. Din partea proletarilor nu există nici un motiv de îngrijorare. Lăsați în voia lor, ei se vor manifesta la fel generație după generație şi secol după secol, vor munci, se vor înmulți şi vor muri, lipsiți nu doar de impulsul de a se revolta, ci şi de capacitatea de a înțelege că lumea ar putea fi şi altfel decît este. Ar putea deveni periculoşi numai dacă progresul tehnologiei industriale ar impune să fie mai bine educați, dar, din moment ce rivalitatea militară și comercială nu mai este importantă, nivelul educației în rîndul populației este de fapt în declin. Opiniile pe care le-ar putea – sau nu le-ar putea – avea masele sînt considerate nedemne de interes. Li se poate acorda libertate intelectuală, deoarece nu au intelect. Pe de altă parte însă, la un membru de Partid nu poate fi tolerată nici cea mai mică deviație de gîndire, nici măcar în privința celor mai insignifiante subiecte.

Un membru de Partid trăiește sub supravegherea Poliției Gîndirii de la naștere și pînă la moarte. Chiar și atunci cînd e singur, nu poate fi niciodată sigur că e singur. Oriunde s-ar afla, fie că e treaz sau doarme, lucrează sau se odihnește, e la baie sau în pat, poate fi controlat fără nici un avertisment și fără să-și dea seama că este controlat. Nimic din ce face nu e lipsit de importanță. Prietenii, activitățile de relaxare, felul cum se comportă cu soția și copiii, expresia de pe chip cînd este singur, cuvintele pe care le murmură în somn, chiar și mișcările specifice ale trupului, toate îi sînt examinate cu scrupulozitate. Vor fi, desigur, detectate nu doar abaterile propriu-zise, ci și orice excentricitate, oricît de mică, orice schimbare de rutină, orice tic nervos care ar putea reprezenta simptome ale unui conflict interior. Nu are libertate de alegere în nici o privință. Pe de altă parte, acțiunile sale nu sînt reglementate prin lege sau prin vreun cod comportamental clar formulat. În Oceania nu există legi. Gîndurile şi acţiunile care, atunci cînd sînt detectate, înseamnă moarte sigură nu sînt interzise oficial, iar nesfîrşitele epurări, arestări, torturi, întemniţări şi vaporizări nu reprezintă pedepse pentru nişte fărădelegi comise cu adevărat, ci sînt doar metode de eliminare a persoanelor care ar putea comite o astfel de fărădelege la un moment dat în viitor. Unui membru de Partid i se cere să aibă nu doar părerile, ci şi instinctele corecte. Multe dintre convingerile şi atitudinile care i se pretind nu sînt niciodată exprimate clar şi nici nu ar putea fi exprimate fără a dezvălui contradicţiile inerente ale Soceng. Dacă este o persoană conformistă din fire (un *bungînditor* în neolimbă), va şti în orice situaţie, fără să stea pe gînduri, care este convingerea corectă sau sentimentul adecvat. Şi, oricum, temeinica sa instruire mentală, de care are parte în copilărie şi care se structurează în jurul cuvintelor *crimstop*, *albnegru* şi *dublugîndire*, îl face să nu-şi dorească şi nici să nu poată să judece prea profund vreun subiect.

De la un membru de Partid se aşteaptă să nu aibă nici un fel de emoţii personale şi să nu-şi înfrîneze în nici un fel entuziasmul. Trebuie să trăiască într-o continuă frenezie a urii faţă de duşmanii din exterior şi faţă de trădătorii din interior, de triumf în urma victoriilor şi de autoumilire în faţa puterii şi înţelepciunii partidului. Nemulţumirile provocate de propria-i viaţă stearpă şi nesatisfăcătoare sînt redirecţionate intenţionat către exterior şi disipate prin procedee precum cele

Două Minute de Ură, iar speculațiile care ar putea, eventual, să provoace o atitudine sceptică sau rebelă sînt înăbuşite de la bun început prin propria-i disciplină interioară, dobîndită din copilărie. Primul şi cel mai simplu pas spre această disciplină, care poate fi predat chiar şi copiilor mici, se numeşte *crimstop* în neolimbă. *Crimstop* semnifică abilitatea de a te opri, ca din instinct, în pragul unui gînd periculos. Include puterea de a nu pricepe analogiile, de a nu observa erorile de logică, de a înțelege greşit pînă şi cele mai simple argumente dacă acestea sînt contrare principiilor Soceng şi de a fi plictisit sau oripilat de orice gînd care ar putea să te ducă într-o direcție eretică. Pe scurt, *crimstop* înseamnă prostie protectoare. Dar prostia nu e suficientă. Dimpotrivă, în semnificația sa completă, conformismul presupune un control la fel de deplin asupra propriilor procese mentale precum cel pe care îl are un contorsionist asupra propriului trup. În fond, societatea Oceaniei se bazează pe convingerea că Fratele cel Mare este atotputernic şi că Partidul este infailibil. Cum în realitate însă Fratele cel Mare nu este atotputernic şi nici Partidul nu este infailibil, este necesară o flexibilitate permanentă şi neobosită în tratarea faptelor. Cuvîntul cheie aici este *albnegru*. La fel ca multe alte cuvinte din neolimbă, are şi el două înțelesuri care se contrazic reciproc. Aplicat unui adversar, denotă obiceiul de a pretinde cu tupeu că negrul este alb, în contradicție cu realitatea evidentă. Aplicat unui membru de

Partid, semnifică disponibilitatea loială de a spune că negrul este alb atunci cînd disciplina de Partid o cere. Mai înseamnă însă şi abilitatea de a *crede* că negrul este alb, ba chiar de a *şti* că negrul este alb şi de a uita că ai crezut vreodată opusul. Aceasta impune o modificare continuă a trecutului, care este posibilă prin intermediul sistemului de gîndire care include tot restul şi care este cunoscut în neolimbă drept *dublugîndire*.

Modificarea trecutului este necesară din două motive, din care unul este secundar şi, ca să zicem aşa, preventiv. Motivul secundar este că membrul de Partid, la fel ca proletarul, acceptă situaţia de faţă pentru că nu are termeni de comparaţie. El trebuie izolat de trecut, tot aşa cum trebuie izolat de alte ţări, fiindcă e necesar că creadă că o duce mai bine decît strămoşii săi şi că nivelul mediu de confort material creşte necontenit. De departe însă, motivul mai important pentru schimbarea trecutului este nevoia de a proteja infailibilitatea Partidului. Asta nu înseamnă doar că discursurile, statisticile şi documentele de toate felurile trebuie actualizate întruna, pentru a arăta că previziunile Partidului s-au dovedit corecte în toate cazurile. Înseamnă şi că recunoaşterea vreunei modificări de doctrină sau a unei alianţe politice nu e niciodată permisă. Căci a te răzgîndi sau a-ţi schimba politica reprezintă o dovadă de slăbiciune. Dacă, de exemplu, Eurasia sau Estasia (oricare din ele) este azi duşmanul, atunci respectiva ţară a fost dintotdeauna duşmanul. Iar dacă faptele spun altceva, atunci faptele trebuie modificate. Astfel istoria e rescrisă încontinuu. Această falsificare zilnică a trecutului, înfăptuită de Ministerul Adevărului, este la fel de necesară stabilității regimului ca şi activitatea de spionaj şi represiune înfăptuită de Ministerul Iubirii.

Variabilitatea trecutului este teza principală a Soceng. Se consideră că evenimentele din trecut nu au o existență obiectivă, ci supraviețuiesc doar în documentele scrise şi în amintirile oamenilor. Trecutul reprezintă acele aspecte în privința cărora documentele şi amintirile coincid. Şi, cum Partidul deține controlul absolut asupra tuturor documentelor şi un control la fel de absolut asupra minților membrilor săi, rezultă că trecutul reprezintă ceea ce Partidul decide să susțină despre el. Rezultă, de asemenea, că, deşi trecutul poate fi modificat, n-a fost niciodată modificat într-un moment anume. Asta fiindcă atunci cînd a fost recreat în orice formă necesară pe moment, acea variantă *este* trecutul şi n-a putut exista niciodată vreun alt trecut. Acest principiu este valabil chiar şi atunci cînd – cum se întîmplă de obicei – acelaşi eveniment trebuie modificat dincolo de orice formă recognoscibilă de cîteva ori pe an. Partidul se află întotdeauna în posesia adevărului absolut şi este clar că adevărul absolut n-ar fi putut avea niciodată o altă formă decît cea prezentă. Se va vedea că felul în care e controlat trecutul depinde, mai presus de toate, de antrenarea memoriei. Să te asiguri că toate documentele scrise corespund poziției oficiale a momentului este doar un gest mecanic. Dar este, de asemenea, necesar *să ții minte* că evenimentele s-au petrecut în maniera dorită. Iar dacă e necesar să-ți rearanjezi amintirile sau să modifici documentele scrise, e necesar în egală măsură și *să uiți* că ai făcut-o. Tehnica de a face așa ceva poate fi învățată, la fel ca orice altă tehnică mentală. Ea chiar *este* învățată de majoritatea membrilor de Partid și, desigur, de toți inșii care sînt atît inteligenți, cît și conformiști. În fostalimbă i se spune, relativ onest, „control al realității". În neolimbă i se spune *dublugîndire*, deși *dublugîndirea* include multe alte lucruri.

Dublugîndirea înseamnă capacitatea de a nutri simultan două convingeri contradictorii și de a le accepta pe amîndouă. Intelectualul din Partid știe în ce direcție trebuie să-și modifice amintirile. În consecință, el știe că deformează realitatea, dar în același timp, datorită practicii *dublugîndirii*, se liniștește cu gîndul că realitatea nu a fost violată în nici un fel. Procesul trebuie să fie unul conștient, altfel nu ar avea destulă precizie, dar trebuie să fie și inconștient, altfel ar provoca un sentiment de falsitate și, ca urmare, de vinovăție. *Dublugîndirea* reprezintă esența ideologiei Soceng, deoarece actul fundamental al Partidului este de a utiliza înșelătoria voită, păstrînd însă simultan intransigența tipică unei onestități absolute. A spune minciuni intenționate și a crede cu sinceritate în ele, a uita orice fapt devenit incomod și apoi, dacă acest fapt devine iar necesar, a-l reînvia în memorie exact pentru răstimpul necesar, a nega existența realității obiective și, în același timp, a ține seama de realitatea negată — toate acestea sînt indispensabile. Însăși utilizarea cuvîntului *dublugîndire* presupune exercitarea *dublugîndirii*. Utilizarea cuvîntului presupune recunoașterea faptului că realitatea e modificată, apoi un nou act de *dublugîndire* elimină această conștientizare și tot așa, la nesfîrșit, cu minciuna veșnic la un pas înaintea adevărului. În esență, *dublugîndirea* reprezintă tocmai modalitatea prin care Partidul a reușit — și, după toate indiciile, va continua să reușească mii de ani de acum înainte — să încremenească mersul istoriei.

Toate oligarhiile din trecut au pierdut puterea fie pentru că s-au fosilizat, fie pentru că s-au fleșcăit. Fie au devenit arogante și ignorante, incapabile să se adapteze realității în schimbare, așa că au fost răsturnate, fie s-au liberalizat și au devenit lașe, făcînd concesii atunci cînd ar fi trebuit să recurgă la forță, și au fost iarăși răsturnate. Cu alte cuvinte, s-au prăbușit fie din pricina conștientizării, fie din pricina lipsei de conștientizare. Marea realizare a Partidului este că a dat naștere unui sistem de gîndire în care ambele stări pot exista simultan. Stăpînirea Partidului nu s-ar putea permanentiza pe nici o altă bază intelectuală. Dacă vrei să conduci și să continui să conduci, trebuie să poți disloca simțul realității. Căci secretul unei conduceri de succes este combinația între siguranța propriei infailibilități și capacitatea de a învăța din greșelile trecutului.

Este de la sine înțeles că practicanții cei mai rafinați ai *dublugîndirii* sînt cei care au inventat *dublugîndirea* și știu că reprezintă un sistem amplu de înșelătorie mentală. În societatea noastră oamenii care știu cel mai bine ce se întîmplă sînt și cei mai incapabili să vadă lumea așa cum este. În general, cu cît înțelegerea este mai mare, cu atît mai profundă e amăgirea – cu cît mai inteligenți, cu atît mai dereglați mintal. O ilustrare clară a acestui aspect este faptul că isteria războiului crește în intensitate pe măsură ce urci în ierarhia socială. Atitudinea cea mai apropiată de rațional în privința războiului o au popoarele subjugate din teritoriile disputate. Pentru acești oameni războiul este pur și simplu o calamitate continuă, care năvălește mereu peste trupurile lor, ca o maree. Le este complet indiferent care tabără cîștigă. Își dau seama că o schimbare a stăpînirii înseamnă pur și simplu că vor face aceeași muncă pentru niște stăpîni noi, care îi vor trata la fel ca stăpînii dinainte. Muncitorii ceva mai favorizați, cei pe care îi numim „proli", nu sînt conștienți de război decît intermitent. Cînd se dovedește necesar, pot fi îmboldiți să se lase cuprinși de frenezii de spaimă și ură, dar cînd sînt lăsați în voia lor, sînt în stare să uite perioade lungi de timp că are loc un război. Adevăratul entuziasm pentru război se regăsește în rîndurile Partidului și mai ales în cele ale Partidului Interior.

în cucerirea lumii cred cu cea mai mare înverşunare tocmai cei care ştiu că aşa ceva este imposibil. Această asociere ciudată a contrariilor – cunoaştere şi ignoranţă, cinism şi fanatism – constituie una din trăsăturile distinctive ale societăţii Oceaniei. Ideologia oficială abundă în contradicţii chiar şi acolo unde nu există nici un motiv practic pentru ele. Astfel, Partidul respinge şi denigrează toate principiile pe care le-a reprezentat iniţial mişcarea socialistă şi alege s-o facă în numele socialismului. Faţă de clasa muncitoare propovăduieşte un dispreţ cum nu s-a mai întîlnit de secole, dar îşi îmbracă membrii într-o uniformă care la un moment dat era asociată cu lucrătorii manuali şi a fost adoptată tocmai din acest motiv. Subminează sistematic solidaritatea familiei, dar conducătorul său poartă un nume care apelează direct la sentimentul loialităţii familiale. Chiar şi numele celor patru ministere de care sîntem guvernaţi dezvăluie o oarecare insolenţă în răsturnarea voită a realităţii. Ministerul Păcii se ocupă de război, Ministerul Adevărului, de minciuni, Ministerul Iubirii, de tortură, iar Ministerul Belşugului, de foamete. Aceste contradicţii nu sînt întîmplătoare şi nici nu rezultă dintr-o ipocrizie banală: ele constituie modalităţi voite de a practica *dublugîndirea*. Căci numai prin reconcilierea contrariilor puterea poate fi păstrată la infinit. Vechiul ciclu nu putea fi întrerupt în nici un alt mod. Dacă vrei să împiedici veşnic egalitatea între oameni – dacă vrei ca pătura de sus, cum i-am spus, să-şi păstreze poziţia pentru totdeauna –, atunci starea mentală dominantă trebuie să fie nebunia controlată.

Se ridică însă o întrebare pe care pînă în acest moment aproape că am ignorat-o. Aceasta este: *de ce* să fie împiedicată egalitatea între oameni? Presupunînd că mecanismele procesului au fost descrise corespunzător, care este motivul acestui efort uriaş şi atent plănuit de a încremeni istoria într-un anumit moment?

Ajungem acum la secretul central. După cum am văzut, mistica Partidului – mai ales a Partidului Interior – se bazează pe *dublugîndire*. Dar dincolo de aceasta se găseşte motivul original, instinctul niciodată pus la îndoială, care a dus iniţial la acapararea puterii şi, ulterior, la inventarea *dublugîndirii*, a Poliţiei Gîndirii, a războiului continuu şi a tuturor celorlalte elemente necesare. Acest motiv constă de fapt...

Winston deveni conștient de tăcere la fel cum devii conștient de un zgomot nou. I se păru că Julia rămăsese nemișcată de ceva vreme. Stătea întinsă pe-o parte, goală de la mijloc în sus, cu obrazul odihnindu-i-se în palmă și o șuviță de păr negru căzută peste ochi. Pieptul i se ridica și îi cobora încet și regulat.

— Julia.

Nici un răspuns.

— Julia, ești trează?

Nici un răspuns. Dormea. Winston închise cartea, o puse atent pe podea, se întinse și trase cuvertura peste amîndoi.

Se gîndi că încă nu aflase marele secret. Înțelegea *cum*, nu înțelegea *de ce*. Capitolul întîi, la fel ca al treilea, nu îi spusese de fapt nimic ce nu știa deja, ci doar îi sistematizase cunoștințele pe care le avea. Dar după această lectură era mai sigur decît înainte că nu era nebun. Faptul că reprezentai o minoritate, fie și o minoritate de un individ, nu te făcea nebun. Exista adevăr și exista neadevăr, iar dacă te agățai de adevăr, chiar și împotriva întregii lumi, nu erai nebun. O rază galbenă de soare la apus intră pieziș pe fereastră și căzu de-a latul pernei. Winston închise ochii. Soarele de pe fața lui și trupul moale al fetei, care-l atingea pe al său, îi dădeau o senzație somnolentă de putere și încredere. Era în siguranță, totul era în regulă. Adormi murmurînd „Sănătatea mintală nu e statistică" și părîndu-i-se că această remarcă ascunde o înțelepciune profundă.

X

Se trezi cu senzația că dormise mult timp, dar o privire aruncată ceasornicului demodat îi spuse că nu era decît douăzeci și treizeci. Mai rămase moțăind cîteva minute, apoi din curtea de jos se auzi obișnuita voce gravă:

N-o fo' decît o-nchipuire deșartă,
Ca o zi d-april s-o risipit,
Dară privirea și visele ce le deșteaptă
Sufletu' tăt mi l-o răpit!

Cîntecul acela prostesc părea să-și fi menținut popularitatea. Se auzea în continuare peste tot. Avea o viață mai lungă decît Cîntecul Urii. Zgomotul o trezi pe Julia, care se întinse cu poftă și se dădu jos din pat.

— Mi-e foame, spuse ea. Hai să mai facem niște cafea. La naiba! S-a stins soba și apa-i rece.

Ridică soba și o scutură.

— Nu mai are petrol.

— Mă gîndesc că putem lua un pic de la bătrînul Charrington.

— Chestia ciudată e că m-am asigurat că-i plină. O să mă îmbrac, adăugă ea. Parcă s-a făcut cam rece.

Winston se ridică și el din pat și se îmbrăcă. Vocea neobosită cînta mai departe:

Se zice că timpu' pe tăte le-alină,
Că păstă tăte uitarea-o să vină,
Dară inima încă-mi suspină
Dă zîmbete și lacrimi și-acum păstă ani.

În timp ce-și strîngea cureaua salopetei, se îndreptă spre fereastră. Soarele coborîse, probabil, în spatele caselor – nu mai strălucea în curte. Dalele de piatră erau ude, de parcă tocmai ar fi fost spălate, și Winston avu senzația că și cerul fusese spălat, atît de proaspăt și deschis era albastrul dintre hornurile caselor. Femeia mărșăluia neobosită încoace și încolo, astupîndu-și și destupîndu-și gura, cîntînd și tăcînd și agățînd scutece, tot mai multe și mai multe. Winston se întrebă dacă își lua de spălat ca să-și cîștige traiul sau era doar roabă la vreo douăzeci sau treizeci de nepoți. Julia i se alăturase și priveau amîndoi, cu un soi de fascinație, figura solidă de dedesubt. În timp ce urmărea femeie în postura ei caracteristică, cu brațele groase ridicate spre frînghia de rufe, cu fesele bombate și puternice, de iapă, lui Winston îi trecu prin cap pentru prima dată că e frumoasă. Nu se gîndise niciodată că trupul unei femei de cincizeci de ani, umflat monstruos de la copiii pe care-i purtase în pîntece, apoi înăsprit și abrutizat de muncă pînă ce ajunsese grosolan ca un nap răscopt, putea fi frumos. Dar era – și, în fond, de ce n-ar fi? se gîndi el. Trupul ei zdravăn și inform, ca un bloc de granit, și pielea ei roșie, crăpată, aveau aceeași legătură cu trupul unei fete ca măceșul cu trandafirul. De ce fructul ar fi considerat inferior florii?

— E frumoasă, murmură el.

— E lată în șolduri de cel puțin un metru, spuse Julia.

— Așa-i frumusețea ei, replică Winston.

O ținea pe Julia pe după mijlocul subțire, pe care îl putea cuprinde ușor cu brațul. Coapsa ei era lipită de a lui de la șold pînă la genunchi. Din trupurile lor nu va apărea niciodată un copil. Era ceva ce nu vor putea face niciodată. Nu puteau transmite secretul decît prin viu grai, de la minte la minte. Femeia de jos, din curte, nu avea minte, nu avea decît brațe puternice, o inimă caldă și un pîntece fertil. Se întrebă oare cîți copii născuse. Se prea poate să fi fost cincisprezece. Își avusese și ea înflorirea de moment, poate un an de frumusețe de trandafir sălbatic, după care se umflase brusc, ca un fruct fecundat, și devenise tare și roșie și aspră, iar apoi viața ei se redusese la spălat de rufe, frecat, peticit, gătit, măturat, lustruit, cîrpit, frecat, spălat de rufe, mai întîi pentru copii, apoi pentru nepoți, timp de treizeci de ani neîntrerupți. Și după toți acești ani, încă mai cînta. Respectul mistic pe care-l simțea pentru ea se amesteca întru cîtva cu albastrul deschis, fără de nori, al cerului ce se întindea dincolo de hornuri, pînă în depărtări necuprinse. Era ciudat să te gîndești că cerul era același pentru toată lumea, în Eurasia sau Estasia, la fel ca aici. Iar oamenii de sub acest cer erau și ei foarte asemănători – peste tot, în toată lumea, sute de mii de milioane de oameni precum cei de aici, inconștienți de existența celorlalți, separați de ziduri de ură și minciuni, dar, cu toate acestea, aproape identici – oameni care nu învățaseră niciodată să gîndească, dar care ascundeau în inimi și în pîntece și în mușchi puterea ce într-o bună zi avea să răstoarne lumea. Dacă exista vreo speranţă, aceasta se afla în proli! Fără să fi citit *cartea* pînă la capăt, ştia care trebuie să fie mesajul final al lui Goldstein. Viitorul aparţinea prolilor. Şi putea oare fi sigur că, atunci cînd le va veni rîndul, lumea pe care o vor construi prolii nu va fi pentru el, Winston Smith, la fel de străină ca lumea Partidului? Da, pentru că măcar va fi o lume normală. Acolo unde există egalitate, poate exista şi normalitate. Mai devreme sau mai tîrziu se va întîmpla: forţa se va transforma în conştiinţă. Prolii erau nemuritori – nu puteai să te îndoieşti de asta cînd te uitai la figura temerară din curte. Pînă la urmă se vor trezi. Iar pînă cînd se va întîmpla asta, chiar dacă va mai dura o mie de ani, vor supravieţui în ciuda tuturor greutăţilor, ca nişte păsări, trecîndu-şi din trup în trup vitalitatea pe care Partidul nu o avea şi nu o putea stîrpi.

— Ţii minte sturzul acela care ne-a cîntat atunci, în prima zi, la marginea pădurii? întrebă el.

— Nu nouă ne cînta, răspunse Julia. Cînta pentru plăcerea lui. Nici măcar. Cînta pur şi simplu.

Păsările cîntau, prolii cîntau, Partidul nu cînta. Peste tot în lume, la Londra şi New York, în Africa şi în Brazilia, precum şi pe tărîmurile misterioase şi interzise de dincolo de graniţe, pe străzile Parisului şi ale Berlinului, în satele nesfîrşitei stepe ruseşti, în bazarurile din China şi Japonia – peste tot se găsea aceeaşi figură solidă, invincibilă, deformată din pricina muncii şi naşterilor, trudind de la naştere pînă la moarte şi totuşi cîntînd. Din pîntecele acelea puternice trebuia să se ivească într-o bună zi o rasă de fiinţe conştiente. Tu şi cei ca tine eraţi cei morţi – ei erau viitorul. Însă puteai să faci parte din acel viitor dacă îţi păstrai mintea vie, la fel cum ei îşi păstrau trupul viu, şi transmiteai mai departe tainica învăţătură conform căreia doi plus doi fac patru.

— Noi sîntem cei morți, spuse el.

— Noi sîntem cei morți, repetă conștiincioasă Julia.

— Voi sînteți cei morți, spuse o voce de fier din spatele lor.

Țîșniră unul de lîngă altul. Lui Winston parcă îi înghețară măruntaiele. Vedea albul ce înconjura irisul ochilor Juliei. Fața îi luase o culoare galben-lăptoasă. Fardul pe care-l mai avea încă pe ambii pomeți îi ieșea strident în evidență, de parcă s-ar fi dezlipit de pielea de dedesubt.

— Voi sînteți cei morți, repetă vocea de fier.

— Era în spatele tabloului, șopti Julia.

— Era în spatele tabloului, spuse vocea. Rămîneți pe loc. Nu faceți nici o mișcare pînă nu vi se spune.

Începea, în cele din urmă începea! Nu puteau face altceva decît să stea pe loc și să se privească unul pe altul în ochi. S-o ia la fugă, s-o șteargă din casă pînă nu era prea tîrziu - așa ceva nici nu le trecu prin minte. Ar fi fost de neconceput să nu asculte vocea de fier din perete. Se auzi un pocnet, ca și cînd s-ar fi deschis o încuietoare, apoi un zdrăngănit de sticlă care se sparge. Tabloul căzuse pe jos, dezvăluind tele-ecranul din spatele lui.

— Acum ne pot vedea, spuse Julia.

— Acum vă putem vedea, spuse vocea. Stați în mijlocul încăperii. Stați spate în spate. Prindeți-vă mîinile la ceafă. Nu vă atingeți unul de altul.

Nu se atingeau, dar lui Winston i se păru că simte cum trupul Juliei tremură. Sau poate că era doar tremuratul propriului său trup. Cu greu reuși să-și oprească dinții din clănțănit, dar genunchii nu era în stare să și-i controleze. De jos se auzea tropăit de bocanci, atît înăuntrul, cît și în afara casei. Curtea părea să fie plină de bărbați. Peste dalele de piatră era tîrît ceva. Cîntecul femeii încetase brusc. Urmară un zăngănit lung, rostogolit, ca și cum covata ar fi fost azvîrlită în celălalt capăt al curții, și apoi o hărmălaie de strigăte furioase, care sfîrși într-un urlet de durere.

— Casa este înconjurată, spuse Winston.

— Casa este înconjurată, spuse vocea.

O auzi pe Julia încleștîndu-și dinții.

— Cred că am face bine să ne luăm rămas-bun, spuse ea.

— Ați face bine să vă luați rămas-bun, zise vocea.

Și apoi o altă voce, foarte diferită, subțire și cultivată, pe care Winston avu impresia că o mai auzise, interveni:

— Apropo, dacă tot vorbim despre asta: „Iată o lumînare, să te conducă-n pat, iată o secure, să te lase fără cap!".

Ceva se prăbuși pe pat, în spatele lui Winston. Capătul de sus al unei scări fusese înfipt prin fereastră și îi smulsese rama. Cineva se urca pe geam. O grămadă de bocanci năvăliră pe scări în sus. Încăperea se umplu de bărbați solizi în uniforme negre, cu bocanci cu blacheuri de fier în picioare și bastoane în mîini.

Winston nu mai tremura. Pînă și ochii abia dacă i se mai mișcau. Nu mai conta decît un singur lucru: să rămînă nemișcat, să rămînă nemișcat și să nu le dea vreun motiv să-l lovească! Un bărbat cu fălci netede, de boxer profesionist, în care gura nu era decît o crăpătură, se opri în fața lui, ținîndu-și gînditor bastonul în echilibru între degetul mare și arătător. Winston îi întîlni privirea. Cum stătea cu mîinile la ceafă și fața și trupul expuse cu totul, senzația de goliciune era aproape insuportabilă. Bărbatul scoase vîrful unei limbi albe, linse locul unde ar fi trebuit să i se afle buzele și trecu mai departe. Se auzi încă o izbitură. Cineva luase prespapierul de pe masă și îl trîntise în fundul căminului, făcîndu-l țăndări.

Bucățica de coral, un mototol mic și roz, ca un trandafir de zahăr de pe un tort, se rostogoli pe preș. Cît de mic, se gîndi Winston, cît de mic a fost întotdeauna! În spatele lui se auzi un icnet și o bufnitură, iar el încasă o lovitură violentă în gleznă, care aproape că îl doborî de pe picioare. Unul dintre bărbați izbise cu pumnul în plexul solar al Juliei, făcînd-o să se îndoaie ca o riglă pliabilă. Fata se zvîrcolea pe podea, străduindu-se să respire. Winston nu îndrăzni să întoarcă nici măcar un milimetru capul, dar zărea cînd și cînd cu coada ochiului chipul ei livid și icnind. Așa îngrozit cum era, parcă simți durerea în propriu-i trup, durerea aceea ucigașă, care era totuși mai puțin acută decît efortul de a-și recăpăta respirația. Cunoștea senzația: durerea groaznică, sfîșietoare, care era acolo, dar nu putea fi simțită încă, din pricină că, înainte de orice, trebuia să poți respira. Apoi doi bărbați o apucară de genunchi și de umeri și o cărară afară din încăpere ca pe un sac. Winston îi zări o clipă fața, răsturnată, palidă și crispată, cu ochii închiși și o urmă de fard încă vizibilă pe ambii obraji – și aceasta a fost ultima dată cînd a văzut-o.

Rămase încremenit. Nu-l lovise încă nimeni. Prin minte începură să-i treacă tot felul de gînduri care veneau de la sine, dar păreau cu totul neinteresante. Se întrebă dacă-l prinseseră pe domnul Charrington. Se întrebă ce-i făcuseră femeii din curte. Își dădu seama că avea o nevoie stringentă să urineze și se simți surprins, căci o făcuse cu doar două sau trei ore în urmă. Observă că ceasul de pe polița șemineului arăta ora nouă, adică douăzeci și unu. Dar lumina de afară părea prea puternică. N-ar fi pălit lumina la ora douăzeci și unu, într-o seară de august? Se întrebă dacă nu cumva el și Julia greșiseră ora – dormiseră toată noaptea și își imaginaseră că e douăzeci și treizeci, cînd în realitate era zero opt și treizeci, a doua zi dimineața. Nu își urmă însă acest gînd. Nu era interesant.

Pe coridor se auziră alți pași, mai ușori. Domnul Charrington intră în încăpere. Atitudinea bărbaților în uniforme negre deveni dintr-o dată mai supusă. Ceva se schimbase și în înfățișarea domnului Charrington. Privirea îi căzu pe cioburile prespapierului.

— Strîngeți resturile alea, spuse el sever.

Un bărbat se aplecă și îi execută ordinul. Accentul londonez îi dispăruse. Winston își dădu seama brusc a cui era vocea pe care o auzise cu cîteva clipe în urmă din tele-ecran. Domnul Charrington purta încă sacoul lui vechi de catifea, dar părul, care îi fusese aproape alb, devenise negru. Și nu mai purta ochelari. Îi aruncă lui Winston o singură privire pătrunzătoare, ca și cum i-ar fi verificat identitatea, apoi nu îi mai dădu nici o atenție. Îl puteai recunoaște, dar nu mai era aceeași persoană ca înainte. Trupul i se îndreptase și părea să se fi înălțat. Chipul nu-i suferise decît niște schimbări minore, care duseseră totuși la o transformare completă. Sprîncenele negre îi erau mai puțin stufoase, ridurile îi dispăruseră și întreg conturul feței părea să i se fi modificat. Pînă și nasul îi părea mai scurt. Avea de-acum fața rece, atentă, a unui bărbat de vreo treizeci și cinci de ani. Lui Winston îi trecu prin minte că, pentru prima dată în viață, se uita, știind ce vede, la un membru al Poliției Gîndirii.

TREI

I

Nu știa unde este. Probabil undeva în Ministerul Iubirii, dar nu avea cum să fie sigur.

Se găsea într-o celulă înaltă și fără ferestre, cu pereții acoperiți de o faianță albă, strălucitoare. Niște becuri ascunse o scăldau într-o lumină rece și se auzea un bîzîit slab, dar permanent, despre care Winston presupuse că avea de-a face cu aerisirea. O bancă sau o poliță, lată doar atît cît să poți sta pe ea, se întindea de jur împrejurul peretelui, întreruptă doar de ușă și, în capătul de vizavi de ușă, de un closet fără colac de lemn. În încăpere erau patru tele-ecrane, cîte unul pe fiecare perete.

Simțea o durere surdă în stomac. Îl apucase de cînd îl vîrîseră în dubă și îl luaseră. Îi era însă și foame, o foame nesănătoasă, care-l rodea. Poate trecuseră douăzeci și patru de ore de cînd nu mai mîncase sau, poate, treizeci și șase. Tot nu știa – și probabil că nu va afla niciodată – dacă îl arestaseră dimineața sau seara. Din momentul arestării, nu căpătase nimic de mîncare.

Stătea pe banca îngustă cît mai nemișcat, cu mîinile încrucișate pe genunchi. Învățase deja să nu se miște. Dacă făceai mișcări neașteptate, strigau la tine din tele-ecran. Nevoia de mîncare era însă tot mai puternică. Mai presus de toate, tînjea după o bucată de pîine. Avu impresia că în buzunarul salopetei se găseau niște firimituri de pîine. Era chiar posibil – credea asta pentru că, din cînd în cînd, ceva părea să-l gîdile pe picior – să aibă o coajă mai mare. În cele din urmă ispita de a afla îi învinse teama: își strecură o mînă în buzunar.

— Smith! răcni o voce din tele-ecran. 6079 Smith W! Mîinile afară din buzunare în celule!

Încremeni din nou, cu mîinile încrucișate pe genunchi. Înainte de a fi adus aici, îl duseseră într-un alt loc, care trebuie să fi fost o închisoare obișnuită sau un soi de arest temporar folosit de patrule. Nu știa cît stătuse acolo – oricum, fuseseră cîteva ore. Fără ceasuri și fără lumina zilei, era greu să ghicești. Locul unde îl duseseră era zgomotos și rău mirositor. Îl puseseră într-o celulă asemănătoare cu cea în care stătea acum, dar jegoasă și plină tot timpul cu cîte zece sau cincisprezece oameni. Majoritatea erau infractori de drept comun, dar printre ei se găseau și cîțiva deținuți politici. Stătuse în tăcere, lipit de perete, îmbrîncit de trupuri murdare, prea preocupat de frică și de durerea din stomac ca să îl intereseze ce se întîmpla în jur, observînd totuși diferențele uluitoare de comportament dintre deținuții Partidului și ceilalți. Deținuții Partidului erau întotdeauna tăcuți și îngroziți, în vreme ce infractorilor de drept comun părea să nu le pese de nimeni. Strigau insulte la adresa gardienilor, se împotriveau violent cînd li se confiscau lucrurile, scriau obscenități pe podea, mîncau hrană adusă pe furiș, pe care o scoteau din ascunzători misterioase de prin îmbrăcăminte, și chiar acopereau tele-ecranul cu propriile răcnete cînd acesta încerca să restabilească ordinea. Pe de altă parte, unii dintre ei păreau să fie în relații bune cu gardienii, li se adresau cu porecle și încercau să-i convingă să le strecoare țigări prin vizeta ușii. La rîndul lor, gardienii păreau să-i trateze pe infractorii de drept comun cu o anumită îngăduință chiar și atunci cînd trebuiau să-i bruftuluiască. Se vorbea mult despre lagărele de muncă silnică, unde majoritatea deținuților se așteptau să fie trimiși. Din cîte putuse Winston să înțeleagă, în lagăre era „în regulă“ atîta timp cît aveai relații și știai cum merg lucrurile. Se practicau mita, nepotismul, jecmănelile de tot felul, homosexualitatea și prostituția, ba chiar se producea un soi de alcool ilegal, din cartofi. Funcțiile de încredere se acordau numai infractorilor de drept comun, mai ales gangsterilor și ucigașilor, care formau un fel de aristocrație. Toate muncile de jos erau făcute de deținuții politici.

În celulă era un du-te-vino de deținuți de toate felurile: traficanți de droguri, hoți, bandiți, contrabandiști, bețivi, prostituate. Unii bețivi erau atît de violenți, încît ceilalți deținuți erau nevoiți să-și unească forțele ca să-i potolească. O femeie enormă, o epavă de vreo șaizeci de ani, cu sîni mari, lăsați, și bucle groase de păr cărunt, care i se desfăcuseră de cît se zbătuse, a fost adusă înăuntru de patru gardieni care o apucaseră fiecare de cîte un membru, în timp ce ea izbea și țipa. I-au scos ghetele cu care încercase să-i lovească și au azvîrlit-o în poala lui Winston, aproape rupîndu-i femurul. Femeia s-a îndreptat de spinare și le-a răcnit „Javre futute!“ în timp ce ei ieșeau. Apoi, observînd că stă pe ceva denivelat, s-a dat jos de pe genunchii lui Winston și s-a așezat pe bancă.

— Iartă-mă, drăguțule, a zis ea. Nu m-aș fi lăsat așa pe tine, porcii ăia m-or pus. Nu știu să se poarte c-o doamnă, ha?

S-a oprit, s-a lovit ușor peste piept și a rîgîit.

— Pardon, a spus ea. Nu prea mă simt bine, zău.

S-a aplecat în față și a vomitat din belșug pe podea.

— Na, acuma-i mai bine, a zis ea, lăsîndu-se iar pe spate, cu ochii închiși. Nu ține-n tine, io așa zic. Scoate tăt cît îi proaspăt în stomac, na.

Și-a revenit, s-a întors ca să-i mai arunce o privire lui Winston și a părut să-l placă imediat. L-a luat pe după umăr cu un braț enorm și l-a tras mai aproape de ea, trimițîndu-i în obraz un damf de bere și vomă.

— Cum te cheamă, drăguțule? a întrebat ea.

— Smith, i-a răspuns Winston.

— Smith? s-a mirat femeia. Ce chestie! Și pe mine mă cheamă tot Smith. Vai, a adăugat ea pe un ton siropos, aș putea fi maică-ta!

Winston s-a gîndit că ar fi putut să fie mama lui. Avea vîrsta și conformația fizică potrivite și probabil că oamenii se schimbă după douăzeci de ani într-un lagăr de muncă silnică.

Nimeni altcineva nu-i adresase vreun cuvînt. Infractorii de drept comun îi ignorau surprinzător de mult pe deținuții politici. Îi porecliseră „politicii“, cu un soi de dispreț indiferent. Deținuților Partidului părea să le fie teamă să stea de vorbă cu altcineva și mai ales unii cu alții. O singură dată, cînd două membre de Partid s-au trezit înghesuite una într-alta pe bancă, Winston a distins în hărmălaia de voci cîteva vorbe șoptite în grabă, dar mai ales o referire la ceva numit „camera o sută unu“, pe care n-a priceput-o.

Probabil că îl aduseseră aici cu vreo două sau trei ore în urmă. Durerea surdă din stomac nu îi dispărea, doar că uneori era mai potolită, alteori se înrăutățea, iar gîndurile i se dilatau sau i se contractau în funcție de asta. Cînd durerea devenea mai puternică, nu se putea gîndi decît la ea și la nevoia de hrană. Cînd se potolea, îl apuca panica. Avea momente în care prevedea cu o asemenea claritate ce i se va întîmpla, încît inima începea să-i bată nebunește și i se tăia respirația. Simțea izbiturile de baston peste coate și bocancii cu blacheuri de fier lovindu-l în fluierele picioarelor. Se vedea tîrîndu-se pe jos și cerșind milă printre dinții sparți. La Julia abia dacă se gîndea. Nu-și putea fixa gîndurile asupra ei. O iubea și nu o va trăda, dar acesta nu era decît un fapt, pe care îl știa așa cum știa regulile aritmeticii. În realitate nu simțea nici un fel de iubire pentru ea și abia dacă se întreba ce i s-a întîmplat. Se gîndea mai ades la O'Brien, cu o licărire de speranță. O'Brien n-avea cum să nu știe că fusese arestat. Spusese că Frăția nu încerca niciodată să-și salveze membrii. Dar rămînea lama: dacă puteau, o să-i trimită lama. Ar avea, probabil, cinci secunde la dispoziție înainte ca gardienii să dea buzna în celulă. Lama avea să-l pătrundă cu un soi de răceală arzătoare și pînă și degetele care o țineau o să-i fie tăiate pînă la os. Totul se reducea la trupul lui bolnav, care se chircea, tremurînd la cea mai mică durere. Nu era sigur că va folosi lama, chiar dacă i se va ivi ocazia. Era mai firesc să o ducă așa, de la o clipă la alta, să accepte încă zece minute de viață, chiar avînd certitudinea că la finalul lor îl aștepta tortura.

Uneori încerca să calculeze numărul de plăci de faianță de pe pereții celulei. Ar fi trebuit să fie o treabă ușoară, dar la un moment dat pierdea mereu șirul. De cele mai multe ori se întreba unde se află și ce oră e. În clipa asta se simțea convins că afară era ziua în amiaza mare, iar imediat după aceea, la fel de convins că era beznă. Știa instinctiv că în locul ăsta luminile nu vor fi stinse niciodată. Era locul unde nu există întuneric: acum îi era clar de ce O'Brien păruse să înțeleagă aluzia. Ministerul Iubirii nu avea ferestre. Celula lui putea fi chiar în centrul clădirii sau lîngă unul din pereții exteriori, putea fi la zece niveluri sub pămînt sau la treizeci deasupra lui. Se deplasa cu mintea dintr-un loc într-altul și încerca să-și dea seama după senzațiile corpului dacă se găsea la înălțime sau îngropat în adîncurile pămîntului.

De afară se auzi un tropăit de bocanci. Ușa de oțel se deschise cu un zăngănit. Un ofițer tînăr, o figură îngrijită, în uniformă neagră, care părea că lucește din cap pînă-n picioare de la pielea lustruită și a cărui față palidă, cu trăsături regulate, era ca o mască de ceară, intră iute pe ușă. Le făcu semn gardienilor de pe coridor să aducă înăuntru deținutul pe care-l conduceau. Tîrșîindu-și picioarele, în celulă apăru poetul Ampleforth. Ușa se închise la loc cu un zgomot metalic.

Ampleforth făcu una sau două mișcări indecise dintr-o parte în alta, de parcă ar fi crezut că exista o altă ușă pe care să iasă, după care începu să măsoare celula în sus și-n jos. Nu-l observase încă pe Winston. Ochii lui tulburați fixau peretele cam la un metru deasupra capului lui Winston. N-avea pantofi în picioare. Prin găurile din șosete îi ieșeau niște degete lungi și murdare. De asemenea, nu se mai bărbierise de cîteva zile. O barbă răvășită îi acoperea obrajii pînă la pomeți și îi dădea un aer de ticăloșie care nu se prea potrivea cu trupul lui mare și șubred și cu mișcările lui agitate.

Winston se smulse puțin din apatie. Trebuia să vorbească cu Ampleforth, deși risca să stîrnească răcnetul din tele-ecran. Se putea chiar ca Ampleforth să fi fost aducătorul lamei.

— Ampleforth, spuse el.

Din tele-ecran nu izbucni nici un răcnet. Ampleforth se opri, ușor luat prin surprindere. Ochii i se fixară încet asupra lui Winston.

— Ah, Smith! zise el. Și tu!

— De ce ești aici?

— Sincer să fiu...

Se așeză greoi pe banca din fața lui Winston.

— Nu există decît o fărădelege, nu? spuse el.

— Și ai comis-o?

— Așa se pare.

Ampleforth își duse o mînă la frunte și își apăsă tîmplele preț de o clipă, ca și cînd ar fi încercat să-și aducă aminte de ceva.

— Chestiile astea se întîmplă, începu el nehotărît. Am reușit să-mi amintesc o ocazie – o posibilă ocazie. A fost o imprudență, fără îndoială. Lucram la o ediție definitivă a poeziilor lui Kipling. Am păstrat cuvîntul „zeu“ la finalul unui vers. N-am avut încotro! adăugă el aproape indignat, ridicînd ochii ca să-l privească pe Winston. Versul ăla era imposibil de schimbat. Rima era „elizeu“. Îți dai seama că în toată limba nu există decît patru rime la „elizeu“? Zile întregi mi-am stors creierii. Nu *există* altă rimă.

Expresia de pe chip i se schimbă. Iritarea i se șterse și, preț de o clipă, păru aproape satisfăcut. Un soi de căldură intelectuală, bucuria unui pedant care a găsit un detaliu inutil, răzbătu prin murdăria și barba lui răvășită.

— Te-ai gîndit vreodată, întrebă el, că întreaga istorie a poeziei englezești a fost hotărîtă de faptul că engleza e săracă în rime?

Nu, acest gînd nu îi trecuse niciodată prin cap lui Winston. Și, avînd în vedere situația, nici nu i se părea foarte important sau interesant.

— Știi cumva ce oră e? întrebă el.

Ampleforth păru din nou surprins.

— Nici nu m-am gîndit la asta. M-au arestat... să tot fie două, poate trei zile de-atunci.

Își trecu rapid privirea peste pereți, de parcă s-ar fi așteptat întru cîtva să găsească o fereastră.

— În locul ăsta nu știi cînd e zi și cînd e noapte. Nu văd cum ai putea calcula ora.

Mai trăncăniră la întîmplare cîteva minute, după care, fără vreun motiv clar, un răcnet din tele-ecran le porunci să tacă. Winston rămase tăcut și cu mîinile încrucișate. Ampleforth, prea mare ca să poată sta comod pe banca îngustă, se foia dintr-o parte într-alta, cuprinzîndu-și cînd un genunchi, cînd pe celălalt cu brațele lui lungi și subțiri. Vocea din tele-ecran se răsti la el să se potolească. Timpul trecea. Douăzeci de minute, o oră – era greu de spus. Afară se auzi din nou zgomot de bocanci. Winston simți cum i se strîng măruntaiele. Curînd, foarte curînd, poate peste cinci minute, poate chiar acum, tropăitul bocancilor va însemna că îi venise rîndul.

Ușa se deschise. Tînărul ofițer cu chip placid intră în celulă. Cu un gest scurt al mîinii, arătă înspre Ampleforth.

— Camera 101, zise el.

Ampleforth ieși împleticindu-se, flancat de gardieni, cu fața ușor îngrijorată, dar fără să înțeleagă ce se întîmplă.

Trecu un răstimp ce păru lung. Durerea din stomacul lui Winston se intensificase din nou. Mintea i se tîra poticnit pe același făgaș, ca o bilă care cădea întruna în aceeași serie de orificii. Nu avea decît șase gînduri. Durerea din stomac, o bucată de pîine, sîngele și țipetele, O'Brien, Julia, lama. Un spasm îi trecut din nou prin măruntaie: bocancii grei se apropiau. Cînd ușa se deschise, curentul de aer făcu să pătrundă un miros puternic de sudoare rece. În celulă intră Parsons. Purta pantaloni scurți kaki și un tricou.

De data asta Winston a fost atît de surprins, încît uită de sine.

— *Tu* aici? zise el.

Parsons îi aruncă lui Winston o privire în care nu se citea nici interes, nici surpriză, doar suferință. Începu să măsoare încăperea cu pași smuciți, căci, evident, nu era în stare să stea liniștit. De fiecare dată cînd își îndrepta genunchii dolofani, se vedea clar că îi tremurau. Ochii îi erau larg deschiși și aveau o privire holbată, ca și cum nu s-ar fi putut abține să se uite la ceva aflat la o distanță nu prea mare.

— De ce te-au adus? întrebă Winston.

— Crimă-n-gîndire! răspunse Parsons, aproape smiorcăindu-se.

Tonul vocii lui sugera concomitent o recunoaștere deplină a vinovăției și un soi de neîncredere îngrozită la ideea că tocmai lui i se putea aplica un asemenea cuvînt. Se opri în fața lui Winston și începu să pledeze însuflețit:

— Nu crezi c-o să mă împuște, bătrîne, așa-i? Nu te împușcă dacă n-ai făcut de fapt nimic – numai niște gînduri, pe care n-ai cum să le oprești? Știu că-ți oferă o audiere corectă. O, am toată încrederea în ei la capitolul ăsta! Doar mă cunosc, nu? *Tu* știi ce băiat am fost. N-am fost băiat rău de felul meu. Nu mă duce pe mine prea mult capul, normal, dar mă străduiesc. M-am zbătut să fac tot ce pot pentru Partid, nu? O să scap cu cinci ani, nu crezi? Fie și zece. Unu' ca mine poate fi de folos în lagăr. Nu m-ar împușca numa' c-am luat-o razna o dată?

— Ești vinovat? întrebă Winston.

— Normal că-s vinovat! strigă Parsons și aruncă o privire slugarnică înspre tele-ecran. Doar nu crezi că Partidul ar aresta un om nevinovat, nu?

Fața de broască i se potoli și căpătă chiar o expresie ușor fățarnică.

— Crima-n-gîndire e o chestie groaznică, bătrîne, zise el cu emfază. E vicleană. Pune stăpînire pe tine fără să-ți dai seama. Pe mine știi cum a pus stăpînire? În somn! Da, așa a fost. Eu numa' îmi vedeam de treabă, încercam să-mi fac datoria, și habar n-aveam că am vreo ticăloșenie în cap. Și dup-aia am început să vorbesc în somn. Știi ce m-au auzit zicînd?

Coborî vocea, ca unul care trebuia să rostească o obscenitate din motive medicale.

— „Jos Fratele cel Mare!“ Da, am zis una ca asta! Pare-se c-am zis-o întruna. Între noi fie vorba, bătrîne, mă bucur că m-au prins înainte ca lucrurile să se înrăutățească. Știi ce-o să le spun cînd o să mă ducă la judecată? „Mulțumesc“, asta o să le spun, „mulțumesc că m-ați salvat înainte să fie prea tîrziu".

— Cine te-a denunțat? întrebă Winston.

— Fiică-mea, zise Parsons cu un soi de mîndrie jalnică. A ascultat la gaura cheii. A auzit ce zic și s-a dus direct la patrule chiar a doua zi. Destul de deșteaptă pentru o puștoaică de șapte ani, nu? Nu-i port pică deloc. De fapt chiar sînt mîndru de ea. Măcar se vede c-am crescut-o cum trebuie.

Mai făcu o serie de mișcări smucite încoace și încolo, privind de cîteva ori cu jind către closet. Apoi își dădu brusc jos pantalonii scurți.

— Să mă ierți, bătrîne, zise el. Nu mai pot. Așteptarea asta-i de vină.

Își trînti posteriorul lui mare pe closet. Winston își acoperi fața cu mîinile.

— Smith! răcni vocea din tele-ecran. 6079 Smith W! Ia-ți mîinile de pe față. În celule nu este permisă ascunderea feței.

Winston își îndepărtă mîinile de pe față. Parsons își făcu treburile zgomotos și abundent. Apoi se dovedi că scurgerea era defectă, așa că celula puți îngrozitor ore întregi după aceea.

Parsons a fost luat. Apoi și alți deținuți au venit și au plecat în mod misterios. Unul dintre ei, o femeie, a fost trimis în „Camera 101" și, după cum a remarcat Winston, a părut că se zbîrcește și își schimbă culoarea la auzul cuvintelor acelora. La un moment dat el se gîndi că dacă fusese adus acolo de dimineață, acum trebuie să fie după-amiază, iar dacă fusese adus după-masa, trebuie să fie miezul nopții. În celulă erau șase deținuți, bărbați și femei. Toți stăteau nemișcați. Vizavi de Winston ședea un bărbat cu o față parcă lipsită de bărbie și cu dinții ieșiți în afară, arătînd exact precum cea a unui rozător mare și inofensiv. Obrajii lui dolofani și pătați erau atît de umflați în partea de jos, încît îți venea greu să nu crezi că avea mici provizii de hrană ascunse acolo. Ochii săi cenușii se mutau timid de la un chip la altul și se întorceau rapid în altă direcție dacă se intersectau cu ai altora.

Ușa se deschise și în celulă fu introdus un alt deținut, a cărui înfățișare îl făcu pe Winston să simtă că îngheață preț de o clipă. Nou-venitul era un bărbat anost, un ins oarecare, care putea să fi fost inginer, tehnician sau ceva de genul acesta. Dar ceea ce uluia la el era emacierea feței. Aducea cu un craniu. Din cauză că era atît de slabă, gura și ochii individului arătau disproporționat de mari, iar privirea îi părea plină de o ură ucigașă și nedomolită față de cineva sau ceva.

Bărbatul se așeză pe bancă, la mică distanță de Winston. Acesta nu-i mai aruncă nici o privire, dar chipul lui chinuit, cu aspect de craniu, îi rămase imprimat în minte, de parcă i-ar fi stat chiar dinaintea ochilor. Înțelese brusc care era problema. Omul murea de foame. Același gînd păru să le treacă simultan prin minte tuturor celorlalți din celulă. De jur împrejurul băncii se stîrni o ușoară agitație. Bărbatul fără bărbie îi tot arunca priviri individului cu față de craniu, apoi întorcea vinovat ochii în altă parte, după care se uita iar, cuprins de o atracție irezistibilă. Deodată începu să se foiască. În cele din urmă se ridică, traversă celula cu un pas legănat, vîrî mîna în buzunarul salopetei și, cu un aer fîstîcit, îi întinse bărbatului cu față de craniu o bucată jegoasă de pîine.

Dinspre tele-ecran se auzi un răget furios, asurzitor. Bărbatul fără bărbie se opri brusc. Individul cu față de craniu duse rapid mîinile la spate, de parcă ar fi vrut să arate lumii întregi că refuză darul.

— Bumstead! bubui vocea. 2713 Bumstead J! Aruncă bucata aia de pîine.

Bărbatul fără bărbie lăsă bucata de pîine să cadă pe jos.

— Rămîi în picioare acolo unde ești, spuse vocea. Cu fața la ușă. Nu te mișca.

Bărbatul fără bărbie execută ordinele. Obrajii mari și umflați îi tremurau incontrolabil. Ușa se deschise cu un zăngănit. După ce ofițerul cel tînăr intră și se trase la o parte, din spatele lui apăru un gardian bondoc, cu brațe și umeri imenși. Se plasă în fața bărbatului fără bărbie și apoi, la un semn al ofițerului, slobozi o lovitură înspăimîntătoare, în care își pusese toată greutatea corpului, direct în gura bărbatului fără bărbie. Forța loviturii aproape că păru să-l ridice pe bărbat de la podea. Trupul i-a fost aruncat pînă în celălalt capăt al celulei, lovindu-se de baza closetului. Preț de o clipă rămase acolo uluit, cu un sînge întunecat scurgîndu-i-se din gură și din nas. Ieșea din el un scîncet foarte încet sau un cîrîit, ce părea inconștient. Apoi se rostogoli pe-o parte și se ridică șovăitor pe genunchi și în mîini. Cele două jumătăți ale unei proteze dentare îi țîșniră din gură odată cu un șuvoi de sînge și salivă.

Deținuții rămaseră încremeniți, cu mîinile încrucișate pe genunchi. Bărbatul fără bărbie se cățără înapoi la locul lui. Fața începea să i se învinețească într-o parte. Gura i se umflase, părînd o masă informă, de culoarea vișinelor, cu o gaură neagră în mijloc. Din cînd în cînd îi mai picura cîte un strop de sînge pe pieptii salopetei. Ochii cenușii continuau să i se deplaseze rapid de la o față la alta, mai vinovați ca niciodată, ca și cînd ar fi încercat să afle cît de mult îl disprețuiau ceilalți pentru această umilință.

Ușa se deschise. Cu un gest mic, ofițerul arătă înspre bărbatul cu față de craniu.

— Camera 101, spuse el.

Lîngă Winston se auzi un icnet și se stîrni agitație. Bărbatul se aruncase pur și simplu pe jos, în genunchi, cu mîinile împreunate.

— Tovarășe! Tovarășe ofițer! strigă el. Nu-i nevoie să mă duceți în locul ăla! Nu v-am spus deja totul? Ce mai vreți să știți? Mărturisesc orice, absolut orice! Spuneți-mi doar ce și o să mărturisesc imediat. Scrieți ce trebuie și eu semnez – orice! Numai nu Camera 101!

— Camera 101, spuse ofițerul.

Fața bărbatului, care era deja foarte palidă, căpătă o culoare pe care Winston nu și-ar fi imaginat-o posibilă. Era o nuanță clară, inconfundabilă, de verde.

— Faceți-mi orice! urlă el. Deja mă înfometați de săptămîni întregi. Terminați treaba și lăsați-mă să mor. Împușcați-mă. Spînzurați-mă. Condamnați-mă la douăzeci și cinci de ani. Pe cine mai vreți să trădez? Spuneți-mi despre cine-i vorba și vă zic tot ce vreți. Nu-mi pasă cine e sau ce-o să-i faceți. Am nevastă și trei copii. Cel mai mare n-are încă șase ani. Puteți să-i luați pe toți și să le tăiați beregata în fața mea, că nici n-o să-ntorc privirea, o să stau și-o să mă uit. Dar nu Camera 101!

— Camera 101, spuse ofițerul.

Bărbatul se uită înnebunit de jur împrejur, la ceilalți deținuți, ca și cînd ar fi vrut să găsească altă victimă în locul lui. Ochii i se opriră asupra chipului zdrobit al bărbatului fără bărbie. Întinse cu un zvîcnet brațul lui subțire.

— Pe ăsta ar trebui să-l luați, nu pe mine! țipă el. Nu l-ați auzit ce-a zis după ce i-au bușit fața. Dați-mi numai ocazia și-o să vă zic fiecare cuvînt. *El* e dușmanul Partidului, nu eu.

Gardienii se apropiară. Vocea bărbatului se transformă într-un zbieret.

— Nu l-ați auzit! repetă el. N-a funcționat tele-ecranul. Pe *el* îl vreți! Luați-l pe el, nu pe mine!

Cei doi gardieni solizi se opriseră ca să-l apuce de brațe. Dar chiar în acel moment individul se aruncă pe podeaua celulei și apucă unul din picioarele de fier care susțineau banca. Slobozi un urlet fără cuvinte, ca de animal. Gardienii îl apucară, încercînd să-l desprindă, dar el continuă să se agațe cu o forță uluitoare. Traseră de el preț de vreo douăzeci de secunde. Deținuții rămaseră tăcuți, cu mîinile încrucișate pe genunchi și privirea îndreptată în față. Urletul încetă: bărbatul nu mai avea suflu pentru nimic altceva în afară de efortul de a se agăța. Apoi se auzi un alt fel de strigăt. Un gardian îi trăsese un șut și bocancul îi zdrobise degetele de la o mînă. Îl smulseră, ridicîndu-l în picioare.

— Camera 101, spuse ofițerul.

Bărbatul a fost scos afară, pășind împleticit, cu capul în piept, oblojindu-și mîna zdrobită și lecuit de orice dorință de a lupta.

Trecu un timp îndelungat. Dacă bărbatul cu față de craniu fusese luat la miezul nopții, atunci era dimineață, iar dacă fusese luat dimineața, atunci era după-amiază. Winston stătea singur de ore întregi. Durerea pe care i-o provoca statul pe banca îngustă era atît de mare, încît adeseori se ridica și se plimba prin celulă, fără să-și atragă vreun reproș din partea tele-ecranului. Bucata de pîine rămăsese acolo unde o scăpase bărbatul fără bărbie. La început trebuise să facă un mare efort de voință ca să nu se uite la ea, dar în curînd setea înlocui foamea. Gura îi era lipicioasă și simțea un gust mizerabil în ea. Bîzîitul și lumina care nu-și schimba intensitatea îi provocară un soi de leșin, o senzație de gol în cap. Se ridica fiindcă nu mai suporta durerea din oase și se așeza la loc aproape imediat deoarece era prea amețit ca să poată sta în picioare. De îndată ce reușea să-și controleze cît de cît senzațiile fizice, îl cuprindea din nou groaza. Uneori, cu speranța tot mai stinsă, se gîndea la O'Brien și la lamă. Ar fi putut să i-o trimită în mîncare, asta dacă avea să mai fie hrănit vreodată. La Julia se gîndea și mai vag. Suferea pe undeva, poate chiar mult mai rău decît el. Poate că urla de durere chiar în acel moment. Se gîndi: „Dacă aș putea s-o salvez pe Julia dublîndu-mi propria durere, aș face-o? Da, aș face-o". Dar era doar o hotărîre în plan intelectual, luată fiindcă știa că se cuvine s-o ia. În realitate nu simțea asta. În acest loc nu puteai simți nimic în afară de durere și de anticiparea durerii. În plus, era oare posibil ca, în momentul cînd îndurai durerea, să existe vreun motiv pentru care să-ți dorești ca ea să se intensifice? Numai că la această întrebare încă nu putea răspunde.

Tropăitul de bocanci se apropia din nou. Ușa se deschise. Intră O'Brien.

Winston sări în picioare. La vederea acestuia, surpriza îi alungă orice prudență. Pentru prima dată după mulți ani, uită de prezența tele-ecranului.

— Au pus mîna și pe dumneavoastră! strigă el.

— Au pus mîna pe mine cu mult timp în urmă, spuse O'Brien cu o ironie blajină, aproape tristă.

Se dădu la o parte. Din spatele lui apăru un gardian lat în spate, cu un baston lung și negru în mînă.

— Ai știut-o, Winston, spuse O'Brien. Nu te amăgi. Ai știut-o – ai știut-o de la bun început.

Da, își dădu el seama, o știuse de la bun început. Dar acum nu avea timp să se gîndească la asta. Nu avea ochi decît pentru bastonul din mîna gardianului. Putea ateriza oriunde: în creștetul capului, peste lobul urechii, în partea de sus a brațului, în cot...

Cotul! Se prăbuși în genunchi, aproape paralizat, strîngîndu-și cotul lovit cu cealaltă mînă. Totul explodase într-o lumină galbenă. Era incredibil, absolut incredibil că o singură lovitură putea provoca asemenea durere! Lumina se limpezi și Winston îi văzu pe cei doi privind în jos, spre el. Gardianul rîdea de zvîrcolelile lui. Oricum, o întrebare își găsise răspunsul. Nu-ți puteai dori niciodată o durere mai mare – pentru nimic în lume. Cînd vine vorba de durere, nu-ți poți dori decît un singur lucru: să înceteze. Nu există nimic atît de rău ca durerea fizică. În fața durerii nu există eroi, nu există eroi, își repetă el întruna în timp ce se zvîrcolea pe jos, strîngîndu-și inutil schiloditul braț stîng.

II

Era întins pe ceva ce părea a fi un pat de campanie, doar că mai înalt, iar el era fixat acolo în așa fel încît nu se putea mișca. O lumină ce părea mai puternică decît de obicei îi cădea pe față. O'Brien stătea în picioare lîngă pat și-l privea atent pe Winston. De cealaltă parte a patului se afla un bărbat în halat alb, cu o seringă hipodermică în mînă.

Chiar și după ce a deschis ochii, și-a dat seama doar treptat de tot ce era în jurul lui. Avea impresia că plutise pînă în această încăpere dintr-o lume complet diferită, un soi de lume subacvatică, aflată undeva sub cea de aici. Nu știa cît timp petrecuse acolo jos. Din momentul în care-l arestaseră, nu mai văzuse nici întuneric, nici lumina zilei. În plus, amintirile nu îi erau continue. Existaseră momente în care starea de conștiență, pînă și genul de conștiență pe care o ai în somn, încetase cu totul și îi revenise după un interval de absență. Numai că nu avea cum să-și dea seama dacă intervalele erau zile, săptămîni sau doar cîteva secunde.

Cu acea primă lovitură în cot începuse coșmarul. Mai tîrziu avea să înțeleagă că tot ce s-a întîmplat după aceea nu reprezenta decît o introducere, un interogatoriu banal, la care erau supuși aproape toți deținuții. Exista o gamă largă de infracțiuni – spionaj, sabotaj și altele asemenea – pe care toată lumea trebuia să le mărturisească din principiu. Mărturisirea era o formalitate, deși tortura era reală. De cîte ori fusese bătut, cît duraseră bătăile, asta nu-și amintea. De fiecare dată îl cotonogeau simultan cîte cinci sau șase bărbați în uniforme negre. Uneori recurgeau la pumni, alteori la bastoane, uneori la bare de oțel, alteori la bocanci. Au existat momente cînd se rostogolise pe jos, nerușinat ca un animal, zvîrcolindu-și trupul încoace și încolo în încercarea continuă și inutilă de a evita loviturile și nereușind decît să-și atragă și mai multe lovituri – în coaste, în stomac, peste coate, peste fluierele picioarelor, în vintre, în testicule, în osul de la baza șirei spinării. Au existat momente cînd bătaia a continuat întruna, pînă ce a ajuns să i se pară că lucrul cu adevărat ticălos, crud și de neiertat nu era că gardienii nu se opreau din cotonogeală, ci că el nu reușea să se forțeze să-și piardă cunoștința. Au existat momente cînd curajul l-a părăsit într-o asemenea măsură, încît a început să cerșească milă chiar înainte să înceapă bătaia, cînd simplul fapt că vedea un pumn încordat, gata să lovească, era suficient ca să-i stîrnească un șuvoi de mărturisiri ale unor fărădelegi reale și imaginare. Au existat și momente cînd a pornit de la hotărîrea de a nu mărturisi nimic, cînd fiecare cuvînt a trebuit să-i fie smuls printre icnete de durere, și au existat alte momente cînd a încercat zadarnic să ajungă la un compromis, cînd și-a spus „Voi mărturisi, dar nu încă. Trebuie să rezist pînă ce durerea devine insuportabilă. Încă trei lovituri, încă două lovituri, apoi le spun tot ce vor să știe". Uneori a fost bătut pînă ce abia se mai ținea pe picioare, după care a fost azvîrlit ca un sac de cartofi pe lespezile de piatră ale vreunei celule, lăsat să-și revină cîteva ore, apoi luat și bătut din nou. Au existat și perioade mai lungi de recuperare. Și le amintea doar vag, căci le petrecuse în principal fie dormind, fie într-o stare de semiconștiență. Își amintea o celulă cu un pat de scînduri, un soi de poliță care ieșea din perete, un lighean de tablă și mese cu supă caldă, pîine și, uneori, cafea. Își amintea un frizer ursuz care a venit să-i scurteze părul și să-i radă barba, precum și niște bărbați indiferenți și metodici, în halate albe, care-i luaseră pulsul, îi testaseră reflexele, îi întorseseră pleoapele pe dos, îl pipăiseră cu degete dure, căutîndu-l de oase rupte, și îi înfipseseră ace în braț ca să-l adoarmă.

Bătăile s-au rărit și au devenit mai degrabă o amenințare, o grozăvie la care putea fi supus din nou ori de cîte ori răspunsurile lui nu se dovedeau satisfăcătoare. De-acum anchetatorii nu mai erau niște ticăloși în uniforme negre, ci intelectuali ai Partidului, bărbați scunzi și dolofani, cu mișcări rapide și străfulgerări în lentilele ochelarilor, care lucrau cu el în schimburi, pe perioade ce durau – credea el, doar că nu putea fi sigur – cîte zece sau douăsprezece ore. Anchetatorii aceștia se asigurau că simte tot timpul o oarecare durere, dar nu pe durere se bazau ei în primul rînd. Îl plesneau peste față, îi răsuceau urechile, îl trăgeau de păr, îl puneau să stea într-un picior, nu-i dădeau voie să urineze, îi vîrau în față lumini strălucitoare pînă ce lui Winston începeau să-i dea lacrimile. Scopul lor însă era pur și simplu de a-l umili și de a-i distruge capacitatea de a judeca și argumenta. Adevărata lor armă era interogatoriul nemilos, care continua întruna, ore întregi, și în care îi puneau piedici și capcane, răstălmăceau tot ce spunea, îl acuzau la tot pasul de minciuni și contradicții, pînă ce el începea să plîngă atît de rușine, cît și de epuizare psihică. Uneori îl apuca plînsul și de șase ori într-o singură tură. De cele mai multe ori ei urlau injurii și, la fiecare ezitare a sa, amenințau să-l dea din nou pe mîna gardienilor, dar uneori schimbau brusc placa, îi spuneau „tovarășe", făceau apel la el în numele Soceng și al Fratelui cel Mare și îl întrebau cu tristețe dacă nu-i rămăsese nici măcar acum suficientă loialitate față de Partid ca să-și dorească să îndrepte răul făcut. Cînd era cu nervii praf după orele lungi de interogatoriu, pînă și acest apel reușea să-l reducă la lacrimi și smiorcăieli. În cele din urmă vocile acestea tracasante l-au dărîmat mai mult decît bocancii și pumnii gardienilor. A devenit pur și simplu o gură care rostea și o mînă care semna tot ce i se cerea. Nu-l interesa decît să afle ce voiau ei să mărturisească și apoi să mărturisească rapid, înainte să înceapă iarăși tratamentul brutal. A mărturisit că asasinase membri de seamă ai Partidului, că distribuise broșuri subversive, că delapidase fonduri publice, că vînduse secrete militare și că înfăptuise sabotaje de tot felul. A mărturisit că era spion plătit de guvernul estasian încă din 1968. A mărturisit că era credincios, admirator al capitalismului și depravat sexual. A mărturisit că își omorîse nevasta, deși știa – cum știau, probabil, și anchetatorii – că nevastă-sa era încă în viață. A mărturisit că era de ani de zile în legătură directă cu Goldstein și că era membru al unei organizații subterane din care făceau parte aproape toți oamenii pe care-i cunoscuse vreodată. Era mai ușor să mărturisească tot și să trădeze pe toată lumea. În plus, era cumva adevărat. Era adevărat că fusese dușmanul Partidului, iar în ochii Partidului nu exista nici o diferență între gînd și faptă.

Mai avea și alt fel de amintiri. I se reliefau în minte pîlpîind fugar, ca niște imagini decupate pe un fond negru.

Se afla într-o celulă care poate că era luminată, poate că nu, fiindcă el nu vedea nimic în afară de o pereche de ochi. În apropiere se găsea un soi de dispozitiv care ticăia încet și regulat. Ochii au devenit mai mari și mai luminoși. Brusc, s-a ridicat plutind din scaun, a plonjat în ochii aceia și a fost înghițit de ei.

Era legat de un scaun înconjurat de cadrane, sub lumina unor lămpi orbitoare. Un bărbat în halat alb citea cadranele. De afară s-a auzit un tropăit de bocanci grei. Ușa s-a deschis cu un zăngănit. Ofițerul cu fața ca o mască de ceară a intrat cu pași apăsați, urmat de două gărzi.

— Camera 101, spuse ofițerul.

Bărbatul în halat alb nu s-a întors. Nici nu i-a aruncat vreo privire lui Winston, ci a continuat doar să se uite la cadrane.

Alerga pe un coridor imens, lat de un kilometru, scăldat într-o lumină fantastică, aurie, hohotea de rîs și mărturisea cît putea de tare tot felul de lucruri. Mărturisea tot, chiar și lucruri pe care reușise să le ascundă în timpul torturii. Își povestea întreaga viață unui public care o știa deja. Alături de el se aflau gardienii, ceilalți anchetatori, bărbații în halate albe, O'Brien, Julia, domnul Charrington și toți alergau împreună pe coridor și hohoteau în gura mare. Un lucru teribil, care ar fi trebuit să se întîmple în viitor, fusese cumva evitat și nu mai avusese loc. Totul era în regulă, nu mai exista durere, ultimul amănunt al vieții sale fusese dezvăluit, înțeles, iertat.

Încercă să se ridice de pe patul de scînduri, pe jumătate convins că auzise vocea lui O'Brien. Deși nu-l văzuse deloc, pe tot parcursul interogatoriului avusese senzația că O'Brien stă chiar lîngă el, doar că nevăzut. O'Brien era cel care orchestra totul. El era cel care asmuțea gardienii asupra lui Winston și cel care-i oprea să nu-l omoare. El era cel care hotăra cînd va urla Winston de durere, cînd va avea un moment de respiro, cînd va fi hrănit, cînd va dormi, cînd i se vor injecta droguri în braț. El era cel care punea întrebările și sugera răspunsurile. El era torționarul, el era protectorul, el era inchizitorul, el era prietenul. Iar odată – Winston nu mai ținea minte dacă în timpul unui somn indus de droguri sau al unui somn obișnuit ori chiar într-un moment de trezie – o voce i-a murmurat în ureche: „Nu-ți face griji, Winston, ești sub oblăduirea mea. De șapte ani veghez asupra ta. Acum a sosit momentul de cotitură. Te voi salva, te voi face perfect". Nu știa sigur dacă era vocea lui O'Brien, însă era aceeași voce care îi spusese în celălalt vis, în urmă cu șapte ani: „Ne vom întîlni în locul unde nu există întuneric".

Nu-și amintea finalul acelui interogatoriu. A urmat o perioadă de întuneric, iar apoi celula sau încăperea în care se găsea acum a început treptat să prindă contur în jurul lui. Era întins aproape cu totul pe spate și nu se putea mișca. Trupul îi era imobilizat în toate punctele esențiale. Chiar și ceafa îi era prinsă cumva. O'Brien îl privea de sus, grav și oarecum trist. Văzută de jos, fața îi părea aspră și epuizată, cu pungi sub ochi și riduri de oboseală ce duceau de la nas la bărbie. Era mai în vîrstă decît crezuse Winston: avea, probabil, patruzeci și opt sau cincizeci de ani. Mîna i se odihnea pe un cadran cu o manetă în vîrf și cu cifre de jur împrejur.

— Ți-am spus că dacă ne vom mai întîlni vreodată, aici va fi, spuse O'Brien.

— Da, răspunse Winston.

Fără vreun alt avertisment în afară de o ușoară mișcare a mîinii lui O'Brien, un val de durere îi năvăli lui Winston în trup. Era o durere înfricoșătoare, pentru că nu vedea ce se întîmpla și avea senzația că era cumva rănit de moarte. Nu știa dacă se întîmpla cu adevărat ceva sau efectul era indus electric, însă trupul îi era deformat și articulațiile îi erau smulse încetul cu încetul. Deși durerea îi iscase broboane de sudoare pe frunte, cel mai greu de suportat era teama că șira spinării urma să-i plesnească în orice moment. Își încleștă dinții și începu să respire adînc pe nas, încercînd să rămînă tăcut cît de mult putea.

— Ți-e teamă că în orice moment poate să plesnească ceva, spuse O'Brien, privindu-i fața. În special ți-e teamă că va fi șira spinării. Ai în minte o imagine cît se poate de vie a felului cum se vor desprinde vertebrele și din ele o să înceapă să se scurgă măduva. La asta te gîndești, nu-i așa, Winston?

Winston nu răspunse. O'Brien coborî maneta cadranului. Valul de durere se retrase aproape la fel de repede cum îl copleșise.

— Asta a fost patruzeci, spuse O'Brien. Vezi că numerele de pe cadranul acesta ajung pînă la o sută. Pe parcursul conversației noastre nu uita, te rog, că îmi stă în putere să-ți provoc durere în orice moment și la orice intensitate am eu chef. Dacă îmi spui vreo minciună, dacă încerci să te eschivezi în vreun fel sau chiar să cobori sub nivelul dumitale obișnuit de inteligență, vei urla de durere instantaneu. Ai înțeles?

— Da, răspunse Winston.

Atitudinea lui O'Brien se mai îmblînzi. Își rearanjă ochelarii cu atenție și mai făcu un pas sau doi prin încăpere. Cînd în cele din urmă vorbi, vocea îi era blajină și răbdătoare. Avea aerul unui doctor, al unui profesor, ba chiar al unui preot, mai degrabă dornic să explice și să convingă decît să pedepsească.

— Îmi dau osteneala cu dumneata, Winston, pentru că meriți, spuse el. Știi prea bine care-i problema dumitale. O știi de ani de zile, deși ai încercat să o negi. Ești bolnav mintal. Suferi de memorie deficitară. Nu ești capabil să-ți amintești evenimente reale și te convingi că îți amintești alte evenimente, care nu au avut loc niciodată. Din fericire, este o boală vindecabilă. Nu te-ai vindecat singur pentru că ai decis să n-o faci. Această vindecare presupunea un mic efort de voință pe care nu ai fost dispus să-l faci. Chiar și acum, după cum îmi dau prea bine seama, te agăți de această boală fiindcă ai impresia că e o virtute. Hai să luăm un exemplu. În acest moment cu ce putere este Oceania în război?

— Cînd am fost arestat, Oceania era în război cu Estasia.

— Cu Estasia. Bine. Și Oceania s-a războit dintotdeauna cu Estasia, nu-i așa?

Winston trase adînc aer în piept. Deschise gura, pregătindu-se să vorbească, dar nu scoase nici un cuvînt. Nu-și putea lua ochii de la cadran.

— Adevărul, te rog, Winston. Adevărul *dumitale*. Spune-mi ce crezi că-ți amintești.

— Îmi amintesc că, pînă cu doar o săptămînă înainte să fiu arestat, nu ne-am războit deloc cu Estasia. Eram aliați cu ei. Luptam împotriva Eurasiei. Asta a durat patru ani. Înainte...

O'Brien îl opri cu un gest al mîinii.

— Un alt exemplu, spuse el. Cu cîțiva ani în urmă ai avut o închipuire cu adevărat gravă. Ai fost convins că trei bărbați, trei foști membri de Partid pe nume Jones, Aaronson și Rutherford, care au fost executați pentru trădare și sabotaj după ce au făcut cea mai completă mărturisire cu putință, nu s-au făcut vinovați de fărădelegile de care fuseseră acuzați. Ai fost convins că ai văzut mărturii scrise incontestabile ce dovedeau că mărturisirile lor erau false. A existat o anumită fotografie despre care ai avut o halucinație. Ți-ai închipuit că ai ținut-o cu adevărat în mînă. Era o fotografie asemănătoare cu aceasta.

În mîna lui O'Brien apăruse o tăietură dreptunghiulară dintr-un ziar. Preț de vreo cinci secunde, ea intră în cîmpul vizual al lui Winston. Era o fotografie și nu încăpea îndoială ce reprezenta. Era fotografia *aceea*. Era un alt exemplar din fotografia cu Jones, Aaronson și Rutherford la evenimentul Partidului din New York, fotografia peste care dăduse din întîmplare cu unsprezece ani în urmă și o distrusese imediat. Nu o avu în fața ochilor decît pentru o clipă, după care dispăru din nou. Dar o văzuse, cu siguranță o văzuse! Făcu un efort disperat, chinuitor, să-și elibereze partea de sus a trupului. Îi era imposibil să se miște în vreo direcție fie și un centimetru. Pe moment uitase chiar și de cadran. Nu voia decît să țină iar fotografia în mînă sau măcar s-o vadă.

— Există! strigă el.

— Nu, spuse O'Brien.

Traversă încăperea. În peretele de vizavi se găsea o gaură de memorie. O'Brien ridică grilajul care o acoperea. Hîrtiuța fragilă călători nevăzută, dusă de vîrtejul de aer cald, și dispăru, mistuită de flăcări. O'Brien se întoarse de la perete.

— Scrum, spuse el. Nici măcar scrum identificabil. Pulbere. Nu există. N-a existat niciodată.

— Dar a existat! Există! Există în amintire. Eu mi-o amintesc. Dumneavoastră v-o amintiți.

— Eu nu mi-o amintesc, zise O'Brien.

Lui Winston i se frînse inima. Ce făcea O'Brien era dublugîndire. Îl cuprinse o senzație de neajutorare cumplită. Dacă ar fi putut avea certitudinea că O'Brien mințea, nu ar fi contat. Dar era absolut posibil ca O'Brien să fi uitat cu adevărat fotografia. Și dacă așa stăteau lucrurile, atunci, desigur, uitase deja că tăgăduise faptul că-și amintise și uitase și faptul că uitase. Cum puteai fi sigur că nu era decît un truc? Poate dislocarea aceea dementă din minte chiar se putea întîmpla. Acesta era gîndul care-l dobora.

O'Brien îl privea de deasupra lui cu un aer meditativ. Semăna mai mult ca niciodată cu un profesor care se străduiește din răsputeri cu un copil îndărătnic, dar promițător.

— Partidul are un slogan care se referă la controlul trecutului, spuse el. Repetă-l, te rog.

— „Cine controlează trecutul controlează viitorul; cine controlează prezentul controlează trecutul", repetă ascultător Winston.

— „Cine controlează prezentul controlează trecutul", repetă O'Brien, aprobînd încet din cap. Ești de părere, Winston, că trecutul există cu adevărat?

Pe Winston îl copleşi din nou senzaţia de neajutorare. Aruncă o privire cadranului. Nu ştia dacă răspunsul care avea să-l scutească de durere era „da“ sau „nu“ - nu ştia nici măcar care răspuns era considerat ca fiind cel adevărat.

O'Brien zîmbi uşor.

— Nu le ai cu metafizica, Winston, spuse el. Pînă în acest moment nu te-ai întrebat niciodată ce înseamnă existenţa. Mă voi exprima mai clar. Trecutul există cumva concret, în spaţiu? Există undeva un loc, o lume de obiecte materiale, unde trecutul încă se desfăşoară?

— Nu.

— Atunci unde există trecutul, dacă există în vreun fel?

— În documente. Este consemnat în scris.

— În documente. Şi...

— În minte. În memoria oamenilor.

— În memorie. Foarte bine atunci. Noi, Partidul, controlăm toate documentele şi controlăm toate memoriile. Prin urmare, controlăm şi trecutul, nu-i aşa?

— Dar cum puteţi împiedica oamenii să-şi amintească lucruri? strigă Winston, uitînd iarăşi o clipă de cadran. E ceva involuntar. Nu depinde de individ. Cum puteţi controla memoria? Pe a mea nu aţi controlat-o!

Atitudinea lui O'Brien se înăspri din nou. Puse mîna pe cadran.

— Dimpotrivă, zise el, *dumneata* nu ţi-ai controlat-o. De-asta ai ajuns aici. Ai ajuns aici pentru că n-ai putut să-ţi mobilizezi modestia şi autodisciplina. N-ai fost în stare de supunere, care este preţul sănătăţii mintale. Ai preferat să fii un smintit, o minoritate de unu. Numai mintea disciplinată poate vedea realitatea, Winston. Dumneata crezi că realitatea este ceva obiectiv, ceva exterior, care există în sine. Crezi, de asemenea, că natura realităţii este de la sine înţeleasă. Cînd te amăgeşti să crezi că vezi ceva, presupui și că tot restul lumii vede același lucru. Eu însă îți spun, Winston, că realitatea nu este ceva exterior. Realitatea există în mintea umană și nicăieri altundeva. Nu în mintea individuală, care poate greși și, oricum, piere rapid – numai în mintea Partidului, care este colectivă și nemuritoare. Orice spune Partidul că reprezintă adevărul *este* adevărul. Realitatea nu poate fi văzută altfel decît privind prin ochii Partidului. Acesta este lucrul pe care trebuie să-l reînveți, Winston. Reînvățarea impune un act de autodistrugere, un efort de voință. Trebuie să devii umil înainte să te poți însănătoși la minte.

Făcu o pauză de cîteva clipe, ca și cînd ar fi vrut să îi dea timp lui Winston să asimileze ce-i spusese.

— Ții minte, continuă el, că ai scris în jurnal: „Libertatea înseamnă libertatea de a spune că doi plus doi fac patru“?

— Da, răspunse Winston.

O'Brien ridică mîna stîngă, cu dosul palmei îndreptat spre Winston, degetul mare ascuns și celelalte patru degete ridicate.

— Cîte degete îți arăt aici, Winston?

— Patru.

— Și dacă Partidul spune că nu sînt patru, ci sînt cinci... atunci cîte?

— Patru.

Își termină cuvîntul într-un icnet de durere. Acul cadranului sărise la cincizeci și cinci. Întregul corp i se acoperi de transpirație. Aerul îi sfîșie plămînii și ieși în gemete adînci, pe care nu le putu opri nici strîngînd din dinți. O'Brien îl privea, cu cele patru degete încă întinse. Trase maneta înapoi. De data asta durerea nu se potoli decît un pic.

— Cîte degete, Winston?

— Patru.

Acul urcă la șaizeci.

— Cîte degete, Winston?

— Patru! Patru! Ce altceva pot să spun? Patru!

Acul probabil că urcase din nou, dar Winston nu se uită la el. Chipul greoi și sever și cele patru degete îi umpleau cîmpul vizual. Degetele i se ridicau enorme dinaintea ochilor, ca niște stîlpi, încețoșate și parcă vibrînd, dar incontestabil patru.

— Cîte degete, Winston?

— Patru! Încetați, încetați! Cum de puteți continua? Patru! Patru!

— Cîte degete, Winston?

— Cinci! Cinci! Cinci!

— Nu, Winston, n-are rost. Minți. Ești convins în continuare că sînt patru. Cîte degete, te rog?

— Patru! Cinci! Patru! Cum vreți. Numai încetați, opriți durerea!

Dintr-odată se trezi că stă în capul oaselor, cu brațul lui O'Brien pe după umeri. Probabil își pierduse cunoștința preț de cîteva secunde. Legăturile care îi țintuiseră trupul fuseseră slăbite. Îi era foarte frig, tremura incontrolabil, îi clănțăneau dinții, iar pe obraji îi șiroiau lacrimi. Preț de o clipă se agăță de O'Brien ca un copil, găsind o alinare ciudată în brațul greu care-i înconjura umerii. Avea senzația că O'Brien e protectorul lui, că durerea venea din afară, dintr-o altă sursă, și că O'Brien îl putea salva.

— Înveți cam încet, Winston, spuse cu blîndețe O'Brien.

— Ce să fac? bolborosi el. Ce să fac dacă văd ce este dinaintea ochilor mei? Doi plus doi fac patru.

— Uneori, Winston. Alteori fac cinci. Alteori, trei. Alteori fac toate rezultatele simultan. Trebuie să te străduiești mai mult. Nu-i ușor să devii iar întreg la minte.

Îl întinse pe Winston pe pat. Legăturile de la membre se strînseră din nou, dar durerea se potolise și tremuratul încetase, lăsîndu-l doar slăbit și înfrigurat. O'Brien făcu un semn cu capul către bărbatul în halat alb, care rămăsese în picioare, nemișcat, pe parcursul întregii acțiuni. Bărbatul în halat alb se aplecă și îi examină lui Winston ochii îndeaproape, îi luă pulsul, își lipi urechea de pieptul lui, îl pipăi ici și colo, apoi încuviință din cap către O'Brien.

— Încă o dată, spuse O'Brien.

Durerea năvăli în trupul lui Winston. Acul trebuie să fi ajuns la șaptezeci sau șaptezeci și cinci. De data asta închisese ochii. Știa că degetele erau tot acolo și erau tot patru. Nu conta decît să reușească să rămînă cumva în viața pînă ce trecea spasmul. Deja nu-și mai dădea seama dacă țipă sau nu. Durerea se potoli din nou. Deschise ochii. O'Brien coborîse maneta.

— Cîte degete, Winston?

— Patru. Presupun că sînt patru. Aș vedea cinci dacă aș putea. Mă străduiesc să văd cinci.

— Ce-ți dorești: să mă convingi că vezi cinci sau să le vezi cu adevărat?

— Să le văd cu adevărat.

— Încă o dată, spuse O'Brien.

Probabil că acul ajunsese la optzeci sau nouăzeci. Winston își amintea doar intermitent de ce îl asalta durerea. În dosul pleoapelor lui strîns lipite părea să se miște o pădure de degete, într-un soi de dans, împletindu-se și despletindu-se, dispărînd unul în spatele celuilalt, apoi apărînd din nou. Încerca să le numere, deși nu-și amintea de ce. Știa doar că era imposibil să le numere și că asta avea ceva de-a face cu misterioasa identitate dintre cinci și patru. Durerea se potoli din nou. Cînd deschise ochii, își dădu seama că vedea același lucru. Nenumărate degete, ca niște copaci mișcători, se unduiau în toate direcțiile, intersectîndu-se și reintersectîndu-se. Închise ochii la loc.

— Cîte degete îți arăt, Winston?

— Nu știu. Nu știu. Dacă mai faceți asta, o să mă omorîți. Patru, cinci, șase... vă zic cu toată sinceritatea, nu știu.

— Ceva mai bine, spuse O'Brien.

Un ac alunecă în brațul lui Winston. Aproape în aceeași clipă în trup i se răspîndi o căldură minunată, binefăcătoare. Durerea era deja pe jumătate uitată. Deschise ochii și se uită cu recunoștință la O'Brien. La vederea chipului greoi și ridat, atît de urît și atît de inteligent, i se frînse inima. Dacă s-ar fi putut mișca, ar fi întins o mînă și ar fi pus-o pe brațul lui O'Brien. Nu-l iubise niciodată atît de profund ca în acest moment – și nu doar pentru că pusese capăt durerii. Îi revenise vechea senzație că nu conta dacă O'Brien îi era prieten sau dușman. O'Brien era o persoană cu care se putea vorbi. Poate că oamenii nu voiau să fie iubiți, ci mai degrabă înțeleși. O'Brien îl torturase pînă în pragul nebuniei și, fără îndoială, în scurt timp avea să-l trimită la moarte. Nu conta. Într-un sens mai profund decît prietenia, erau intimi: exista undeva un loc unde se puteau întîlni și puteau vorbi, chiar dacă vorbele în sine s-ar putea să nu fie rostite niciodată. Ochii lui O'Brien priveau în jos, spre Winston, cu o expresie care părea să sugereze că și el se gîndea la același lucru. Cînd vorbi, o făcu pe un ton calm, de conversație.

— Știi unde te afli, Winston? întrebă el.

— Nu știu. Pot ghici. În Ministerul Iubirii.

— Știi de cît timp ești aici?

— Nu știu. De zile, săptămîni, luni... cred că de cîteva luni.

— Și de ce crezi că-i aducem pe oameni în locul ăsta?

— Ca să-i faceți să mărturisească.

— Nu, nu acesta este motivul. Mai încearcă.

— Ca să-i pedepsiți.

— Nu! exclamă O'Brien.

Vocea i se schimbase extraordinar de mult și chipul îi devenise atît sever, cît și însuflețit.

— Nu! Nu doar ca să-ți smulgem mărturisirea, nici ca să te pedepsim. Să-ți spun de ce te-am adus aici? Ca să te vindecăm! Ca să te facem sănătos la minte! Vrei să înțelegi, Winston, că nici o persoană pe care o aducem aici nu pleacă vreodată nevindecată din mîinile noastre? Nu ne interesează fărădelegile alea stupide pe care le-ai comis. Partidul nu e interesat de actul fățiș: gîndul, el e singurul care ne interesează. Nu ne distrugem pur și simplu dușmanii. Îi transformăm. Înțelegi ce vreau să spun cu asta?

Stătea aplecat deasupra lui Winston. Fața îi părea enormă din pricina apropierii și hidos de urîtă deoarece era văzută de jos. În plus, era pătrunsă de un soi de exaltare, de o ardoare smintită. Lui Winston i se strînse din nou inima. Dacă ar fi putut, s-ar fi cufundat mai adînc în pat. N-avea nici o îndoială că O'Brien era pe punctul de a răsuci cadranul pînă la capăt doar fiindcă așa avea el chef. În clipa aceea însă O'Brien se întoarse cu spatele la el. Făcu un pas sau doi prin încăpere. Apoi continuă, mai puțin vehement:

— Primul lucru pe care trebuie să-l înțelegi este că aici nu există martiraje. Ai citit despre persecuțiile religioase din trecut. În Evul Mediu a existat Inchiziția. A fost un eșec. Și-a propus să eradicheze erezia și a sfîrșit prin a o perpetua. Pentru fiecare eretic ars pe rug, au apărut alte mii. De ce? Deoarece Inchiziția și-a ucis dușmanii în public și i-a ucis cît timp aceștia nu s-au căit pentru nimic – de fapt i-a ucis tocmai pentru că nu s-au căit. Oamenii au murit pentru că au refuzat să-și renege convingerile. În mod firesc, victimei i-a revenit toată gloria, iar inchizitorului care a ars-o pe rug, toată rușinea. Mai tîrziu, în secolul douăzeci, au existat sisteme totalitare, cum li se spunea. Au fost naziștii germani și comuniștii ruși. Rușii au persecutat erezia cu și mai multă cruzime decît Inchiziția. Și au crezut că au învățat din erorile trecutului. În orice caz, știau că nu trebuie să creeze martiri. Înainte de a-și supune victimele unor procese publice, se străduiau să le distrugă demnitatea. Le frîngeau rezistența treptat, prin tortură și izolare, pînă ce ajungeau niște nenorociți lingușitori și detestabili, care mărturiseau orice li se punea în gură, se acopereau de mizerii, se acuzau unii pe alții și se ascundeau unii în spatele altora, cerșind scîncit milă. Cu toate astea, peste doar cîțiva ani s-a întîmplat din nou același lucru. Morții au devenit martiri, iar felul în care cedaseră a fost uitat. Și iarăși zic: de ce s-a întîmplat așa? În primul rînd din cauză că mărturisirile le fuseseră, evident, smulse cu forța și nu erau adevărate. Noi nu comitem astfel de greșeli. Toate mărturisirile făcute aici sînt adevărate. Noi le facem să fie adevărate. Mai presus de toate însă, nu le permitem morților să se ridice împotriva noastră. Trebuie să încetezi să-ți imaginezi că posteritatea te va răzbuna, Winston. Posteritatea nu va auzi niciodată de dumneata. Vei fi extras din istorie fără să lași vreo urmă. Te vom transforma în gaz și te vom împrăștia în stratosferă. Nu va rămîne nimic din dumneata: nici un nume în vreun registru, nici vreo amintire într-un creier viu. Vei fi anihilat atît în trecut, cît și în viitor. Nu vei fi existat niciodată.

Atunci de ce vă mai bateți capul să mă torturați? se gîndi Winston, copleșit o clipă de amărăciune. O'Brien se opri din mers, de parcă Winston și-ar fi rostit gîndul cu voce tare. Fața lui lată și urîtă se apropie, cu ochii ușor îngustați.

— Te gîndești, spuse el, că, din moment ce intenționăm să te distrugem complet, astfel încît nimic din ce spui sau faci să nu mai aibă vreo importanță, de ce ne mai obosim să te interogăm înainte? La asta te gîndeai, nu-i așa?

— Da, răspunse Winston.

O'Brien schiță un zîmbet.

— Ești o eroare în sistem, Winston. Ești o pată care trebuie ștearsă. Nu ți-am spus chiar acum că noi sîntem altfel decît asupritorii din trecut? Noi nu ne mulțumim cu obediența negativă și nici măcar cu cea mai abjectă supunere. Cînd în cele din urmă vei capitula, trebuie să o faci din proprie inițiativă. Nu distrugem ereticul pentru că ni se opune: atîta timp cît ni se opune, nu îl distrugem. Îl convertim, îi cucerim adîncul minții, îl remodelăm. Îl purificăm de tot răul și de toate iluziile pe care le are. Îl aducem de partea noastră nu aparent, ci de-adevăratelea, din tot sufletul. Îl transformăm într-unul de-ai noștri înainte de a-l omorî. Existența oricărui gînd denaturat, oriunde ar apărea în lume și oricît de tainic și de neputincios ar fi, ni se pare intolerabilă. Nu putem permite nici o abatere, nici măcar în clipa morții. În vremurile de demult, ereticul tot eretic rămînea cînd mergea la rug și își proclama erezia, se desfăta în ea. Chiar și victima epurărilor rusești își putea păstra răzvrătirea zăvorîtă în craniu în timp ce mergea pe coridor, îndreptîndu-se spre glonț. Noi însă transformăm creierul în ceva perfect înainte de a-l spulbera. Porunca despotismelor de demult era „Să nu faci". Porunca dictaturilor era „Să faci". Porunca noastră este „*Să fii*". Nici unul dintre cei pe care îi aducem aici nu ne stă vreodată împotrivă. Toată lumea este purificată. Pînă și pe cei trei nenorociți de trădători în a căror inocență ai crezut cîndva – Jones, Aaronson și Rutherford – i-am doborît. Am participat eu însumi la interogatoriul lor. I-am văzut cum cedează treptat, cum scîncesc, se lingușesc, plîng – și, pînă la urmă, nu de frică sau de durere, ci doar de căință. Cînd am terminat cu ei, nu mai erau decît niște coji de oameni. Nu mai rămăsese în ei nimic altceva decît părerea de rău pentru ce făcuseră și iubirea pentru Fratele cel Mare. A fost emoționant să văd cît de mult îl iubeau. Au implorat să fie împușcați repede, ca să poată muri cît timp mințile încă le mai erau curate.

Vocea îi devenise aproape visătoare. Pe chip i se citea încă exaltarea, entuziasmul smintit. Nu se preface, se gîndi Winston, nu e ipocrit. Crede fiecare vorbă pe care o rostește. Cel mai tare îl apăsa conștiința propriei inferiorități intelectuale. Urmărea silueta masivă și totuși grațioasă ce se mișca încoace și încolo, intrînd și ieșind din cîmpul său vizual. O'Brien era o ființă mai mare decît el în toate privințele. Nu exista nici o idee pe care el s-o fi avut sau s-o poată avea și pe care O'Brien să n-o fi știut, analizat și respins de mult timp. Mintea lui *includea* mintea lui Winston. În acest caz însă nu putea fi adevărat că O'Brien era nebun. Cu siguranță el, Winston, era nebunul. O'Brien se opri și coborî privirea spre el. Vocea îi deveni iarăși severă.

— Nu-ți imagina că te vei salva, Winston, oricît de categorică ți-ar fi capitularea. Nici un om care s-a abătut de la calea cea dreaptă nu este cruțat vreodată. Și chiar dacă am decide să te lăsăm să-ți trăiești restul zilelor pe care le mai ai, tot n-ai scăpa vreodată de noi. Ce ți se întîmplă aici e pentru totdeauna. Trebuie să înțelegi asta de la bun început. Te vom zdrobi pînă în punctul de unde nu mai există cale de întoarcere. Ți se vor întîmpla lucruri din care nu vei putea să-ți revii nici dacă ar fi să trăiești o mie de ani. Nu vei mai fi niciodată capabil să ai sentimente umane obișnuite. Totul va fi mort în dumneata. Nu vei mai fi niciodată în stare să simți iubire sau prietenie sau bucuria de a trăi și nici de rîs, curiozitate, curaj sau integritate n-o să mai fii capabil. Vei fi gol pe dinăuntru. Te vom stoarce pînă nu va mai rămîne nimic în dumneata, după care te vom umple cu noi înșine.

Se opri și îi făcu un semn bărbatului în halat alb. Winston simți că în spatele capului său se împingea și se fixa un soi de aparat greu. O'Brien se așezase lîngă pat, astfel încît fața îi era aproape la același nivel cu a lui Winston.

— Trei mii, spuse el, vorbind peste capul lui Winston cu bărbatul în halat alb.

Două palete moi, care păreau puțin umede, se prinseră de tîmplele lui Winston. El se cutremură. Acum o să vină durerea, un alt fel de durere. O'Brien își puse liniștitor, aproape binevoitor, o mînă peste a lui Winston.

— De data asta nu va durea, spuse el. Stai cu ochii ațintiți într-ai mei.

În acel moment avu loc o explozie devastatoare sau ceva ce semăna cu o explozie, deși nu era clar dacă se auzise vreun zgomot. Însă o străfulgerare de lumină orbitoare avu neîndoielnic loc. Winston nu era rănit, doar extenuat. Deși stătea deja întins pe spate cînd se întîmplase lucrul respectiv, avea senzația ciudată că ajunsese în poziția aceea în urma unei lovituri. O lovitură puternică, nedureroasă, care îl doborîse de pe picioare. Se mai întîmplase ceva și în capul lui. Pe măsură ce își focaliză iarăși privirea, își aduse aminte cine era și unde era și recunoscu chipul care se uita la chipul lui, dar mai exista undeva un gol imens, ca și cînd i-ar fi fost smulsă o bucată din creier.

— Nu durează mult, spuse O'Brien. Privește-mă în ochi. Cu ce țară este Oceania în război acum?

Winston se gîndi. Știa ce înseamnă Oceania și că el însuși era un cetățean al Oceaniei. Își amintea și de Eurasia și Estasia, dar cine se războia cu cine, asta nu mai știa. De fapt, habar n-avea că are loc un război.

— Nu-mi amintesc.

— Oceania e în război cu Estasia. Acum îți amintești?

— Da.

— Oceania a fost dintotdeauna în război cu Estasia. De cînd te-ai născut tu, de la începuturile

Partidului, de la începutul istoriei, războiul continuă neîntrerupt - întotdeauna același război. Îți amintești asta?

— Da.

— În urmă cu unsprezece ani ai creat o legendă despre trei bărbați care fuseseră condamnați la moarte pentru trădare. Ai susținut că ai văzut o bucată de hîrtie care dovedea că sînt nevinovați. N-a existat niciodată o asemenea hîrtie. Ai inventat-o, iar mai apoi ai ajuns să crezi în ea. Îți amintești acum momentul precis cînd ai inventat-o. Îți amintești?

— Da.

— Ceva mai înainte ți-am arătat degetele de la mînă. Ai văzut cinci degete. Mai ții minte?

— Da.

O'Brien ridică degetele de la mîna stîngă, cu degetul mare ascuns.

— Aici sînt cinci degete. Vezi cinci degete?

— Da.

Și, preț de o clipă, înainte ca peisajul să i se schimbe în minte, chiar le văzu. Văzu cinci degete, fără nici o deformare. Apoi totul reveni la normal, iar teama, ura și uluirea de dinainte îl năpădiră din nou. Existase însă un scurt răstimp - nu știa cît, poate vreo treizeci de secunde - de certitudine luminoasă, cînd fiecare nouă sugestie a lui O'Brien umpluse un petic de gol, devenind adevăr absolut, și cînd doi plus doi ar fi putut face cinci și, la fel de bine, trei dacă de așa ceva era nevoie. Senzația se risipise înainte ca O'Brien să coboare mîna, dar, cu toate că Winston nu izbuti s-o recupereze, și-o amintea așa cum îți amintești o experiență intensă din trecutul îndepărtat, cînd erai de fapt altcineva.

— Acum vezi că totuși se poate, spuse O'Brien.

— Da, răspunse Winston.

Cu un aer satisfăcut, O'Brien se ridică. Winston văzu în stînga lui cum bărbatul în halat alb taie o fiolă și trage pistonul seringii. O'Brien se întoarse spre Winston cu un zîmbet. Își rearanjă ochelarii pe nas aproape cu același gest ca pe vremuri.

— Ții minte că ai scris în jurnal, spuse el, că nu contează dacă îți sînt prieten sau dușman, din moment ce sînt măcar o persoană cu care te poți înțelege și cu care se poate vorbi? Ai avut dreptate. Îmi face plăcere să vorbesc cu dumneata. Mă interesează mintea dumitale. Seamănă cu a mea, doar că întîmplarea face ca dumneata să fii nebun. Înainte de a termina întrevederea, îmi poți pune cîteva întrebări, dacă dorești.

— Orice întrebare vreau?

— Orice.

O'Brien observă că ochii lui Winston se opriseră asupra cadranului.

— Aparatul e oprit. Care e prima întrebare?

— Ce-ați făcut cu Julia? vru să știe Winston.

O'Brien zîmbi din nou.

— Te-a trădat, Winston. Imediat și fără rezerve. Rareori am văzut pe cineva care să treacă atît de repede de partea noastră. Dacă ai vedea-o, abia ai mai recunoaște-o. Toată răzvrătirea, disimularea, nebunia, vulgaritatea ei – totul a fost curățat complet. A fost o convertire perfectă, una ca la carte.

— Ați torturat-o.

O'Brien nu îi răspunse la asta.

— Altă întrebare, spuse el.

— Fratele cel Mare există?

— Bineînțeles că există. Partidul există. Fratele cel Mare este întruchiparea Partidului.

— Există în același fel în care existăm noi doi?

— Dumneata nu exiști, spuse O'Brien.

Pe Winston îl cuprinse din nou senzația aceea de neajutorare. Știa prea bine – sau își putea imagina – argumentele care îi dovedeau inexistența. Nu erau însă decît un nonsens, un joc de cuvinte. Nu era o absurditate logică însăși afirmația „Dumneata nu exiști“? Dar ce rost avea s-o spună?

Mintea i se crispă la gîndul argumentelor smintite și irefutabile cu care l-ar fi demolat O'Brien.

— Eu cred că exist, spuse el sleit. Sînt conștient de propria-mi identitate. M-am născut și voi muri. Am brațe și picioare. Ocup un anumit punct în spațiu. Nici un alt obiect solid nu poate ocupa același punct concomitent cu mine. Fratele cel Mare există în acest sens?

— Nu are nici o importanță. Există.

— Fratele cel Mare va muri vreodată?

— Evident că nu. Cum să moară? Altă întrebare.

— Frăția există?

— Asta, Winston, nu o vei afla niciodată. Chiar dacă decidem să te eliberăm după ce-am terminat cu dumneata și ajungi să trăiești pînă la nouăzeci de ani, tot nu vei afla vreodată dacă răspunsul la întrebarea asta este „da“ sau „nu“. Îți va rămîne în minte ca o enigmă nedezlegată pentru tot restul vieții dumitale.

Winston rămase tăcut. Pieptul i se ridica și cobora ceva mai rapid. Tot nu pusese încă prima întrebare care-i venise în minte. Trebuia s-o pună și totuși limba parcă refuza s-o rostească. Pe chipul lui O'Brien se citea o urmă de amuzament. Chiar și în ochelari parcă i se vedea un licăr ironic. Știe, îi trecu lui Winston brusc prin minte, știe ce-o să-l întreb! La acest gînd, vorbele țîșniră din el:

— Ce să găsește în Camera 101?

Expresia de pe chipul lui O'Brien nu se schimbă.

— Știi prea tine ce se găsește în Camera 101, Winston, spuse el sec. Toată lumea știe ce se găsește în Camera 101.

Ridică un deget înspre bărbatul în halat alb. Evident, ședința se terminase. Un ac se înfipse în brațul lui Winston. Aproape instantaneu, acesta se cufundă într-un somn adînc.

III

— Reintegrarea dumitale presupune trei stadii, spuse O'Brien. Primul stadiu este învățarea, apoi urmează înțelegerea și în cele din urmă vine acceptarea. Este momentul să treci în cel de-al doilea stadiu.

Ca de obicei, Winston zăcea întins pe spate. Doar că în ultima vreme legăturile care îl țintuiau erau ușor slăbite. Îl țineau în continuare prins de pat, dar putea să miște un pic genunchii, să își învîrtă capul dintr-o parte într-alta și să ridice brațele de la cot. De asemenea, i se diminuase și groaza pe care o simțea față de cadran. Dacă era suficient de ager la minte, putea evita convulsiile provocate de acesta – O'Brien ridica maneta numai cînd Winston dădea dovadă de prostie. Uneori parcurgeau o întreagă ședință fără să se recurgă măcar o singură dată la cadran. Nu mai ținea minte cîte ședințe avuseseră. Întregul proces părea să se întindă pe parcursul unui timp lung, nedefinit – săptămîni, poate –, iar intervalele dintre ședințe putea fi uneori de cîteva zile, alteori doar de o oră sau două.

— Cît stăteai acolo, te-ai întrebat de multe ori – m-ai întrebat chiar și pe mine – de ce irosește Ministerul Iubirii atîta timp și atîtea eforturi cu dumneata, spuse O'Brien. Și cînd erai liber, te-a preocupat în esență aceeași întrebare. Ai reușit să înțelegi mecanismul societății în care trăiești, dar nu și motivațiile sale de bază. Îți amintești că ai scris în jurnal „Înțeleg *cum* – nu înțeleg *de ce*"? Cînd te-ai gîndit la „de ce", atunci te-ai îndoit de propria sănătate mintală. Ai citit *cartea*, cartea lui Goldstein, sau măcar unele părți din ea. Ai aflat ceva ce nu știai deja?

— Ați citit-o? întrebă Winston.

— Am scris-o. Adică am contribuit la scrierea ei. După cum știi, nici o carte nu este creată individual.

— Este adevărat ce scrie în ea?

— În privința a ceea ce descrie, da. Programul pe care îl propune este un nonsens. Acumularea cunoașterii în secret – o propagare treptată a raționalismului –, urmată de o revoltă proletară și de răsturnarea Partidului. Dumneata însuți ai prevăzut că asta va scrie acolo. E un nonsens total. Proletarii nu se vor revolta niciodată, nici într-o mie de ani și nici într-un milion. Nu au cum. Nu trebuie să-ți spun motivul: îl știi deja. Dacă ai nutrit vreodată speranța unei insurecții violente, trebuie să renunți la ea. Nu există nici o modalitate de răsturnare a Partidului. Dominația Partidului este veșnică. Această afirmație trebuie să devină punctul de pornire al gîndurilor dumitale.

Se apropie de pat.

— Veșnică! repetă el. Iar acum să ne întoarcem la „cum" și la „de ce". Înțelegi îndeajuns de bine *cum* se menține Partidul la putere. Acum spune-mi *de ce* ne agățăm de putere. Care ne este motivația? De ce ne dorim puterea? Hai, dă-i drumul, vorbește, adăugă O'Brien, văzînd că Winston nu scoate nici o vorbă.

Cu toate acestea, Winston rămase tăcut încă o clipă sau două. Îl copleșise o senzație de sfîrșeală. Pe chipul lui O'Brien revenise licărirea aceea smintită de entuziasm. Știa dinainte ce avea să spună O'Brien. Că Partidul nu își dorea puterea pentru sine, ci pentru binele majorității. Că și-o dorea pentru că oamenii din mulțime erau niște făpturi nevolnice și lașe, care n-ar fi putut îndura libertatea sau n-ar fi putut înfrunta adevărul și care trebuiau conduși și înșelați sistematic de cei mai puternici decît ei. Că omenirea avea de ales între libertate și fericire și că pentru marea majoritate a oamenilor fericirea era de preferat. Că Partidul reprezenta călăuzitorul etern al celor slabi, o sectă devotată care făcea lucruri rele pentru ca binele să primeze, sacrificîndu-și propria fericire pentru a altora. Partea îngrozitoare, se gîndi Winston, partea îngrozitoare este că, atunci cînd le va spune, O'Brien va crede toate lucrurile astea. O citeai pe chipul lui. O'Brien știa totul. Știa de o mie de ori mai bine decît Winston cum era de fapt lumea, în ce soi de abrutizare trăia marea masă a oamenilor și prin ce minciuni și acte de barbarie îi menținea Partidul în această stare. O'Brien înțelesese totul, cîntărise totul și nimic nu conta: totul era justificat de scopul final. Ce puteai face, își zise Winston, împotriva nebunului care e mai inteligent decît tine, care îți ascultă argumentele cu atenție și apoi pur și simplu persistă în propria-i nebunie?

— Ne conduceți pentru binele nostru, spuse el fără vlagă. Credeți că ființele umane nu sînt în stare să se autoguverneze și, ca urmare...

Tresări și aproape că țipă. O străfulgerare de durere îi străbătuse trupul. O'Brien împinsese maneta cadranului pînă la treizeci și cinci.

— Asta a fost o prostie, Winston, o prostie! spuse el. Trebuia să știi că nu-i cazul să spui așa ceva.

Coborî maneta și continuă:

— Am să-ți dau eu acum răspunsul la întrebare. Iată-l. Partidul își dorește puterea doar de dragul puterii. Nu ne interesează binele celorlalți. Ne interesează exclusiv puterea. Nu bogățiile sau luxul, viața îndelungată sau fericirea: doar puterea, puterea în stare pură. Vei înțelege imediat ce înseamnă puterea în stare pură. Noi ne deosebim de toate oligarhiile din trecut prin faptul că știm ce facem. Toți ceilalți, chiar și cei care au semănat cu noi, au fost niște lași și niște ipocriți. Naziștii germani și comuniștii ruși ne-au fost foarte asemănători în privința metodelor utilizate, dar n-au avut niciodată curajul să-și recunoască motivațiile. Au pretins – poate chiar au și crezut – că preluaseră puterea fără să vrea și doar pentru o perioadă limitată de timp, iar undeva, nu departe, se afla un paradis unde ființele omenești aveau să se bucure de libertate și egalitate. Noi nu sîntem așa. Noi știm că nimeni nu pune niciodată mîna pe putere cu intenția de a o ceda. Puterea nu este un mijloc, este un scop. Nu instaurezi o dictatură cu scopul de a apăra o revoluție. Declanșezi o revoluție cu scopul de a instaura dictatura. Scopul persecuției este persecuția. Scopul torturii este tortura. Scopul puterii este puterea. Începi acum să pricepi ce vreau să spun?

Pe Winston îl uimi, cum îl mai uimise și înainte, oboseala ce se citea pe chipul lui O'Brien. Era un chip puternic, cărnos și dur, plin de inteligență și de un soi de pasiune controlată, dinaintea căreia el, unul, se simțea neputincios, dar era un chip obosit. Avea cearcăne sub ochi și pielea de pe pomeți îi atîrna. O'Brien se aplecă deasupra lui Winston, aducîndu-și dinadins mai aproape chipul istovit.

— Te gîndești că am o față îmbătrînită și obosită, spuse el. Te gîndești că vorbesc despre putere și nu sînt în stare să împiedic nici măcar degradarea propriului meu trup. Nu înțelegi, Winston, că individul nu reprezintă decît o celulă? Că istovirea celulei face posibilă vigoarea organismului? Dumneata mori cînd îți tai unghiile?

Se îndepărtă de pat și începu să meargă încoace și încolo, cu o mînă în buzunar.

— Noi sîntem preoții puterii, continuă el. Dumnezeu este puterea. Deocamdată însă, în ceea ce te privește, puterea nu este decît o vorbă. A venit momentul să îți faci o idee mai clară despre ce înseamnă ea. Primul lucru pe care trebuie să-l înțelegi este că puterea e colectivă. Individul are putere numai în măsura în care încetează să mai fie un individ. Cunoști sloganul Partidului:

„Libertatea este Sclavie". Ți-a trecut vreodată prin minte că afirmația poate fi inversată? Sclavia este libertate. Singură – liberă –, ființa umană este întotdeauna învinsă. E ceva inevitabil, deoarece fiecare ființă umană este sortită să moară, ceea ce constituie cel mai mare eșec. Însă dacă această ființă poate să se supună întru totul și necondiționat, dacă se poate lepăda de propria identitate, dacă se poate contopi cu Partidul într-o asemenea măsură încît *să fie* Partidul, atunci respectiva ființă umană devine atotputernică și nemuritoare. Al doilea lucru pe care trebuie să-l înțelegi este că puterea înseamnă putere asupra tuturor ființelor umane. Asupra trupului, dar în primul rînd asupra minții. Puterea asupra materiei – asupra realității exterioare, cum i-ai spune dumneata – nu contează. Avem deja controlul absolut asupra materiei.

Preț de o clipă, Winston ignoră cadranul. Făcu un efort violent de a se ridica în capul oaselor și nu reuși decît să-și zdruncine dureros trupul.

— Dar cum puteți controla materia? izbucni el. Nici măcar nu controlați clima sau legea gravitației. Și-apoi mai există bolile, durerile, moartea...

O'Brien îl reduse la tăcere cu o mișcare a mîinii.

— Controlăm materia deoarece controlăm mintea. Realitatea există în interiorul craniului. Vei învăța asta treptat, Winston. Nu există nici un lucru pe care să nu-l putem face. Invizibilitatea, levitația – orice ne stă în putință. Dacă aș vrea, aș putea să mă înalț de la podea ca un balon de săpun. Nu îmi doresc așa ceva pentru că nu și-o dorește Partidul. Trebuie să renunți la ideile astea de secol nouăsprezece despre legile naturii. Noi facem legile naturii.

— Dar nu-i adevărat! Nu sînteți nici măcar stăpînii planetei. Cu Eurasia și Estasia cum rămîne? Nu le-ați cucerit încă.

— Irelevant. Le vom cuceri cînd avem chef. Și chiar dacă n-am face-o, ce importanță ar avea? Le putem ignora existența. Oceania reprezintă lumea.

— Dar lumea însăși nu e decît un fir de praf. Iar omul e minuscul, neajutorat! De cînd există omul, în fond? Timp de milioane de ani pămîntul a fost pustiu.

— Aiurea! Pămîntul are aceeași vîrstă cu noi, nu e mai vechi. Cum ar putea să fie mai vechi? Totul există doar prin intermediul conștiinței umane.

— Dar rocile sînt pline cu fosilele animalelor dispărute - mamuți, mastodonți și reptile enorme, care au trăit aici cu mult înainte să fi apărut omul.

— Ai văzut vreodată fosilele astea, Winston? Bineînțeles că nu. Le-au inventat biologii din secolul al nouăsprezecelea. Înainte de om n-a existat nimic. După om, în caz că omul ar dispărea, nu ar exista nimic. Nu există nimic în afara omului.

— Dar întregul univers se întinde în afara noastră. Priviți stelele! Unele dintre ele se află la un milion de ani-lumină de noi. Ne sînt inaccesibile pentru eternitate.

— Ce sînt stelele? zise indiferent O'Brien. Doar niște frînturi de foc la cîțiva kilometri distanță. Dacă am vrea, am putea ajunge la ele. Sau le-am putea stinge. Pămîntul este centrul universului. Soarele și stelele se învîrt în jurul lui.

Winston făcu încă o mișcare convulsivă. De data asta nu mai spuse nimic. O'Brien continuă, ca și cînd ar fi răspuns unei obiecții rostite:

— Pentru anumite scopuri această afirmație nu este, desigur, adevărată. Cînd navigăm pe ocean sau cînd prognozăm o eclipsă, deseori găsim că e convenabil să presupunem că pămîntul se învîrte în jurul soarelui și că stelele se găsesc la milioane și milioane de kilometri distanță. Și ce dacă? Crezi că nu ne stă în putință să elaborăm un sistem astronomic dual? Stelele pot fi apropiate sau îndepărtate, în funcție de necesități. Crezi că matematicienii noștri nu sînt capabili de așa ceva? Ai uitat de dublugîndire?

Winston se ghemui înapoi în pat. Indiferent ce spunea, răspunsul venea rapid și îl zdrobea ca o măciucă. Și, cu toate astea, știa, *știa* că el are dreptate. Convingerea asta că nu exista nimic în afara propriei minți... trebuia să existe o modalitate de a demonstra că nu e adevărată. Nu se dovedise demult că e o eroare logică? Exista și un nume pentru ea, doar că îl uitase. Un surîs slab zvîcnea în colțurile gurii lui O'Brien în timp ce se uita în jos, spre Winston.

— Ți-am mai spus, Winston, că metafizica nu este punctul dumitale forte, zise el. Cuvîntul la care încerci să te gîndești este solipsism. Numai că te înșeli. Aici nu e vorba de solipsism. Poate solipsism colectiv, dacă dorești. Dar asta este cu totul altceva – de fapt este chiar opusul.

Adăugă apoi, pe un ton diferit:

— Toate astea nu reprezintă decît o digresiune. Adevărata putere, puterea pentru care trebuie să luptăm zi și noapte, nu este puterea asupra lucrurilor, ci asupra oamenilor.

Se opri și, preț de o clipă, adoptă din nou aerul unui învățător care chestionează un elev promițător:

— Cum își impune un om puterea asupra altuia, Winston?

Winston se gîndi.

— Făcîndu-l să sufere, răspunse el.

— Exact. Făcîndu-l să sufere. Supunerea nu este suficientă. Dacă nu suferă, cum poți fi sigur că se supune voinței tale și nu propriei voințe? Puterea înseamnă să provoci durere și umilință. Puterea înseamnă să sfîșii mintea umană în bucățele și apoi să le rearanjezi în forme noi după bunul tău plac. Începi acum să înțelegi ce fel de lume creăm? Este exact opusul stupidelor utopii hedoniste pe care și le-au imaginat reformatorii din trecut. O lume a fricii, trădării și chinurilor, o lume în care calci în picioare și ești călcat în picioare, o lume care, pe măsură ce se cizelează, va fi tot mai nemiloasă. În lumea noastră progresul va fi un progres către mai multă durere. Vechile civilizații au pretins că se întemeiază pe iubire sau dreptate. Civilizația noastră se întemeiază pe ură. În lumea noastră nu vor exista alte sentimente în afară de frică, furie, triumf și înjosire de sine. Vom distruge orice altceva – orice. Sîntem deja pe cale să distrugem mentalitățile care au supraviețuit dinainte de Revoluție. Am tăiat legăturile dintre copii și părinți, dintre oameni, dintre soți. Nimeni nu mai îndrăznește să aibă încredere în soție, în copil, într-un prieten. În viitor însă nu vor mai exista soții și nici prieteni. Copiii vor fi luați de lîngă mamele lor încă de la naștere, la fel cum se iau ouăle de la găină. Instinctul sexual va fi eradicat. Procrearea va deveni o formalitate anuală, asemănătoare cu reînnoirea cartelei pentru rații. Vom aboli orgasmul. Neurologii noștri se ocupă chiar acum de asta. Nu va mai exista nici un fel de loialitate în afară de loialitatea față de Partid. Nu va mai exista nici un fel de iubire în afară de iubirea pentru Fratele cel Mare. Nu va mai exista nici un fel de rîs în afară de rîsul triumfător în fața unui dușman învins. Nu vor mai exista arte, științe, literatură. Cînd vom deveni atotputernici, nu vom mai avea nevoie de știință. Nu va mai exista nici o diferență între frumusețe și urîțenie. Nu va mai exista curiozitate și nici bucuria de a trăi. Toate plăcerile rivale vor fi distruse. Întotdeauna însă – nu uita asta, Winston –, întotdeauna va exista beția puterii, care va crește întruna și va deveni tot mai subtilă. Întotdeauna, în orice moment, va exista fiorul victoriei, senzația pe care o ai cînd calci în picioare un dușman neajutorat. Dacă vrei o imagine a viitorului, imaginează-ți un bocanc călcînd o față de om – pentru totdeauna.

Se opri, de parcă s-ar fi așteptat ca Winston să spună ceva. Winston încercase să se cufunde iar în suprafața patului. Nu putea scoate nici o vorbă. Inima părea să-i fi încremenit. O'Brien continuă:

— Și nu uita că toate astea sînt veșnice. Fața va fi veșnic acolo ca să fie călcată. Ereticul, dușmanul societății, va fi veșnic acolo, astfel încît să poată fi învins și umilit permanent. Tot ce ai îndurat de cînd te afli în mîinile noastre, toate acestea vor continua și se vor înrăutăți. Spionajul, trădările, arestările, tortura, execuțiile, disparițiile nu vor înceta niciodată. Va fi o lume a terorii și, în egală măsură, o lume a triumfului. Cu cît Partidul va fi mai puternic, cu atît mai intolerant va deveni. Cu cît opoziția va fi mai slabă, cu atît mai mult se va întări despotismul. Goldstein și ereziile lui vor fi veșnice. În fiecare zi, în fiecare clipă vor fi înfrînte, discreditate, ridiculizate, batjocorite – și totuși vor supraviețui veșnic. Teatrul acesta pe care l-am jucat cu dumneata timp de șapte ani va fi jucat întruna, generație după generație, în forme tot mai subtile. Ereticul va fi întotdeauna la mila noastră, urlînd de durere, frînt, demn de dispreț – și în cele din urmă căindu-se profund, salvat de sine însuși, tîrîndu-se la picioarele noastre din proprie inițiativă. Aceasta este lumea pe care o pregătim, Winston. O lume de victorii după victorii, de triumf după triumf după triumf, o apăsare continuă, neîntreruptă, a nervului puterii. Văd că începi să înțelegi cum va fi lumea aceasta. În cele din urmă însă vei face mai mult decît s-o înțelegi. O vei accepta, o vei întîmpina cu bucurie, vei deveni parte din ea.

Winston își revenise suficient ca să poată vorbi.

— N-aveți cum! zise el fără vlagă.

— Ce vrei să spui prin această afirmație, Winston?

— Nu puteți crea o lume precum cea pe care ați descris-o. E o himeră. E imposibil.

— De ce?

— E imposibil să creați o civilizație întemeiată pe frică, ură și cruzime. Nu va rezista.

— De ce nu?

— Nu va avea nici un fel de vitalitate. Se va dezintegra. Se va sinucide.

— Prostii! Ai impresia că ura este mai epuizantă decît iubirea. De ce ar fi așa? Și chiar dacă ar fi, ce importanță ar avea? Să presupunem că hotărîm să ne epuizăm mai repede. Să presupunem că accelerăm tempoul vieții umane în așa fel încît indivizii vor fi senili la treizeci de ani. Și totuși ce importanță ar avea? Nu poți să înțelegi că moartea individului nu înseamnă moarte? Partidul este nemuritor.

Ca de obicei, vocea îl măcinase pe Winston fără cruțare, făcîndu-l să se simtă deznădăjduit. În plus, trăia cu groaza că dacă mai continua să-l contrazică pe O'Brien, acesta va împinge iar maneta cadranului. Și totuși nu reuși să rămînă tăcut. Vlăguit, cu argumentele epuizate, lipsit de orice fel de susținere în afară de groaza nedeslușită provocată de spusele lui O'Brien, își reluă atacul:

— Nu știu, nu-mi pasă. Cumva veți da greș. Ceva vă va înfrînge. Viața vă va înfrînge.

— Noi controlăm viața, Winston, la toate nivelurile ei. Tu îți închipui că există ceva care se cheamă natura umană și care se va îngrozi de ceea ce facem și se va întoarce împotriva noastră. Dar noi creăm natura umană. Oamenii sînt extraordinar de maleabili. Sau poate că ai revenit la ideea dumitale de dinainte, cum că proletarii sau sclavii se vor revolta și ne vor răsturna de la putere. Scoate-ți-o din minte. Ei sînt neajutorați, ca niște animale. Partidul reprezintă umanitatea. Ceilalți sînt în afara ei – sînt irelevanți.

— Nu-mi pasă. Într-un final vă vor înfrînge. Mai devreme sau mai tîrziu vă vor vedea așa cum sînteți și vă vor sfîșia.

— Ai vreun indiciu că s-ar întîmpla așa ceva? Sau vreun motiv pentru care ar trebui să se întîmple?

— Nu. Am această convingere. *Știu* că veți da greș. Există ceva în univers – nu știu, un soi de spirit, un soi de principiu – pe care nu-l veți cuceri niciodată.

— Crezi în Dumnezeu, Winston?

— Nu.

— Atunci ce este acest principiu care ne va înfrînge?

— Nu știu. Spiritul Omului.

— Și dumneata te consideri om?

— Da.

— Dacă ești om, Winston, atunci ești ultimul om. Tipul dumitale de om a dispărut. Noi sîntem moștenitorii. Înțelegi că ești *singur*? Te afli în afara istoriei, ești inexistent.

Atitudinea i se schimbă și continuă mai aspru:

— Și te consideri superior moral nouă, cu minciunile și cruzimea noastră?

— Da, mă consider superior.

O'Brien nu zise nimic. Se auziră alte două voci care vorbeau. După o clipă Winston recunoscu una dintre voci ca fiind a lui. Era o înregistrare a conversației pe care o avusese cu O'Brien în seara cînd se înscrisese în Frăție. Se auzi cum promitea să mintă, să fure, să falsifice, să ucidă, să încurajeze drogurile și prostituția, să împrăștie boli venerice, să stropească fața unui copil cu vitriol. O'Brien făcu un gest de nerăbdare, ca și cum ar fi vrut să spună că demonstrația nici nu merita făcută. Apoi răsuci un buton și vocile încetară.

— Ridică-te din pat, spuse el.

Legăturile care îl țineau pe Winston se desfăcuseră de la sine. El coborî din pat și se ridică șovăitor în picioare.

— Dumneata ești ultimul om, spuse O'Brien. Dumneata ești străjerul spiritului uman. Te vei vedea așa cum ești. Scoate-ți hainele.

Winston desfăcu bucata de sfoară care îi ținea salopeta. Fermoarul îi fusese smuls demult. Nu ținea minte dacă-și mai dăduse vreodată jos toate hainele de cînd îl arestaseră. Sub salopetă, trupul îi era înfășurat în niște cîrpe gălbui și jegoase, care abia dacă mai semănau cu o lenjerie de corp. În timp ce-și scotea veșmintele și le lăsa pe podea, observă că în celălalt capăt al încăperii se găsea o oglindă cu trei laturi. Se îndreptă spre ea, apoi se opri brusc. Scăpă un strigăt involuntar.

— Haide, îl îndemnă O'Brien. Așază-te între laturile oglinzii. Trebuie să te vezi și din profil.

Winston se oprise fiindcă se speriase. Spre el se îndrepta o creatură gîrbovită și cenușie, ca un schelet. Înspăimîntătoare era nu doar înfățișarea acestei creaturi, ci și conștiința faptului că era chiar el. Se apropie de oglindă. Fața creaturii părea bombată din cauza gîrbovelii. O față jalnică, de ocnaș, cu o frunte înaltă, care se contopea cu o țeastă cheală, un nas strîmb și pomeți bătuciți, deasupra cărora ochii priveau îndîrjiți și atenți. Obrajii îi erau zbîrciți, gura îi părea suptă. Era, fără îndoială, fața lui, dar i se părea și că se schimbase mai mult decît se schimbase el în interior. Emoțiile pe care le exprima ea nu coincideau cu cele pe care le simțea el. Chelise parțial. În prima clipă a crezut și că încărunțise, dar numai pielea capului îi era cenușie. În afară de mîini și de cercul feței, tot trupul îi era cenușiu din pricina mizeriei acumulate, care-i pătrunsese în piele. Ici și colo, sub mizerie se vedeau cicatricile roșii ale unor răni, iar lîngă gleznă ulcerul varicos i se transformase într-o masă inflamată, cu solzi de piele ce se decojeau. Însă lucrul cu adevărat înfricoșător era emacierea trupului. Cutia toracică îi era la fel de îngustă ca a unui schelet, iar picioarele i se sfrijiseră într-un asemenea hal, încît genunchii îi erau mai groși decît coapsele. Înțelegea acum ce voise să spună O'Brien cu imaginea din profil. Încovoierea coloanei vertebrale era uluitoare. Umerii subțiri îi erau atît de aduși în față, încît pieptul devenise o cavitate, iar gîtul ogîrjit părea că se îndoaie sub greutatea craniului. Dacă ar fi fost pus să ghicească, ar fi zis că are în față trupul unui bărbat de șaizeci de ani care suferea de o boală malignă.

— Te-ai gîndit uneori, spuse O'Brien, că fața mea, fața unui membru al Partidului Interior, arată bătrînă și istovită. Ce părere ai despre propria-ți față?

Îl apucă pe Winston de umăr și îl răsuci în așa fel încît să-l privească direct.

— Uită-te în ce hal ai ajuns! zise el. Uită-te la jegul ăsta care-ți acoperă trupul. Uită-te la murdăria dintre degetele de la picioare. Uită-te la rana aia dezgustătoare de pe picior. Știi că puți ca o capră? Probabil ai încetat să-ți mai dai seama de asta. Uită-te cît ești de sfrijit. Vezi? Pot să-ți cuprind bicepsul între degetul mare și arătător. Ți-aș putea rupe gîtul ca pe un morcov. Știi că, de cînd te afli în mîinile noastre, ai slăbit douăzeci și cinci de kilograme? Chiar și părul îți cade în smocuri. Uite!

Îl trase pe Winston de păr și rămase cu o șuviță în mînă.

— Deschide gura. Mai ai nouă, zece, unsprezece dinți. Cîți aveai cînd ai venit la noi? Și puținii pe care îi mai ai cad singuri. Uite!

Apucă între degetul mare și arătător unul dintre incisivii pe care îi mai avea Winston. Maxilarul acestuia a fost străfulgerat de durere. O'Brien smulsese dintele șubred din rădăcină. Îl azvîrli pînă în celălalt capăt al celulei.

— Putrezești, spuse el. Te dezintegrezi. Știi ce ești? Un sac de gunoi. Acum întoarce-te și uită-te din nou în oglindă. Vezi chestia aia care te privește? Acela este ultimul om. Dacă ești om, aceea este umanitatea. Acum îmbracă-te.

Winston începu să se îmbrace cu mișcări lente și țepene. Pînă în acest moment nu păruse să-și dea seama cît de jigărit și de slăbit era. Prin minte îi trecu un singur gînd: că trebuie să fi petrecut în acest loc mai mult timp decît își imaginase. Apoi, brusc, pe cînd se înfășura iar în zdrențele acelea nenorocite, îl năpădi un sentiment de milă față de trupul său distrus. Înainte să-și dea seama ce face, se prăbuși pe un taburet mic de lîngă pat și izbucni în lacrimi. Era conștient de propria-i urîțenie, de lipsa lui de grație, de faptul că era un sac de oase strînse într-o lenjerie jegoasă, care stătea plîngînd în lumina albă, necruțătoare, dar nu se putea abține. O'Brien puse o mînă pe umărul lui, aproape cu bunăvoință.

— Nu va dura la nesfîrșit, zise el. Poți scăpa oricînd dorești. Totul depinde de dumneata.

— Voi ați făcut-o! hohoti Winston. Voi m-ați adus în starea asta.

— Nu, Winston, dumneata te-ai adus în starea asta. Ai acceptat acest lucru în momentul cînd te-ai pus împotriva Partidului. Acel prim gest a inclus totul. Nu s-a întîmplat nimic care să nu fi prevăzut.

Făcu o pauză, după care continuă:

— Noi te-am bătut, Winston. Noi te-am distrus. Ai văzut în ce hal îți e trupul. Și mintea ți-e în aceeași stare. Nu cred să-ți mai fi rămas prea multă mîndrie. Ai fost lovit, biciuit, insultat, ai urlat de durere, te-ai zvîrcolit pe jos în propriul sînge și în propria vomă. Ai cerșit scîncit milă, ai trădat tot și pe toată lumea. Te poți gîndi măcar la o înjosire la care să nu fi fost supus?

Winston încetase să mai plîngă, deși lacrimile continuau să i se scurgă din ochi. Ridică privirea spre O'Brien.

— N-am trădat-o pe Julia, spuse el.

O'Brien îl privi gînditor de sus.

— Nu, răspunse el, este întru totul adevărat. N-ai trădat-o pe Julia.

Venerația ciudată pe care o simțea pentru O'Brien și pe care nimic nu părea s-o distrugă dădu din nou năvală în inima lui Winston. Cît e de inteligent, se gîndi el, cît e de inteligent! Nu s-a întîmplat nici măcar o dată ca O'Brien să nu înțeleagă ce i se spunea. Oricine altcineva de pe lumea asta i-ar fi răspuns imediat că în realitate *o trădase* pe Julia. Căci ce nu reușiseră să-i smulgă cînd l-au torturat? Le spusese tot ce știa despre ea, obiceiurile, firea, trecutul ei, le mărturisise în cele mai mici amănunte tot ce se întîmplase la întîlnirile lor, tot ce îi spusese el ei și ea lui, ce produse de pe piața neagră mîncaseră, adulterele comise, comploturile vagi împotriva Partidului – totul. Și totuși, în sensul pe care îl asocia el cuvîntului, nu o trădase. Nu încetase să o iubească. Sentimentele față de ea îi rămăseseră neschimbate. O'Brien pricepuse ce voise să spună fără să aibă nevoie de explicații.

— Spuneți-mi, întrebă Winston, cît de curînd mă vor împușca?

— S-ar putea să mai dureze, răspunse O'Brien. Ești un caz dificil. Dar nu dispera. Mai devreme sau mai tîrziu, toată lumea se vindecă. În cele din urmă te vom împușca.

IV

Se simțea mult mai bine. Se îngrășa și se întrema cu fiecare zi care trecea, dacă putea vorbi despre zile.

Lumina albă și bîzîitul erau aceleași dintotdeauna, dar celula era ceva mai comodă decît cele în care stătuse înainte. Avea o pernă și o saltea pe patul de scînduri, avea și un taburet pe care să stea. Îl îmbăiaseră și îi dădeau voie să se spele destul de frecvent într-un lighean de tablă. Îi dădeau chiar și apă caldă ca să se spele. Primise lenjerie de corp curată și o salopetă nouă. Îi oblojiseră ulcerul varicos cu alifii calmante. Îi scoseseră restul dinților și îi puseseră o proteză nouă.

Trebuie să fi trecut săptămîni sau luni de zile. Dacă ar fi vrut s-o facă, de-acum ar fi putut ține socoteala timpului, din moment ce era hrănit la intervale ce păreau regulate. Primea, după părerea lui, trei mese la fiecare douăzeci și patru de ore. Uneori își punea vag întrebarea dacă le primea noaptea sau ziua. Mîncarea era surprinzător de bună, cu carne la fiecare a treia masă. O dată a primit chiar și un pachet de țigări. Nu avea chibrituri, dar gardianul care-i aducea mîncarea fără să scoată vreo vorbă îi oferea și cîte un foc. Prima dată cînd a încercat să fumeze, i s-a făcut rău, dar a perseverat și, cum fuma cîte o jumătate de țigară după fiecare masă, pachetul l-a ținut mult timp.

Îi dăduseră o tablă albă, cu un ciot de creion legat de colțul ei. La început nu s-a folosit de ele. Chiar și cînd era treaz, se simțea complet moleșit. Adesea nu făcea altceva decît să zacă de la o masă la următoarea, aproape fără să se miște, uneori adormit, alteori trezindu-se în reverii neclare, în care i se părea prea obositor să deschidă ochii. Se obișnuise să doarmă cu o lumină puternică bătîndu-i în față. Nu părea să conteze prea mult, doar că visele îi deveneau mai coerente. În această perioadă a visat foarte mult și visele îi erau întotdeauna fericite. Se găsea pe Tărîmul de Aur sau stătea printre niște ruine uriașe, mărețe, scăldate de soare, împreună cu mama sa, cu Julia, cu O'Brien, și nu făcea nimic, doar stătea la soare și vorbea despre lucruri tihnite. Gîndurile pe care reușea să le aibă în stare de trezie erau în mare parte despre vise. Acum, odată ce stimulentul durerii dispăruse, părea să-și fi pierdut capacitatea de a face eforturi intelectuale. Nu se plictisea și nu avea nici un chef de conversație sau de altceva care să-i distragă atenția. I se părea întru totul mulțumitor să stea singur, să nu fie bătut sau interogat, să aibă suficientă mîncare și să fie curat.

Treptat, ajunse să doarmă mai puțin, dar tot nu simțea impulsul să se dea jos din pat. Nu-și dorea decît să stea liniștit și să simtă cum îi revine vlaga în trup. Se pipăia ici și colo, încercînd să se convingă că nu trăia o iluzie, că mușchii i se rotunjeau și pielea i se întindea. În cele din urmă se dovedi fără nici o urmă de îndoială că se îngrășa: de-acum coapsele îi erau mai groase decît genunchii. După aceea începu să facă exerciții în mod regulat, chiar dacă la început cu reținere. În scurt timp ajunse să parcurgă trei kilometri, măsurați cu pașii făcuți prin celulă, iar umerii încovoiați începură să i se îndrepte. A încercat și niște exerciții mai complicate și a fost uimit și umilit să vadă ce nu mai putea face. Nu reușea să se deplaseze mai rapid decît în pas de plimbare, nu reușea să țină taburetul cu brațele întinse, nu reușea să stea într-un picior fără să cadă. Se așeză pe vine și descoperi că nu se putea ridica în picioare decît cu prețul unor dureri cumplite în coapse și gambe. Se culcă pe burtă și încercă să-și ridice greutatea în mîini. N-avea nici un rost: nu izbuti să se ridice nici un centimetru. Însă după alte cîteva zile – alte cîteva mese – reuși chiar și această ispravă. Veni și clipa cînd reuși s-o facă de șase ori la rînd. Începu chiar să se simtă mîndru de trupul lui și să nutrească o convingere difuză că și fața îi revenea la normal. Doar atunci cînd își ducea întîmplător mîna la creștetul chel, își amintea fața brăzdată și distrusă care îl privise din oglindă.

Mintea îi deveni mai activă. Stătea pe patul de scînduri, cu spatele la perete și cu tăblița pe genunchi, și se apucă sîrguincios de sarcina de a se reeduca.

Capitulase, asta era de la sine înțeles. De fapt, după cum își dădea acum seama, fusese gata să capituleze cu mult înainte de a o hotărî. Din momentul în care intrase în Ministerul Iubirii – și da, chiar și în acele minute cînd el și Julia încremeniseră neputincioși, în timp ce vocea din tele-ecran le spunea ce să facă –, pricepuse frivolitatea, superficialitatea încercării sale de a se împotrivi puterii Partidului. Acum știa că Poliția Gîndirii îl urmărise timp de șapte ani ca pe un gîndac pus sub lupă. Nu existase nici o acțiune și nici o vorbă de-a lui rostită cu voce tare pe care ei să nu le fi observat, nici un gînd pe care ei să nu-l fi ghicit. Așezaseră cu grijă la loc chiar și firul de praf alburiu de pe coperta jurnalului. Îi puseseră înregistrări audio, îi arătaseră fotografii. Unele erau cu el și Julia. Da, chiar și... Nu mai putea lupta împotriva Partidului. În plus, Partidul avea dreptate. Așa trebuia să fie: cum să se înșele creierul colectiv și nemuritor? Prin ce fel de standard extern îi puteau fi evaluate judecățile? Sănătatea mintală era o chestiune de statistică. Consta pur și simplu în a învăța să gîndești așa cum gîndeau ei. Doar că...!

Creionul ținut între degete i se părea gros și incomod. Începu să scrie primele gînduri care-i treceau prin cap. Scrise la început cu majuscule lăbărțate și stîngace:

LIBERTATEA ESTE SCLAVIE

Apoi, aproape fără pauză, adăugă dedesubt:

DOI PLUS DOI FAC CINCI

Dar după asta urmă un soi de piedică. Mintea lui păru să nu se mai poată concentra, de parcă s-ar fi ascuns de ceva. Știa că știe ce urmează, dar pe moment nu reușea să-și aducă aminte. Cînd în cele din urmă își aminti, o făcu printr-un raționament conștient și nu pentru că îi veni de la sine. Scrise:

DUMNEZEU ESTE PUTEREA

Accepta totul. Trecutul era modificabil. Trecutul nu fusese niciodată modificat. Oceania era în război cu Estasia. Oceania se războia dintotdeauna cu Estasia. Jones, Aaronson și Rutherford se făceau vinovați de fărădelegile de care fuseseră acuzați. El nu văzuse niciodată fotografia care le dovedea nevinovăția. Aceasta nu existase niciodată: el o inventase. Își amintea că-și amintise lucruri cu totul opuse, dar nu erau decît amintiri false, produse ale autoamăgirii. Cît de simplu era! Trebuia doar să capitulezi și restul venea de la sine. Era ca și cînd ai fi înotat împotriva unui curent care te ducea înapoi, indiferent cît de mult te străduiai, iar apoi hotărai brusc să te întorci și să înoți în direcția curentului în loc să i te opui. Nu se schimbase nimic în afară de propria ta atitudine: ce trebuia să se întîmple urma să se întîmple oricum. Nici nu mai știa de ce se revoltase. Totul era ușor, doar că...!

Orice putea fi adevărat. Așa-zisele legi ale naturii erau un nonsens. Legea gravitației era un nonsens. „Dacă aș vrea, aș putea să mă înalț de la podea ca un balon de săpun", spusese O'Brien. Winston pricepu. „Dacă *el crede* că se înalță de la podea și dacă și *eu cred* simultan că îl văd făcînd asta, atunci lucrul ăsta se întîmplă cu adevărat." Brusc, ca o grămadă de bucăți de epavă care țîșnesc la suprafața apei, prin minte îi străfulgeră un gînd: „Nu se întîmplă cu adevărat. Ni-l imaginăm. Este o halucinație". Își reprimă imediat gîndul. Eroarea era evidentă. Un asemenea gînd postula că undeva, în afara propriei persoane, există o lume „reală", unde se întîmplă lucruri

„adevărate“. Dar cum să existe o asemenea lume? Cum putem cunoaște ceva altfel decît prin intermediul propriei noastre minți? Toate întîmplările se petrec doar în minte. Ceea ce se întîmplă în toate mințile se întîmplă cu adevărat.

Nu întîmpină nici o dificultate să scape de această eroare logică și nu se află deloc în pericol să-i cadă pradă. Își dădu totuși seama că n-ar fi trebuit nici măcar să se gîndească la așa ceva. Mintea trebuia să-și creeze o pată oarbă ori de cîte ori se ivea un gînd periculos. Procesul trebuia să fie automat, instinctiv. *Crimstop*, așa i se spunea în neolimbă.

Se apucă să se perfecționeze în crimstop. Își supunea propriei judecăți anumite afirmații – „Partidul spune că pămîntul e plat“, „Partidul spune că gheața e mai grea ca apa“ – și se antrena să nu vadă sau să nu înțeleagă raționamentele care contraziceau acele afirmații. Nu era ușor. Îți trebuia o mare capacitate de argumentație și improvizație. Problemele aritmetice pe care le ridica, de exemplu, o afirmație precum „Doi plus doi fac cinci“ îi depășeau abilitățile intelectuale. Necesitau, de asemenea, un soi de atletism mental, o iscusință de a utiliza logica în cel mai fin mod cu putință și, o clipă mai tîrziu, de a nu conștientiza cele mai flagrante erori de logică. Prostia era la fel de necesară ca inteligența și la fel de greu de dobîndit.

În tot acest timp o parte a minții lui se întreba cît de curînd aveau să-l împuște. „Totul depinde de dumneata“, îi spusese O'Brien. Winston știa însă că nu exista nici un act conștient prin care putea să grăbească momentul. Se putea întîmpla peste zece minute sau peste zece ani. Puteau să-l țină ani de zile izolat la carceră, puteau să-l trimită într-un lagăr de muncă silnică, puteau să-l elibereze o vreme, cum făceau uneori. Era foarte posibil ca, înainte să fie împușcat, întreaga dramă a arestării și interogatoriului să fie pusă din nou în scenă. Singura certitudine era că moartea nu venea niciodată la momentul așteptat. Conform legendei – legenda nespusă: o știai cumva, deși nu ai auzit-o rostită niciodată –, te împușcau pe la spate, întotdeauna în ceafă și fără nici un avertisment, cînd mergeai pe coridor de la o celulă la alta.

Într-o zi – deși „într-o zi" nu era expresia potrivită, deoarece putea fi, la fel de probabil, în toiul nopții –, la un moment dat Winston căzu într-o stranie reverie extatică. Se făcea că merge pe coridor, așteptînd glonțul. Știa că urma să vină dintr-o clipă într-alta. Totul era stabilit, aranjat, rezolvat. Nu mai existau îndoieli, polemici, durere, teamă. Trupul îi era sănătos și puternic. Umbla cu ușurință, bucurîndu-se că se deplasează și cu sentimentul că pășește în lumina soarelui. Nu mai era pe coridoarele înguste și albe din Ministerul Iubirii, ci în pasajul enorm și luminat de soare, lat de un kilometru, pe care avusese cîndva senzația că merge în timpul unui delir provocat de droguri. Era pe Tărîmul de Aur și urma cărarea ce tăia pășunea mîncată de iepuri. Simțea sub tălpi gazonul fraged, tuns scurt, și pe chip lumina blîndă a soarelui. La capătul cîmpului se găseau ulmii, care se clătinau ușor, și undeva, dincolo de ei, era firul de apă unde clenii stăteau în iazurile verzi de sub sălcii.

Tresări brusc, cuprins de groază. Simți cum șira spinării i se îmbrobonează de sudoare. Se auzi strigînd:

— Julia! Julia! Julia, iubirea mea! Julia!

Preț de o clipă, avusese halucinația copleșitoare a prezenței Juliei. Păruse să fie nu doar cu el, ci în el. Era ca și cum i-ar fi pătruns sub piele. În acel moment o iubi mult mai mult decît o făcuse vreodată cînd fuseseră împreună, liberi. Înțelese, de asemenea, că ea era încă în viață pe undeva și că avea nevoie de ajutorul lui.

Se întinse pe spate în pat și încercă să se adune. Ce făcuse? Cîți ani își mai adăugase la robie din pricina acestui moment de slăbiciune?

Dintr-o clipă într-alta avea să audă afară tropăitul de bocanci. Nu puteau lăsa nepedepsită o asemenea scăpare. Dacă n-o știau deja, aflau acum că încălca înțelegerea pe care o făcuse cu ei. Se supunea Partidului, dar încă ura Partidul. În vremurile de demult izbutise să ascundă o gîndire eretică sub o aparență conformistă. De-acum făcuse încă un pas în spate: capitulase cu mintea, dar sperase să-și păstreze adîncul inimii nepîngărit. Știa că greșește, dar prefera să greșească. Ei vor înțelege asta – O'Brien va înțelege. Totul fusese mărturisit în acel strigăt prostesc.

Va trebui s-o ia de la capăt. Putea să dureze ani de zile. Își trecu o mînă peste față, încercînd să se familiarizeze cu noua ei formă. Obrajii îi erau brăzdați de riduri adînci, pomeții îi păreau ascuțiți și nasul, turtit. În plus, de cînd se văzuse ultima dată în oglindă, îi făcuseră o dantură nouă, una completă. Nu era ușor să-ți păstrezi expresia feței impenetrabilă cînd nu știai cum îți arată fața. Oricum, nu era suficient să-ți controlezi pur și simplu trăsăturile. Își dădu seama pentru prima dată că dacă voiai să păstrezi un secret, trebuia să-l ascunzi și de tine însuți. Trebuia să știi tot timpul că e acolo, dar pînă în momentul cînd aveai nevoie de el, nu trebuia să-l lași să-ți pătrundă în conștiință în nici o formă căreia i s-ar putea da un nume. De acum înainte trebuia nu doar să gîndească în mod corect, ci să și simtă corect, să viseze corect. Și în tot acest timp trebuia să-și păstreze ura ferecată în interior, ca un ghem de țesut care făcea parte din el, însă fără a fi conectat cu restul ființei sale, ca un fel de chist.

Într-o bună zi vor hotărî să-l împuște. Nu puteai ști cînd va fi asta, dar n-aveai cum să nu o poți ghici cu cîteva secunde înainte. Te împușcau întotdeauna pe la spate, în timp ce mergeai pe un coridor. Zece secunde o să fie suficiente. În acel răstimp lumea din interiorul lui putea să se răstoarne. Și apoi, brusc, fără să rostească vreun cuvînt, fără ca pasul să-i șovăie, fără ca vreo trăsătură a feței să i se modifice, camuflajul avea să fie brusc îndepărtat și... bum!, artileria urii sale avea să se declanșeze. Ura avea să-l cuprindă ca o flacără enormă, nimicitoare. Și, aproape în aceeași secundă, bum!, va porni și glonțul, prea tîrziu sau prea devreme. Îi vor spulbera creierul înainte de a-l putea revendica. Gîndul eretic avea să rămînă nepedepsit, neregretat, veșnic în afara puterii lor. Urmau să facă o gaură în propria lor perfecțiune. Să moară urîndu-i – asta era libertatea.

Închise ochii. Era ceva mai greu decît acceptarea unei discipline intelectuale. Era o chestiune de autodegradare, de automutilare. Trebuia să se scufunde în cea mai mizerabilă mizerie. Care era lucrul cel mai oribil, cel mai dezgustător dintre toate? Se gîndi la Fratele cel Mare. Fața lui enormă (cum o văzuse tot timpul pe afișe, se gîndea întotdeauna la ea ca avînd un metru lățime), cu mustața neagră, stufoasă, și ochii care te urmăreau încoace și încolo, păru să-i apară în minte de la sine. Care erau adevăratele lui sentimente față de Fratele cel Mare?

De afară se auzi un tropăit puternic de bocanci. Ușa de oțel se deschise cu un zăngănit. O'Brien intră în celulă. În spatele lui stăteau ofițerul cu chip de ceară și gardienii în uniforme negre.

— Ridică-te, spuse O'Brien. Vino aici.

Winston se opri în fața lui. O'Brien îl apucă de umeri cu mîinile lui puternice și îl privi îndeaproape.

— Ți-a trecut prin minte să mă înșeli, spuse el. A fost o tîmpenie. Îndreaptă-ți spinarea. Privește-mă în ochi.

Se opri și continuă pe un ton mai blînd:

— Faci progrese. În plan intelectual nu prea mai e nimic în neregulă cu tine. Numai în plan emoțional nu ai reușit să avansezi. Spune-mi, Winston – și, nu uita, fără minciuni, știi că-mi dau seama cînd minți –, spune-mi, care sînt adevăratele tale sentimente față de Fratele cel Mare?

— Îl urăsc.

— Îl urăști. Prea bine. Atunci a venit momentul să faci și ultimul pas. Trebuie să-l iubești pe Fratele cel Mare. Nu este de ajuns să i te supui: trebuie să-l iubești.

Îi dădu drumul lui Winston, împingîndu-l ușor spre gardieni.

— Camera 101, spuse el.

V

În fiecare etapă a încarcerării sale, Winston știuse – sau avusese impresia că știe – cam pe unde se afla în clădirea lipsită de ferestre. Probabil că existau mici diferențe de presiune a aerului. Celulele unde îl bătuseră gardienii erau plasate mult sub nivelul solului. Încăperea unde îl interogase O'Brien se găsea sus, aproape de acoperiș. Locul în care era acum se afla la mulți metri sub pămînt, la cea mai mare adîncime posibilă.

Încăperea era mai mare decît majoritatea celorlalte celule în care stătuse. Dar el abia dacă observă ce era în jurul lui. Nu văzu decît că drept în față se găseau două măsuțe, ambele acoperite cu postav verde. Una era la doar un metru sau doi de el, iar cealaltă, mai departe, lîngă ușă. Stătea pe un scaun de care era legat atît de strîns, încît nu-și putea mișca nici o parte a corpului, nici măcar capul. Ceafa îi era prinsă într-un soi de suport care îl silea să privească în față.

Rămase un moment singur, după care ușa se deschise și intră O'Brien.

— M-ai întrebat o dată ce se găsește în Camera 101, spuse O'Brien. Ți-am spus că știi deja răspunsul. Toată lumea îl știe. În Camera 101 se găsește cel mai groaznic lucru din lume.

Ușa se deschise din nou. În încăpere intră un gardian care ducea un obiect făcut din sîrmă, un fel de cutie sau coș. Îl așeză pe masa mai îndepărtată. Din pricina locului unde stătea O'Brien, Winston nu reuși să vadă ce era obiectul acela.

— Lucrul cel mai groaznic din lume diferă de la individ la individ, spuse O'Brien. Poate fi îngropatul de viu, moartea în flăcări sau prin înec, trasul în țeapă sau alte cincizeci de modalități de a muri. Există cazuri în care e ceva destul de banal și nici măcar fatal.

Se trase puțin la o parte, astfel încît Winston să poată vedea mai bine obiectul de pe masă. Era o cușcă alungită, făcută din sîrmă și avînd deasupra un mîner, ca să poată fi transportată. În partea din față avea fixat ceva ce semăna cu o mască de scrimă, cu partea concavă înspre exterior. Deși cușca era la vreo trei-patru metri de el, Winston văzu că era împărțită de-a lungul în două compartimente și că în fiecare dintre ele se găsea un soi de creatură. Erau șobolani.

— În cazul dumitale, spuse O'Brien, lucrul cel mai groaznic din lume se întîmplă să fie șobolanii.

Încă de cînd zărise prima dată cușca, pe Winston îl străbătuse un soi de tremur premonitoriu, o frică de ceva nedeslușit. În acest moment însă înțelese brusc semnificația accesoriului ce semăna cu o mască din fața cuștii. Intestinele parcă i se lichefiară.

— Nu puteți face una ca asta! strigă el cu o voce ascuțită și spartă. Nu puteți, nu puteți! E imposibil.

— Îți amintești momentul de panică pe care îl trăiai în vise? întrebă O'Brien. În fața aveai un zid de întuneric și în urechi îți răsuna un zgomot puternic. De partea cealaltă a zidului se afla ceva groaznic. Știai că știi ce este, dar nu îndrăzneai să scoți certitudinea la lumină. De partea cealaltă a zidului erau șobolanii.

— O'Brien! spuse Winston, făcînd un efort să-și controleze vocea. Știți că nu e necesar. Ce vreți să fac?

O'Brien nu îi răspunse imediat. Cînd în cele din urmă vorbi, o făcu în maniera didactică pe care o adopta uneori. Privi gînditor în depărtare, de parcă s-ar fi adresat unui public aflat undeva în spatele lui Winston.

— De una singură, durerea nu este întotdeauna suficientă, spuse el. Sînt cazuri cînd ființa umană rezistă cu tărie la durere, chiar pînă în pragul morții. Însă pentru toți oamenii există ceva ce nu poate fi suportat – ceva ce nu poate fi nici măcar conceput. Aici nu e vorba de curaj și lașitate. Atunci cînd cazi de la înălțime, nu este o lașitate să te agăți de o frînghie. Atunci cînd ieși la suprafață din adîncurile unei ape, nu este o lașitate să-ți umpli plămînii cu aer. Este pur și simplu un instinct ce nu poate fi reprimat. La fel stau lucrurile și cu șobolanii. Pentru dumneata șobolanii sînt de nesuportat. Reprezintă o formă de presiune căreia nu-i poți rezista nici dacă ai vrea. Vei face tot ce ți se cere.

— Dar ce, ce mi se cere? Cum pot să fac ceva dacă nu știu despre ce este vorba?

O'Brien luă cușca și o mută pe masa mai apropiată. O așeză cu grijă pe postavul care îi acoperea tăblia. Winston își auzea sîngele țiuindu-i în urechi. Avea senzația că stă într-o singurătate profundă. Se afla în mijlocul unei cîmpii imense și goale, într-un pustiu plat, scăldat în lumina soarelui, unde toate sunetele ajungeau la el de la depărtări imense. Cu toate acestea, cușca și șobolanii se găseau la doar doi metri de el. Erau niște șobolani imenși. Ajunseseră la vîrsta la care botul unui șobolan se turtește și devine fioros, iar blana își schimbă culoarea din cenușiu în maro.

— Deși este rozător, spuse O'Brien, adresîndu-se în continuare publicului său nevăzut, șobolanul este carnivor. Ești conștient de acest lucru. Probabil ai auzit ce se întîmplă prin cartierele sărace din oraș. Pe unele străzi femeile n-au curaj să-și lase copiii mici singuri acasă nici măcar cinci minute. E clar că șobolanii îi vor ataca. Într-un timp destul de scurt, îi rod pînă la oase. Îi atacă și pe bolnavi sau pe muribunzi. Faptul că își dau seama cînd o ființă umană este neajutorată arată că șobolanii posedă o inteligență uluitoare.

Din cușcă izbucni o larmă de chițcăieli. Zgomotul părea să ajungă la Winston de departe. Șobolanii se luptau: încercau să ajungă unul la altul prin despărțitură. Winston auzi, de asemenea, un geamăt adînc de disperare. Acesta părea să vină și el de undeva din afara lui.

O'Brien luă cușca în mînă și, în aceeași clipă, apăsă ceva în ea. Se auzi un țăcănit sec. Winston făcu un efort disperat să se smulgă din scaun. Era inutil: toate părțile trupului, inclusiv capul, îi erau imobilizate. O'Brien aduse cușca mai aproape. Era la mai puțin de un metru de fața lui Winston.

— Am apăsat prima piedică, spuse O'Brien. Înțelegi cum e construită cușca. Masca ți se va fixa perfect pe cap, nelăsînd nici o ieșire. Cînd apăs a doua piedică, ușița cuștii se va ridica. Bestiile astea înfometate vor țîșni ca niște gloanțe. Ai văzut vreodată un șobolan sărind prin aer? Îți vor plonja direct pe față și își vor înfige imediat colții în ea. Uneori atacă mai întîi ochii. Alteori își croiesc drum prin obraji și devorează limba.

Cușca ajunsese mai aproape. Se apropia tot mai mult. Winston auzi o serie de țipete ascuțite, care păreau să vină din văzduhul de deasupra capului său. Se împotrivi însă cu furie panicii. Să gîndești, să gîndești chiar și atunci cînd nu mai rămîne decît o frîntură de secundă – singura speranță era să gîndești. Simți brusc în nări damful scîrbos și jilav al bestiilor. Îl cuprinse un acces violent de greață și aproape că își pierdu cunoștința. Văzu negru în fața ochilor. Preț de o clipă, se transformă într-un animal dement, într-un animal care urla. Ieși însă din întunericul acela agățîndu-se de o idee. Nu exista decît un singur mod de a se salva. Trebuie să interpună altă ființă umană, *trupul* altei ființe umane, între el și șobolani.

Cercul măștii devenise de-acum destul de mare pentru a-l împiedica să vadă orice altceva. Ușița de sîrmă se afla la vreo două palme de fața lui. Șobolanii știau ce urmează. Unul sărea în sus și-n jos, iar celălalt, un veteran solzos al canalelor, se ridică și se sprijini cu labele roz pe bare, adulmecînd fioros aerul. Winston îi putea vedea mustățile și dinții galbeni. Îl cuprinse din nou panica întunecată. Era orb, neajutorat, cu mințile pierdute.

— Era o pedeapsă obișnuită în China imperială, spuse O'Brien pe același ton didactic.

Masca se apropia tot mai mult de fața lui Winston. Împletitura de sîrmă îi atinse obrazul. Și atunci – nu, nu era ușurare, doar speranță, o fărîmă minusculă de speranță. Prea tîrziu, probabil prea tîrziu. Dar pricepu brusc că în toată lumea nu exista decît *o singură* persoană căreia îi putea transfera pedeapsa, *un singur* trup pe care putea să-l împingă între el și șobolani. Și urlă întruna, cu înverșunare:

— Julia! Julia! Faceți-i ei asta! Nu mie! Juliei! Nu-mi pasă ce-i faceți. Smulgeți-i fața, sfîșiați-o pînă la os. Nu eu! Julia! Nu eu!

Se prăbușea pe spate, în adîncimi enorme, îndepărtîndu-se de șobolani. Continua să fie țintuit în scaun, dar căzuse prin podea, prin zidurile clădirii, prin pămînt, prin oceane, prin văzduh, pînă în spațiu, pînă în întinderile dintre stele, mai departe, tot mai departe și mai departe, departe de șobolani. Se găsea la ani-lumină de ei, dar O'Brien era încă lîngă el. Pe obraz mai simțea și acum atingerea rece a împletiturii de sîrmă. Dar prin întunericul care îl învăluise, auzi încă un pocnet metalic și știu că ușița cuștii se închisese, nu se deschisese.

VI

Cafeneaua Castanul era aproape pustie. O rază de soare pătrundea pieziș pe o fereastră și cădea aurie pe mesele prăfuite. Era singuratica oră cincisprezece. Din tele-ecrane se scurgea o muzică metalică.

Winston stătea în colțul lui obișnuit și fixa cu privirea un pahar gol. Din cînd în cînd ridica ochii către fața enormă care se uita la el de pe peretele de vizavi. Imaginea era însoțită de textul „FRATELE CEL MARE TE URMĂREȘTE". Un chelner se apropie nechemat și îi umplu paharul cu gin Victoria, turnînd și cîteva picături dintr-o altă sticlă, care avea înfipt un pai în dop. Era zaharină aromată cu cuișoare, specialitatea cafenelei.

Winston asculta tele-ecranul. Deocamdată nu se auzea decît muzică, dar în orice clipă se putea transmite un buletin informativ special de la Ministerul Păcii. Veștile de pe frontul african erau extrem de alarmante. Winston își făcuse sporadic griji toată ziua pe tema asta. O armată eurasiană (Oceania se războia cu Eurasia, Oceania se războia dintotdeauna cu Eurasia) înainta spre sud cu o viteză înspăimîntătoare. Buletinul de la prînz nu menționase vreo zonă anume, dar probabil că gura fluviului Congo se transformase deja în cîmp de bătălie. Brazzaville și Leopoldville erau în pericol. Nu trebuia să te uiți pe hartă ca să înțelegi ce înseamnă asta. Nu se punea doar problema de a pierde Africa Centrală: pentru prima dată de la începutul războiului, era amenințat chiar teritoriul Oceaniei.

Se simți copleșit de o emoție violentă, nu chiar teamă, ci un soi de agitație nedeslușită, care apoi se stinse din nou. Încetă să se mai gîndească la război. În ultima vreme nu se putea concentra niciodată pe un singur subiect mai mult de cîteva minute. Ridică paharul și îl goli dintr-o înghițitură. Ca de obicei, îl făcu să se cutremure, ba chiar îi provocă o ușoară greață. Băutura era groaznică. Cuișoarele și zaharina, care erau oricum dezgustătoare în felul lor bolnăvicios, nu puteau masca mirosul sec, uleios, iar partea cea mai groaznică era că damful de gin, care îl însoțea zi și noapte, se amesteca inextricabil în mintea lui cu damful acelor...

Nu le numea niciodată, nici măcar în gînd, și, în măsura în care era posibil, nici nu le vizualiza vreodată. Erau ceva de care era pe jumătate conștient, ceva ce îi plutea în apropierea feței, un miros care-i stăruia în nări. Ginul îi veni înapoi pe gît și lui Winston îi scăpă un rîgîit printre buzele sîngerii. De cînd îl eliberaseră, se îngrășase și își recăpătase culoarea de odinioară – ba chiar mai mult de-atît. Trăsăturile i se îngroșaseră, pielea de pe nas și de pe pomeți îi era de un roșu aprins, chiar și pielea capului chel i se făcuse de un roz intens. Un chelner, tot nechemat, aduse o tablă de șah și numărul curent din *Times*, deschis la pagina cu problema de șah. Apoi, văzînd că paharul lui Winston era gol, veni cu o sticlă de gin și îl umplu. Nu era nevoie să comande. Îi cunoșteau obiceiurile. Tabla de șah îl aștepta întotdeauna, iar masa din colț îi era mereu rezervată. Stătea singur la ea chiar și cînd localul era plin, fiindcă nimeni nu voia să fie văzut prea aproape de el. Winston nici măcar nu se obosea să numere paharele băute. La intervale neregulate i se aducea o bucată de hîrtie murdară și i se spunea c-ar fi nota de plată, dar el avea impresia că întotdeauna i se cerea mai puțin. Nu ar fi contat nici dacă ar fi fost invers. Mai nou avea tot timpul bani suficienți. Avea chiar și o slujbă, o sinecură, mai bine plătită decît fosta sa slujbă.

Muzica încetă și din tele-ecran se auzi o voce. Winston înălță capul și ascultă. Nu se transmise însă nici un buletin de știri de pe front. Era doar un anunț scurt de la Ministerul Belșugului. Se părea că în trimestrul precedent producția de șireturi pentru cel de-al Zecelea Plan Trienal fusese depășită cu nouăzeci și opt la sută.

Studie problema de șah și aranjă piesele. Era un final dificil, cu doi cai. „Albul mută și dă mat în două mutări." Winston ridică iar privirea spre portretul Fratelui cel Mare. Albul dă întotdeauna mat, se gîndi el cu un soi de misticism nebulos. Întotdeauna, fără excepție, așa sînt aranjate lucrurile. De cînd e lumea lume, negrul nu a cîștigat niciodată într-o partidă de șah. Nu simboliza asta triumful etern, imuabil, al Binelui asupra Răului? Fața enormă se uita și ea la el, radiind o putere calmă. Albul dă întotdeauna mat.

Vocea din tele-ecran se întrerupse și adăugă pe un alt ton, mult mai grav:

— Vă avertizăm să rămîneți pe recepție pentru un anunț important de la ora cincisprezece treizeci. Cincisprezece treizeci! Se va transmite o știre de cea mai mare importanță. Aveți grijă să nu o ratați. La cincisprezece treizeci!

Muzica zăngănitoare se porni din nou.

Lui Winston îi tresăltă inima. Era buletinul de știri de pe front și instinctul îi spunea că urmează vești proaste. Gîndul unei înfrîngeri zdrobitoare în Africa îl preocupase intermitent toată ziua, provocîndu-i mici răbufniri de agitație. I se păru chiar că vede cum armata eurasiană năvălește peste frontiera pînă atunci de nepătruns și împînzește sudul Africii ca o coloană de furnici. De ce nu au putut fi cumva învăluiți? Văzu clar în minte conturul coastei Africii de Vest. Luă calul alb și îl mută pe tablă. *Acela* era locul potrivit. Chiar în timp ce vedea hoardele negre repezindu-se spre sud, văzu o altă forță, adunată misterios și apărută brusc în spatele lor, tăindu-le orice cale de comunicare terestră și maritimă. Avea senzația că putea da naștere acelei forțe printr-un efort de voință. Dar trebuia acționat rapid. Dacă dușmanii preluau controlul asupra întregii Africi, dacă ajungeau să aibă aerodromuri și baze de submarine la Capul Bunei Speranțe, aveau să taie Oceania în două. Așa ceva putea însemna orice: înfrângere, dezintegrare, reîmpărțirea lumii, distrugerea Partidului! Winston inspiră adînc. În interiorul lui se zbuciuma un amestec teribil de sentimente – deși nu era tocmai un amestec, erau mai degrabă niște straturi suprapuse de sentimente, în care nu puteai spune care era cel mai de jos.

Spasmul trecu. Puse calul alb înapoi la locul lui, dar pe moment nu se putu concentra serios asupra problemei de șah. Gîndurile i-o luară iarăși razna. Aproape fără să-și dea seama, trasă cu degetul în praful de pe masă:

$$2 + 2 = 5$$

„Nu pot ajunge-n mintea ta“, spusese ea. Dar o puteau face. „Ce ți se întîmplă aici e *pentru totdeauna*“, spusese O'Brien. Asta era adevărat. Existau unele lucruri, unele acțiuni proprii de pe urma cărora nu-ți mai puteai reveni. Ceva îți murea în piept – ars, cauterizat și eliminat.

Winston o văzuse, ba chiar vorbise cu ea. Nu era nimic periculos în asta. Știa aproape instinctiv că de-acum nu mai interesa pe nimeni ce făcea. Ar fi putut aranja chiar și o a doua întîlnire dacă vreunul din ei ar fi vrut-o. Adevărul era că se întîlniseră din întîmplare. Era în parc, într-o zi mizerabilă și friguroasă de martie, cînd pămîntul era tare ca piatra, toată iarba părea moartă și nu se zărea nici un mugur, numai cîteva brîndușe care se ițiseră doar ca să fie spulberate de vînt. Winston înainta grăbit, cu mîinile înghețate și ochii înlăcrimați de frig, cînd a văzut-o la mai puțin de zece metri de el. Și-a dat seama imediat că ea se schimbase într-un fel nedeslușit. Aproape că au trecut unul pe lîngă altul fără să se bage în seamă, cînd Winston s-a întors și s-a luat după ea, deși nu foarte avîntat. Știa că nu există nici un pericol, că nimănui nu-i păsa de ei. Ea n-a scos o vorbă. A încercat o vreme să se îndepărteze, traversînd pieziș pajiștea, ca și cînd ar fi vrut să scape de el, apoi a părut că se resemnează să-l aibă alături. În curînd au ajuns în mijlocul unui pîlc de tufișuri golașe care nu puteau nici să-i ascundă, nici să-i apere de vînt. S-au oprit. Era un frig năprasnic. Vîntul șuiera printre crenguțe și unduia brîndușele rare și amărîte. El a cuprins-o cu brațul pe după mijloc.

Prin preajmă nu era nici un tele-ecran, dar cu siguranță existau niște microfoane ascunse și, în plus, puteau fi văzuți. Nu conta, nimic nu conta. Ar fi putut să se întindă pe jos și să facă *acel lucru* dacă ar fi avut chef. Lui Winston i-a înghețat carnea de groază doar gîndindu-se la asta. Ea nu a reacționat în nici un fel cînd a cuprins-o cu brațul, dar nici nu a încercat să se desprindă. Acum Winston și-a dat seama ce se schimbase la ea. Fața îi era mai pămîntie, iar de-a lungul frunții și al tîmplei avea o cicatrice lungă, parțial ascunsă de păr, dar nu asta era schimbarea. Diferența era că i se îngroșase talia și, în mod surprinzător, i se făcuse mai țeapănă. Winston și-a amintit cum o dată, după explozia unei bombe cu reacție, dăduse o mînă de ajutor la scoaterea unui cadavru de sub niște dărîmături și fusese surprins nu doar de greutatea incredibilă a mortului, ci și de rigiditatea lui, de cît de greu era de mînuit, dînd senzația că era făcut din piatră, nu din carne. Așa se simțea și trupul Juliei. Winston s-a gîndit că, probabil, și textura pielii ei ar părea cu totul altfel decît fusese cîndva.

N-a încercat s-o sărute și nici nu și-au vorbit. În timp ce se întorceau spre poarta de la intrare, ea l-a privit direct pentru prima dată. A fost doar o privire fugară, plină de dispreț și antipatie. Winston s-a întrebat dacă era o antipatie care venea pur și simplu din trecut sau era provocată și de fața lui umflată, și de apa pe care vîntul i-o tot storcea din ochi. S-au așezat pe două scaune de fier, unul lîngă altul, dar nu foarte aproape. El a văzut că Julia era pe punctul de a vorbi. Ea și-a mutat pantoful grosolan cîțiva centimetri mai încolo și a strivit intenționat o crenguță. Pînă și tălpile parcă i se lățiseră, a observat el.

— Te-am trădat, a spus ea cu îndrăzneală.

— Te-am trădat, a zis și el.

Julia i-a aruncat iar o privire plină de antipatie.

— Uneori, a spus ea, te amenință cu ceva – ceva ce nu poți să suporți, ceva la care nici măcar nu poți să te gîndești. Și atunci zici: „Nu-mi faceți mie una ca asta, faceți-o altcuiva, faceți-o lui cutare și cutare“. Și poate că după aceea îți vine să pretinzi că n-a fost decît o șmecherie, că n-ai zis-o decît ca să-i faci să înceteze, dar că de fapt n-ai vorbit serios. Numai că nu-i adevărat. Atunci cînd se întîmplă asta, vorbești foarte serios. Ești convins că nu există nici o altă cale de a te salva și ești întru totul dispus să te salvezi astfel. Chiar *vrei* să i se întîmple celuilalt. Nu-ți pasă nici cît negru sub unghie că suferă. Nu-ți pasă decît de tine.

— Nu-ți pasă decît de tine, a repetat el.

— Iar după aceea nu mai ai aceleași sentimente față de celălalt.

— Nu, a zis el, nu mai ai aceleași sentimente.

Nu părea să mai fi rămas ceva de spus. Vîntul le lipea salopetele subțiri de trupuri. Aproape imediat a devenit penibil să rămînă așa acolo, în tăcere. În plus, era prea frig ca să stea locului. Ea a zis ceva cum că trebuia să ajungă la metrou și s-a ridicat.

— Trebuie să ne mai vedem, a spus el.

— Da, trebuie să ne mai vedem, i-a răspuns ea.

El a urmat-o șovăitor o scurtă bucată de drum, mergînd la o jumătate de pas în urma ei. Nu și-au mai vorbit. Ea n-a încercat propriu-zis să scape de el, dar a mers suficient de repede ca să-l împiedice să țină pasul. Winston se hotărîse să o însoțească pînă la metrou, dar, brusc, toată povestea asta cu tîrîtul după ea prin frig i s-a părut inutilă și insuportabilă. L-a copleșit o dorință – nu atît de a scăpa de Julia, cît de a se întoarce la cafeneaua Castanul, care nu i se păruse niciodată atît de ispititoare ca în acel moment. A avut o viziune nostalgică a mesei din colț, cu ziarul și tabla de șah și ginul care curgea întruna. Și, înainte de orice, acolo avea să fie cald. În clipa următoare, nu întru totul accidental, s-a lăsat despărțit de Julia de un grup mic de oameni. A schițat o încercare nu foarte convingătoare de a o ajunge din urmă, apoi a încetinit pasul, s-a întors și a pornit-o în direcția opusă. După vreo cincizeci de metri, s-a uitat în urmă. Strada nu era aglomerată, dar deja nu o mai putea distinge. Ar fi putut fi oricare din cele zece siluete grăbite de acolo. Poate că trupul ei îngroșat și înțepenit nu mai putea fi recunoscut din spate.

„Atunci cînd se întîmplă asta, vorbești foarte serios", spusese ea. El vorbise foarte serios. Nu o spusese doar așa, ci și-o dorise. Își dorise ca ea și nu el să fie lăsată pradă...

În melodia care se scurgea din tele-ecran se produse o schimbare. Se strecură în ea o notă stridentă și zeflemitoare, o notă galbenă. Iar apoi –

și poate nici nu se întîmpla, poate era doar o amintire ce semăna cu un sunet – o voce începu să cînte:

La umbra marelui castan
Pe-un ban m-ai dat, te-am dat pe-un ban...

Ochii i se umplură de lacrimi. Un chelner care trecea pe lîngă el observă că paharul îi era gol și se întoarse cu sticla de gin.

Winston ridică paharul și îl adulmecă. În loc să devină mai suportabilă, băutura devenea tot mai dezgustătoare cu fiecare înghițitură. Devenise însă elementul în care înota. Reprezenta pentru el viața, moartea și învierea. Ginul îl adîncea în semiconștiență în fiecare seară și tot ginul îl înviora în fiecare dimineață. Cînd se trezea – și rareori o făcea înainte de unsprezece zero zero –, cu pleoapele lipite, gura în flăcări și o spinare ce părea frîntă, i-ar fi fost imposibil fie și să se ridice de la orizontală dacă n-ar fi fost sticla și ceașca așezate lîngă pat peste noapte. Își petrecea orele din miezul zilei ascultînd tele-ecranul, cu privirea încețoșată și sticla la îndemînă. De la ora cincisprezece pînă la ora închiderii era stîlp de cafenea la Castanul. Nimănui nu îi mai păsa ce făcea, nu îl mai trezea nici un fluierat, nu îl mai dojenea nici un tele-ecran. Din cînd în cînd, cam de două ori pe săptămînă, se ducea la un birou prăfuit, cu un aer părăsit, de la Ministerul Adevărului și muncea puțin, dacă aia se putea chema muncă. Fusese numit într-o subcomisie a unei subcomisii care se desprinsese dintr-una din nenumăratele comisii ce se ocupau cu dificultățile minore apărute pe parcursul elaborării celei de-a unsprezecea ediții a dicționarului neolimbii. Erau implicați în producerea a ceva ce se chema Raport Interimar, dar ce anume constituia obiectul raportului, Winston nu aflase niciodată cu certitudine. Era ceva legat de virgule, de problema plasării lor în interiorul parantezelor sau în afara lor. Comisia avea încă patru membri, toți aflați în situații asemănătoare cu a lui. Existau zile cînd se adunau și apoi se despărțeau imediat, după ce recunoșteau sincer că nu prea aveau nimic de făcut. Dar existau și zile cînd se apucau de treabă aproape cu însuflețire, făcînd paradă de felul în care își înregistrau procesele-verbale și redactînd memorii lungi, niciodată finalizate, zile cînd discuțiile cu privire la ce anume trebuiau să discute deveneau extraordinar de aprinse și de confuze, cu tocmeli subtile privind definițiile, cu digresiuni masive, cu certuri, ba chiar și cu amenințări că se va apela la instanțele superioare. După aceea își pierdeau brusc însuflețirea și rămîneau așezați în jurul mesei, privindu-se unul pe altul cu ochi stinși, ca niște fantome ce se destramă atunci cînd se crapă de ziuă.

Tele-ecranul tăcu preț de o clipă. Winston înălță iar capul. Buletinul de știri! Dar nu, schimbau doar muzica. Cînd închidea ochii, vedea harta Africii. Deplasarea trupelor era o diagramă: o săgeată neagră, verticală, ațintită direct spre sud, și o săgeată albă, orizontală, ațintită spre est, intersectînd coada celei dintîi. Ridică privirea spre chipul imperturbabil din portret ca și cînd ar fi căutat o confirmare. Era oare posibil ca a doua săgeată nici să nu existe?

Interesul îi pieri din nou. Mai bău o gură de gin, luă calul alb și făcu o mișcare șovăielnică. Șah. Evident însă că nu era mutarea corectă, deoarece...

Nechemată, o amintire îi răsări în minte. Văzu o încăpere luminată de lumînări, cu un pat amplu, acoperit cu o cuvertură albă, și se văzu pe sine însuși, un băiat de nouă sau zece ani, așezat pe jos, scuturînd o cutie cu zaruri și rîzînd vesel. Maică-sa stătea vizavi de el și rîdea și ea.

Asta trebuie să fi fost cu vreo lună înainte ca ea să dispară. Era o clipă de împăcare, cînd foamea sîcîitoare din stomac fusese uitată și dragostea pe care o simțise cîndva pentru mama lui reînviase temporar. Își amintea bine ziua, o zi cu ploaie torențială, care curgea șiroaie pe geamuri, iar înăuntru lumina era prea slabă ca să poți citi. În dormitorul întunecat și înghesuit plictiseala celor doi copii devenise insuportabilă. Winston scîncea și mîrîia, cerea inutil de mîncare, se agita prin cameră, scoțînd toate lucrurile de la locul lor și dînd cu picioarele în lambriuri, pînă ce vecinii au început să bată cu pumnul în perete, în vreme ce sora lui mai mică se văicărea intermitent. În cele din urmă maică-sa zisese: „Dacă ești cuminte, o să-ți cumpăr o jucărie. O jucărie minunată – o să-ți placă“. Apoi ieșise prin ploaie pînă la o prăvălioară din apropiere, care era deschisă cînd și cînd, și se întorsese cu o cutie de carton în care se găsea un joc cu șerpi și scări. Ținea și acum minte mirosul cartonului umed. Era o cutie ca vai de capul ei. Tabla de joc era crăpată și zarurile mici, din lemn, erau atît de prost tăiate, încît abia stăteau pe cîte o față. Winston s-a uitat morocănos și fără interes la chestia aceea. Dar apoi maică-sa a aprins un capăt de lumînare, s-au așezat toți pe jos și au început să joace. Winston s-a lăsat rapid cuprins de entuziasm și în curînd rîdea în hohote cînd piesele urcau pline de speranță pe scări și apoi alunecau iar pe șerpi în jos, aproape pînă la punctul de pornire. Au jucat opt partide și fiecare a cîștigat cîte patru. Surioara lui, prea micuță ca să înțeleagă jocul, stătuse sprijinită de o pernă și rîsese pentru că rîdeau și ceilalți. Preț de o după-amiază întreagă au fost cu toții fericiți împreună, la fel ca în copilăria lui de dinainte.

Își alungă imaginea din minte. Era o amintire falsă. Din cînd în cînd îl sîcîiau astfel de amintiri false. Nu contau atîta timp cît îți dădeai seama clar ce erau. Unele lucruri se întîmplaseră, altele nu. Reveni la tabla de șah și luă din nou în mînă calul alb. Aproape în aceeași secundă, acesta căzu înapoi pe tablă cu un zdrăngănit. Winston tresărise de parcă l-ar fi împuns cineva cu acul.

Un sunet strident de trompetă străpunse văzduhul. Era buletinul de știri! Victorie! Trompeta care preceda știrile însemna întotdeauna victorie. Cafeneaua a fost străbătută de un soi de fior electric. Chiar și chelnerii tresăriseră și ciuliseră urechile.

Trompeta declanșă un vacarm enorm. O voce entuziasmată se porni să vorbească avîntat în tele-ecran, dar încă de la început vuietul uralelor de afară o acoperi aproape complet. Vestea se împrăștiase pe străzi ca prin minune. Winston putea înțelege suficient din ce auzea dinspre tele-ecran ca să-și dea seama că totul se întîmplase exact așa cum prevăzuse: o flotă imensă, adunată în taină, o lovitură neașteptată în ariergarda inamicului, săgeata albă spintecînd coada săgeții negre. Prin vacarm răzbăteau frînturi de sintagme triumfale: „amplă manevră strategică... coordonare perfectă... derută totală... jumătate de milion de prizonieri... demoralizare completă... controlul asupra întregii Africi... anunță finalul războiului într-un viitor apropiat... victorie... cea mai măreață victorie din istoria umanității... victorie, victorie, victorie!".

Picioarele lui Winston se mișcau convulsiv pe sub masă. Nu se urnise din scaun, dar în mintea lui alerga, alerga repede, era alături de mulțimile de afară, aclamînd pînă ce asurzea. Ridică din nou privirea către portretul Fratelui cel Mare. Colosul care domina lumea! Stînca împotriva căreia hoardele Asiei se opinteau în zadar! Se gîndi că în urmă cu zece minute – da, doar cu zece minute – simțise o oarecare nesiguranță în suflet cînd se întrebase dacă știrile de pe front vor vesti o victorie sau o înfrîngere. Ah, pierise mai mult decît o armată eurasiană! Multe se schimbaseră în el din acea primă zi petrecută în Ministerul Iubirii, dar schimbarea aceea finală, indispensabilă, vindecătoare, nu se petrecuse – pînă în clipa aceasta.

Vocea din tele-ecran continua să-și turuie povestea cu prizonieri, prăzi și măceluri, dar strigătele de afară se mai potoliseră. Chelnerii se întorceau la treabă. Unul dintre ei se apropie cu sticla de gin. Winston, pierdut într-un vis fericit, nici nu băgă de seamă că i se umpluse paharul. Nu mai alerga și nici nu mai aclama. Se găsea iar în Ministerul Iubirii și toate îi fuseseră iertate, iar sufletul îi era imaculat. Se găsea în boxa acuzaților, unde mărturisea totul și implica pe toată lumea. Mergea pe coridorul de faianță albă, cu senzația că pășește în lumina soarelui, cu un gardian înarmat în spate. Glonțul mult dorit îi pătrundea în creier.

Ridică privirea spre fața aceea enormă. Îi trebuiseră patruzeci de ani ca să afle ce fel de zîmbet se ascunde sub mustața neagră. Of, ce neînțelegere crudă și inutilă! Of, ce surghiun voit, îndărătnic, de la pieptul acela iubitor! Două lacrimi mirosind a gin îi alunecară de o parte și de alta a nasului. Dar era în regulă, totul era în regulă, lupta se terminase. Obținuse victoria asupra lui însuși. Îl iubea pe Fratele cel Mare.

Anexă

Principiile neolimbii

Neolimba era limba oficială a Oceaniei și fusese creată pentru a răspunde nevoilor ideologice ale socialismului englezesc – sau Soceng. În anul 1984 încă nu folosea nimeni neolimba ca mijloc unic de comunicare, nici oral, nici în scris. Editorialele din *Times* erau scrise în neolimbă, dar asta presupunea un tur de forță ce nu putea fi înfăptuit decît de un specialist. Se preconiza că în cele din urmă neolimba avea să înlocuiască complet fostalimbă (sau limba standard, cum ar trebui să-i spunem) în jurul anului 2050. Între timp ea cîștiga constant teren, toți membrii de Partid avînd tendința de a utiliza din ce în ce mai mult în vorbirea de zi cu zi cuvinte și structuri gramaticale din neolimbă. Varianta în circulație în 1984, întruchipată de edițiile a noua și a zecea ale dicționarului neolimbii, era una provizorie și conținea multe cuvinte inutile și structuri arhaice, ce urmau să fie eliminate ulterior. În rîndurile de față ne preocupă varianta finală, perfecționată, ilustrată în cea de-a unsprezecea ediție a dicționarului.

Obiectivul neolimbii nu era doar acela de a oferi un mijloc de expresie viziunii și practicilor intelectuale adecvate ale adepților principiilor Soceng, ci și de a face imposibile orice alte moduri de gîndire. Intenția era ca atunci cînd neolimba avea să fie adoptată odată pentru totdeauna, iar fostalimbă avea să fie uitată, orice gînd eretic – adică orice gînd care se abătea de la principiile Soceng – să fie literalmente de negîndit, cel puțin în măsura în care gîndirea depinde de cuvinte. Vocabularul neolimbii era construit în așa fel încît să dea o expresie exactă și deseori foarte subtilă fiecărui înțeles pe care un membru de Partid și-ar putea dori să-l exprime, excluzînd în același timp toate celelalte înțelesuri, precum și posibilitatea de a ajunge la ele prin metode indirecte. Acest obiectiv se realiza parțial prin inventarea de cuvinte noi, dar în principal prin eliminarea cuvintelor indezirabile și prin înlăturarea înțelesurilor nonconformiste și, pe cît posibil, a tuturor înțelesurilor secundare din cuvintele care rămîneau. O să dăm un singur exemplu. Cuvîntul *liber* a continuat să existe în neolimbă, dar nu putea fi utilizat decît în afirmații de genul „Drumul e liber“ sau „De la etaj aveți vedere liberă“. Nu putea fi utilizat cu vechiul înțeles de „liber din punct de vedere politic“ sau „liber din punct de vedere intelectual“, din moment ce libertatea politică și cea intelectuală nu mai existau nici măcar sub formă de concepte și, ca atare, nu aveau nevoie de un cuvînt care să le denumească. Spre deosebire de eliminarea cuvintelor evident eretice, reducerea vocabularului era considerată un scop în sine și nu se accepta supraviețuirea nici unui cuvînt de care lumea se putea lipsi. Neolimba era menită nu să extindă, ci să *diminueze* sfera gîndirii, iar acest scop era sprijinit indirect de limitarea la minimum a cuvintelor disponibile.

Neolimba se baza pe forma limbii pe care o cunoaștem noi acum, deși multe propoziții din neolimbă ar fi greu inteligibile pentru un vorbitor al zilelor noastre, chiar și atunci cînd nu conțin cuvinte proaspăt create. Cuvintele din neolimbă erau împărțite în trei clase diferite, cunoscute drept vocabularul A, vocabularul B (denumit și „cuvinte compuse“) și vocabularul C. Ne va fi mai ușor să discutăm fiecare clasă separat, dar proprietățile gramaticale ale limbii vor fi tratate în secțiunea alocată vocabularului A, din moment ce aceleași reguli sînt valabile pentru toate cele trei categorii.

Vocabularul A. Vocabularul A consta din cuvintele necesare în viața cotidiană pentru activități cum ar fi mîncatul, băutul, munca, îmbrăcatul, urcatul și coborîtul scărilor, transportul în vehicule, grădinăritul, gătitul și altele asemenea. Era compus aproape în întregime din cuvinte pe care le avem deja, cuvinte precum *a lovi, a alerga, cîine, copac, zahăr, casă, cîmp*, dar, prin comparație cu vocabularul actual al englezei, numărul lor era extrem de mic, iar înțelesurile, mult mai strict delimitate. Ele fuseseră epurate de toate ambiguitățile și nuanțele de sens. Pe cît posibil, un cuvînt din această clasă a neolimbii era pur și simplu un sunet staccato, care exprima *un singur* concept, cu un înțeles clar. Vocabularul A ar fi fost imposibil de utilizat în scopuri literare ori în discuții politice sau filosofice. El era menit să exprime doar gînduri simple, practice, care presupuneau de obicei obiecte sau acțiuni concrete.

Gramatica neolimbii avea două trăsături aparte. Prima dintre ele consta în interșanjabilitatea aproape completă a diferitelor părți de vorbire. Orice cuvînt din limbă putea fi utilizat ca verb, substantiv, adjectiv sau adverb (în principiu, chiar și acele cuvinte foarte abstracte, precum *dacă* sau *cînd*). Nu exista nici o variație între forma verbului și a substantivului atunci cînd proveneau din aceeași rădăcină, iar această regulă în sine ducea la distrugerea multor forme arhaice. Cuvîntul *gîndire*, de exemplu, a fost eliminat în neolimbă. Locul său a fost luat de *gînd*, care funcționa atît ca substantiv, cît și ca verb. Nu se urma nici un principiu etimologic în această privință: în anumite cazuri se păstra substantivul original, în alte cazuri, verbul. Chiar și atunci cînd un substantiv și un verb cu înțelesuri apropiate nu erau înrudite etimologic, unul dintre ele era deseori suprimat. De exemplu, nu exista cuvîntul *a tăia*, deoarece înțelesul său era acoperit suficient de substantivul-verb *cuțit*. Adjectivele se formau prin adăugarea sufixului *-os* la substantiv-verb, iar adverbele, prin adăugarea sufixului *-ește*. Astfel, de exemplu, *vitezos* înseamnă „rapid", iar *vitezește* înseamnă „cu rapiditate". S-au păstrat cîteva din adjectivele din zilele noastre, cum ar fi *bun, puternic, mare, negru, moale*, dar numărul lor total era foarte mic. Nu era mare nevoie de ele, din moment ce orice înțeles adjectival putea fi obținut prin adăugarea lui *-os* la substantiv-verb. Dintre adverbe au fost păstrate doar cîteva care se terminau deja în *-ește*. Terminația *-ește* era invariabilă. De exemplu, cuvîntul *bine* a fost înlocuit de *bunește*.

În plus, orice cuvînt – și, din nou, acest procedeu se aplica în principiu oricărui cuvînt din limbă – putea fi trecut la negativ prin adăugarea prefixului *ne-* sau întărit prin prefixul *plus-*, ba chiar, pentru o inten sitate și mai mare, prin *dubluplus-*. Astfel, de exemplu *nefrig* însemna „cald", în timp ce *plusfrig* și *dublu plusfrig* însemnau „foarte frig" și, respectiv, „superlati de frig". La fel ca în engleza de acum, înțelesuril aproape tuturor cuvintelor puteau fi modificate pri afixe prepoziționale precum *ante-*, *post-*, *supra sub-* etc. Prin astfel de metode s-a dovedit posibilă diminuare enormă a vocabularului. Dacă luăm, d exemplu, cuvîntul *bun*, nu mai era nevoie de un cuvî precum *rău*, deoarece înțelesul necesar era la f de bine – ba chiar mai bine – exprimat de cuvînt *nebun*. În toate cazurile în care două cuvinte forma o pereche naturală de antonime, nu era nevoie de să se decidă care din ele să fie eliminat. De exempl *întuneric* se putea înlocui prin *nelumină* sau *lumi* prin *neîntuneric*, după preferință

A doua trăsătură distinctivă a gramaticii neolim era regularitatea sa. Cu cîteva excepții menționa mai jos, toate declinările urmau aceleași reguli. Ast toate verbele la trecut și la participiu aveau acee formă și se terminau în *-t* (sau *-it*). Trecutul de la *fura* era *furat*, de la *a tăcea* era *tăcit* și așa mai depa peste tot în limbă, toate formele neregulate prec *mers, adus, scos, muls* fiind abolite. Toate form de plural se formau adăugînd *-i* sau *-uri*, după c Plurale precum *case, partide, cuțite* au devenit c *partiduri, cuțituri*.

Singurele clase de cuvinte cărora li s-a per să-și păstreze declinările au fost pronumele perso şi relative, adjectivele demonstrative şi verbele auxiliare. Toate acestea au continuat să fie utilizate la fel a înainte, cu excepţia lui *cui*, care n-a mai fost onsiderat necesar, şi a formei *o să* pentru viitor, nţelesul său fiind exprimat prin *va*. Au mai existat, e asemenea, anumite neregularităţi în ce priveşte ɔrmarea cuvintelor, rezultate din nevoia unei comunicări rapide şi uşoare. Un cuvînt greu de pronunţat au care ar fi putut fi auzit greşit era considerat *ipso acto* defectuos. Ca urmare, din motive de eufonie, neori se mai adăugau litere la cîte un cuvînt sau se ţinea o formă arhaică a sa. Această nevoie s-a făcut usă resimţită mai ales în ce priveşte vocabularul B. ı secţiunile următoare ale acestui eseu se va explica ai clar *de ce* se acorda o importanţă atît de mare şurinţei în pronunţie.

Vocabularul B. Vocabularul B consta din cuvinte eate intenţionat în scopuri politice, adică din acele ıvinte care nu doar că aveau în toate cazurile implicaţii politice, ci erau menite şi să impună o atitudine entală dezirabilă la persoana care le utiliza. Fără înţelegere deplină a principiilor Soceng, utilizarea estor cuvinte era dificilă. În anumite cazuri ele teau fi traduse în fostalimbă sau chiar în cuvinte ıte din vocabularul A, dar asta presupunea de icei o parafrază mai lungă şi întotdeauna pierderea umitor nuanţe. Cuvintele din B reprezentau un soi stenografie verbală, care adesea comprima serii regi de idei în doar cîteva silabe, dar avea, în acelaşi ıp, o precizie şi o forţă mai mari decît limbajul şnuit.

Cuvintele din B erau în toate cazurile cuvinte npuse.[1] Ele constau din două sau mai multe inte sau fragmente de cuvinte contopite într-o nă uşor de pronunţat. Amalgamul rezultat era

---

Evident, cuvinte compuse, cum ar fi *dictatranscriptor*, se găseau şi în vocabularul A, dar erau în principal abrevieri utile, fără nici un fel de coloratură ideologică.

întotdeauna un substantiv-verb care se declina sa conjuga după regulile obișnuite. Să luăm un singu exemplu: cuvîntul *bungînd*, care înseamnă, foart aproximativ, „conformism" sau, dacă este luat ca verb „a gîndi într-o manieră conformistă". Acesta se modi fica după cum urmează: substantiv-verb – *bungîn* trecut și participiu – *bungîndit*; gerunziu – *bungîndin* adjectiv – *bungîndos*: adverb – *bungîndește*; substant verbal – *bungînditor*.

Cuvintele din B nu erau construite după vreu plan etimologic. Puteau fi formate din orice părți vorbire, care puteau fi așezate în orice ordine și mutila în orice manieră ce le făcea ușor de pronunțat, d le indica și derivarea. De exemplu, în cuvîntul *crimgî* (crimă-n-gîndire) *gînd* era plasat în a doua poziție, timp ce în *gîndpol* (Poliția Gîndirii) venea în prim iar în acesta din urmă cuvîntul *poliție* își pierdu restul de silabe. Datorită faptului că eufonia era m dificil de obținut, combinațiile neregulate erau m frecvente în vocabularul B decît în vocabularul A. exemplu, formele adjectivale de la *Miniadev*, *Minip* și *Miniiubi* erau, în ordine, *miniadevărat*, *minipac* și *miniiubitor*, pentru că formele *-adevos*, *-paxos* *-iubios* se pronunțau destul de stîngaci. În princip însă, toate cuvintele de tip B se puteau declina toate se declinau exact în același fel.

Unele dintre cuvintele de tip B aveau înțeles foarte subtile, care abia dacă puteau fi descifrate cineva care nu ajunsese să stăpînească limba în înt gime. Să luăm, de exemplu, o propoziție tipică dintr editorial din *Times*: „Fostgînditori nemăduvăs Soceng". Modalitatea cea mai succintă de a reda în lesul acestei propoziții în fostalimbă ar fi următoa „Cei ale căror idei au fost formate înainte de Revol nu pot avea o înțelegere emoțională complet principiilor socialismului englez". Aceasta însă este o traducere adecvată. Pentru început, ca să ceapă pe deplin sensul propoziției în neolimbă ci mai sus, un individ ar trebui să înțeleagă foarte ce semnifică *Soceng*. În plus, numai o persoană prof ancorată în Soceng ar putea aprecia forța copleșit a cuvîntului *măduvăsimt*, care implica o acceptare entuziastă, orbească, greu de imaginat în ziua de azi, sau a cuvîntului *fostgînditor*, care se împletea inextricabil cu ideea de ticăloșie și decadență. Dar rolul special al unor anumite cuvinte din neolimbă, printre ele numărîndu-se și *fostgînd*, nu era neapărat de a exprima sensuri, ci de a le distruge. Aceste cuvinte, necesarmente puține la număr, își văzuseră înțelesurile extinse pînă-ntr-acolo încît includeau grămezi de alte cuvinte care, din moment ce erau suficient de bine redate printr-un singur termen cuprinzător, puteau fi de-acum eliminate și uitate. Cea mai mare dificultate a lexicografilor dicționarului neolimbii nu era aceea de a inventa cuvinte noi, ci, odată acestea inventate, de a fi siguri de sensul lor – altfel spus, de a fi siguri de seriile de cuvinte pe care le anulau prin existența lor.

După cum am arătat în cazul cuvîntului *liber*, uneori se păstrau de conveniență și cuvinte care avuseseră cîndva sensuri eretice, dar numai după ce erau curățate de sensurile nedorite. O sumedenie de alte cuvinte, cum ar fi *onoare*, *dreptate*, *moralitate*, *internaționalism*, *democrație*, *știință* și *religie*, încetaseră pur și simplu să mai existe. Cîteva cuvinte generale le acopereau sensurile și astfel le anulau. De exemplu, toate cuvintele grupate în jurul conceptelor de libertate și egalitate erau incluse în unicul cuvînt *crimgînd*, în timp ce toate cuvintele grupate în jurul conceptelor de obiectivitate și raționalism erau incluse în unicul cuvînt *fostgînd*. O precizie mai mare ar fi fost periculoasă. Unui membru de Partid i se cerea o viziune asemănătoare cu aceea a evreului din vechime, care știa, fără să știe multe altele, că toate națiile, în afară de a lui, se închinau la „dumnezei falși". Nu trebuia să știe că aceștia se numeau Baal, Osiris, Moloh, Astarte și așa mai departe – probabil cu cît știa mai puține despre ei, cu atît mai bine pentru ortodoxia lui. Îl știa pe Iehova și știa poruncile lui Iehova, prin urmare știa că toți dumnezeii cu alte nume și alte atribute erau dumnezei falși. Oarecum în același fel, un membru de Partid știa în ce consta comportamentul corect și, în termeni excesiv de vagi și de generalizați, știa care erau derapajele acceptabile de la acest comportament. Viața sa sexuală, de exemplu, era reglementată în întregime de două cuvinte din neolimbă: *crimsex* (imoralitate sexuală) și *bunsex* (castitate). *Crimsex* se referea la toate abaterile sexuale posibile. Acoperea desfrîul, adulterul, homosexualitatea și alte perversiuni, precum și raporturile sexuale normale, dar practicate doar de dragul lor. Nu era nevoie să fie enumerate separat, pentru că toate erau la fel de păcătoase și, în principiu, toate aduceau pedeapsa cu moartea. În vocabularul C, care consta din cuvinte științifice și tehnice, putea fi nevoie să se dea nume specializate anumitor aberați sexuale, dar cetățeanul de rînd nu avea nevoie d ele. Acesta știa ce înseamnă *bunsex* – adică relaț sexuale normale, între soț și soție, cu unicul scop d a produce copii și fără plăcere fizică din partea femei Orice altceva constituia *crimsex*. În neolimbă rareo era posibil să poți urmări un gînd eretic mai depart de percepția că era eretic: dincolo de acest punct n mai existau cuvintele necesare.

Nici un cuvînt din vocabularul B nu era neutr din punct de vedere ideologic. O mare parte dint ele erau eufemisme. Cuvinte precum *voioslagăr* (lag de muncă silnică) sau *Minipax* (Ministerul Păc adică Ministerul Războiului) însemnau aproape exa opusul a ceea ce păreau să semnifice. Pe de al parte, unele cuvinte dădeau dovadă de o înțelege onestă și disprețuitoare a adevăratei naturi a societă din Oceania. Un astfel de exemplu ar fi *prolebun* care însemna divertismentul de proastă calitate știrile false pe care Partidul le servea maselor. A cuvinte însă erau ambivalente, avînd o conotație bu cînd se refereau la Partid și una rea cînd se refere la dușmanii săi. Însă, pe lîngă asta, existau și mu cuvinte care la prima vedere păreau să fie niște sim abrevieri și care își dobîndeau culoarea ideologică din sensul, ci din structura lor.

În măsura în care acest lucru putea fi ținut control, tot ce avea sau ar fi putut avea o semnific politică de vreun fel era încadrat în vocabularul B. Orice nume de organizație sau asociație de indivizi, de doctrină, țară, instituție sau clădire publică era invariabil decupat după șablonul obișnuit, adică printr-un singur cuvînt ușor de pronunțat, cu cel mai mic număr de silabe, care să păstreze sursa de derivare inițială. De exemplu, la Ministerul Adevărului, Secția Arhive, unde lucra Winston Smith, se numea *Secar*, Secția Ficțiune se numea *Secfic*, Secția Teleprograme se numea *Telesec* și așa mai departe. Scopul nu era doar acela de a economisi timp. Chiar și în primele decenii ale secolului douăzeci cuvintele și expresiile telescopate reprezentaseră una din trăsăturile specifice ale limbajului politic și se observase, de asemenea, că tendința de a utiliza abrevieri de acest fel era mai marcată în țările și organizațiile totalitare. Exemple în această privință sînt cuvinte cum ar fi *nazism*, *Gestapo*, *Comintern*, *Inprecor*, *Agitprop*. La început această practică a fost adoptată oarecum instinctiv, dar în neolimbă ea a fost utilizată în mod conștient. S-a observat că, printr-o astfel de abreviere, înțelesul unui nume se îngusta și se modifica subtil, îndepărtîndu-se majoritatea asocierilor de care altfel ar fi putut scăpa. De exemplu, cuvintele *Internaționala Comunistă* evocă o imagine complexă, în care se combină frăția umană universală, steaguri roșii, baricade, Karl Marx și Comuna din Paris. Cuvîntul *Comintern*, pe de altă parte, sugerează pur și simplu o organizație strîns unită și un set de doctrine bine definit. Se referă la ceva aproape la fel de ușor de recunoscut și cu o funcționalitate la fel de limitată ca un scaun sau o masă. *Comintern* este un cuvînt care se poate rosti aproape pe negîndite, în timp ce *Internaționala Comunistă* este o expresie asupra căreia ești obligat să te oprești măcar preț de o clipă. În același fel, un cuvînt precum *Miniadev* va invoca asocieri mai puține și mai ușor de controlat decît cele pe care le-ar putea declanșa *Ministerul Adevărului*. Astfel se explică nu doar obiceiul de a abrevia ori de cîte ori era posibil, ci și grija aproape exagerată de a face fiecare cuvînt ușor de pronunțat.

În neolimbă eufonia cîntărea mai mult decît orice alte considerente, în afară de precizia sensului. Cînd se considera necesar, regulile gramaticale erau întotdeauna sacrificate în beneficiul eufoniei. Și pe bună dreptate, din moment ce era nevoie, în primul rînd din scopuri politice, de cuvinte scurte și sacadate cu sens inconfundabil, care puteau fi rostite rapid ș care stîrneau minimum de ecouri în mintea vorbi torului. Cuvintele din vocabularul B deveneau chia și mai puternice datorită faptului că majoritatea s asemănau atît de mult. Aproape întotdeauna acest cuvinte – *bungînd, Minipax, prolebun, crimsex, voios lagăr, Soceng, măduvăsimt, gîndpol* și nenumărat altele – aveau cîte două-trei, rareori patru silabe, c accentul distribuit egal între prima și ultima silab Utilizarea lor încuraja un stil de vorbire bolborosi sacadat și, în același timp, monoton. Și tocmai acest era efectul dorit. Scopul urmărit era ca vorbirea, m ales cea pe teme care nu erau neutre din punct vedere ideologic, să fie cît mai apropiată de starea inconștiență. Fără îndoială că în viața de fiecare era nevoie – sau era uneori nevoie – ca vorbitorii reflecteze înainte să vorbească, dar un membru Partid căruia i se cerea să emită o judecată polit sau etică trebuia să poată împroșca opiniile core automat, ca o mitralieră care își împroașcă gloanțe Educația îl pregătea pentru asta, limba îi oferea instrument aproape infailibil, iar structura cuvinte cu sunetele lor dure și o anumită urîțenie voită, corespundea spiritului Soceng, îl sprijinea în ac proces.

Tot un sprijin îl constituia și faptul că avea puț cuvinte din care să aleagă. Comparativ cu vocabula nostru, cel al neolimbii era minuscul și se inven tot timpul modalități de a-l reduce și mai mult. fapt neolimba se deosebea de aproape toate celel limbi prin aceea că, în loc să se mărească, vocabul său se micșora an de an. Fiecare reducere era cîștig, din moment ce cu cît gama de opțiuni era restrînsă, cu atît mai mică era și tentația de a g Se spera ca în cele din urmă să se ajungă în pun în care vorbirea articulată să fie produsă din laringe, fără a implica deloc centrii superiori ai creierului. Acest scop era recunoscut pe față în cuvîntul *măcăvorbi*, care însemna „a măcăi ca o rață“. La fel ca varii alte cuvinte din vocabularul B, *măcăvorbi* avea un înțeles ambivalent. Dacă opiniile măcăite era corecte ideologic, atunci el avea doar conotații laudative, iar cînd *Times* îl numea pe vreunul dintre oratorii Partidului un *măcăvorbitor dubluplusbun*, îi făcea un compliment călduros și valoros.

Vocabularul C. Vocabularul C le suplimenta pe celelalte și consta în întregime din termeni științifici și tehnici. Aceștia semănau cu termenii științifici din ziua de azi și erau construiți pornind de la aceleași rădăcini, dar se luau măsurile obișnuite pentru a-i defini strict și a-i curăța de sensuri nedorite. Se supuneau acelorași reguli gramaticale precum cuvintele din celelalte două vocabulare. Foarte puține din cuvintele de tip C apăreau în mod curent fie în limbajul de fiecare zi, fie în discursurile politice. Orice om de știință sau tehnician își putea găsi toate cuvintele de care avea nevoie în lista dedicată propriei specialități, dar rareori avea mai mult de o brumă de cuvinte ce apăreau și în alte liste. Doar cîteva erau comune tuturor listelor și nu exista nici un termen în vocabular care să exprime rolul științei ca practică a minții sau ca metodă de gîndire, indiferent de ramurile sale specifice. De fapt nici nu exista un cuvînt pentru „știință“, orice înțeles pe care l-ar fi putut avea fiind deja acoperit îndeajuns de cuvîntul *Soceng*.

Din cele menționate mai sus se vede că, dincolo de un nivel foarte scăzut, orice exprimare a unor opinii nonconformiste în neolimbă era practic imposibilă. Era, evident, posibilă proferarea unor erezii de joasă speță, ca un soi de blasfemie. Ar fi fost, de exemplu, posibil să se spună „Fratele cel Mare este nebun“. Dar această afirmație, care într-o ureche conformistă ar fi sunat pur și simplu ca o absurditate evidentă, n-ar fi putut fi susținută prin argumente raționale, deoarece cuvintele necesare nu erau disponibile. Ideile contrare principiilor Soceng nu puteau fi gîndite decît într-o formă vagă, fără cuvinte, și nu puteau fi denumite decît în termeni foarte generali, care contopeau și condamnau grupuri întregi de erezii fără a le defini. De fapt neolimba nu putea fi folosită în scopuri nonconformiste decît prin retroversiunea nelegitimă a uno cuvinte în fostalimbă. De exemplu, „Toți oamenii sîn egali" era o propoziție posibilă în neolimbă, dar numa în același fel în care propoziția „Toți oamenii sîn roșcați" este posibilă în fostalimbă. Nu conținea eroare gramaticală, dar exprima un neadevăr palpabil adică faptul că toți oamenii au dimensiuni, greutat sau puteri egale. Conceptul de egalitate politică n mai exista, așadar acest înțeles secundar al cuvîntulu *egal* fusese eliminat. În 1984, cînd fostalimbă e încă mijlocul firesc de comunicare, pericolul const teoretic, în faptul că utilizarea de cuvinte din neolimb putea să-i amintească utilizatorului înțelesurile original Practic, nici unui ins versat în *dublugîndire* nu i- fi fost dificil să evite așa ceva, dar după vreo do generații avea să dispară chiar și posibilitatea un astfel de scăpări. O persoană care avea să creas avînd neolimba drept limbă unică n-avea cum să ș că *egal* avusese cîndva înțelesul secundar de „e din punct de vedere politic" sau că *liber* însemna vreodată „liber din punct de vedere intelectual", la cum, de exemplu, o persoană care nu auzise niciod de șah nu putea ști înțelesurile secundare ale cuvinte *regină* sau *tură*. Erau multe greșeli și fărădelegi care nu ar fi fost în stare să le comită, pur și sim din cauză că erau fără nume și, ca urmare, neimaginat. Și se preconiza că, odată cu trece timpului, trăsăturile caracteristice ale neolimbii av să devină din ce în ce mai pronunțate – cuvin aveau să i se împuțineze, sensurile aveau să dev tot mai rigide, iar posibilitatea de a le utiliza neco punzător, tot mai mică.

Cînd fostalimbă avea să fie înlocuită odată pe totdeauna, ultima legătură cu trecutul avea să tăiată. Istoria fusese deja rescrisă, dar ici și colo supraviețuiau fragmente insuficient cenzurate din literatura trecutului și, atîta timp cît mai existau oameni care știau fostalimbă, era posibil ca aceste texte să fie citite. În viitor, chiar dacă aveau să supraviețuiască, ele vor fi ininteligibile și intraductibile. Traducerea unui pasaj din fostalimbă în neolimbă era imposibilă, cu excepția cazurilor în care pasajul se referea fie la vreun proces tehnic, fie la vreo activitate cotidiană foarte simplă sau la ceva care se supunea deja normelor (*bungîndit* ar fi expresia din neolimbă). În practică, asta însemna că nici o carte scrisă înainte de aproximativ 1960 nu putea fi tradusă în întregime. Literatura prerevoluționară nu putea fi supusă decît unei traduceri ideologice, adică și unei modificări de sens, nu doar de limbaj. Să luăm, de exemplu, bine-cunoscutul pasaj din Declarația de Independență:

Considerăm că următoarele adevăruri sînt evidente: că toți oamenii au fost creați egali, că au fost înzestrați de către Creator cu anumite drepturi inalienabile, printre care se numără viața, libertatea și căutarea fericirii. Că, pentru a garanta aceste drepturi, în rîndul oamenilor se formează guverne, care își derivă dreapta putere din consimțămîntul celor guvernați. Că atunci cînd orice formă de guvernare ajunge să distrugă aceste scopuri, poporul are dreptul de a o modifica sau aboli și de a institui un nou guvern...

Ar fi fost imposibil să redai acest fragment în neolimbă și, în același timp, să păstrezi sensul originalului. Singurul lucru care se putea face era să se înglobeze tot pasajul într-un singur cuvînt: *crimgînd*. O traducere integrală nu putea fi decît una ideologică, în care cuvintele lui Jefferson să fie transformate într-un panegiric al guvernării absolutiste.

Și, într-adevăr, o mare parte din literatura trecutului era deja în curs de transformare în această manieră. Din considerente de prestigiu, se considera de dorit păstrarea unor figuri istorice, aliniindu-le însă realizările la filosofia Soceng. Ca urmare, diverși scriitori, cum ar fi Shakespeare, Milton, Swift, Byron, Dickens și alți cîțiva erau deja în curs de traducere. La finalizarea procesului, textele originale, precum și orice altceva va fi supraviețuit din literatura trecutului, aveau să fie distruse. Traducerile acestea erau o treabă migăloasă și anevoioasă și nu se preconiza finalizarea lor înainte de primul sau al doilea deceniu al secolului douăzeci și unu. Existau, de asemenea, cantități mar de literatură de natură pur utilitară - manuale tehnice indispensabile și altele asemenea - care trebuiau tratate în același fel. Principalul motiv pentru care data de adoptare finală a neolimbii fusese fixată atît de tîrziu, în 2050, era tocmai pentru a acorda suficient timp muncii preliminare de traducere.

În colecția TOP 10+

au apărut:

401. David Grossman, *Un cal intră într-un bar*
402. Dan Lungu, *Fetița care se juca de-a Dumnezeu*
403. Anchee Min, *Azaleea roșie*
404. Matei Vișniec, *Iubirile de tip pantof. Iubirile de tip umbrelă...*
405. Raymond Carver, *Catedrala*
406. Kobo Abe, *Femeia nisipurilor*
407. John Fowles, *Turnul de abanos*
408. Nick Cave, *Moartea lui Bunny Munro*
409. Rabih Alameddine, *Femeia de hîrtie*
410. Lavinia Braniște, *Interior zero*
411. Simona Antonescu, *Hanul lui Manuc*
412. Philippa Gregory, *Fiica eminenței cenușii*
413. Françoise Sagan, *Bonjour tristesse*
414. John Steinbeck, *Pășunile Raiului*
415. Doina Ruști, *Mîța Vinerii*
416. Robert M. Pirsig, *Zen și arta reparării motocicletei*
417. José Saramago, *Istoria asediului Lisabonei*
18. Anca Vieru, *Felii de lămîie*
19. Maxim Gorki, *Mama*
20. Irène Némirovsky, *Suita franceză*
21. Charles Bukowski, *Factotum*
22. Aldous Huxley, *Maimuță și esență*
23. Matei Vișniec, *Cabaretul cuvintelor*
24. Edgar Allan Poe, *Prăbușirea Casei Usher și alte povestiri*
25. John Steinbeck, *Către un zeu necunoscut*
6. Mihai Radu, *Extraconjugal*
7. José Saramago, *Anul morții lui Ricardo Reis*
8. Olga Tokarczuk, *Călătoria oamenilor Cărții*
9. Chuck Palahniuk, *Apocalipsa*
0. Alex Tocilescu, *Eu et al.*
1. Stefan Zweig, *Jucătorul de șah*
2. Paolo Giordano, *Singurătatea numerelor prime*
3. Cinghiz Aitmatov, *O zi mai lungă decît veacul*
4. Shusaku Endo, *Tăcere*
5. Ioan T. Morar, *Sărbătoarea Corturilor*

436. Eiji Yoshikawa, *Taiko* (vol. 1)
437. Eiji Yoshikawa, *Taiko* (vol. 2)
438. Thomas Pynchon, *Strigarea lotului 49*
439. Nichita Danilov, *Ambasadorul invizibil*
440. Șalom Alehem, *Întoarcerea de la iarmaroc*
441. Aglaja Veteranyi, *Raftul cu ultimele suflări*
442. Doina Ruști, *Logodnica*
443. Franz Kafka, *Procesul*
444. Ian McEwan, *Prima dragoste, ultimele ritualuri • În așternuturi*
445. George Orwell, *O fată de preot*
446. Albert Camus, *Străinul*
447. E.M. Forster, *O călătorie în India*
448. Alex Tocilescu, *Imperiul Pisicilor*
449. Juan Gabriel Vásquez, *Zgomotul lucrurilor în cădere*
450. Anna Gavalda, *Billie*
451. Cesare Pavese, *Femei singure*
452. N.V. Gogol, *Serile în cătunul de lîngă Dikanka*
453. Charles Bukowski, *Dragoste la 17,50 $*
454. Chuck Palahniuk, *Monștri invizibili*

în pregătire:

Paolo Cognetti, *Cei opt munți*

www.polirom.ro

Coperta: Carmen Parii
Tehnoredactor: Vasilica Zevoi

Bun de tipar: mai 2019. Apărut: 2019
Editura Polirom, B-dul Carol I nr. 4 • P.O. BOX 266
700505, Iași, Tel. & Fax: (0232) 21.41.00; (0232) 21.41.11;
(0232) 21.74.40 (difuzare); E-mail: office@polirom.ro
București, Splaiul Unirii nr. 6, bl. B3A,
sc. 1, et. 1, sector 4, 040031, O.P. 53
Tel.: (021) 313.89.78; E-mail: office.bucuresti@polirom.ro

art print® start printing smart

Contravaloarea timbrului literar se depune în contul
Uniunii Scriitorilor din România
Nr. RO44RNCB5101000001710001 BCR UNIREA